宮本武蔵と忍びの者

石崎翔輝
ISHIZAKI SHOKI

幻冬舎 MC

目次

【主要登場人物】

宮本（新免）武蔵　十代で円明流という剣術の流派を立ち上げた剣客。
初音　甲賀の女忍び。
太一　初音と同い年の甲賀の忍び。
十蔵　初音たちと同い年の甲賀の忍び。
志乃　圓光寺第六世住職・多田祐仙の長女。
落合忠右衛門　地侍の倅で、武蔵の弟子。
多田半三郎　志乃の従兄で、武蔵の弟子。
平田（新免）無二斎　十手当理流の剣術家で、武蔵の養父。
道庵　京の薬華庵の薬師。
佐助　甲賀出身で、真田幸村に仕える腕利きの忍び。

蓮見（倫）　石田三成に仕える侍女で、甲賀のくノ一。
茜（朱実）　伊賀のくノ一。
如水　出家した元秀吉の軍師・黒田官兵衛孝高。
栗山善助　如水の腹心の黒田家家老。
佐々木小次郎　巌流という剣術の流派を立ち上げた剣客。
有紀　北政所（寧々）の侍女。
吉岡清十郎　足利幕府兵法師範第四代総帥。
吉岡伝七郎　清十郎の弟。
綾　清十郎の妻で、吉岡憲房染物屋の女将。
吉塚辰之進　武蔵をつけ狙う柳生の隠密。
猪猿　凄腕の伊賀者。
柳生兵庫助　柳生新陰流道統第三世を継いだ剣客。
松井式部少輔興長　細川家家老・松井佐渡守の二男。

第一章　龍野・圓光寺

一

穏やかな揖保川の清流の川面の細波に、茜色の夕陽が煌きを添えている。清涼なせせらぎの音が耳に心地よい響きを奏でるその浅瀬には、一羽の白鷺が餌を探していた。

幼名・弁之助、いまは元服し宮本（新免）武蔵玄信と名乗る十六歳の武蔵は、播州・龍野の城下を緩やかに流れる揖保川の河原を志乃と歩いていた。武蔵の一歩後ろを歩む志乃は、武蔵より一つ年下で、龍野・圓光寺の第六世住職・多田祐仙の長女であった。いかにも育ちの良さそうな細面の整った顔立ちをしていた。後ろを振り向いた武蔵には、真白い頬を夕陽がほのかに染めた志乃の面差しは、澄明な揖保川の流れにも劣らないほど透き通って見えた。

「武蔵様！　どうしても行かれるのですか？」

「ああ、強い剣客がいると聞けば、是が非でもこの腕を試してみたいからな」

武蔵は、数年前に幼少期を過ごした村から追われるように兵法修行に旅立ち、ここ龍野の圓光寺の道場に草鞋を脱いでいまに至っていた。この道場で腕を上げた武蔵は、但馬に大力の剣士がいると聞き、どうしてもその者と立ち合いたく、ここを発とうと決心していた。

「私がいかようにお頼みいたしましても、武蔵様のお考えは変わりませぬか？」

先ほどとは、いささか声の調子が異なった志乃の言葉に武蔵が振り向くと、そこには、両眼に涙を溢れんばかりに湛えた志乃の悲しげな眼差しがあった。これはまずいと思い、武蔵は慌ててこの場を取り繕おうとした。

「あ、いや、事を済ませば、すぐに戻る」

あたかも里帰りでもするかのように、平然とそんな言葉を吐き、その口元には笑みさえ湛えた武蔵の表情からは、志乃には武蔵の心は何の屈託も宿してはいないように見えた。

（武蔵様は、立ち合いに勝ってここに戻ってくることしか考えてはおられぬ。ましてや私がその身を案じて、夜も眠れぬことなぞ一顧だになされたりはされぬ）

志乃が自分の無力さを感じていたそのとき、あちこちを探し回ったのか、息遣いも荒い多田半三郎が河原に現れ、二人の会話に入ってきた。

「先生！　志乃殿も……、こちらにおわされたか」

多田半三郎は、ここ圓光寺の第五世住職・多田祐應（ゆうおう）の三男であり、後に第七世住職・祐甫（ゆうほ）となる人物である。志乃は半三郎の従妹（いとこ）にあたる。圓光寺の歴代の住職は、摂津源氏の流れを汲む多田氏が務めているが、寺の住職といっても、戦においてはその門徒を率いて戦わねばならない武将でもあった。半三郎は武蔵より三歳年上だが、剣術においてはいまや武蔵の弟子となっている。これまた育ちの良さが窺えるきりりとした顔立ちで、人柄の清廉さを感じさせる若者であった。

半三郎は、数年に亘りここ圓光寺の道場で兵法修行に寝食をともにした武蔵が、志乃に対してどのような気持ちでいるのかはよく弁えていた。また、その幼い頃より妹のようにかわいがってきた志乃は、いま二人から顔を背け、その涙を見られまいとしてか、少し離れていったが、思いつめると一途なだけに心配なところがある。

志乃のそんな様子を顧みることなく、武蔵は半三郎のただならぬ様子に鋭い目を向けた。

「さように慌てて、いったいいかがなされたのでござる？」

「はい、先生。忠右衛門が白装束を身に纏い、道場にて切腹すると息巻いております。皆もやめさせようとはするのですが、あやつ、われらの申すことなどいっこうに聞く耳を持ちませぬ。先生にお願いするしかござりませぬ」

「うーむ。困ったやつだ。すぐに参る」

武蔵は、道場のほうに向かいながらも、川面のほうに顔を背けている志乃にちらりと一瞥を投げかけた。何か声を掛けようかと思ったが、言葉が見つからなかった。

志乃は、足早に去っていく二人の足音を聞きながら、自分はこの世にほとんど何の意味など持たぬ芥（あくた）のようなものにすぎないのではないかと、川面に浮かんで流れる落葉を見つめながら感じていた。


圓光寺の境内には、かなり広い道場があった。この時代、剣術道場はまだ屋外に設けられていることが多かった。砂が敷かれた道場の片隅には、白装束の落合忠右衛門が座している。その前には短刀を載せた三方が据えられている。門弟や門徒衆はこれを遠巻きにして成り行きを見守っている。武蔵は、ゆっくりと忠右衛門に近づいていった。

「忠右衛門！」

「あっ、お師匠様！　それがしも連れていってくだされ。もしそれが叶わぬなら、ここで腹を召す所存でござる」

「うむ……。そうか。あいわかった。半三郎殿、水柄杓（みずびしゃく）を用意してくだされ」

武蔵と視線を交わした半三郎は、その意図がわかったものとみえ、すぐに桶に水を入れて持ってきた。武蔵は、腰に帯びた太刀を鞘から抜き、半三郎がそれを水で清めている。

首を回してその様子を窺っていた忠右衛門は、いささか慌て出している。

（まさか、お師匠様は本気ではあるまいな！　いや、お師匠様の気質からすると、本気やもしれぬ……）

武蔵は、半三郎が清め終えた太刀の刃をおもむろに忠右衛門の首筋にあてがった。

「覚悟はよいな！」

忠右衛門は、首の後ろに太刀があてがわれたその瞬間、冷たい刃の感触にぞっと肌が泡立つのを感じた。そして、その身を震わし始めてしまっていた。

「もっ、申し訳ございませぬ。この身の未熟さを思い知らされ申した。まだ死ぬる覚悟が……うっ」

忠右衛門は、地面の砂に額を押しつけて嗚咽を始めた。元服を済ませたとはいえ、まだその丸き顔には幼さを残した十五歳の少年なのである。

「わかれば、もう良い。着替えを済ませて、素振りを千回試みよ」

「はっ、はい」

その額に砂粒を付けたままの忠右衛門が、さもきまり悪そうにして、三方と短刀を抱えてこそこそと逃げるように去っていくのを、武蔵と半三郎は笑いを噛み殺すかのようにして見ていた。いったいどうなることかと、取り巻いていた門弟や門徒衆らも、ほっとしたのか互いに笑い合っている。半三郎が武蔵に近づき尋ねた。

「それで、先生はやはり明日発たれるのでございますか？」

「うむ。まず佐用上月（さよこうづき）の天狗岩なる岩山でしばらく心身を修養させた後、但馬に向かうつもりにござる」

二

弁之助（武蔵）は、物心もつかない幼いうちに、美作国吉野郡讃甘村宮本の平田無二斎（新免無二之助一真）の下に養子に出された。そこには、無二斎の後添として、利神城主・別所林治の娘・率子が嫁しており、弁之助は当初、実母とも思い率子を慕っていた。ほかに家族は、弁之助よりずっと年の離れた姉二人と六歳上に長男・次郎太夫がいた。武芸にのめり込み偏屈であり、かつ年の離れた夫になじめぬ率子は、幼い弁之助を残し、作用平福の実家に帰ってしまい、そこで田住家の政久に再嫁した。

率子を実母とも慕う弁之助は、因幡街道に沿って、竹林が道の両側から覆いかぶさるように鬱蒼と繁茂した釜坂（鎌坂）峠を越え、約二里の道程を幼い脚ながらも平福の率子の下に通おうとした。だが、そんないたいけな弁之助を、率子は夫・政久の手前もあり慈しんでやることはできなかった。それでも政久は、弁之助に文字や絵を描くことを教えた。

このような状況を見て、率子の叔父である正蓮庵の道林坊（平田四郎左衛門高信）が、正蓮庵で弁之助を預かり養育をすることになった。正蓮庵は東の船越山への道筋にあり、庵には行基作と伝わる阿弥陀如来像が安置されていた。道林坊が学問を教え、その弟の平田長九郎が武芸を教えた。

弁之助は、庵の小僧として朝の勤行の経を読み、庵の側の小さな庵川で水練をし、庵の背後に控える険しい行者山の山中を走り回り、大木相手に木刀を振るって身体を鍛えた。まさに朝鍛夕練の日々を過ごした。


いつしか弁之助は十三歳となっていた。平福の年上の子たちとの間でも無敵となった弁之助は、己の腕を試す機会を求めていた。ある日、庵で手習いをしているとき、作用川沿いの因幡街道脇に高札が立ったと聞いた。金倉橋の近くに行ってみると、次のような高札が立てられていた。

『某日の本に並びなき兵法者也　いかなる者であろうと手合わせいたすべし……新当

流免許皆伝　有馬喜兵衛』

弁之助は、『日の本に並びなき……』といったあたりを墨で塗り潰し、高札に次のように書き加えた。

『明日　お相手いたす　正蓮庵　新免弁之助』

何刻か後、喜兵衛の使いの者が正蓮庵を訪れたため、正蓮庵では大騒ぎとなった。道林坊は驚き慌て、使いの者とともに喜兵衛の宿へと急ぎ、子どものした悪戯（いたずら）なので何卒ご容赦を願いたいと平謝りに謝罪した。これに対して喜兵衛は、次のように申し述べた。

「明日、所定の刻限にその童（わっぱ）を連れて参れ。その上で皆の前で謝るようにいたすが良かろう」

当日の朝、金倉橋の河原には、杭が打たれ縄が張り巡らされていた。その中が決闘の場となっていた。喜兵衛の名が記された旗が風に翻っており、その横には床几にでんと腰かけた喜兵衛がいた。道林坊が刻限よりも遅れて現れたのを見て、怒りで顔を朱に染めて立ち上がった喜兵衛が怒鳴った。

「遅いぞ、道林坊！」

「申し訳ござりませぬ。遅くなり申した。これ、弁之助！　謝りなさい」

道林坊が振り向くと、弁之助は謝る素振りすら見せず、いきなり喜兵衛に向かって突進した。五尺以上あろうかと思われる木刀で殴りかかった。不意を突かれた態の喜兵衛であったが、さすがに身体を開いて躱すや、太刀を抜いた。髭面の喜兵衛は身の丈五尺七寸ほどのがっしりとした偉丈夫であり、歴戦の強者であることが見て取れる。

渾身の一撃を躱された弁之助は、喜兵衛の構えを見るや、何故か持っていた木刀を捨て柔術の構えを見せた。これは養父・無二斎の下に時々来ていた竹内流柔術の竹内中務坊（竹内中務大輔久盛）の柔術を見様見真似で覚えたものである。

喜兵衛は、十三歳にしては大柄であるが、素手の子ども相手に真剣を振るうわけにもいかず、刀を収めた。これを見て、（しめた）と思った弁之助は、素早く喜兵衛の懐に飛び込みつつその左腕を手繰り寄せるや、喜兵衛を横向きにさせその左脇の下に頭を入れ、喜兵衛を後ろ向きに投げつつ諸ともに倒れ込んだ。

これが、いわゆる『厳石下の技』である。したたかに右肩と背中を打った喜兵衛の起き上がるのが遅れたところを、弁之助は捨てた木刀を拾うやその頭を滅多打ちにした。刀を構えたときの喜兵衛の剣客として発する凄みを感じ取っていたため、もし起き上がってこられたらと恐ろしかったからである。

喜兵衛がもう起き上がることはないと確信し、安堵の気持ちが湧いてきて、武蔵はふと頭を上げた。すると張り巡らされた縄の外には、ぞっと顔を引きつらせ敵意さえ窺わせる非難の眼差しが満ちていた。人生初の立ち合いに勝利を収めた弁之助であったが、この後、弁之助は平福にいづらくなってしまった。

平福を後にした弁之助は幼年期を過ごした讃甘村宮本に戻ってみた。村では、竹山城主・新免宗貫（むねつら）の筆頭家老であった養父・新免（平田）無二斎も宗貫の理不尽な命を受け、やむを得ぬこととはいえ、愛弟子の本位田外記助（ほんいでんげきのすけ）を竹内中務坊とともに騙し討ちにしたことから、いづらくなり、新免家を出奔（しゅっぽん）していた。

弁之助も養父と同じ運命なのかといま改めて感じた。養家の平田家にはもう誰も住んでいない。隣家の平尾与右衛門に嫁いだ姉・お吟（ぎん）だが、夫婦ともいっとき播磨に所払いされていた。しかし、いまはここに戻ってきていた。そこでお吟に自らが預かっていた平田家の家系図や十手などの武具を預けた。平尾家は瓦葺屋根の家で、入り口には栗の木がありその毬栗を食べたことや欅の木を木刀で打ったことなどが懐かしく思い出された。歳の離れた姉のお吟は、弁之助が幼い頃からかわいがってくれていて、いまも優しく接してくれた。だが、ここもおのが居場所ではない。

有馬喜兵衛を倒した後、幼き日々を過ごしたここ讃甘村宮本の地にしばらく留まっていた弁之助であったが、一人少々早い兵法修行の旅に出た。そして、美作や播州の地を経巡って、草鞋を脱いだのが播州・龍野の圓光寺であった。

圓光寺は、蓮如上人（れんにょしょうにん）が開いた一向一揆の浄土真宗の寺であった。石山本願寺が織田信長により攻撃を受けたとき、第四世住職・多田祐恵（ゆうけい）は播磨一円の門徒を率いて戦った。特に難波（なにわ）の合戦で味方の窮地を救った功により、蓮如上人から朱柄（あかえ）の長刀（なぎなた）と弁当箱を賜った。寺にはいまでもこれが大切に保管されていた。境内には広い道場があり、寺侍や城下の門徒の鍛錬の場となっていた。

幼い頃から養父・無二斎の門弟への稽古や竹内中務坊の柔術など、側で見て学んでいた弁之助は、圓光寺の道場で実際にいろんな相手と鍛錬することで、その技量は瞬く間に上がった。十六歳にして道場では随一の手練れとなり、一つ年下の地侍の倅、落合忠右衛門や三歳上の多田半三郎らが武蔵の弟子となった。

圓光寺に来た頃は、志乃とふざけ合う半三郎と一緒になって遊んでいた弁之助であったが、腕を上げげやがては半三郎の師となった武蔵は、志乃にはいつしか尊敬する殿方という意味合いを持つようになっていた。武蔵にも一緒に遊んでいた志乃が、やがて美しい娘へと成長していく姿にハッとさせられる瞬間が再三再四訪れるようになっていた。ここ龍野が、武蔵にとって初めてわが居場所となっていたのである。

三

忠右衛門の騒ぎがあった翌未明、まだ多くの者が眠りについている寅の刻（午前四時）、武蔵は一人そっと圓光寺を旅立った。武蔵にとって剣の頂を目指すこと、これが最も肝要なことであり、そのためにはより強き武芸者との対戦は欠かすことのできぬものであった。

武蔵は宮本でも平福においても、一人でよく近くの山に分け入り、山中を走り回って剣の修行をするのを好んだ。山の中が武蔵の友の如き場所であった。龍野を旅立ち、いまこうして佐用の上月を目指し、一人山河の碧深き奥へと分け入っていくことに充実した思いを抱いていた。己は、このように一人で山の懐に抱かれていることがたまらなく好きなのだということを実感していた。

上月に着いた。ここでは、山中で木太刀を振るい、天狗岩で座禅を組むなどして来たるべき日に備えた。

そうして数日が経った頃、一人の山伏に出会った。京から但馬を経て、鳥取から来たという。そこで、この山伏に但馬の噂の武士のことについて知っているか尋ねてみた。山伏は、この武士のことを知っていた。

「その者は京から流れてきた武芸者で名は秋山といい、だいぶ前から三川山の行場で修行を続けていると聞いている……」

「是非、会ってみたいと存ずる。何流の使い手でござろうか？」

「京八流（きょうはちりゅう）の流れを汲む流派らしいが、良くはわからぬ。命を無駄にするなよ」

山伏は武蔵が試合を挑むには若すぎると思ったのであろうか、武蔵にはよけいなことだと思わせるような一言を残して去った。


三川権現は山岳修験道の有名な行場である。多くの山伏や行者が集まる。

武蔵は、はやる気持ちを抑えがたく、上月から険しい山々を超え、谷を渡り、勇んで三川山の麓に至った。

三川権現は三川山の山腹にあった。武蔵は、これから強い武芸者に試合を挑むのだという緊張と興奮に包まれていた。ここは心を落ち着かせねばならぬと思い、心を鎮めるため、まずは三川山の上のほうまで登ってみようと思った。

三川山は深い碧に覆われた山である。その渓流に沿って登っていった。しばらくすると激しい落水の音が聞こえてきた。滝だった。たいして深くはない滝壺の中に一人滝行をしている者がいる。そのまま滝を回り込んで上へと登っていこうとしたところ、その男と目が合った。鋭い眼光である。武芸者に相違ない。その者の側近く、渓流の向こう側には衣類と大小の刀に加え木太刀が置かれていた。武蔵は男に無用の警戒心を起こさせぬように、そのままそれらが置かれたところとは反対側の川沿いを登っていき、落水に当たっている男に目礼し自ら大声で名乗った。

「それがし、新免武蔵玄信と申し、播州・龍野の圓光寺にて修行中の身にござります る。三川山には廻国修行の途次で立ち寄ったところでござります。貴殿の行のお邪魔をするつもりなど毛頭ござりませぬ。では、これにて失礼いたしたく存じます」

武蔵がそのまま立ち去ろうとすると、その行者はにやりとして、

「ちょっと、待っておれ」

と言って、滝壺から上がり着替え始めた。何やら武蔵と話でもするつもりかとみえる。武蔵が立ち止まっていると、行者というよりも、着替えて身の丈六尺近い大兵(だいひょう)の武芸者に身を変じたその者は、川の中の岩を伝ってこちら側に渡ってきた。

「兵法修行の者か？　随分と若いようだが、これまで幾人ほどの者と立ち合われた？　それがしは、戦場を含めると百人は下らぬ。申し遅れた。拙者、秋山新左衛門と申す但馬の一介の牢人にござる」

何と、この者がこの廻国修行の目的たる秋山であった。武蔵は秋山の問いには答えず、

「秋山殿のように強き武芸者と是非とも立ち合いをいたしたく、旅をする者にござります」

などと答えたから、秋山は不敵な笑みを浮かべて一言言った。

「では、やってみるとするか？」

「……」

武蔵は、答える代わりに無言で頷いた。

秋山は一見しただけで、大柄で強力(ごうりき)の歴戦の強者だと見て取れる。十六歳の武蔵より若干背が高い。これまで圓光寺の道場で目標として磨いてきた塚原卜伝(つかはらぼくでん)の『一之太刀(ひとつのたち)』で立ち向かうことができたらと思った。だが、もちろんまだその域までには、遥かに遠い。

二人は滝壺の側から幾分離れた、やや開けてはいるが、丸い石ころの転がった狭い河原で向かい合った。

秋山は太刀を抜かず、木太刀を右手に提げていた。その長さは約二尺六寸、武蔵の木太刀とほぼ同じ長さである。秋山はこちらが若輩であることやそれに経験の少なさを見抜いており、幾分侮っている風が態度に感じられる。そこが付け目かもしれない。やがて両者とも木太刀を正眼（中段）に構える。秋山は余裕たっぷりと話しかけてきた。

「掛かってこい。掛かってこぬならこちらから……」

秋山の言葉の途中の一瞬を捉え、武蔵は素早く踏み込み、木太刀を上段より秋山の額から眉間を狙って振り下ろした。秋山は、予想もしなかった武蔵の素早い踏み込みと攻撃に、これを受けようか躱そうかと一瞬逡巡した。そこをつけ込まれた。武蔵には十分な手ごたえがあった。秋山は顔から血を流しながら前に倒れた。

人生二度目の勝負でも、武蔵は勝ちを収めることができた。此度は周りに人は誰もいなかった。有馬喜兵衛との勝負は、剣の勝負で勝ったものではなかった故、此度こそが初めての剣の勝負であった。それに勝つことができたのだ。

武蔵は、秋山の呼吸を確かめることなく、そのまま山を下りていった。

下りながら生死をかけた勝負に勝ったという高揚感と興奮を冷ましていった。勝った喜びが冷めていくに従い、血を流して倒れた秋山の姿が何度も繰り返し脳裏に甦ってきた。兵法者の習いとはいえ、秋山には気の毒なことをしたという思いが湧いてきた。秋山には家族はいたであろうか。

武蔵が山腹の三川権現へと下りていくと、ちょうど門のところで一人の若い僧と出くわした。

「ここに秋山新左衛門と申す者がおろう」

「その方なれば、いま山に入っておられると存じます」

「うむ。滝の側で先ほど立ち合った」

僧は、武蔵が右腕に提げ持つ木太刀に目を遣った。清流で血を洗い流すことさえ忘れていた。僧に驚きの表情が走った。武蔵は、懐から銭を取り出した。

「そのままにして下りてきてしまった。少ないが、これで成仏させていただけまいか。拙者、播州牢人、新免武蔵玄信と申す者にござる」

武蔵はそれだけ言うと、唖然とする面持ちの僧をしり目に踵を返して足早に三川山を下りていった。

秋山を気の毒に思う気持ちはありながらも、やはり武蔵には、勝負に勝ったという達成感あるいは安堵感といったら良いのか、ある種の充実した感覚があった。

武蔵は、幾重もの山河を跨ぎ、揖保川の中流域あたりに戻ってきた。この川を下っていけば龍野に至る。

武蔵は、川沿いの山道をときに暮れなずむ川面に目を落としつつ歩むにつけ、しきりとあの日志乃と歩いた夕陽に映える川面の景色が思い出された。

陽が落ちたので一夜を揖保川が見下ろせる山中で過ごし、いまだ暗いうちに出発した。

武蔵は、圓光寺が近づくにつれ、子どもの頃育った宮本や平福とは違い、初めておのが居場所となったところへと戻る喜びと安心感に温かく包まれていくような心持ちがしていた。

圓光寺の門をくぐった。何度も通った門であるが、これまでとは違う己がいた。いうなれば少しだけだが、自信と余裕ができていた。

まだ朝早きに、幸い境内には人影はない。井戸に向かった。旅の汚れを洗い流すかのように釣瓶からくみ取った水を全身に浴びていた。するとその音を聞きつけたのか、一人真っ先に白い寝間着姿の志乃が武蔵の前に飛び出してきた。

「武蔵様！」

「おお、いま帰った！」

武蔵が笑ってみせると、涙を湛えた笑顔で志乃はそのまま武蔵の半裸の身体に後ろから抱きついてきた。もちろん二人には、このようなことなどいまだかつてなく、初めてのことであった。

「離れよ。それがしは構わぬが、そなたの寝間着が濡れてしまうではないか」

「構いませぬ！　ご無事にお戻りで、志乃は嬉しゅう存じます」

志乃はそう言うと、安堵したのか、後ろから武蔵の身体を抱きかかえていた腕と身体を離してくれた。武蔵は、大胆な志乃の行為に不覚にもときめきを覚えてしまったが、それを顔には表さないようにぐっとこらえた。

志乃がさらに驚くべき大胆なことを言った。

「武蔵様がいらっしゃらなかったこの幾日もの間、私にとって武蔵様がいかに大切な方かということがよくわかりました。今宵お部屋でお持ち申し上げております」

「……」

その夜、武蔵は初めて志乃の下を訪れたのだった。

第二章　忍びの者

一

武蔵が播州・龍野で剣術修行を積んでいた頃、慶長五年（一六〇〇）、中央では大きな動乱の兆しが現れていた。新年早々、豊臣秀頼が伏見城を出て大坂城に入り、これを庇護するかのように前田利家も大坂城に入城した。その前田利家が三月三日に亡くなると、一気に情勢が動き、豊臣恩顧の七将による石田三成襲撃事件が発生した。その結果、石田三成は奉行職を退き、佐和山城に隠居することとなった。

一方、徳川家康は、向島の自邸から伏見城西の丸に入り、世間からは天下殿と見られるようになった。家康は、九月重陽の賀への出席のため大坂城に入城しようとする際に、五奉行の一人増田長盛（ましたながもり）から『家康暗殺の謀議』のある旨を告げられた。これに浅野長政、土方雄久（ひじかたかつひさ）、大野治長（はるなが）、そして前田利長の四人が関わっているとされ、家康はこれらの者に対し、それぞれ処分や対応を済ませた後、北政所に大坂城西の丸を空けてもらい、その空いた西の丸に入った。

そして家康は、再三の上洛の要請に応じない上杉景勝を天下（豊臣政権）の静謐を妨げる者と断罪し、豊臣秀頼に代わり上杉討伐に諸将を率いて出陣することとなり、情勢は風雲急を告げていた。

　京の都、洛北の裏通りに薬華庵という小さな薬屋がある。薬師の道庵（本名・与兵衛）という者がその店の主人であり幾人かの小者と住んでいる。甲賀衆の道庵は長くこの薬華庵の主を務めており、風貌も老薬師そのものだった。だが、薬の商いが本来の目的ではない。元々薬華庵が設けられた当初、ここは御師、坊人などと呼ばれ、神人としてお札と萬金丹などの薬を持って全国を歩き回る山伏の繋ぎのアジトであった。甲賀衆である山伏の役目は諜報活動であり、全国の情報収集をすることだった。

　いま薬華庵の小者たちは、甲賀の里の望月家との連絡に当たっていた。太一、十蔵、初音といった十代の半ばを過ぎた歳の甲賀の忍びである。

　甲賀は、織田信長が本能寺で明智光秀の謀反で落命した後、豊臣秀吉に従ったが、天正十三年（一五八五）に雑賀の太田城の水攻めの際、堤工事の不具合を口実に甲賀武士の家は改易処分された。そして秀吉は水口岡山に城を築き、中村一氏、増田長盛、長束正家の三代十五年間に亘り、甲賀の監視に当たらせた。このような甲賀の窮状に対して、家康は米を与えるなどの支援をした。このため甲賀衆はそれぞれの家ごとに各地の大名家に雇われることになるが、多くは徳川家か家康の息のかかった大名家に仕えた。

二

いまその薬華庵から一人の薬売り姿の娘が佐和山へと旅立った。女忍びの初音である。佐和山城に侍女として送り込まれた蓮実という甲賀の忍びがいる。蓮実は、いまや石田三成付きの『蓮実の局』と呼ばれるほど三成の寵愛を受けているが、その甲賀のくノ一・蓮実との繋ぎである。特に三成挙兵に関する最新の情報を得るのが目的である。

初音は大津までは陸路を歩き、大津の漁師小屋の甲賀者・繋ぎの伝兵衛に琵琶湖を舟で、佐和山城下まで運んでもらった。繋ぎの伝兵衛は魞漁（えりりょう）の腕のいい漁師であり船頭でもあるという表の顔を持ち、風貌も色黒で漁師そのものの如き忍びであった。

初音はこの湖が好きだった。農家の口減らしで三歳の頃この湖を渡った。物心がつくかどうかという歳だったからか、そのときの薄ぼんやりとした悲しみが、この大きな湖を渡る興奮でいくらかかき消されたことを覚えている。

甲賀の里では、ほかにも孤児や捨て子が集められていた。初音が預けられたのが、茂平（もへい）と多江（たえ）という子のいない三十代の夫婦であった。杉谷の山裾の田んぼの近くに家というか小屋があり、普段は農業をやっていた。初音はこの夫婦にかわいがられて育った。夫婦は、午前中は近くにある田んぼで働く。幼い初音は近くの畔（あぜ）に座って二人の働く姿を見ていた。あるとき一匹の蛇が初音の足元にいた。赤い舌をちろちろと出している。初音は怖くて身動きができなかった。こらえきれなくて、泣き出してしまった。茂平と多江が何事かと仕事をやめて飛んできた。多江はすぐに初音を抱きかかえて初音を落ち着かせようとしてくれた。

「大丈夫。怖がることはないよ」

茂平は手に鎌を持っていたが、その柄の部分で蛇の背をやさしくなでると、蛇はするすると逃げていった。そして、初音の頭をなでながらにっこりと微笑んだ。

「あれはいい蛇だ。こちらからいたずらせねば、噛んで毒を出したりはせぬ。蛇も大切な命だ。いいね」

幼い初音にも、生き物を大切にする茂平の気持ちが伝わった。


甲賀の男の子たちは、刀、槍、弓などの武芸を中心に忍具、薬草や火薬の知識などを学んだ。この指導には、主に引退した忍びや怪我を負った者が当たっていた。女の子の場合は、歩き巫女（みこ）となる者もいたが、多くは各武家に女中や下女として忍び込まされた。男の子のように刀や槍などの本格的な武芸は学ばなくて良かった。女の子が訓練を受ける武術としては、吹き矢、吹き針、仕込み扇子・簪（かんざし）による攻撃が主なものであった。

初音は、甲賀の山や谷を走り回るのが好きだった。男の子の中に入り、刀や槍、弓、馬など一緒に訓練を受けた。いまではこのことが良かったと思っている。くノ一としては特別の訓練があり、くノ一は必ず女として男を籠絡（ろうらく）する技を身につけねばならない。それをここの頭（かしら）といわれる人や老忍たちを相手に仕込まれるのである。仲の良かった娘が、そんな訓練を受ける姿を間近で見てきた。いま侍女として佐和山城に送り込まれている蓮実もそのような訓練をこの里で受けていた。それは初音には堪えがたいことだった。よそからやってきた蓮実であったが、年上の美しい蓮実は初音にとって特別の存在であった。

佐和山の城の門前に至った。城の門番も薬売りの初音とは薬をもらったりしてすっかり顔見知りとなっており、警戒が厳しいいまの折でも城内に入ることが許され、いつも通り蓮実からの密書を受け取ることができた。密書を受け取ると、初音は佐和山の城下から陸路甲賀へと向かった。

初音たちは望月家に属しているが、当主と顔を合わせることはほとんどなく、直接の上役として飯道山の麓に居を構える善実坊が彼らを束ねていた。善実坊は、元は山伏であり全国を行脚していたが、脚を悪くしたことからいまはこの忍び屋敷で望月家の忍びを差配していた。四十代で中肉中背であるが、元山伏らしく厳めしい顔つきをしていた。
初音は善実坊に密書を届けた。善実坊は密書の内容を確認した。そこには、三成が宇喜多秀家を総大将として担ぎ、近く挙兵すること、また三成は、伏見より伊勢方面を重視しており、軍は主に伊勢方面に出されるのではないかとする旨の内容が記されていた。

初音に続き、一人の小者が大坂に向け出立した。薬売り姿の太一である。大坂の城下には、薬問屋『信州屋』が置かれ、店主・仁平の下、薬の仕入れと称して甲賀と頻繁に連絡を取っていた。大坂城内には、淀君付きの侍女として香苗と蕗というくノ一が入っていた。ちょうどそのくノ一の香苗からの密書が届いたところであった。その内容は重大なものであった。三奉行、すなわち前田玄以、増田長盛そして長束正家らが秘かに語らって、長束正家が上杉討伐に出立した家康を牛が渕で毒殺する計画があるとのことだった。

仁平から密書を託された太一は、甲賀に向かうべく淀川を遡上し、途中からは山へと分け入って近道を辿り里へと急いだ。飯道山の麓の屋敷に善実坊が待っていた。

密書を読んだ善実坊は、太一に次のような指示をした。

「いま家康様は大坂城を出て、伏見を発し、大津城主・京極高次殿から昼食の饗応を受けている頃だろう。ことは急を要する。その足で家康様の警護に当たっている山岡道阿弥(どうあみ)様へこの密書を届けてくれ」

太一は山岡道阿弥の下へと向かったが、道阿弥とはあいにくすれ違いとなってしまった。道阿弥は、伏見城の鳥居彦衛門元忠(とりいひこえもんもとただ)を救援するため、甲賀衆を集めに甲賀の里に向かっていたため、会うことができず、密書は篠山理兵衛資盛(ささやまりへえすけもり)に届けた。

太一は篠山と話し合った結果、家康のことは篠山に任せ、長束正家の居城である水口岡山城への対応をすることとなった。水口城の長束正家の下に留め置かれてしまっている甲賀衆を解放することにしたのだ。水口城には、与一(よいち)という甲賀忍びが下人として入り込んでいた。

夜を待った。水口城は本丸と二の丸とで構成されており、水堀と石垣で囲まれた本丸は御殿となっている。侍屋敷があるのは二の丸であった。その二の丸は東海道を北に迂回させるような形で本丸の北虎口（こぐち）と繋がっていた。二の丸は堀も石垣もないことからその分警備が厳重であった。

　太一は本丸から忍び込むことにした。石垣上の土塀の屋根の隅に鉤縄（かぎなわ）を何度か投げ、鉤をそこに引っ掛けることができた。こちら側の木と縄で結び、両足に『水蜘蛛（みずぐも）』といわれる水器を嵌め、縄にぶら下がりながら水面を滑るようにして進む。こうすると身体をあまり濡らすことなく堀を渡ることができる。いまは夏であり、堀の中を泳いで渡ることもできそうだが、堀の中には乱杭（らんぐい）や逆茂木（さかもぎ）が仕掛けられており、さらに菱も植えられていて足に絡みつく。そこで、このように鉤縄と水蜘蛛を使うのである。

　石垣に到達した。石垣の間に苦無（くない）を差し込みよじ登っていく。さらに鉤縄を伝って登っていき屋根に達した。瓦屋根を伝い北虎口の高麗門（こうらいもん）と櫓門（やぐらもん）からなる枡形門（ますがたもん）を越えた。下にいる門番たちは上にはあまり注意を向けない。太一はやすやすと二の丸へと忍び込んだ。

　与一は二の丸の隅の狭い長屋のようなところにいた。太一は猫の鳴きまねをして与一を呼び出そうとした。

「ニャーオ、ニャーオ」

中から引き戸を薄く開け、あたりを警戒しながらそっと姿を現した与一は小柄で年老いた忍びであった。太一は与一に協力を求めた。

「正家の下に囲い込まれている甲賀衆を何とかここから脱出させたいのでござるが、いかがでござろうか?」

太一の申し出に、与一は難しい顔をした。

「正家は甲賀から五十名ほど甲賀衆を自分の配下とすべく連れてきた。その大半は、正家に従うのは本意ではないから連れていけようが、困ったことがある」

「それは、いかがなことでござろうか?」

「実はここ水口城には連れられてきていない甲賀衆のその妻子が、人質としてここに連れてこられている」

「人質でござるか? ……しからば、ほかの甲賀衆に伏見城に行かせぬようにしようというのでござろうか?」

「まあ、普通はさように考えられるが……」

与一は言葉を濁し、何か良くないほかの目的があるかもしれないと懸念しているようだ。

「甲賀衆は一応配下として扱われていて、閉じ込められているわけではないから、脱出させられると思うが、妻子のほうは、家康様側の甲賀衆の家族だともいえようから、厳しく監視されていて無理だと思う」

「さようでござるか。では、甲賀衆だけでもできるだけ多く脱出させたい」

「うむ。わかった」

二人は、甲賀衆が寝ている部屋へと向かった。

太一は、『眠りの紙』に火をつけ、扇子を使ってうまく『眠りの煙』を流して部屋番たちを眠らせた後、各部屋に数人ずつ入っている甲賀衆に声を掛けた。すると、各部屋から合わせて数十人ほどが出てきた。だが突然、声が上がった。

「逃げたぞー」

甲賀衆の中にも反家康方がいるため、その者が叫んだのかもしれない。

「与一殿は、皆を連れて先に行ってくれ！　俺は追っ手を何とかする」

「よし、わかった。皆こっちだ！　後についてきてくだされ！」

与一と甲賀衆が走り去っていく。太一は、荷の中から『鳥の子』を取り出した。煙遁の術に使うもので、和紙を固めた玉の中に火薬と発煙剤が入れてあり、手投げ弾として使う。

長束正家の兵が追ってきた。反徳川方の甲賀衆も入っているようだ。太一は、自身と兵との間付近に鳥の子を投げ破裂させた。煙を少しだけ発生させることができたが、煙幕の効果としては十分ではない。太一は走りながら焙烙火矢を準備した。これは素焼きの陶器の中に火薬を仕込んだもので、一種の手榴弾である。追手の先頭の足元に向けて投じた。

「ドカン！」と派手に爆発するはずであったが、そういつもうまい具合に爆発してはくれない。だが、追手はこれに怯んだのか少し立ち止まってくれた。前方に目を遣ると、ちょうど甲賀衆が柵の小門の門番を倒して脱出していくところだった。

太一は枡形虎口に向かおうとした。そのとき横合いから甲冑を纏っていない三人の武士姿の者が現れた。雑兵ではないと見た。太一は忍び刀を差してはいるが、短い刀なので、広い場所で太刀や槍を持った幾人もの武士を相手に戦うのは不利であった。身を屈め脚絆に忍ばせた棒手裏剣を横手から二本連続して二人に打った。夜間不意に襲われたことで、武士も甲冑を身に着けておらず、最初の一本は武士の鳩尾あたりに命中し、男はその場にうずくまったが、二人目の男に打った二本目は躱された。武士たちも、相手が忍びだということで、何を仕掛けてくるかと警戒してなかなか掛かってはこられないようだった。

　これ幸いと、武士たちをそこに残し、太一は甲賀衆が逃げた方向ではなく、自分が侵入してきた南の枡形虎口へと向かった。忍び刀を踏み台にして下緒を口に銜え枡形虎口の屋根へと飛び上がった。屋根を伝って本丸へと戻り、石垣に刺したままにしておいた苦無や鉤縄、水蜘蛛を用いて本丸の堀から脱出した。甲賀衆が追っ手から逃れたかどうか確かめるべく二の丸のほうへと堀の外を走った。

　すると、甲賀衆が丘陵の森の中へ入っていこうとしているのが見えた。野州川方面に逃げるつもりのようだ。その後をだいぶ離れて長束正家の兵が追っている。太一は正家の兵の先回りをして森の中に爆竹のような大きな音を出す百雷銃(ひゃくらいじゅう)を仕掛け、兵たちが森に入ろうとするところで百雷銃に点火する。ものすごい銃声が、それこそ百を超える数の銃声があたりに轟き渡った。兵たちは皆、木の陰や叢に隠れたり地面に伏せたりしている。だいぶ刻(とき)が経過しあたりは静まり返ったが、恐怖心のためか兵士たちは、すぐには立ち上がることができず前に進むことができないでいる。太一は安堵した。

（二、三十人ほどしか助け出すことができなかったが、彼の者たちは甲賀の里に戻ることができるだろう）

太一は丘陵を抜け、杣川(そまがわ)を渡り、飯道山の麓の善実坊の屋敷に戻った。

太一の報告を聞いた善実坊は、いつもは渋い顔をしているのだが、それでもこの夜は心なしか幾分穏やかな雰囲気であり機嫌がいい。

「篠山殿から知らせがあった。家康様はご無事だとのことだ。家康様は牛が淵での朝餉の接待は受けず、前夜石部から女乗り物に身を隠し、篠山殿を始め甲賀武士の護衛の下脱出された由……よくやった」

「はっ、それはようございました」

「それで、そのほうの働きもあり、長束正家のところから戻ってきた甲賀衆なのだが、家康様から山岡道阿弥様に、甲賀衆をできるだけ多く引き連れて伏見城に入城せよとの仰せがあった。道阿弥様は正家の下を逃れてきた者も含めて甲賀衆を集められることになろう」

「えっ……」

太一は複雑な思いがした。伏見城の周りの城はほとんど敵方であり、孤立無援の城である。甲賀衆が加わってもおそらく二千に満たないであろう。それに対して、敵方はおそらく数万の軍勢で伏見城を囲むことになろう。ということは、全員が討ち死にということになる可能性が高い。太一の気持ちを察したのか、善実坊はすかさず慰めみたいなことを言った。

「甲賀衆には忍びの技がある。万事休するときは脱出もできよう」

「……わしらは入城せずともよろしいのでございますか？」

「おぬしたちは引き続き諜報の任に当たってもらわねばならぬ」

「はい。して、十蔵はまだ京に？」

「いや、あれには佐和山城に行ってもらった」

「佐和山でござりますか」

太一は、佐和山には侍女として蓮実の局が入っているが、十蔵が行くということは、蓮実との繋ぎではなく、城に潜入して三成の動向を直接探るのが目的だろうと思った。

「次の指示があるまで初音とともにしばらくここに留まっていよ」

「はっ」

（初音もまだここにいたのか）

三

望月城を含めて甲賀の城は、城というよりも空堀と土塁とで囲まれた砦といったほうが相応しい造りのものであった。その岩尾山の砦の中に設けられた狭い長屋のようなところが、太一たちの塒（ねぐら）であった。狭いので寝るときぐらいしか使わない。太一も初音も砦内では、鍛錬場にいることが多かった。初音は、手裏剣の投擲をやっていた。

「初音！　水口から戻ってきた。しばらくここにいて、次の指示を待てとのことだ」

「私もよ」

「十蔵は佐和山に行ったようだ」

「うん。そう聞いたわ」

佐和山城には、くノ一の蓮実が侍女として入り込んでいる。蓮実はもともとこの里の者ではない。元は信濃の国、望月千代女（ちよめ）の流れを汲んだ幼子（おさなご）であって、武田家と縁（ゆかり）のある家に庇護されていた。それを家康方が甲賀の里に送ってきて、上方や周辺地域の様々なことを学ばせた。そしてしかるべき武家に奉公させた後、三成の侍女とすべく佐和山に送り込んだのである。

太一はこの里で忍びの訓練をしていた子どもの頃、よそから突然やってきた年上の蓮実を何と美しい娘かと思った。だが、己とは無縁の女性だとも感じていた。それは、太一には好きな娘がいたからかもしれなかった。同い年の初音である。

その初音は左右に走りながら、一心に棒手裏剣を的に向かって打ち続けていた。太一は、蓮実のことを思い出した故か、つい聞かないでも良いことを聞いてしまった。

「初音は佐和山の蓮実様のような暮らしがしたいとは思わぬか?」

「嫌よ! 蓮実の局といわれているってことは、三成の妾になったってことでしょ。敵方の女になるなんて……」

「うん……」

多くのくノ一の役割は、たとえ侍女であっても、上の指示で好きでもない敵の男を女として秘術を尽くし籠絡しなければならない。それでも、役目を終えた後には忍び同士夫婦（みょうと）となって所帯を持つこともできる。それは忍びとしては幸せなほうであろう。初音はそのような生き方ではなく、敢えて過酷かもしれないが、男の忍びと同じように生きる道を選んだのだ。太一は初音のそんな生き方を仲間として支えてあげたいと思っていた。

「俺は、水口城から二、三十人ほど甲賀衆を脱出させたが、その際武士と遭遇し、刃を交えねばならなくなった。これからはさような戦いも必要となってこよう。久しぶりにやってみるか？」

「えっ、いいの？」

嬉しそうに答えた初音は、武術が大好きであった。子どもの頃から、この甲賀の里の山や谷を駆け巡り、同い年の太一や十蔵たちと競って訓練した。

この甲賀の里は、鈴鹿山脈を源とする幾筋もの川が、長い年月をかけて少しずついまのような山と谷とが幾重にも重なり、深い碧が覆う独特の地形を築いてできたものだ。その中心となる川が、油日岳（あぶらひだけ）に水源を持ち盆地の中央を流れる杣川である。この川に沿って多くの村々が形成されていたが、狭い盆地では広い田は望むべくもなく、村人たちは山襞に小さな田を開いて自活せざるを得ない状況であった。狭い田のすぐ上にはなだらかな谷と重なり合うように低い丘陵が連なるが、そんな丘陵の山腹には、空堀と二間ほどの高さの土塁とで囲まれた石垣のない小さな砦が数百も築かれていた。この山塞のような屋敷が村々を支配する城館であった。

太一や初音たちの塒がある望月家の城館は岩尾山の裾野にある。岩尾山には少し分け入っただけで、そこここにごつごつとした岩がころがっていた。その苔むす岩からも木々が生い茂っているような深い碧の薄暗い森の中を二人は走った。

山腹に息障寺(そくしょうじ)がある。そこの境内の空き地で太一と初音は忍び刀を模した少し短めの木刀で、剣のように突きを中心とした戦いをする。刀を持った武士と戦う場合、斬る動きでは短い忍び刀は不利だからである。

立ち合いは熱を帯び戦いの場は森の中へと移っていった。太一が太い樫の木を背にしたとき、ここぞと狙って初音が鋭く突いてきた。太一がぎりぎりの間合いでこれを躱すと、初音の木刀は樫の木に突き刺さらんとするかの勢いで伸びてきた。そこを太一は、上から叩き落とした。

太一は自ら持っていた木刀を捨て体術で挑む。体術とは骨法や柔術など日本古来の古武術であり、骨法は手や肘、膝での打撃技を用いた体術である。太一は初音の膝裏を攻撃し、倒すとそのまま組み敷いた。そして、初音の柿渋色の忍び装束の上から左手で、まだ膨らみの小さな初音の右胸を掴んだ。その瞬間、初音の全身から力が抜けた。初音は女としての反応をしてしまったのだった。太一は、抑え込んでいた初音から離れた。

「だめじゃないか。力を抜いてしまって」

「……」

初音の目が潤んでいる。太一も女としての反応を見せた初音の気持ちを十分わかっていて、内心嬉しくもあったが、心を鬼にして厳しく当たった。

「しっかりしろ！　男は皆かようなことぐらい当たり前にしてくる。今日はもうやめた」

組み敷かれたときのままの姿勢で身動ぎ（みじろ）もせずにいる初音を残し、太一は去っていった。

（ほかの男とだったら、抗い戦い続けることもできたのに……）

初音は太一の気配が完全になくなるまで、森の中にじっと横たわったままでいた。

四

十蔵は『繋ぎの伝兵衛』の舟で琵琶湖を渡り、佐和山の城下に入った。城下から見上げる佐和山の山頂に五層の天守を抱く本丸が築かれている。石田三成によって築かれた城だ。

京の落首に『三成に過ぎたるものが二つあり　島の左近と佐和山の城』とあるのももっともだと頷かせるにあまりある豪華さだ。山上には本丸のほか、西の丸、二の丸、三の丸と備えるだけでなく、隣接する尾根には太鼓丸、法華丸といった曲輪もある。

山城に忍び込むのは、十蔵の得意とするところであった。十蔵は虎之爪と呼ばれる指を砂に突っ込む訓練で徹底して指を鍛えており、素手でも石垣を登ることができた。武者返しなどの難所は隙間に五寸釘を打ち込んで登っていく。

三成に関してすでにわかっていることとして、上杉討伐への従軍のため垂井を通りかかった大谷吉継を佐和山城に招き、家康打倒のための挙兵の意図を告げ、協力を要請したところ、これを吉継はいったん断ったものの、三成への友情を捨てることができなかったのか、結局協力することにしたということがある。

三成は、奉行をしていた頃はもっぱら伏見城にいて、佐和山城は父の正継に任せていた。隠居したいまは、西の丸に在城することが多かった。

十蔵は西の丸に忍び込んだ。城内を見ていささか意外であった。外見とは裏腹に、城の内部はきわめて簡素な造りとなっており、たとえば壁はあら壁のままで、居間も板張りである。三成は世間ではあまり良くは言われないが、本当は意外といいやつかもしれないと十蔵は三成に興味を持った。

十蔵は座敷の天井裏に潜んだ。佐和山に増田長盛が来るという情報を得ていた。天井裏に押し当てて会話を傍受する『忍び筒』も用意してある。天井に空いた穴から下を覗き見ると、すでにこの部屋に三成と吉継は一緒にいて笑い話に興じている。十蔵は大事をなそうというこの時期にこの態度、二人は意外と大物かもしれないと思った。

そこへ増田長盛ともう一人が入ってきた。

（いったい誰だろう？　黒染めの僧服を身に纏っている。もしや毛利の使僧・安国寺恵瓊ではあるまいか？）

この意味する事の重大さに、いつもは不敵な十蔵も身を震わせるような興奮を覚えた。より慎重でなければならない。十蔵が聞き取った密談の内容は驚くべきものであった。

四人はこの密談で、何とあの毛利輝元を全軍の盟主に担ぐことを決定した。増田長盛は、長束正家、前田玄以、前田利長と語らい、豊臣秀頼の要請の形で、毛利輝元に大坂に向け六万人の軍勢を引き連れて国元を出帆してもらうようにすること。安国寺恵瓊は京の毛利屋敷にいる輝元の甥でその元養子の毛利秀元に大坂城西の丸に入らせ、家康の留守居・佐野肥後守綱正を家康の側室ともども追い出させ、輝元の西の丸入城の準備をすること。その後長盛は、五大老の一人である宇喜多秀家を入城させ、輝元に秀家とともに家康を糾弾する二大老連署状『内府違いの条々』を、前田玄以、増田長盛、長束正家の三奉行の副状とともに諸大名に送らせるといったことであった。

十蔵はその内容のあまりの重大さに、心の臓が、おのが身の外に飛び出してしまうのではないかと思えるほどの緊張を覚える中、飯道山麓の善実坊の屋敷へと急ぎ戻った。

十蔵の話を聞いた善実坊は、最初は真なのかと耳を疑った。初音が届けた蓮実からの密書では、宇喜多秀家を総大将に担ぐとの話であった。その程度のことは予想されていたことだった。だが、毛利が出てくるとなると話はまるで違ってくる。事情が変わったということかもしれない。蓮実も三成の寵を得ているとはいえ妾にすぎない。三成が政局の重大事をそう簡単に漏らすことはないのかもしれないし、真相を掴むことが容易ではないことも事実であろう。くノ一の限界かとも考えられる。

「よく掴んだな。また、戻って引き続き動きを探ってくれ」

「そのつもりでござった。では……」

善実坊がまだ何か言いたそうな表情をしたので、立ち上がりかけた十蔵はそのまま控えた。

「何か？」

「うむ……。蓮実のことだが、ちゃんと役目を果たしているのか、ちと気になるところがある。そこのところを……」

「合点、承知！」

善実坊が全部を言わないうちに十蔵はニヤリとして走り去った。その十蔵の後姿を見て、善実坊は舌打ちをした。

（あやつ……しょうがないやつだ）

十蔵は、夜になるのを待って佐和山城に忍び込んだ。初めて蓮実のいる二の丸の天井裏に潜んだ。

（これはお役目なのだ。仕方なくあの蓮実の局様の手管を拝見いたすのだ）

十蔵はにんまりとした表情を隠すことなく潜んでいた。

声がする。三成が局の部屋を訪れたようであった。十蔵は天井板に空いた穴から下の様子を窺う。明かりを抑えた燭台の中、布団が仲良く二つ敷かれている。蓮実は布団の外の枕近くに控えている。奥の布団に三成がすっと入る。蓮実にこちらに来るようにと言っているようだ。十蔵は声や物音を立てないようぐっと唾を飲み込んだ。

甲賀の里で十蔵は、己と同じくらいの年頃の娘が、老忍からくノ一の術を仕込まれるところを覗き見たことがあった。十蔵もやはり若い男だ。最初は、老忍から攻められるおぼこと思われる娘の姿を興味本位で見て興奮していた。しかし、次第に娘の姿が痛々しくなり不快な気持ちでいっぱいになってきた。老忍は、それが仕事なのであろうが、おぼこ娘をいっぱしの『女』とした後、男の一物を愛撫する方法を徹底的に仕込んだ。娘もやはり女だ。たちどころにツボを覚え、老忍を恍惚とさせている。愛撫を加えつつ男がどういう顔の表情の変化を見せるか上目遣いに観察している。その後、あらゆる体位での行為が続けられた。十蔵はもう十分だ。これ以上見たくないと思ったが、これが約一月続けられるという。このように十蔵は過去に興奮と不快さを味わった経験があったが、此度は、里で最も美しい娘だと憧れたことのある蓮実であったから、期待は大きかった。

三成は、三成の夜具に横座りした蓮実の赤い帯をほどき、白い夜着を剥がしていく。引き締まった輝くばかりの蓮実の白い裸身が現れる。

(美しい！　これでは三成が溺れるのは当然ではないか)

十蔵は里の娘との男女の経験はあったが、これが『本物の女』ではないかと思った。つまり己はまだ『本物の女』を知らないのだ。三成は蓮実を組み敷き、蓮実は快感に悶える風を装っている。

(うん？　いや、あれは本当に喘いでいるのではないか。あっ、絶頂に達してしまった。これも演技というのか？　いや、真のように見える……)

三成は少し休んだ後、再び蓮実の身体に挑んだ。繰り返し同じことが起きた。蓮実は、自らは何もしていない。蓮実は手管らしいことを何も使っていない。

（あまり考えたくはないが、もしかして蓮実は三成に惚れてしまったのではないか。となれば……これは大変だ！　蓮実の心が三成に奪われてしまったのなら、寝返って三成方についたわけではなかったとしても、もはや蓮実からの情報は信じられぬ。くノ一が逆に虜となってしまうということがあるのか？）

十蔵がもやもやとした気持ちのまま善実坊の屋敷に戻ると、事態は急転していた。

宇喜多秀家を総大将とする軍四万が伏見城を囲んだ。副大将は小早川秀秋で、ほかに島津義弘、小西行長（ゆきなが）、長曾我部盛親（ちょうそかべもりちか）、毛利秀元、吉川広家（きっかわひろいえ）、大谷吉継らがいた。甲賀衆は三百余名が伏見城に籠ったという。

太一と初音は開戦に備え、急ぎ京に戻っていた。十蔵もすぐに京に戻り、戦況を注視するよう命じられた。

第三章　伏見城攻め

一

　圓光寺で兵法修行を続ける武蔵は、十七歳となっていた。五大老の一人である備前岡山城主・宇喜多秀家が出陣すると聞いた。かつて養父・平田無二斎は、新免伊賀守宗貫にその家老として仕え新免の名を賜っていた。その養子である己が、新免武蔵と名乗ることができるのもそのおかげである。宇喜多家は五十七万五千石の大身であり、まさに己が仕えるにふさわしい大名家だといえた。

（新免の名を前面に出せば、己は新免家の元家老の息子であるから、侍大将とまではいかずとも、足軽組頭ぐらい望めるやもしれぬ）

　幾人かの弟子も抱えるようになり、剣の腕に自信のある武蔵であるが、まだその心は、世間知らずの幼いところを残していた。武蔵は紹介者の書状など何も持たずにいきなり岡山城に乗り込もうとした。岡山城は、まだ大改修がなされて間もなく、黒漆塗りの天守を備えた漆黒の堂々たる美しい城であった。いきなり大手門の門前で名乗りを上げた。

「拙者、新免伊賀守が元家老・新免無二斎が息、新免武蔵玄信と申す者にござる。此度の戦陣に参加いたしたく罷り越した。お取次ぎをお願い申す」

門番は怪訝な顔をし、何か書付を見ている。驚くべきことを聞かされた。

「新免家は此度の参陣は許されてはおらぬ。早々に立ち去られたい」

武蔵は耳を疑ったが、実は直前に宇喜多家ではお家騒動が持ち上がり、多くの家老ほか主だった家臣が宇喜多家を去っていた。此度の宇喜多家の参陣も危ぶまれるほどの大騒動だった。新免家もその騒動に巻き込まれていたのだった。

宿へと戻った武蔵は、そもそも新免という名に頼ろうとしたことが間違いだったのだと思い知った。一兵卒(いっぺいそつ)から出発し、武功を立てていくのが武士の本来の姿であろう。武蔵は伏見城攻めの宇喜多隊の一足軽として参戦することに決めた。

翌日、常盤口門を訪れ、平田武蔵玄信と名乗った。すると三之外曲輪に行かされ、そこの役人に歳を聞かれ、十七歳と答えると小荷駄隊に配属されてしまった。足軽は足軽でも、兵糧を護衛する役目である。小荷駄隊のほかの者たちを見るとその多くが農民である。武蔵は忸怩たるものがあったが、逆にここからのし上がっていくことこそが肝要なのだと己に言い聞かせた。

宇喜多秀家の隊が京の都へと入り、武蔵が従軍する小荷駄隊もこれに従った。宇喜多軍だけでも一万七千人いる。これに小早川秀秋、毛利秀元、島津義弘らの軍まで合わせると四万人を超える大軍容である。

伏見城は、指月の伏見城が大地震で倒壊した後、近くの木幡山に築かれたまだ新しい城である。秀吉が贅を尽くして築造させた五層の天守を備えた堅城である。籠城兵約一千八百人の伏見城を四万余の大軍で取り囲むのだが、小早川家ほか八家から成る軍の統制が取れていないように見える。武蔵のいる小荷駄隊などは、戦の邪魔になるからと、巨椋池のあたりまで遠ざけられてしまっていた。これではとうてい、戦に関わりようがない。

一方の籠城側であるが、本丸は、下総矢作四万石の城主・鳥居彦衛門元忠、大手門から三の丸を下総小見川城主・松平主殿助家忠および松平五左衛門近正、西の丸を上総佐貫城主・内藤弥次右衛門家長および内藤元長、松の丸を秀吉の甥・木下勝俊が出ていった後に徳川領の代官・深尾清十郎、名古屋丸を郷士の甲賀作左衛門および岩間兵庫守光春が守っていた。なお、太鼓丸には宇治の町人の茶商で竹庵と言われた上林政重が入っていた。

戦いの火蓋が切られる前、太一、十蔵、初音らの甲賀忍びたちは、諜報活動を行いながら、三成方の奉行、長束正家、前田玄以の屋敷に火をかけた。これを機に翌七月十九日、三成方からの矢入れがあり、戦端が開かれた。

最初は大手門や東大手門に対し、あるいは堀を渡り石垣に取り付き、雑兵による攻撃が繰り返されたが、渡り櫓や堀の陰、それに矢狭間から弓・鉄砲による反撃を受け、ことごとく跳ね返された。また、宇喜多隊が堀のこちら側から鉄砲による総攻撃を行ったが、その効果はほとんどなく、十日間以上も開城させることができないでいた。

そこで長束正家は、傘下の甲賀武士の頭・鵜飼藤助に命じ、松の丸の深尾清十郎の下にいる甲賀衆に向け矢文を放った。その内容は次のようなものであった。

『明夜　子の刻、城内に火の手をあげ内応すべし回忠あらば、秀頼公より恩賞を賜るもし応ぜねば、妻子眷属、ことごとく磔にすべし』

伏見城に籠城する甲賀衆に対し、水口城の妻子を人質にして甲賀衆に返り忠を促すものであった。あの水口城に捕らえられた甲賀衆の妻子は、伏見城内の裏切りの道具として使われたのである。

これを受け、松の丸の甲賀武士・山口宗助、永原十内は、仕方なく三十一日夜半、子の刻（午前〇時）に松の丸のあちこちに火を放ち、内側から城壁を崩して三成方を城内に引き入れた。これにより一挙に戦局は動き、小早川秀秋勢らが城の中に突入し、松の丸と名古屋丸を完全に制圧することとなる。松平五左衛門が討死を遂げ、松平家忠など大手門から三度出撃するという奮闘を見せながらも討死し、ほかの主だった武将たちも皆討死することとなった。

二

太一、十蔵、初音の三人は、松の丸と名古屋丸に籠城している甲賀衆を少しでも救い出せないものかと伏見城の近くで戦況を窺っていた。城の炎上に乗じ、小早川勢が松の丸と名古屋丸へと侵入した後、紅雪堀(こうせつぼり)のこちら側には城内から鉄砲で打たれて死んだ小早川勢の死体が幾つか転がっていた。

三人は死体の甲冑、旗指物などを剥ぎ取り、素早く身に着け、城に侵入した。城の中では、あちらこちらで動き回っている小早川勢に対し、地面に転がっているのは徳川勢と甲賀衆ばかりであった。松の丸、名古屋丸ともかなり火の手が回っており、いずれの丸の中へも入ることはできなかった。それぞれの丸と背後の本丸との間には空堀がある。

三人は、名古屋丸の背後にある井戸の水を浴び、燃え盛る松の丸横の狭い空間を通って空堀を目指した。火の粉が水を浴びた身体にしきりと落ちてくる。

空堀には十数人が倒れていた。その多くが怪我を負っているが、倒れている原因は主に煙を吸い込んだためのようだ。三人は、まだ息のある者を見つけ、その頬を叩き正気に戻そうとした。五人だけだが意識を取り戻した。いずれも甲賀衆であった。歩ける二人には独力で歩いてもらい、残る三人を一人ずつが、肩を貸して脱出することにした。

出丸の空堀を抜け、御花畑山荘に至った。この山荘はいまの時期、普段は緑の木々が心地よい爽やかな涼を運んでくれるところだが、いまやこの山荘も火が燃え盛っている。太一たち甲賀衆は木々の間を火の粉を避けながら逃げた。すると、突然木々の中から比較的元気そうに見える兵の一団が現れた。

（あっ、見つかってしまった。どこの兵だろうか？）

旗指物の検片喰（けんかたばみ）の家紋からすると宇喜多の兵のようだ。歩ける二人の甲賀衆は、さっと宇喜多の兵に向かっていった。しかし、多勢に無勢、二人とも簡単に倒されてしまった。手負いの三人を抱えた太一、十蔵、初音は、十数人の兵を相手にどうこの難局を切り抜けようかと思案した。怪我を負った甲賀衆を支えながらであるから、小早川勢を装った敵だとすでにわかってしまっている。忍びにとっては、あらゆる事態に対してどう対処すべきかを考えそれを実行に移すことは、日頃から当たり前に訓練していることだった。初音が鳥の子を、太一は焙烙火矢（ほうろくひや）を、十蔵が取火方（とりびかた）という火炎放射器のようなものを使うことを無言で意思疎通した。

三

武蔵は宇治川のほとりから炎上する伏見城を見ていた。このまま小荷駄隊にいては、戦功も何もあったものではない。秘かに隊を離れ、炎上する伏見城へと向かった。城の西側の治部池横の通路を通り、普段は緑の木々豊かな御花畑山荘に入った。ここも炎上している。火を避けながら木々の間を抜けていくと、少し開けたところに十数人の兵がいた。彼らは、手負いの仲間を抱えた数人の者たちと対峙している。兵は紋所から宇喜多の兵だとわかる。武蔵は声を掛けた。

「いかがした?」

兵たちは振り向き、武蔵の衣の紋所から味方だとわかった。六尺近い大兵であるが、どの隊に属する者だろうかと思った。一人が武蔵に向かって吠えた。

「こいつらは、俺らの獲物だ。黙って見ていろ」

「手負いの者を抱えた、見るとまだ年若い子どもではないか」

太一たちは、武蔵と同年齢の十七歳となっていたが、概して忍びは小柄であり、武蔵から見ると『子ども』に見えたのかもしれない。

一人の兵士が槍を突き出し手負いの一人を突き刺した。その者を抱えていた者は、さっと低い姿勢を取り短めの刀を抜き顔の前に構えた。独特の構えであり、武蔵が初めて見る構えだ。しかも若い娘のようだ。瞳の奥にきらりと輝きを秘めたきれいな目をしている。戦場にいるにもかかわらず、そのとき武蔵にはふと志乃の顔が思い浮かんだ。次の瞬間、武蔵は攻撃を加えたその味方の兵に向かっていった。持っていた木太刀を真っ向上段から、その構えられた槍に叩きつけ柄を真っ二つにへし折った。

「何をする！」

その場にいた宇喜多兵皆が武蔵に槍を向けてきた。武蔵は兵たちを恫喝した。

「やめておけ！」

そして、後ろを振り返りながら、初音たちに向かって言った。

「おぬしたちは、手負いの者を連れて城を落ちよ」

初音は武蔵に会釈をすると、それぞれ手負いを抱えた太一と十蔵を促して、この場を離れていった。追おうとする兵たちを遮るように武蔵が木太刀を片手に提げ、立ちふさがった。

「おい、どけ！　どこの隊か？　ただでは済まさぬぞ」

「わしか？　わしは宇喜多の遊軍だ」

「遊軍？　胡乱なやつめ」

武蔵は脇差を左手で抜いた。右手には木太刀を提げている。そして二刀下段『水形の構え』を取った。宇喜多兵は、先ほど槍を叩き折った武蔵の剣の腕を恐れてなかなか打ち掛かっていくことができないでいる。それでも一人が、ややや けくそ気味に槍を突き出してきた。武蔵は難なくその柄の頭を木太刀で抑え込むのと同時に左手に提げた脇差で柄の頭のところから両断した。槍を真っ二つにされた兵は、後ろにひっくり返り恐怖でおののいている。これを見たほかの兵は、武蔵を相手にする気が失せたようだ。

「かようなやつを相手にしてもしょうがない。徳善丸のほうに向かうぞ」

その一隊を率いる者であろうか、その声に従い、皆武蔵を憎々し気に一瞥しながら徳善丸のほうに走っていった。

　武蔵は、娘たちが無事逃げおおせたか気にしながらも、降りしきる火の粉を避けつつ、治部池と堀との間の橋を通って二の丸の横を抜け、本丸への橋を渡った。


　伏見城本丸は紅蓮の炎に包まれていた。その本丸を背に、本丸前の階に血刀を杖にして座り込む満身創痍の鳥居元忠がいた。武蔵が近づいていこうとしたとき、雑兵を制して、鉄砲を提げた一人の武将が、元忠に近づいていって何やら話しかけている。

「それがし、雑賀の孫市と申す者にござる。鳥居彦右衛門元忠殿とお見受けいたした」

　疲労困憊の元忠は力なく頷く。

「鳥居殿、拙者が介錯いたしたく存ずるが、いかがでござろうか？」

「うむ……では、頼む」

　元忠は声を振り絞ってそれだけ言うと、階から滑り落ちるように降り、腹を召すべく座った。武蔵は、その場の雰囲気から二人の邪魔をしてはならぬと思い、少し離れたところから、元忠の最後の雄姿を見守った。

武蔵は伏見城城主の最後を見届けると、炎上する伏見城内を駆け巡っている三成方の兵の間をゆっくりと城外へ去っていった。千八百人いた籠城兵の多くが討死していた。甲賀衆は太一たちが助け出した二人を加えても、城から生きて逃れることができたものはわずかであった。長束正家の内応の要請に応じた甲賀衆がいたが、結局水口城の人質の妻子たちは皆、水口の城の南を流れる野州川の河原で磔にされ殺された。この戦いで甲賀は人的に壊滅的な打撃を被ったのである。

四

武蔵は騒然とした京の都を鴨川に沿い北へと向かっていた。伏見から離れた場所であっても、京の都では至る所乱暴狼藉(らんぼうろうぜき)がはびこっていた。

東山の近くに来たあたりであろうか、二台の大きな荷車に色とりどりの幟を閃かせた煌びやかな十数人の一団が、武器を持った男たちに足止めされている。その男たちは、伏見城攻めに加わった三成方の雑兵のように見える。都を移動する者たちを、あたかも落ち武者狩りをするかのように襲っているのであろうか。雑兵は一団の中の女たちをからかっているようだ。よく見ると旅芸人の一座であろうか、鼓、太鼓、笛などがある。

「刀を差して踊ってみろ」

「ここは私どもの踊る舞台ではありませぬ。どうか通してくださりませ」

背が高く姿勢のいいきりりと引き締まった面差しの女性が、雑兵を恐れる風もなく毅然とした態度で応じている。

「近頃じゃ、五条河原じゃ、ちぃとも見かけなくなったそうじゃないか。いまじゃ御所とかじゃないと踊れぬのか。偉くなっちまったもんだ」

「いえ、一座の者たちも、本当は五条河原で踊りたいのです。戦で都がかような有様で、踊りたくとも踊れぬのです」

この女、その名をお国（くに）という。一座は傾き踊りでその名を上げつつあった出雲阿国（いづものおくに）の一座であった。戦乱を避け、京を離れようというのであろうか。そのとき一人の雑兵が、一座の若い娘の手を引き、抱き寄せ連れ去ろうとした。

「あっ、お菊！　やめてくだされ」

お国はお菊のほうに向かおうとしたが、ほかの雑兵がこれを遮った。これを見た武蔵はさっと近づき声を出さずに、持っていた木太刀で娘を抱えた雑兵の肩を押さえ、娘から引き離すような力を加えた。雑兵は驚いて振り向いたが、一見して豪の者とわかる六尺近い筋骨隆々とした武蔵の姿に少々怯みながらも、掴んでいた娘の手を放し、両手で武蔵の木太刀を振りほどいた。

「貴様は何者だ。落武者は容赦しないぞ」

「この紋が目に入らぬのか」

「あっ、宇喜多ではないか。どこの隊だ？」

武蔵は不敵に笑いながら答えた。

「わしは宇喜多の遊軍だ」

「遊軍？　おぬしそんなもの聞いたことがあるか？」

雑兵は近くの数人に聞くが、皆首を横に振るばかりだ。

「胡乱なやつめ！　おぬし、おおかた宇喜多の騙り(かた)であろう。皆で叩きのめしてやる」

その雑兵を先頭に武蔵に襲い掛かろうとした雑兵たちは、武蔵の木太刀の目にもとまらぬ華麗な太刀捌きに一瞬にして、その中の五、六人の者が腕や脚などを打たれ、転げ回っている。これを見たほかの者たちは、関わらぬが身のためと悟ったのか、怪我人を抱えながらさっと潮が引くように去っていった。

お菊は一座の下に戻った。お国が武蔵に近づいた。

「お武家様！　私、生まれて初めて真の剣の舞を拝見いたしました。男装して傾き踊りなどと称してやってはおりますが、私のは真っ赤な偽物でござりました。もっとも、私のは『舞』というよりも飛び跳ねる『踊り』と申せましょうが……」

お国はすっかり興奮して捲し立てている。そして、両手を合わせ、とんでもないことを武蔵に頼んだ。

「お武家様！　お願いです。もう一度、見せてくださいな」

武蔵はこの女、いったいどういうつもりなのかと、お国を凝視した。だが、その目を見てわかった。己は、剣の道の頂を極めようと邁進している途上にあるのだが、己と同様にこの女も舞か踊りか知らぬが、その芸の道を極めたいと精進している己と同じ『芸者』なのだと。

（よし、では、さっきと同じ『芸』をいま一度見せてやろうではないか）

武蔵は目を閉じ、まず先ほどの身のこなしを脳裏に再現してみた。そして、相手がいない中、女の望み通りに演じてみようと試みた。しかし、記憶を再現した上で相手がいない中それを演ずることがこんなにも難しいものなのか。それは、とうてい武蔵には満足のいくようなものではなかった。それでもお国にはなにがしか通じるものがあったようだ。

「まあ、何と華麗な！　お武家様は、お若いのに、舞の名人でいらっしゃいますのね」

「いや、別に舞っているわけではないが……」

「見事な舞にござりまする」

お国は、うっとりとした眼差しで武蔵を見つめている。二十代後半かと思われる色香のある大人の女の流し目に、

「それがし、先を急ぎますれば、これにて失礼いたしたく存ずる」

と、逃げるように立ち去ろうとしたが、名を聞いてきた。

「お名前をお聞かせ願えましょうか？　私はお国、傾き踊りの一座のお国と申します」

「拙者、播州牢人、宮本武蔵と申す。では」

実は、お国一座はこの半刻ほど前には近衛邸で踊っていたのだが、このときを最後に都から姿を消した。

第四章　黒田家

一

話は伏見城が攻撃される少し前に遡る。石田三成が挙兵すると、徳川家康に従い上杉討伐に向かった豊臣恩顧の大名たちは、そのまま家康の命に応じ、三成側を攻撃するいわゆる東軍に属した。そこで、三成は彼らを家康から引き離すための方策として、上方にいるその妻子を人質に取ろうと考えた。

黒田官兵衛孝高、いまは出家し如水軒円清という。黒田如水は、このことがあるのを予想し、九州・豊前・中津から腹心の重臣たちを大坂に送り込んでいた。大坂・黒田の天満邸には、如水の妻・光と嫡男・長政の妻・栄姫がいた。長政は、家康との絆を示すため、妻であった蜂須賀正勝の娘・いとを離縁した。そして保科正直の娘が家康の養女として、数か月前に嫁いできた。これが栄姫、十六歳であった。

如水の腹心、栗山四郎右衛門利安（通称、善助）は、黒田家出身の商人・納屋小左衛門と相談し、光と栄をまず邸の蔵に隠した。そして善助は風呂場の壁の下を穿って脱出させ、両名を俵に入れ、大力の母里太兵衛友信が、商人に扮して天秤棒の両端に俵を何度も積んで運ぶといった偽装行為をし、それに紛れて二人を運んだ。

藩邸は、三成方の約六百の兵で取り囲まれていたが、二人とよく似た女性を入れて、光と栄がまだ邸にいるように装った。

伏見城攻撃の二日前の夜、玉造方面で火の手が上がった。人質となるのを拒んだ細川ガラシャ（明智玉）が、細川家の家老・小笠原少斎に自身の胸を槍で突かせ、その後少斎が屋敷に火を放ったものだった。

この機に乗じて、光と栄の二人を箱の中に入れ、川舟で三成方の番所の検問を何とか通過させて、播磨国・家島の船頭・太郎左衛門に船で送らせた。如水は、大坂から備後の鞆の浦、周防の上関、そして中津へと至る航路を確保していたのである。

無事に光と栄を中津へと逃がすことに成功した栗山善助と母里太兵衛らは、しばらくは三成方の目をくらます意図もあって、大坂の天満邸に留まっていたが、伏見での戦況も気にかかり、京一条通り猪熊近くの黒田屋敷へと戻ることにした。伏見の藩邸は、戦のためとても使えるような状況にはなかった。

栗山善助たちが一条黒田屋敷へと向かっていたときであった。そこに若い三人の野良姿の者たちが、二人の怪我を負った兵を支えて歩いているのに遭遇した。このとき、もちろん太一たちは、伏見城を出るや上から着ていた小早川の甲冑などは脱ぎ捨てていた。善助と太兵衛に付き従っていた宮崎助太夫がさっと五人の側に寄った。

「怪我を負っているではないか。もしや伏見城で?」

太一たちは、この武士が味方か敵か判別しようとその紋所を見た。藤巴紋であり、黒田家の者たちだとわかった。太一が答える。

「この二人は、伏見城で戦った徳川方の兵でござりまする。われらは薬華庵の者ですが、そこに運んでいるところでござります」

薬華庵と聞き、栗山善助が声を上げた。

「おお、薬華庵は大殿が薬をいただいていたところではないか。薬師の道庵殿も大殿がおられるときなどには、よく屋敷に来て話などしておったぞ。薬華庵までには、も少しある。ひとまず屋敷に入られい」

怪我人を抱えた三人は、栗山善助の言葉に甘えることにした。十蔵は急ぎ道庵を呼びにいくことにした。

「では、俺が主人を連れに参る。おぬしたちは怪我人についていてやれ」

十蔵はそう言うや、太一と初音を残し、薬華庵へと走り去った。太一と初音は、助太夫たちの手を借りながら怪我人を黒田屋敷へと運んだ。屋敷で二人は、怪我人の傷口を洗い、包帯として使う布などを替えるなどして道庵の到着を待った。その後、二人は栗山善助に呼ばれた。

「伏見の城は落ちたと聞いた。そちたちも城で戦っていたのか?」

善助の問いに、太一が答える。

「いえ、お城が炎上してしまったので、何とか助け出せないものかと城の中に入ったのでございまするが、結局二人だけしか助け出せませんでした……」

「うむ。そうだったのか。燃えている城に入ったとは！　いやいや、なかなかあっぱれな働き、頼もしく思うぞ」

「はっ」

善助の言葉に二人は平伏する。

「ところで、そなたたちはお若いが、忍びであるな」

太一と初音は互いの顔を見合わせる。

「いや、心配せずともよい。ここだけの話よ。もちろん、薬華庵が甲賀の配下にあることは承知しておる。甲賀衆はほとんど家康様か、徳川家に従う大名家に仕えていると思うが、黒田家では忍びは、当主が長政様・若殿に代わられたのを機に、皆若殿に従っている。これまた、ここだけの話じゃが、一度は隠居された大殿ではござるが、まだまだ天下の動きには興味がおありのようじゃ。もし良ければ、そちたち三人も大殿に仕えてみぬか？」

太一は、話の展開にあっけにとられている。察するに、おそらくこれは、甲賀が伏見城攻めで人的に手痛い打撃を被り、さらにこの先待ち受ける苦難を察しての好意で差し伸べられた救いの手とも思えた。だが、即答できる話ではない。

「大変ありがたいお話ですが、いまは、お断りいたします、としか言えませぬ。この後いったん甲賀の様子を見に戻ってみようかと思っておるところでございます。それで、大変厚かましいのでございますが、もし仕えるとした場合、三人の扱いはいかが相成りますのでござりましょうか？　ちなみに、われらは十七歳でござりまする」

「身分か？　十七歳とな。うむ……。忍びじゃから、武士として抱えることはできぬが、一人扶持並みということではどうか？」

「わかり申した。里に帰って事情が許すかよくよく考えさせていただきまする」

二

武蔵は、宇喜多の小荷駄隊を勝手に離脱したことにより脱走兵ということになった。兵の数にも入らぬような取るに足りない存在とはいえ、もはや宇喜多兵として戦うことはできない。武蔵はすでに宇喜多の兵装から、いまは黒の小袖に平袴の出で立ちとなっている。

（この先いかがするか。養父・平田無二斎が九州・中津の黒田家にいる。黒田家にお世話になってみるか。また、小荷駄隊からやもしれぬが……）

武蔵は京の黒田屋敷を訪った。

（養父の名はあまり出したくはないが、紹介者もいないという状況ではいたし方あるまい）

　黒田屋敷では宇喜多の岡山城のようなことはなく、養父の名を出したこともあってか、すんなりと中に通された。しばらく控えの間に座していると呼ばれた。部屋には上座にかなり年配の武士が座していた。歳の頃は五十がらみではないか。威厳がある。

「待たせたな。面を上げられよ。名は何と申す？」

「はっ、それがし作州出身、平田無二之助一真が息、平田武蔵玄信と申す者にございます」

　ここでは、平田を名乗った。

「何？　では無二斎殿の息子か？」

「はっ、無二斎は養父にござります」

「無二斎殿は、陪臣扱いで直臣ではござらぬが、いま黒田家武術師範として中津に道場を構えられ、黒田家が家中の者たちを鍛えてくださっておられる。そうか息子殿でござったか……。あっ、いや、申し遅れた。それがし栗山四郎右衛門利安にござる」

この名乗りを聞き、武蔵は（おっ！）という表情をした。何しろ栗山善助は、黒田官兵衛・如水の第一の家臣・筆頭家老だったからである。

「黒田家も代替わりで、多くはそのままご子息の若殿に仕えることとなったが、わしらのように長く大殿と苦楽をともにしてきた者たちは、大殿からは離れられぬ。母里太兵衛なども同様じゃ」

善助は、その苦楽の一つでも思い出しているのか、遠くを見つめるような眼をした。

「そこでじゃ、武蔵殿はいずれのお方にお仕えしたいか。やはりお養父上（ちちうえ）と同様に中津で大殿に仕えたいか？」

「いや、お恥ずかしながら、それがし養父とはあまりうまくいってはござりませぬ。それに養父が新免家を出奔して以来一度も会ってはおりませぬ」

「そうか。では、とりあえず若殿についてみるか。いま上杉討伐軍は、小山から引き返して清須城に集結する手筈となっておる。清州に参るか。いまなら、次の合戦に間に合うぞ。わしが若殿に書状を認（したた）めよう」

「はっ、ありがたき幸せ。黒田家のため、この一身捧げる所存にござりまする」

そのとき取次の者が入ってきた。

「ご家老様、いま薬華庵の道庵殿が参られました」

「さようか。わかった。あの部屋はそのまま治療に使わせてやってくれ」

武蔵は、黒田家が家中においてもあの戦に巻き込まれて怪我人でも出たのかと思った。

「ご家中でも、やはり戦でお怪我をなさった方がおられますするのか？」

「いや、なに、うちの家中ではないが、伏見城から仲間を助け出した者がおってな」

武蔵は、まさかあの娘たちのことではないかと思い尋ねた。

「あっ、それはもしや、まだ若い娘を含んだ三人の子……いや、若者ではございませぬか？」

「おお、よくご存じで、お見知りの者たちにござるか？」

「先ほど御花畑山荘で宇喜多の兵に襲われておった者たちでございましょう」

「そうか、ご貴殿がお助けなされたのだな。これは奇遇、天の思し召しじゃ、会ってゆかれるが良い」

三

十蔵に連れられてきた道庵は、怪我人の手当てを済ますと、珍しく太一たちを褒めた。

「この二人、命は助かるぞ。黒田（栗山）様が、ご親切にもこのまましばらくこちらの部屋を療養に使ってくれて良いとのことじゃ。ありがたきことよのう。それにしてもおぬしら、炎上している城に入って、よくぞ助け出してくれた」

「ほかにも助け出せそうな者たちもいた。もっと助け出したかった……」

太一が何かほかにもっとできたのではないかといった苦悶の表情を浮かべている。

そのとき、取次の者が、道庵たちに来客を告げた。

「御免！　失礼いたす」

何とそこに、伏見城で助けてくれたあの男が現れた。武蔵である。初音がさっと立ち上がって会釈をした。

「先ほどは、お助けしていただきながら、お礼も申し上げずに、誠に失礼いたしました」

太一は、初音が男にこんな対応をするのを初めて見た。そしてそのことに自らの感情が複雑な動きを見せたのにたじろいだ。

（まさか！　嫉妬心なんてことはあるまいな）

武蔵は、初音に軽く頷き返しながら、薬師と思われる道庵に向かって尋ねた。

「お二人の怪我の具合はいかがでござろうか？」

「大丈夫でござる。うちの者たちがよく救い出してくれ申した。それには、ご貴殿のお力添えが大きかったのでござりますな。誠にかたじけなきことにござりました。申し遅れました。手前は、この近くで薬華庵という小さな薬屋をいたしております道庵と申します。これらの者は、太一、十蔵、初音でござります」

「拙者、播州・龍野の圓光寺に草鞋を脱ぎ、ただいま兵法修行中の宮本武蔵と申します。以後、お見知りおきを」

武蔵は、伏見城でのいきさつと身のこなしから、これらの者が忍びであるということに気づいていた。

「それがしは、こちらの黒田家のご家老のお計らいで、これから黒田長政様の陣中に罷り越す所存でござる」

「さすれば、いわゆる東軍として、次は美濃攻めということになりまするな。どうぞ、ご武運を！」

「かたじけない。では、これにて……」

初音が遠慮がちに声を掛けてきた。

「あのう、清州へ参られるのでござりますのか？」

「いかにも、さようだが……」

「琵琶湖近くの街道は、いずれも三成方の兵で溢れております。少し山の中に入ることになりますが、甲賀を通っていく道がござります。もし、よろしければ、私がご案内いたしたく存じますが……」

初音は武蔵から、道庵、太一たちへと視線を向けその承諾を求めている。男たちは、素早くこれが戦況の諜報活動へと結びつけられると踏んで、まあ良かろうという表情を見せている。太一が言った。

「俺と十蔵も一緒に行く。特に今後の三成方の軍の動き、展開がどうなるのか探りにいく」

道庵は、これまで命じられたことをこなすのがやっとだった三人の成長ぶりに目を見張った。

(わしが歳を取るわけじゃ)

道庵は苦笑しつつ何度も頷いていた。

第五章　美濃攻め

一

　太一たちにとっては、いつもの走り慣れた山道である。太一と十蔵は、二人の先を一緒に並ぶようにして歩いている武蔵と初音から少しだけ距離を取って歩いていた。武蔵がいるからいつものように走ってはいない。それに、武蔵と初音の二人が醸し出している雰囲気である。太一と十蔵は、読話と呼ばれる唇だけの動きで無言で語り合っている。

（おい、見ろよ。初音のほうが積極的だぜ。初音のこんな姿見たことないぞ。太一、おぬし良いのか？）

（……）

　十蔵の言葉にしばし考え込む風であった太一は、その感情は心の内に抑えて、武蔵と初音に聞こえるように声に出して言った。

「俺は、岐阜城に忍び込んで織田秀信が様子を探ってくる」

「俺も、西軍が動きを探ってみようと思う」

先を急いでいた武蔵と初音は立ち止まり、後ろを振り向いた。武蔵は、清州へは一人で行こうと決めた。

「ここまで一緒に来てくれて助かった。もう十分だ。この先は初音殿もおのが務めに就かれよ」

初音は武蔵のほうを見遣りながら少し心残りがあるようではあったが、会釈して武蔵から離れた。十蔵は、佐和山城に何か気がかりなことがあるようであった。

「俺は佐和山に行く。おぬしたちは、岐阜城へ行け」

太一と初音も、三成が在城する近江の重要拠点である佐和山城から美濃一帯を広く探ろうとの意図かと納得した。もちろんそうした目的もあるが、十蔵は蓮実の心底をもう一度確かめたいとの強い思いがあったからだった。

二

十蔵は佐和山城に入った。十蔵にとって、夜の佐和山城は勝手知ったわが家ではないが、どこに気をつけるべきかなど十分弁えた自家薬籠中（じかやくろうちゅう）の城となっていた。夜の間に忍んだ西の丸には三成がいた。十蔵は三成にほとほと感心した。朝からずっと座りっぱなしで、せっせと書状を認め（したため）あちこちに出している。様々な指示を西軍の諸城に向けて発しているようだ。実に勤勉なやつだ。つい先ほどは、犬山城と大垣城に向け書状を送った。犬山城には娘婿の石田貞清（さだきよ）がいた。大垣城には伊藤盛政がいる。

清須城に集結しつつある東軍に対し、濃尾平野には東から木曽川、長良川、揖斐川（いびがわ）が、西軍諸城の天然の防塁をなすかのように横たわっている。これらを防衛線として東軍を迎え撃とうと三成は考えているのかもしれない。そうだとすると、木曽川の東に位置する犬山城が東軍に対する最前線に立つことになる。長良川の東にある岐阜城、竹ヶ鼻城は次の防衛線ということになる。そして揖斐川の西に位置する大垣城は、これら諸城の最後の抑えの位置を占めていることになる。佐和山城はこれら諸城からはいささか離れているため、迅速に細かい指示を出すには適していない。

いまここにいる西軍の陣容としては、石田三成が六千七百人、岐阜城の織田秀信が五千三百人、小西行長が二千九百人……といった具合でほかの軍勢を合わせても一万数千人程度である。これに対して、東軍は会津征伐に向かった軍のうち、三万人以上が清州に集結しつつある。これを三成はいったいどう防ごうというのか。


十蔵は蓮実のことを探ろうと、二の丸の蓮実の局の部屋の天井裏に潜んだ。三成は毎晩のように蓮見の局の部屋を訪れ、彼女と一戦した後、添寝する。ここでも三成の勤勉ぶりが発揮されている。十蔵は、この精力絶倫の三成はいったい何歳なのだと恐れ入っていた。

問題の蓮実であるが、三成と蓮実の交歓の有様(ありよう)がいつも決まっていることがわかってきた。三成が一方的に自分の思いを遂げ、蓮実はただひたすらそれを甘受するという有様である。また、蓮実が何ら重要情報を三成から引き出そうとしていないこともわかってきた。三成は妾に話しても構わぬという情報しか蓮実には漏らさぬのである。

（蓮実は『仕事』をしていない）

これが十蔵の得た蓮実に関する結論である。だが、西軍に寝返ったわけではない。

蓮実はただ三成に惚れたのだ。

石田三成軍が、佐和山城を出て伊藤盛政に明け渡させた大垣城に入城したのは八月十一日のことであった。ここを西軍指揮の拠点とするつもりのようだ。十蔵にとっては残念なことだったかもしれないが、白く輝く蓮実の裸身が、三成の愛撫に薄紅色に火照り悶える様を覗き見るという『仕事』ができなくなってしまった。

（しょうがない）

十蔵は三成を追って大垣城へと向かった。

岐阜城は元稲葉山城と呼ばれていたが、織田信長が斎藤龍興との戦いに勝って本拠を小牧山から稲葉山に移したときに、古代中国で周王朝の文王が岐山によって天下を平定した故事に因んで命名した城である。

いま、城主・織田秀信は、頂上にある天守ではなく麓にある城主の御殿に重臣たちを集め評定を行おうとしていた。太一と初音はこの大広間の天井裏に潜んでいた。

織田秀信は家康の会津出陣要請に対して、その支度に手間取ってしまい、結局会津へは出陣しなかった。その後、三成が家康打倒を掲げて西軍として立ったため、この大広間ではいずれに与するかで軍議が開かれた。東軍に属すべきだとする木造具康（きづくりともやす）、百々綱家（どどつないえ）と西軍派の入江右近、伊達平左衛門、高橋一徳斎との間で議論は紛糾し、なかなか結論が出なかった。

すると三成と親しかった秀信は秘かに佐和山に行き、三成方に与するとの盟約を結んだ。

秀信軍は西軍に属すと決したが、籠城するかどうかでももめた。家臣たちの多くは、三成方からの援軍が期待できるため、ここは稲葉山山頂に築かれた堅固な岐阜城に籠城し、援軍とで挟み撃ちにするのが良いとの籠城論が圧倒的であったが、秀信は木曽川まで進出して一戦したいとおのが願望を表明した。

「たとえ敵がいかほどの大軍なりとも、一戦もせずして城に籠るならば、敵を恐れるようで悔しいではござらぬか。大河を自然の盾として戦わば、必ず勝機はあろうぞ」

この秀信の城を出て戦いたいとの強い思いには、皆従わざるを得なかった。

岐阜城に潜入し、その動向を秘かに探っていた太一と初音は、大広間での評定の結論に対して、複雑な感情を覚えた。

「家臣とそのご家族が気の毒だわ」

「ああ、家臣たちはこの決定で、華々しく散る覚悟を決めたのだと思う」

たとえ不利な決断であろうとも、城主の意思には従わざるを得ないのである。

太一と初音は、城外での布陣の概要もほぼ掴めたことから、岐阜城からその周りの支城周辺へと向かった。

三

清須城は、あの織田信長がここから桶狭間の戦いに出陣するなど約十年もの間居城とした城であり、いまは福島正則の居城となっていた。だが、小山会議の席で正則はこの城を徳川方、すなわち東軍に提供した。

しかし、この軍の指揮を委ねられた福島正則にとっては、返上した城といっても勝手知ったるおのが城である清須城に入ると、東軍の諸将があたかも元からのわが家臣であったかのような錯覚すら覚えるのであった。自らが主座を占める軍議の席では、諸将をさも当然の如く配下のように扱っていた。正則は全軍三万五千の総帥として口火を切った。

「三成めは、佐和山城から大垣城に入った。西軍といっても三成が大将では誰もついては来ぬわ。たかが一万数千人、わが全軍三万五千で叩き潰してくれるわ。まずは、岐阜城を攻め織田秀信を下す」

ここで、正則はさすがに徳川家を意識して、井伊直政には気を遣う配慮を見せた。

「犬山城の石田貞清は、こちらに御座（おわ）す井伊直政殿より、すでにこちらへ内応する確約が得られているとのことでござる。三成の娘婿ですら、三成にはつかぬのじゃ。周りの西軍諸城の援軍など取るに足りぬわ。援軍諸共一挙に屠（ほふ）り、大垣の三成を攻め滅ぼすまでよ」

これに対して、池田輝政が西軍布陣の絵図を広げ異論を唱えた。

「お待ちくだされ。確かに織田秀信殿が籠城されるおつもりなら、それでもよろしかろうかと存じ上げまするが、こちらをご覧くださりませ。秀信殿は西軍の諸城、砦を中心に川の向こう側の処々に兵を置かれておられます。特に木曽川上流の河田(こうた)およびその先の米野(よねの)方面、それともう一か所、竹ヶ鼻城の少し上流あたりでござります」

正則は広げられた布陣の絵図を見入っている。

「うーむ。よし、わかった。二手に分かれよう。池田殿は上流の河田方面に向かわれよ。わしは下流を渡り、まずは目障りな竹ヶ鼻城を一気に抜いてくれるわ」

これに対する織田秀信は、城から一千七百人を率いて川手村閻魔堂(えんまどう)に本陣を置き、木造具康、百々綱家ら三千五百人で、木曽川の手前の米野において、浅野幸長、堀尾忠氏、山内一豊ほか、池田輝政率いる一万八千二百五十人に対しよく防いだ。しかし、兵力の差は歴然としており徐々に配色が濃厚となり、秀信は全軍を収めて岐阜城に退却していった。

もう一方の東軍、福島正則は、細川忠興、藤堂高虎、京極高知、井伊直政、本多忠勝、黒田長政の隊を合わせての陣容で、最初起から木曽川を徒河しようとしたが、対岸に待ち受ける西軍を見て、下流の尾越（加賀野井村）で大小の川舟を集め舟橋とし、川を渡って竹ヶ鼻城へ向かった。竹ヶ鼻城の二の丸の毛利掃部、梶川三十郎は、正則と旧い知り合いだったこともあり、降伏勧告に従い開城した。最後まで戦ったのは、本丸の杉浦重勝とそれに付き従う三十数名のみであった。これではもはや戦いとはいえず、最前線に立ち本丸を攻め続ける福島隊を前に、黒田長政軍はその後塵を拝する形となっており、黒田隊の皆が忸怩たる思いをしていた。

四

岐阜城とその周りの支城周辺を駆け巡っていた太一と初音であったが、東軍と西軍とでは圧倒的な兵力の差があった。東軍三万五千に対し、岐阜城には五千数百人しかいない。その少ない兵を秀信は岐阜城周辺に分散させている。戦略・戦術面においても、これでは勝負にならない。援軍も千数百人規模では、岐阜城はひとたまりもあるまいと踏んでいた。大垣城から十蔵も合流してきた。

「三成が、大垣城から小西行長らとともに出陣する。さすがに今回は一万人規模の軍勢だ」

太一は十蔵の言葉に、それでも東軍三万五千に対し少ないのではないかと思った。

「東軍と戦うには少ないのではないか?」

「さよう。それに戦略・戦術が優れていれば良いのだが、三成は、あれは一軍の将とはいえぬな。能吏ではあり、いいところもあるやつなんだが、大将の器ではない」

「どういうことなの?」

初音が珍しく口を挟んだ。

「当然、東軍三万五千に抗すべく、少なくとも同じ数だけの陣容が必要なのだが、三成の作戦が拙劣で皆が従わないんだ。たとえば島津義弘だが、三成の戦略・戦術にあきれ返っており、三成の指揮の下では絶対に動きたくないという考えだ。だから、此度は三成とは行動を別にして、島津隊は墨俣に向かう」

「そんな状況なの……じゃあ、ここで三成を倒すことだってできそうね。そしたら、戦はもうこれで終わりということもありそうね」

「さよう。岐阜城は大軍でなくても簡単に落とせる。あとは、どうやって三成を倒すかだ」

「わかった。十蔵、このことを黒田隊に知らせてくれ。長政様も、福島正則の下での戦いには、さぞや本意ではないところがあったと思う。きっと一軍のみにても三成に挑まれるはずだ」

「わかった。おぬしたちは三成の動きを探ってくれ」

「承知!」

こうして太一たち三人は、自然と黒田家に仕えるような状況になっていったのである。

竹ヶ鼻城を落とした福島隊を中心とする東軍は、岐阜城を目指し、同じく米野から岐阜城を目指している池田隊と先陣争いでもめながらも和解した。池田勢は長良方面に迂回し、からめ手の水の口から攻撃して本丸へと攻めた。福島勢は大手七曲口を突破し、二の丸そして天守へと攻め上がった。秀信は降伏し、ここにあの天下の岐阜城がわずか一日で陥落した。

一方西軍はというと、大垣城に入っていた石田三成は、岐阜城への援軍として瑞龍寺山方面に、樫原彦右衛門、同・与助、河瀬左馬之助、松田重大夫以下一千人を送った。しかし、その援軍は圧倒的な兵力差に敗れ、潰走していた。

また三成は、長良川を防衛線としてその右岸の河渡に重臣の前野忠康（通称、舞兵庫）を送った。さらに自身は、小西行長とともにその後詰めとして揖斐川右岸の沢渡村に陣を敷いた。

黒田長政は、京屋敷の栗山善助が新たに雇ったと思われる十蔵という甲賀忍びの報告により、この三成の新たな動きを知った。長政はこれぞ活躍の好機と捉え、福島隊を離れ、三成軍に対抗するため藤堂高虎、田中吉政らを加え、河渡の渡しへと向かい、長良川を挟んで三成方の陣と対峙した。

武蔵はその黒田隊の足軽として採用されていた。宇喜多のときのように小荷駄隊でなかったことは幸いなことであった。やはりご家老の『推薦状』が効いた。ここでは平田武蔵と名乗っていた。

足軽は集団戦法の中にその役割がある。長槍を揃え、突く、叩くという動きを統一して行う。武蔵が得手とする刀は、乱戦となったとき、あるいは首を取るときぐらいしか使う機会がない。それに何といっても鉄砲の存在である。かなりの距離からでも鎧を打ち抜くことができる。戦場で戦に勝利するためには、鉄砲隊・弓隊・槍歩兵隊を整然と機に応じて効果的に使いこなせる武将が求められるのである。

河渡のあたりは比較的浅瀬であり歩いて渡河できる。対岸に布陣している兵の数はせいぜい千数百といったところか。三成軍一万と聞いていたが、このように軍を小分けして小出しにしてくるのが三成の常套手段のようだ。ただ鉄砲の数が問題だ。どれほど備えられているか。足軽であるから、命令で「突っ込め」という指示があれば、鉄砲が発砲されていようと突撃しなければならない。浅いといっても、川を渡るときが一番気がかりだ。

「かかれー！」

指令が出た。けたたましく鉄砲の音がする。川の水の中に身を潜めたいとの誘惑に必死に抗い、皆遅れまいとして、というよりも実際にはもたもたしていたら鉄砲の弾に当たってしまうから必死で川を渡ろうとする。だが、何しろ腰の上まで水につかっており、川の流れもあり気ばかり逸りなかなか前に進むこともままならない。

前線に陣を敷く舞兵庫の兵はたかだか千数百であり、こちらはその数倍に上る圧倒的な数の差がある。川を渡るときもそうであったが、上陸してからは兵が固まって進むと鉄砲の弾に当たる確率が高まるので、大きく散らばって、兵庫の兵を包み込むように攻め込んだ。敵兵にとってみると、前からばかりでなく左右からも挟撃されるような形となり、鉄砲隊などは、一発撃ってしまうと次に撃つまでの時間がかかるので、焦りと恐怖でいっぱいになってしまう。そこで、中には重い鉄砲を打ち捨て逃げ出す者も次々と出てきている。こちらが数で圧倒した形だ。ここで次の指令が来た。

「槍隊は、十人ずつ一組となり穂先を揃えて前進せよ」

この指示に従って槍隊が進むと、舞兵庫の足軽の兵たちを面白いように蹴散らすことができた。舞兵庫の隊は、皆ばらばらとなって揖斐川を渡り、沢渡村の三成と行長の陣に雪崩を打ったように逃げ込んでいった。

揖斐川の東岸に達した黒田長政を中心とした東軍は、ここでいったん停止した。向かいの揖斐川西岸に陣立てする三成軍は、ここでは数千人の陣容であり、ここでこちらも陣容を立て直す必要があったからである。

藤堂隊を右翼に、田中隊を左翼に配し、中央を黒田隊が占める。此度は両翼に配した軍がさらに鉄砲の弾が届かないくらいに広がり、渡河しながら攻めかかるというものであった。三成方の鉄砲隊は、両翼への対応でさらに広がり散らばるような形となった。そこを中央の黒田隊の槍足軽が一気に渡河する。武蔵も渡河し、槍隊として槍衾を作って前進する。両翼の軍も渡河を完了するや鉄砲隊を槍隊で屠る。三成は軍が包囲されてしまうことを恐れ、慌てて大垣城へと敗走していった。

三成の動きを追っていた太一と初音は、再び十蔵と合流した。結局三成は亀のように大垣城に引き籠ってしまった。これに対して東軍は美濃赤坂まで進出した。

「三成は当分動きそうもないな。これからどうする。少し難しいが大垣城に潜入するか?」

太一の問いに、十蔵は、意外なことを言った。

「俺は、佐和山に行ってみようかと思う」

太一と初音は、唖然として十蔵を見た。

「三成がいない佐和山城に何しに行くんだ?」

「うん、いやちょっと気になることがあるんで……」

「わかったぞ、蓮実殿か?」

「うっ……」

「おぬし、何を考えているんだ?」

太一にその秘めた『目的』を見破られそうになってしまい、それをごまかそうとして十蔵は蓮実についての重大な疑惑を告げた。

「実は、蓮実殿は皆を裏切っているかもしれないんだ」

「えっ、蓮実様が?」

初音が、まさかという思いで十蔵を見つめている。

五

十蔵は、夜になると佐和山城の二の丸に忍んだ。三成が多くの兵を率いて城を出払った後ということで、城内は至って静かであった。今夜は屋根裏から入る必要もなかった。庭から廊下に上がり直接蓮実の局の居室に忍び入った。燭台の炎が揺れた。十蔵が音もなく蓮実の側に座している。くノ一の蓮実であるが、長い局暮らしで忍びの感覚は薄れている。気づくのが遅れ慌てた。

「あっ、十蔵ではないか。いかがした?」

「蓮実様!　……惚れられましたな」

蓮実は、十蔵の姿に慌てた上、その真を突いた言葉に狼狽の上乗せをした。

「なっ、何を申す。埒もないことを」

「そう慌てずとも良い。太一と初音にしか話していない」

「……」

（蓮実はもうくノ一ではなくなっている。忍びは相手の言葉にいちいち反応せぬよう訓練を受けているが、俺の言葉に狼狽し、そしていまは少し安堵の気持ちが顔に表れてしまっている）

「このままでいたいのだろう?」

十蔵は蓮実に対して、上からの物言いをするようになった。蓮実は少女のように頷く。十蔵はすっと蓮実の側に寄って肩を抱き寄せた。蓮実はその行為に抗おうと思ったが、できなかった。十蔵が耳元で囁く。

「三成との愛の姿はいつも上からたっぷりと拝見させてもらっていたぞ」

（ああ、見られていたのか。まるで気づかなかった。これではもはやわれは忍びとはいえぬ）

十蔵が、肩を抱いていた蓮実の身体を横たえようとしたときだった。

「シュッ」

手裏剣が飛んできた。十蔵は蓮実を突き放すのと同時に自身もその反対側へと跳んだ。

（敵方の忍びだ）

手裏剣が飛んできた方向を中心にあたりを窺うが、人の気配がない。すごい手練れの忍びだ。どこからともなく笑い声が聞こえてきて姿を現した。

「十蔵兄（あに）い！　久しぶりだな」

「あっ、佐助！」

佐助とは、幼い頃から甲賀の里で訓練した忍び仲間であった。年下だが、忍びとして抜群の才能を持った奴だった。だが、突然いなくなった。里を離れどこかの大名家に仕えたとも風の便りに聞いていた。

「佐助！　いままでどこにいた？　いまどこに仕えている？」

十蔵は自分に手裏剣を向けてきたことから、西軍のいずれかの家に仕えているのだろうと想像はついた。

「信濃の真田（さなだ）だ」

「真田？　随分と小さな大名家だな。真田昌幸（まさゆき）か？」

「うん、まあ、その息子の信繁（のぶしげ）様じゃ」

「そうか。西軍か。敵方だな。やるか？」

「いや、いまのは、ほんの挨拶代わりだ。十蔵兄いが、蓮実様に不埒な行為に及ぼうとするのを防いだまでじゃ」

「そうか。わかった。いろいろ聞きたいことがある。二の丸の外で話そう」

十蔵は佐助を促し、少々心残りだが、蓮実の下を去っていった。

六

武蔵は、美濃赤坂の東軍の陣中にあった。河渡の戦いでは、一槍足軽ではあったが、三成の軍を敗走させた。実際に戦に加わってみて、初めてわかったことも多い。やはり戦場では、武器としては刀よりも槍が有用であるということ、そして何よりも最も強力な武器である鉄砲をいかに効果的に用いることができるかが重要である。

武蔵はこれまで剣術の頂を目指して兵法修行を重ねてきたが、それは主として個人の技を極めるという目的においてであった。しかし、戦において刀はほとんど用をなさない。剣を極めていくことが同時に集団での戦法に生かせぬものか。結局それは、兵学ということになってくるのかもしれない。集団を動かす兵法、これが戦では最も肝要だ。それには、しかるべき地位に立たねばならない。侍大将とまではいかずとも、少なくとも足軽大将や組頭でなくては一隊すら差配できない。

武蔵が兵糧を食しながら、こうした考えに耽っていたとき、この陣には雇い兵がいた。戦国時代、大名や領主に仕えその家臣となった者やその支配領域の地侍や農民などが、その家の兵となるのが一般的であったが、雇い兵として戦の都度、働く家を替える者たちがいた。此度の戦でも、彼らは伏見城の戦いでは西軍の宇喜多に雇われ、美濃攻めでは福島隊や黒田隊に雇われるといった者たちである。いわば勝ち馬に乗るような者たちであった。その者たちの中に、一際異彩を放つ六尺近い体躯の武蔵を覚えている者がいた。一人の男が武蔵に近づいてきた。

「おぬし、宇喜多の遊軍とかぬかしておったな」

武蔵は男の顔に見覚えはなかったが、おおかた伏見城か鴨川近くで痛めつけた宇喜多かどこぞの兵の仲間であろうと思われた。

「そういうおぬしこそ、雇い兵か？　今度は黒田についたのか？」

近くでこの会話を聞きつけた者の中に、あのとき悔しい思いをさせられた者がいた。

「おい、あのときの宇喜多の騙りがここにいるぞ」

「何？　おお、あいつだ。くそっ、ただじゃ済まないぞ。皆！　あいつがここにいたぞ」

この言葉に十数人の雑兵が立ち上がってきて、兵糧の干飯をかじっていた武蔵を取り囲みだした。

「おぬし、今度は黒田の遊軍か？」

「うむ。場合によってはな」

「この！　くそ餓鬼！　生意気な奴だ」

武蔵を取り囲んでいる中の一人が、座っている武蔵の腕を掴んで立ち上がらせようとした。だが、男が腕を伸ばした瞬間、武蔵の木太刀がしたたかにその腕を打っていた。鈍い音がした。男は腕を押さえて、苦痛に煩悶している。ほかの仲間が言った。

「何をしやがる！　やっちまおう」

武蔵を取り囲んでいた輪が縮まろうとした。武蔵は木太刀を左手に持ったままの姿勢で立ち上がった。

「また、痛い目に遭いたいのだな。ここはほかの者に迷惑がかかる。あちらに参ろう」

武蔵は、目で人のいない場所を示した。傭い兵たちも武蔵の言葉に応じた。傭い兵たちは槍を持つ者が多い。

いきなり一人が、武蔵の脚を狙って槍を突き出してきた。武蔵は槍の口金あたりを左腕の木太刀で抑え込むのと同時に右手で太刀を抜き、槍の蕪巻(かぶらまき)の上のところから両断し、太刀を鞘に収めるやそのままその槍の柄を奪い取った。そして、槍の柄を右手に提げ、左腕の木太刀は下段に提げて、二刀下段『水形(すいけい)の構え』を取った。

「よし、皆！　こうなったら遠慮はいらねえ。やっちまえ」

武蔵は、皆に声を掛けた男に向かって、一気に間合いを詰め、左腕の木太刀でその男が持っていた槍の太刀打ち部分を抑え込み、右腕の槍の柄で男の胸を突いた。そのとき、この騒ぎを注進した者がいたのか、組頭がやってきた。

「何をやっている。静まれ！」

武蔵と怪我を負った傭い兵一人が連れていかれ、事情を聴かれた。場合によっては処分されるかもしれない。武蔵は家老の栗山善助の顔が浮かんだ。よくしてもらったご家老に迷惑をかける結果となってしまった。武蔵は隊を離れることに決めた。

龍野に帰ろうか、それとも養父・無二斎の下に参ろうかと思案したが、せっかく『推薦状』まで書いてもらいながら、顔に泥を塗ることになってしまったご家老に詫びることが先決だと気づいた。京の黒田屋敷へと向かった。


黒田屋敷に行ってみると、何やら慌ただしい。出直そうかとも思ったが、ご家老への取次ぎを頼んだ。すぐに呼ばれた。平伏していると、すぐに栗山善助が現れた。

「おお、無事であったか。それは何よりであった」

「実は、陣中にてつまらぬ騒ぎを起こしてしまい、隊を抜ける羽目に……。ご家老には書状を認めてもらいながら、かような不甲斐なき仕儀に立ち至った不始末、誠にもって申し訳なく……」

「そうか。軍にいられなくなったか」

善助は、そう言って笑っている。武蔵は、さらに恐れ入って平伏する。

「ははー」

「それはかえって都合がいい。わしら、これから大殿の下に参らねばならぬ。九州でも戦が始まるやもしれぬ。家臣の多くが若殿に従っておる故、あちらでは手が足りぬ。一緒に大殿の下に参ろう」

「ははっ！」

武蔵としては、そう答えざるを得ない。不始末をしでかしたという負い目もあり、ここは家老の言に従うしかない。

（いや、これは、誠にありがたいことだ）

そう思い直して、武蔵は、言われるがまま、善助らとともに大坂から船に乗り中津に向かった。

第六章　甲賀の里

琵琶湖から幾分離れたところに位置し、丘陵と谷とが折り重なり合う盆地状の甲賀の里の夏はたいそう暑い。葉月となり緑が眩しい甲賀の里は、いつもの夏とは様変わりし異様な静けさに覆われていた。

太一、初音、十蔵の三人は、寂しげな村々の様子を気にしながらも、杣川に沿ってゆっくりと飯道山の麓の善実坊の屋敷へと向かった。

善実坊はいた。だが、いつもはあれだけ厳しかった善実坊に生気がない。それでも善実坊は、太一たちに里の現状を話してくれた。

伏見城戦の攻防で、望月家もほかの家も人的に壊滅的な被害を被った。伏見城で数百人が討死し、水口城で百人近くが磔にされた。それでもなお、残った者たちが東軍として美濃攻めに駆り出されていった。この里がこんなにも寂しくなってしまったのは初めてのことだ。いまここに残された者はほとんどが老人や赤子、それに身体が不自由な者ばかりである。この先この里はいったいどうなってしまうのか……。

善実坊はそのようなことを、時々感情が抑えられなくなるのか、途切れがちになりながらも語った。

善実坊の下を辞し、寂しげな里の田んぼの中を歩きながら、太一は黙りこくっている二人に話しかけた。

「いかがする？　近いうちにこの近辺で大きな戦が始まる。いかほど続くことになるやもわからぬ。家も田も畑も荒れ果てることだろう。そしてさらに多くの者が亡くなることになろう……」

太一の言葉に、初音は幼い頃育てられ、住んでいた家が心配となったようだ。

「私、杉谷の家が心配だから、ちょっと見てくる」

「あっ、俺たちも行く」

もともと平地の部分が少ないこの里では、ごくわずかな田しかない。それでも、この季節、いつもだと一面緑の稲で美しく輝いているが、あちこちの田んぼが荒れている。人がいなくなって手入れが行き届かないのであろう。家の外には人を見かけない。初音が自分の育った家に声を掛け、中を覗いている。戻ってきた初音に声を掛ける。

「どうだった？」

初音は首を横に振り、心配そうだ。十歳が近くに煙の出ている小屋を一軒見つけた。

「あそこの人に聞いてみよう」
そこには、赤子を抱えた老婆がいた。寝たきりではないが、身体が不自由だという
ことで、水口に連れていかれずに済んだという。
「ほかの方は？」
「息子は伏見の城に行って帰らねえ……。嫁は水口の城に連れていかれてしまっただ」
三人は、慰めの言葉が見つからなかった。息子は伏見で討死したことだろう。嫁は
水口で磔にされただろうが、そのようなことはとても言えない。不自由な身体を抱え
この老婆は、この先どのようにして一人で残された赤ん坊を育てて生きていったら良
いというのか。初音は恐る恐る育ての親の安否を確かめた。
「茂平さんと多江さんのことは聞いてる？」
「おんなじだわ。伏見と水口じゃ。二人とも帰ってこぬわ」
「あー、そんな……」
初音は全身から力が抜けていくような感じで、がっくりとその場に膝をついてしま
い立ち上がれなくなった。実の親とは物心がつく前に引き離され、茂平と多江が、三

歳の初音を預かって実の娘のように慈しんできた。初音にとっては、真に両親だともいえる者たちであった。掛けてあげるべき言葉が見つからなかった。太一は、後ろからそっと初音の肩に手を置いてあげることくらいしかできなかった。太一や十蔵の親代わりは、かなり高齢だったということもあり、どちらもすでに亡くなっていた。

「望月の殿様は美濃に出陣しておられるが、その代わりに城を任されている者がいるはずだ。その者に会ってみるか？」

太一の大胆な提案に十蔵は怪訝そうな顔をする。

「それは城代だろう。わしらに会ってくれるわけがなかろう」

「城代は無理だとして、ほかの誰でもいい。とにかく話をしたい。俺は初音を連れてこの里を出ていくつもりだ。おぬしも来ぬか？」

「おまえらが行くのなら、俺も行くさ。よし、話は決まった」

太一と十蔵は、立ち上がることもできず、涙をこらえている初音を気遣いながらも、視線を交わすと、それぞれ両方から初音の腕を取って立ち上がらせ支えた。

「望月の城へ参るぞ。歩けるか？」

城館に向かっていると、初音はとんでもないことを口走った。

「私、水口の城に行ってみる」

「たわけ、よせ」

二人は同時に同じ言葉を発した。磔にされたままの遺体は、そのまま鳥が目を刳り貫き、ほかの動物があちこち食いちぎり、それこそ悲惨きわまりない姿となっているからである。

三人が向かった城館では、むろん城代には会えなかったが、あっさりと里を離れることの許しが出た。伊賀では、勝手に里を離れたりすると、いわゆる抜け忍として一生追われる身となるとも聞いていた。伊賀では、上忍、中忍、下忍と忍格の身分制度があって厳しいが、甲賀ではそのようなものはなく、いわばすべてが中忍である。それにいまの状況である。この先、里に残ったとしてもこの甲賀で生きていけるかどうかさえ見通せぬのである。

三人は京の黒田屋敷へ向かった。家老の気持ちが変わっていなければ……と願った。太一と十蔵は、九州でもどこでも行ってやろうではないかという気になっていた。殊に初音のつらい気持ちを思い遣ると、新しい土地でやらせてあげたいと思った。

三人が黒田屋敷に行ってみると、そこは閑散としていた。何と、主だった家臣たちが、皆中津へと出立した後だった。屋敷にはあとの始末をしている小者しかおらず、どうしたものかと思ったが、（ままよ、どうともなれ）という気持ちで、小者たちが乗る船に同乗させてもらい、強引に九州へと向かったのであった。

第七章　九州・豊前・中津

一

新免家を出奔し、しばらく播磨を中心に各地を流浪した新免無二斎、いまは元の姓に戻した平田無二斎（無二之助一真）は、ここ中津の黒田家に組外ではあるが、武術師範として抱えられていた。作州人として過去に、第十五代将軍・足利義昭の兵法師範・吉岡直賢（三代目憲法）との三本勝負で二本を取り、将軍から『日下無双兵法術者』の称号をいただいたという実績もあり、中津に開いた道場には多くの門弟が集まった。無二斎は、元々は十文字の手槍（十手術）が中心の十手当理流であったが、ここでは、戦場での実戦を想定したものへと改善されていた。

細川忠興が家老・松井佐渡守康之、その二男の松井式部少輔興長も木付（杵築）に在城していた折にその門弟となっていた。もちろん黒田家の家臣にも門弟となった者が多くいた。中には遠国からの入門者もいた。その中に元は柳生新陰流を学んだこともあるという男がいた。大瀬戸数馬という三十代前半の中肉中背の男であった。一見するとかなり鍛えられた剣客のように見えるが、当人の語るところでは、柳生では思うようには腕が上がらず、挫折してしまい、今度こそ是が非でも無二斎様の当理流をわが物にしたいと熱心に学んだ。その甲斐あってか、たちまち上達し道場では師範代を務めるまでになった。そして黒田家にその腕が見込まれ、如水の身回衆の一人に加えられた。如水は隠居した身にそんなものはいらぬと言うのだが、有岡城から戻ってきての身体の不自由さもあり、周りが無理に押しつけていた。

中津へと渡った武蔵は、あまり会いたくはないが、養父である無二斎には会わねばならなかった。武蔵にとっては、物心ついたときから、養父とはいえ父と呼べる人はこの人しかいなかった。十年にも及ぼうかという無沙汰であった。

弁之助（武蔵）は成長し讃甘（さのも）村の道場での稽古を見ていくにつれ、次第に無二斎の剣術が古臭いものに思えてきた。そのような思いが養父にも伝わり、二人は剣術を通して仲が悪いというよりも憎しみ合う関係となっていった。だが、久方ぶりの親子の再会であり、ここはそんな感情をひとまず脇へ捨て置いて会わねばと思った。

城下の廓外に開かれた道場は、讃甘村にあった無二斎の道場とはかなり雰囲気が違っていた。門弟たちの掛け声、木刀が当たる音が聞こえてくる。外から道場を覗くと、木刀を振るっている門弟たちを、無二斎は奥に座してあの十年前と同じ苦虫を噛み潰したような顔で睨んでいると思った瞬間、武蔵に悲しい衝撃が走った。無二斎の頭だ。

(髪がほとんど白髪となってしまっている。顔の皺も目立つ。何と年老いてしまったことか！)

そう感じた瞬間に、あの憎しみすら感じていた養父に対して息子らしい感情が湧き起こってきた。

(子どもの頃、もっと息子らしく振る舞い、接してあげられなかったものか)

突然、ある幼き日のことが思い出された。

無二斎がまたあの不細工な手つきで、かなりの刻(とき)をかけて木を削って何か細工をしていた。すると、「ほれっ！」と言ってそれを目の前に差し出した。『竹とんぼ』であった。弁之助は、本当は嬉しかったのだが、その気持ちとは裏腹に、それを手で払いのけてしまった。『竹とんぼ』は羽の部分が折れてしまって、無二斎の足元に転がった。

いま思い返しても、後悔しかない。取り返しのつかないことをしてしまった。そのような感情が溢れ出てきて、目頭が熱くなった。父と呼べる人はこの人しかいないのである。だが、武蔵はそんな感情はぐっとこらえて、感情が収まるのを待った。平静さを取り戻した武蔵は、おもむろに道場の門前で一声掛けた。

「御免！」

出てきたのは武蔵と同年代の十代の若い男だった。門弟であろうか。武蔵の外見、風貌を見て道場破りと見たようだ。警戒の表情が窺える。

「どちら様でござろう。ご用件は？」

「それがし、美作国の元住人、平田無二之助一真が一子・平田武蔵と申す。お取次ぎをお頼み申す」

「あっ、お師匠様の……、これは大変失礼仕(つかまつ)った。しばらくお待ちを」

これは一大事とばかり、慌てた様子で奥へと駆け戻っていった。

弟子が、息子が来たと取り次いだ。無二斎は、唖然として言葉が出てこなかった。十年来会ってはおらず、しかも仲の悪い弁之助との再会を門弟たちとの間で見せるわけにはいかない。少し慌てながらも何とか冷静さを装った。

「客間に通せ」

無二斎が客間に行くと、弁之助が木太刀と太刀を横に置き、平伏したままの姿勢でいた。十年の歳月を忘れてしまい、不覚にもいまもあのこちらを憎々し気に睨みつける腕白小僧の弁之助を想像していただけに、無二斎の衝撃は大きかった。

（あの弁之助が、いまは十七か十八歳になったのか。それにしても随分と立派な偉丈夫になったものよ）

無二斎は息子とどう接したら良いのだろうかと頭をせわしなく回転させ始めた。

「弁之助！　久しぶりよのう。顔を見せてみよ」

「はっ！」

顔を上げたその顔、姿は、十年前のあの小憎らしい弁之助からは想像すらできない若武者振りであった。双眸から放たれる眼光の鋭さは、もはや並みの武芸者ではなかった。余裕たっぷりとほのかに薄笑いさえ湛えたその佇まいには一点の隙がなく、武芸者としての力量は己に勝るのではないかと感じた。

　幼い頃から武術の才ある子であった。長男の次郎太夫には、まったくその才がなく、それ故養子に迎えた子であったが、幼い頃の指導に反発ばかりしていた。すぐにまともな指導はやめたが、弁之助は、弟子たちとの稽古や竹内中務坊の柔術の稽古など熱心に見ていた。見るだけで十分に学んでいた。その学んだところを平田家や平尾家に植わっていた大木を棒で打ち、山の中を駆け回って、棒を振り回していた。

　あるとき小刀で細工をしていると、弁之助はそれを見て小馬鹿にするようなことを言った。試しに小刀を弁之助の顔のごく近いところを狙って投げつけると、それを軽くいとも簡単に躱した。その躱し方を見て、末恐ろしいやつだと思った。そのとき以来弁之助を指導することは完全にやめた。

「お養父（ちち）上もご壮健そうで何よりと存じます」

　無二斎はうかつだったと反省した。弁之助がそのまま大きくなって現れるものだとばかり思っていた。このようにしかるべく挨拶ができる若武者になっていようとは想像できなかった。

「武術はだいぶ進んだようじゃな」

「いえ、修行中の身にありますれば、まだまだ未熟にござります」

無二斎は、いま道場にいる高弟もまったく弁之助の敵ではないことがわかった。この道場というよりも、中津のどこにも弁之助に太刀打ちできる者はおるまい。

「いま何流を学んでおる?」

「いえ、我流でありますれば……、しいて名づければ、円明流と申せましょうか」

(何と!　弁之助はこの歳でおのが流派を起こしたというのか)

「失礼いたします」

そのとき、茶を持った女人が入ってきた。武蔵は驚きのあまり、とんでもない言葉を発してしまった。

「あっ、お義母上様でござりますか?」

「えっ?　あはははは……」

「たわけ!　女中じゃ」

その女は、『お義母上』との言葉にけたたましい笑い声を上げた後、どうにか二人の前にそれぞれ湯飲みを置くと指を揃えた。

「冴と申します。弁之助様のお噂はかねがね無二斎様から伺っておりました。どうぞ、よしなに……」

武蔵は、真実を探ろうとしているのか、冴と名乗る女を品定めするかのように凝視している。

(まだ二十代だと思われるかような女性が、何故かような老人の世話などしておるのだ？　まさか無二斎の妾ということはあるまいな)

武蔵は不思議なものだと思った。先ほどは不覚にも無二斎に父親に対するような感情を覚えてしまったが、こうして話しているうちに、昔の仲が悪かった二人の関係に戻っていくかのようであった。

「それがし、元服いたしまして、いまは弁之助改め宮本武蔵と名乗ってござり……」

無二斎が口を差し挟む。

「宮本？　讃甘村の宮本か？」

「はっ、その通りにござりまする」

　無二斎は、そのとき初めて気づいたかのように言った。

「そのほう、ちとむさくるしいな。旅の埃を井戸で落とすが良い。その後、部屋で着替えよ。冴、適当に見繕ってやれ」

「はい、承知いたしました。武蔵様、どうぞこちらへ」

　冴は無二斎に会釈すると、武蔵をまず部屋に案内(あない)した。

「長旅、さぞやお疲れのことと存じます。井戸はあちらです。終わられましたら、こちらの部屋を武蔵様のお部屋といたしますので、どうぞお使いください。お召し物をご用意しておきます」

　冴はそれだけ言うと下がっていった。

　武蔵は井戸の水を浴びていると、ふと龍野の志乃のことが思い出された。井戸で水を浴びているときだった。兵法修行から帰った朝だったということもあったのだろう。初めて志乃が見せた大胆さであった。その夜、初めて志乃と結ばれた。武蔵は、志乃を思い出しながら、頭から何度も水を被った。

廊下には、身体を拭くための麻の手拭が置いてあった。わが部屋として使って良いと言われたところに入ると、冴が控えていた。

「こちらの小袖ではいかがでしょうか。武蔵様にはちと小さすぎるやもしれませぬが」

冴はそう言って黒絨の小袖を掛けてやりながら、武蔵の背中から肩へとそっとその柔らかな指を這わせた。

「まあ！　何と、逞しげな！」

武蔵は話題をほかへと向けた。

「先ほどは失礼なことを申した」

「はて？　先ほどとは？」

「いや、義母上と呼んだことじゃ」

「あはははは……」

冴はまた笑い転げてしまった。この笑い方、表情からは、無二斎の手はついていないし、気持ちもないとみえた。笑い終えた冴は何とか黒の袴をはかせてくれた。

二

初音、太一、十蔵の三人は中津へと向かう船の中にいた。

初音は三歳のとき、一人琵琶湖を小さな舟で渡った。親と引き離され甲賀の里で新しい生活を始めるためだった。此度の船旅は側に太一と十蔵という仲間がいた。

瀬戸の海は無数の小さな島々からなる穏やかな内海だと聞いていたが、やはり紛れもなく海であった。潮の香りがする。琵琶湖とは違い、海の上を走ることは少しだけ怖かった。それでも、次々と目の前に現れてくる多くの島々、初めて見る光景に、新しい世界へと踏み出していくのだという漠然とした期待と不安の入り混じった思いが、初音の悲しみを少しだけ和らげてくれていた。

三歳のときもそうだったことを思い出した。大きな湖を渡る興奮が悲しみを少しだけ軽くしてくれたのだった。そのときといまと違うのは、二人が側にいてくれることだった。

やがて船は中津に着いた。河口からすぐの川縁に中津城があった。堀と石垣が目立つ城だが、あの堀には海の水が入ると聞いた。海城である。

船に乗り合わせた小者の中に家老・栗山善助の家の者がいて、その者たちについていった。中津城の大手門の近くには、小さいながらも商家が立ち並んでいた。栗山家老屋敷は、そこからさほど離れていないところにあった。

屋敷では京から小者たちが戻ってくるということで慌ただしくしていた。太一たち三人は、勝手に押しかけてきたようできまりが悪く、門内の隅のほうで小さくなっていた。しばらくすると一人の小者がやってきて、ご家老様がご登城なさるので、それに付き従うようにと伝えた。三人は、野良姿であり、まさかこのような格好で城に上がるわけには参るまいと戸惑っていたところ、槍持ちらを従えた栗山善助が騎乗して現れた。何とご家老は馬で登城するようだ。馬上から栗山が三人に声を掛けた。

「よう来てくれた。ちょうど良き折であった。これから大殿に拝謁しに参るところじゃ。そちたちはこれから大殿の直属の配下となる。良いな」

「はっ」

三人は承知したとの意で、深々と頭を下げた。初音が恐る恐る尋ねる。

「あのう、かような姿でよろしいのでござりましょうか？」

善助は、三人の野良姿を見て笑う。

「心配せずとも良い。ちゃんと着替えさせてやる」


中津城の案内された座敷の中、栗山善助の遥か後方で三人が平伏している。太一と十蔵は黒の小袖に肩衣を召した姿で畏(かしこ)まっている。初音は桃色に黄金色の混ざった華やかな小袖に下げ髪姿となっていた。奥には片足を投げ出し、頭には頭巾をかぶった如水が座している。話が終わったようで、ようやく出番が来た。三人は前にいざり寄るよう言われて、如水の前に神妙に控えた。

「面(おもて)を上げい」

如水の言葉に三人はおもむろに顔を上げた。

「おお、これはなかなかに……。二人ともなかなか男前じゃのう。それにそなたはどちらの姫君様でござろうか？」

如水も善助も笑っている。太一と十蔵も初音のあまりの美しさに少々心がざわついていた。

「かように色黒の姫君などどこにもいらっしゃいませぬ」

何と、このような席で初音が大胆にもいきなり軽口を叩いた。太一と十蔵はたまげて互いの顔を見合わせている。三人がそれぞれ名乗りを済ますと、如水が聞いてきた。

「あちらの戦の具合はいかがであった？」

三人は、それぞれが果たした役割などを含めて伏見城の戦や美濃攻めの様子、それにもちろん長政隊の活躍などを語る。如水は時々短い質問を挟みながら身を乗り出して熱心に聞き入っている。

三人はなかなかの語り部であった。如水を含めてその場の者たちは、あたかも伏見や美濃での戦を実際にその場に立って目の当たりにしているかのような興奮を覚えていた。甲賀での幼い頃からの訓練の賜物であった。初音などは平家物語を、琵琶を奏でながら語ることもできるほどだ。興奮が冷めやらぬままに如水が口を開く。

「さようか。東軍が優勢か。あまり東軍が強くてもいかぬがのう……。いや、こちらの話じゃ。さすれば、東軍の次の狙いとしては大垣城か。いずれにせよ美濃かその周辺あたりが戦場となるじゃろう。わしが三成じゃったら、敵を故意に大坂城へと向かわせ、大坂城の毛利輝元が西軍の総大将となって出陣せざるを得ぬような状況を作り出し、大垣、佐和山、大津、田辺など周辺に散らばっている軍を集め、その集めた軍と大坂城にいる軍とで家康を挟み撃ちにしてくれるわ」

「大殿！」

栗山善助が慌てている。ほかの皆も唖然としている。三人の戦語りにすっかり興奮してしまった如水が、思わず本音を漏らしてしまったのである。

「あ、いや、西軍じゃったらという話じゃ。わしらはあくまで東軍ぞ」

そのとき、取次の者が善助にそっと書状を渡した。

「大殿、いまそれがしの屋敷に太一宛で大坂から書状が届きましてござります。火急の知らせのようにござりまする」

「さようか。ここで良い。渡してやれ。ここで開いても構わぬぞ」

大坂城の淀の方つきの侍女・香苗からの書状であった。東軍の豊前・黒田家の栗山善助の下へと参ると知らせておいたからであろう。太一が開いて読むとその顔色が変わった。

「これは、大殿にこそご覧いただいたほうがよろしいかと存じまする」

太一は控えの者に書状を渡した。書状を控えの者から受け取った如水がそれを広げた。

「何？　大友吉統（よしむね）が出てくるか」

大友吉統は、あの切支丹大名として有名であった大友宗麟（そうりん）の嫡男であり、豊後の大名であった。しかし、吉統は文禄の役で戦場を離脱した罪に問われ、秀吉から改易されていた。その後、豊臣秀頼より特赦を受け、大坂の天満に屋敷を与えられた。その吉統に増田長盛から、豊後七人衆に加え小倉城主・毛利吉成と協力し、官兵衛（如水）を討伐せよとの命が下ったというのである。

「秀頼様より馬百匹、長柄槍百本、鉄砲三百挺、銀子三千枚を賜ったか。……さようか。わしを討ちに来るか。これは面白くなってきたな。わっははは」

如水の高笑いの声が部屋に響き渡った。この場に居合わせた者たちは、お互いに顔を見合わせながら、（兵もほとんどいないこの中津で、大殿はいったいいかにして戦おうというのか）という表情を浮かべていた。大殿の高笑いは、もしかしたら絶望の中で討死を覚悟してのものかもしれないと思われた。

第八章　九州の関ヶ原

一

細川忠興の家老・松井佐渡守康之は、細川家の飛び領であった豊後・木付（杵築）城の城代・有吉立行とともに木付城に在城していた。大坂から木付城にも、毛利輝元と宇喜多秀家の二大老連署状および前田玄以・増田長盛・長束正家の副状が届いていた。臼杵城主・太田一吉の子息・太田一成へ木付城を引き渡すようにとの通告である。

豊臣秀頼が大友吉統に豊後国・速見郡を与えたことで、大友吉統は子息・義乗とともに豊後へと向かう途上、旧臣の吉弘統幸を西軍へと翻意させて同道し、富来城と安岐城との間にある浜脇に上陸、木付城を攻める姿勢を見せた。

これに対する中津の黒田如水であるが、息子の長政に中津の兵のほとんどを預け、家康の会津攻めに向かわせたため、わずかに残った家臣たちは、周りはほとんど西軍の中にあって大殿はいったいいかがなさるおつもりなのかと思っていた。籠城か降伏かと皆思っていたところ、如水は中津の大広間に少ない家臣たちを集め、宣言した。

「これから、ここ九州で大戦を始める。九州の西軍を皆平らげてくれるわ。皆そのために大いに働いてくれい！」

この大殿の言葉に皆絶句した。

「大殿！　兵もいないのにいかにして戦うおつもりでござりまする？」

との一家臣の声はここにいる皆の思いでもあった。

「わしは、若い頃からよく吝い奴などと言われたものだが、かようなときのために倹約してきたのじゃ。あれを持ってこい」

如水は、御側衆が数人がかりで抱えてきた大袋の中身をこの大広間にぶちまけた。

「おおっ！」

広間はどよめきに包まれた。広間は夥しい数の銀貨、銅銭で溢れた。如水はこれを山積みにさせた。

城下の至る所に高札を立て、兵を広く募ると、秀吉の九州征伐であぶれた牢人だけでなく、農家の二男、三男など次々に集まってきた。広間に山積みにされた銀貨などから、騎兵には銀三百目、歩兵には永楽銭一貫文を与え、鉄砲隊を中心に九千人の兵を編成した。このにわか仕立ての兵の訓練を老臣たちに命じながら、如水は大友吉統との戦いに備えて着々と手を打っていった。まず、如水は足の速い十蔵に大友勢の動向を探るよう命じた。

十蔵は初音とともに中津から周防灘の海岸に沿って走り、途中で初音と別れてからは、国東半島の山の中へと分け入った。子どもの頃からの訓練で、十蔵は山の中を平地とさして変わらない速さで駆け抜けることができる。十蔵には獣道(けものみち)があたかもわが道であるかのようであった。

山の中を抜けた。夥しい数の松明(たいまつ)が、海辺から山裾にかけて広がっている。五、六千近い兵が集まっているのかもしれない。大友吉統は元豊後の国主であり、今般、秀頼より豊後国速水郡を下賜されたことから、あちこちに散らばっていた旧臣たちが続々と参陣してきての大軍だと思われた。

十蔵は、山のほうに用足しに来た一人の雑兵の隙を狙って当て身を食らわせ、その陣笠や旗指物などをさっと奪うや素早く身に纏った。そしてゆっくりとできるだけ吉統の近くへと移動していく。吉統の声が聞こえるぐらいの近くにまで来た。吉統に何事か報告した者に対して、吉統は次のように指示した。

「急げ、できるだけ早く立石の砦の修復を済ますのじゃ」

これに対して、重臣と思われる家臣が発言する。

「木付の城はどうなさるおつもりなのでござりますか？」

「心配せずともよい。あそこにはあまり兵は残ってはおらぬ。統幸、おぬしが、鉄砲頭の柴田統生ら百人ばかりを引き連れ、二の丸の野原太郎右衛門との内通を図って攻め寄せてみよ。さすれば、人質も容易く助け出せようぞ」

十蔵は、吉統の戦略の朧げな姿がわかってきた。すぐに如水に知らせるべく元来た道を戻っていった。

如水は初音を、僚友だった故・竹中半兵衛重治の従弟・竹中重利の居城・高田城へと送った。荷を背負った初音は途中までは十蔵とともに、海岸沿いを十蔵に遅れないようにひたすら走った。

竹中重利は、近江で瀬田橋の警護を務めていた。三成の命に従い、細川幽斎が籠る丹後・田辺城を攻撃し、一応西軍に属していた。しかし、如水はこれまでの彼との交友関係からも東軍につける自信があった。

初音は背に荷を背負い、桂川東岸に佇む小さな高田城を見上げた。本丸以外に二の丸、三の丸とあるが、夜忍び込むのに造作はなかった。重利は本丸の寝所にいた。寝所に忍び込む前に初音は着替えていた。栗山善助からいただき如水の前で披露していた『姫君』の姿へと身を変じていた。これは如水から授けられた『作戦』でもあった。燭台の炎が揺れた。初音は重利の枕元に伏して指をつき、静かに話しかけた。

「ご城主様、如水様より火急の書状を預かって参りました」

おもむろに目を開けた重利だったが、不審な者が枕元にいるのに気づいた。いつもならすぐに「狼藉者！　出会えー」と叫ぶところだ。だが侍女か、いや、どこぞの姫君かと見紛うような若くて美しい女性だった故、一瞬不覚にも家臣が、『夜伽』のためにどこぞの娘を差し出したのかもしれないなどと勝手に思い込もうとしてしまった。『姫君』のような初音がにっこりと微笑む。

（先ほど如水という言葉が聞こえた気もする）

姫君のような娘がついた指の先には、重利宛ての書状が置かれている。書状に視線を落とした重利を見て、初音が頷く。重利が書状に手を伸ばすと、初音は重利の寝具の足元へと下がった。夜具の上で如水からの書状を開く。そこには次のような内容が記されていた。

秀吉様に仕え始めた頃から、友・竹中半兵衛殿と軍配者として切磋琢磨をしてきたこと。織田信長様に反旗を翻した荒木村重の説得に有岡城に向かった際、牢獄に幽閉されたため、信長様に村重に同心したと疑われてしまい、質としていた松壽丸（しょうじゅまる）（長政）が処刑されてしまいそうになったこと。そのとき竹中半兵衛殿が秘かに引き取って居城・菩提山城下に匿ってくれて、松壽丸の命を助けられたという重恩があること。今後は、如水と長政とが、その恩ある竹中家のため、身命を賭して家康殿との仲を取り持っていきたいなどとする旨が認（したた）められてあった。

重利は、ここには如水の真心が込められていると思った。西軍として細川幽斎の田辺城を攻めたことを家康は罪に問うかもしれない。昼間の評定では、家臣の意見とし

ては、こうなった以上、もはや大友軍に味方し西軍として生きていくほかないという
のが大勢であった。しかし、この書状を読んだ重利は、如水に懸けてみようと思った。
二の丸にいる息子・重義を呼びにやった。その間、重利は如水への返書を認めている。
目覚めてから刻が経つにつれ、次第にまったき判断ができるようになっていた。この
美しい姫君のような娘もおそらくは忍びのくノ一であろうが、まさにお姫様のように
しとやかで優しげなので、側にいても安心できるような気がした。
「そのほう、名は何と申す？」
初音は姫君の態を崩すことなくすぐに答えた。
「初音と申します」
「そうか。初音殿、これを如水様へ。よしなにお頼み申しますとわしが申しておった
と伝えてくれ」
「はい、承知いたしました。では、これにて」
（えっ、もう帰ってしまうのか）
重利は、まさか『夜伽』をさせるつもりではなかったろうが、あっさりと初音が消

えるように部屋を去っていったことが少し心残りであった。

二

木付城の松井康之らは、木付城には大友勢に太刀打ちできるような余剰の兵力がほとんどないため、当初中津から舟を出して大友勢から逃れようとした。だが、いまや彼らは『落武者』であることから、なかなか舟を出すことへの協力は得られず、結局木付に留まらざるを得なかった。

大友勢は、吉弘統幸を大将として百余名の兵力で木付城を攻め、統幸、宗像掃部助(むなかたかもんのすけ)鎮統(しげつぐ)らが町屋に火をつけ、内通もあり、三の丸、二の丸と攻め落とし、人質も取り返した。

これに対し、松井康之は相原山に伏兵を置いて大友勢を迎え撃った。また如水は、木付城へは少数の兵での攻撃との十蔵からの報を受け、木付に井上九郎衛門、時枝平太夫ら三千の兵を援軍として差し向けた。このため大友軍は木付から撤退し立石に砦を築き布陣した。

黒田家の陪臣ではあるが、武術師範の平田無二斎も、如水の弟でいまは亡き黒田兵庫助利高（ひょうごのすけとしたか）の息・政成（まさなり）の与力となって黒田軍に加わった。武蔵も無二斎およびその長男・次郎太夫とともに政成に従った。

九月九日辰の刻（午前八時）、如水軍は中津城から豊後へと出陣した。家臣の黒田孝利の居城・高森城に一泊し、翌十日故・竹中半兵衛重治の従弟・竹中重利の高田城を囲むと、息子の重義が二百騎を率いて従った。初音からの重利の返書で、息子の重義を従軍させるとの約定が認められていたが、それが果たされたのだった。

赤根峠で一泊し、美濃に出陣している垣見一直の居城・富来城を攻めようと囲むが、ここは母里太兵衛に備えを任せ、如水は、これまた美濃に出陣中の熊谷直盛の居城・安岐城（城主・熊谷直盛、城代・熊谷外記）を攻め、栗山善助率いる五十人が、城から打って出た熊谷次郎介らを討ち取った。

しかし如水は、十蔵の報告から、富来城や安岐城を落とすことは後回しとしようと考えた。立石砦に本拠を構えた大友吉統との大きな戦を制することこそが、その先の九州平定の鍵となると踏んだ。もし、この戦で大友勢を調子づかせると、さらに旧家臣たちが続々と大友の下に馳せ参じる懸念すら存する。まず初戦で、大友を完膚なきまでに叩いてしまえば、この先の戦が俄然やりやすくなる。大友軍が立石砦に拠ることにしたということで、決戦の場は石垣原になると予想した。

立石砦に布陣した大友吉統であったが、この立石砦は東には海が広がり、西は鶴見岳に守られ、背後の南は崖となっていてその下を朝見川が流れている。砦から北へと下ると境川が横たわっており、その先が石垣原である。花崗岩に覆われた原野であり、処々に雑木林があった。ここがこの後、九州の関ヶ原といわれる石垣原の主戦場となる。

石垣原から二里離れた日出(ひじ)の頭成(かしらなり)というところにいた如水は、太一を石垣原に送った。大友軍が立石砦から出て、どのような陣構えを見せるのかを知るためであった。

太一がすぐに戻ってきた。報告によると、大友軍は、大友吉統と田原紹忍(しょうにん)が立石砦から少し下った台地の断崖上に本陣を置き、右翼の大将として吉弘統幸に先陣を任せ、左翼には水辺兵庫入道、そして中央には宗像鎮統を配した。

如水に報告の後、また戦場へと戻った太一が探っていると、大友軍は台地を下り境川を渡った。つまり、立石砦に依拠して戦うのではなく、また天然の防塁ともいえる台地と川を捨て、やはり石垣原の原野で戦いを挑もうとしているのであった。

太一から報告を受けて如水は、第一陣・時枝平太夫、第二陣・久野次左衛門、第三陣・井上九郎右衛門を石垣原に先遣隊として送り、それぞれの陣立てを指示した。さらに太一には、木付の城外に出て戦っている松井康之に至急石垣原へと向かうように指示を伝えさせた。

如水の指示を受けた松井康之、有吉立行は南進し、まず石垣原を見下ろす実相寺山に布陣した。

黒田援軍の先遣隊は、時枝平太夫を中央に、右翼を久野次左衛門と駒を揃え、そして左翼には、実相寺山を下りた松井康之らの細川勢を配し、大友軍と対峙した。

大友軍の先陣を務める吉弘統幸は、猛烈な攻めを見せた後、敗走を装い、追ってきた黒田勢を伏兵の宗像鎮統が統幸とともに打ち破り、黒田の陣営を襲った。そこに、形勢不利と見て、黒田勢の第三陣・井上九郎左衛門および左翼から細川勢が駆けつけてきたことで、一気に状況が逆転した。

その日の夕刻、如水本隊が到着したが、そのときにはほぼ戦は収束していた。如水本隊に無二斎とともにいた武蔵は、この戦いでは戦功をあげる機会がなかった。

九月十七日、如水は安岐城を囲んだ。武蔵たちは近くの森の竹木を刈り竹束とし多くの仕寄りを作った。また、城の中を偵察し攻撃をするための井楼を組み立てた。翌々日、熊谷外記は降伏し、従軍した。

九月二十三日、富来城には城主・熊谷一直が美濃に出陣していたため、城代の筧利右衛門がいた。ここで武蔵は、次郎太夫とともに三の丸へと攻め上がった。ここで矢狭間より繰り出された槍が次郎太夫の脚に刺さった。武蔵はこれに気づくやその槍を両断し、刺さった槍を脚から抜いてやった。そしてその傷口にはさっと布を巻いてやった。無二斎の実子であり六歳上の兄であったが、これまで兄弟らしいことはお互い何もしてこなかった。この戦で初めて兄弟らしいことができた。そんな思いをしながら、ふと前を見ると、無二斎がこれを振り返って見ていた。しかし、その顔はいつものように苦虫を噛み潰したような表情を浮かべているだけだった。武蔵は、これを長男が槍で刺されて怪我をしたことを無念に思っての表情だと思うことにした。

富来城は比較的よく持ち堪えたが、ほどなく開城した。いつも大将首などあげる間もなく戦は終わってしまう。武蔵は、鉄砲は別にして、槍が戦の中心であり、集団戦の中では刀はほとんど用をなさないということをこれまでの戦の中で思い知らされていた。これと剣の道の追求とをどう結びつけていけば良いかよく考えてみなければならなかった。結局は剣で天下一の兵法者といわれるまでになり、しかるべき地位にて仕官し、少なくとも一隊を差配できるようにならねばならない。そして、戦場でおのが考える兵法をこの集団の戦の中で用いることにより、味方を勝利へと導いていくことではないかと考えた。

九月十五日の美濃・関ヶ原での勝敗の帰趨が、ようやく如水の下にも届いた。如水は何たることかと、その不運に天を仰いだ。如水には見込み違いがあった。少なくとも一月（ひとつき）、場合によっては一年近くに亘る大戦になるとの見込み、期待があった。それだけの期間があれば、九州を平らげ、加藤清正らを従え中国地方に進出し、中央に打って出ることも十分可能だと考えていた。だが、それは大将たる者が少なくとも並みの将であればという前提であった。能吏ではあるが、武将としての才に欠ける三成が大将であるということの評価を誤っていた。

それでも黒田如水軍は、関ヶ原で東軍が勝利したとの報が届いた後も、九州北部を中心に進撃を続けた。一つには徳川家康から、毛利壱岐守吉成（いきのかみよしなり）の居城・豊前小倉城を攻略せよとの書状が九月二十八日に届いたからでもあった。その書状には六郡を与える旨の記載もあった。小倉城を落城させた後は、毛利秀包（ひでかね）の久留米城も開城させた。

次は、立花宗成（たちばなむねしげ）の柳川城というところで、如水は、九州の最後の難敵として立ちはだかる島津をどう攻略するかあれこれ思案していた。まずは、敵情の正確な情報を得なければならない。そこで忍びを入れたいが、あそこは方言が特殊であり、生中（なまなか）な忍びではすぐに見破られてしまい、ほかの国の忍びで生きて帰ってきた者はほとんどいない。如水は、薩摩出身であり加藤清正家で下働きをしていた巳之吉という下男を十蔵につけて送ることにした。十蔵と巳之吉に生活をともにさせて、薩摩の言葉や習慣に習熟させることも狙いだ。二人を島津へと送った。

島津領に巳之吉とともに潜入した十蔵は、そこはとんでもないところだということを思い知らされることになる。言葉だけの問題ではなかった。人の気質および習性がまったく違う。言葉は巳之吉としょっちゅう話をしているうちに何とかなるようになったが、彼らは言葉ではなく気質、習性で他国者だと見抜いてしまう。結局、城などに忍び込み情報を得るしかないのであるが、義久、吉弘それぞれ離れた土地の城、蟄居所におりやっかいだった。それにしても徳川方との書状のやり取りが頻繁なのには閉口した。ほぼ毎日のようにどこかとやり取りされている。どうしても十蔵の動きが大きくなっていた。二人は無人となった農家に潜んでいたが、そこを嗅ぎつけられ襲われた。剣も独特の太刀筋で、忍び刀で簡単に受け止められるようなものではなく、一人逃げるのが精いっぱいであった。巳之吉が殺されるのを防ぐすべはなかった。十蔵がこの地で掴み得たことといえば、徳川と島津との『和解』の方向は固いということとだけだった。十蔵は如水に悄然として報告せねばならなかった。

三

大坂城西の丸に居座る徳川家康は、島津の扱いに苦慮していた。

(取り潰すのは簡単じゃが、そのやり様よ！　九州はほとんどが西軍で占められていた。東軍としては加藤清正と黒田如水とがいたが、いずれも豊臣恩顧の者で信用はおけぬ。されど、数少ない東軍ということで、最初のうちは、とにかく少しでも西軍の勢いを抑えてくれたらと思っていた。ほとんど兵を持っていなかった如水が、牢人など兵をかき集め、西軍の城を落とし始めた頃は、これは儲けものじゃと思ったが、どうも様子がおかしくなってきた。何と九州で残る強敵は島津のみとなってしもうた。ここで如水に調略を許したら、九州一円が、如水が思うがままともなりかねぬ。この先如水が、清正と島津を従えて中国に進出し、吉川広家と組み毛利をも従え、こちらに立ち向かってきたら……)

「宗矩！　宗矩はおるか」

家康は慌てて柳生又右衛門宗矩を側に呼んだ。

家康は上洛した折、黒田長政から柳生石舟斎（新左衛門宗厳）の『無刀取り』の評判を聞きつけた。そこで石舟斎の技を見てみたいと思い、京の洛外大宮郷の紫竹村の私邸に招いた。石舟斎は五男の又右衛門を相手に『無刀取り』を演じてみせた。これを見て、剣に自信のある家康は、『型』では無刀取りはできるかもしれないが、実際に剣を振るう者から剣を奪うことは敵うまいと思い、自ら木太刀を取って石舟斎に打ち掛かった。だが、石舟斎は、家康の懐にするりと跳び込むや掌と肘を使った『無刀勢』という技で、家康が持つ木太刀の柄をいとも簡単に奪った。それは聞きしに勝るものであった。まさに剣の究極の奥義であった。そこで石舟斎を、高禄をもって召し抱えようとしたが、石舟斎は老齢を理由に招聘を断り、代わりに推挙したのが柳生又右衛門宗矩であった。

家康に仕えるようになった宗矩は、西軍の挙兵に柳生の庄に戻り西軍の後方牽制工作をしていた。家康に、「如水から目を離すな」との指示を受けた宗矩は、全国の大名家に柳生一門の者や伊賀の忍びを送り込んでおり、もちろん中津の黒田家にも送り込んでいた。そこで、中津でその者らを束ねている大瀬戸数馬への指示書を、伊賀者を使って一門の吉塚辰之進に送った。大瀬戸は、無二斎の道場の師範代から、如水の身回衆に抜擢されたが、柳生新陰流においても達人であった。

大瀬戸数馬は、如水が九州の西軍の諸城を次々と開城させていくにつれ、ある種の『疑念』を持ち始めていた。もちろん当初は家康様の意向もあって、東軍として勝ちを収めていくことに安堵感を抱いていた。如水は調略のため西軍諸将によく書状を送るが、毛利方の吉川広家に何通も送っていた。しかも通常の飛脚便ではなく、密書として送ることもある。

如水の側近くに侍るようになった大瀬戸数馬は、此度も如水が密書を送りそうな様子なのを逸早く嗅ぎつけた。大瀬戸数馬は、雑兵として紛れ込んでいる柳生の手の者・吉塚辰之進にこれを奪うよう命じた。辰之進は気づかれないようにそっと陣を抜け、近道となる山の中を通って、これを待ち伏せようと考えた。

武蔵は陣中にあったが、たとえ味方の陣でも目を細めるようにしていつも全体を見ていた。ちょうど兵法の立ち合いにおける『観(かん)の目』である。このようにしていると少しでも妙な動きを見せる者がいた場合、すぐに感得することができる。

武蔵には陣中にあってここを離れようとした足軽の動きが、そのようなものとして捉えられた。この足軽を追っていくことにした。陣を離れた足軽は森の側まで行き用を足すような素振りを見せたが、武蔵の目はごまかせない。やがて野良姿の女が茂みの向こうにやってきて何やら話をしている。足軽は素早く甲冑を脱ぎ野良着となると、二人して小さな森に入りそこを抜け、やがて道が見えるところまで来て立ち止まった。ここで何かを待ち受けるつもりのようだ。二人の後を追ってきた武蔵は近くの茂みに身を隠した。すると遠くから男が走ってくるのが見えた。

（来た。おっ、あの男、太一ではないか）

野良姿となった足軽は森の茂みから道に飛び下り、太一の前に槍を構えて立ちふさがった。太一は後ろに逃げようとしたのか後ろを振り向くと、そこには野良姿の女がいた。茜(あかね)という伊賀の女忍びである。

太一には女が忍びであることがすぐにわかった。こちらの女忍びは何とかなりそうだが、問題は槍の男だ。短い忍び刀で立ち向かうのはいかにも不利だ。ここは逃げたいが、遠距離を早く走るために重い荷は携えてこなかった。焙烙火矢も鳥の子も持ってはいない。

男は槍をすっと太一の身体の中心に向かって繰り出した。太一がこれを左に躱そうとすると、それを予期していたかのようにその槍を横に薙いだ。太一はたまらず忍び刀を抜きこれを何とか防いだ。

武蔵は、伏見城で助けてやった同い年の甲賀忍びの三人が、美濃や九州でも味方としてともに戦っていることを秘かに心強く嬉しく思っていた。いまその剣の力量を初めて見させてもらった。武蔵はこの男を、太一がまともに戦って勝てる相手ではないと見た。

武蔵は、森の中から飛び降りるや木太刀で男が持つ槍を真っ向上段から叩き折った。男は怯み腰から太刀を抜く。女はいつの間にかいなくなっていた。武蔵は太一に言った。

「太一、ここは任せろ！　急ぎの用であろう。早く行け」

　武蔵に助けられた太一は、この場は武蔵に任せ中津へと急ぐことにした。

「武蔵殿！　かたじけない。では」

　太一は吉川広家への密書を託されていた。一応毛利という西軍に属する人物への文であり、秘かに確実に目的を果たさねばならない。

　太一がしばらく走ると、右手側の森から吹き矢が飛んできた。何とか躱した。忍びの仕業だ。おそらく矢には毒が塗られていよう。太一は警戒を強めた。次は手裏剣が飛んできた。予想していたため難なく躱せた。威力の劣る少し小さめの棒手裏剣だった。これにも毒が塗られていると考えるべきだ。吹き矢や手裏剣を打ってきたことから、先ほどの女忍びではないかと思った。

　そのとき突然、走っていた太一の一間(いっけん)前で爆発が起きた。焙烙火矢だった。太一は後ろに飛ばされ倒れた。思わず右腕で顔をかばっていた。やられた箇所を左手で押さえていると、さっと影がよぎった。自身の懐に手をやると密書がなかった。女はすっと森の中に消えた。しばらくして女が消えていった方向から女の短い悲鳴が聞こえた。

密書の内容を確認していた茜が、何者かに襲われその密書を奪い返されていた。

初音だった。初音は武蔵が陣中を抜け出したことから、そっとその後を追っていた。武蔵が男を相手としている間に、女が太一を追おうとしたことから、初音はその女を追っていたのだった。太一は自力で立ち上がっており、爆発による怪我の具合はたいしたことはなさそうだ。

「太一！　怪我は大事ないか？」

「あっ、初音！　どうしてここに？　……ほんのかすり傷だ。十分に走れるぞ」

初音は女忍びから取り返した密書を太一に渡した。太一は、ほっとした。忍びとして面目を失うところだった。

「すまぬ、初音！　助かった。じゃあ、俺は行くぞ」

右腕の傷の手当てもそこそこにして、太一は目的地へと急いだ。

茜は、こちらの存在に気づいた女忍びを倒さねばと思った。また初音も密書の宛先を知った女忍びを放っておくことはできないと思った。女は焙烙火矢を使ってしまいもう持ってはいまい。

女はすぐに見つかった。女は道のすぐ近くの森の中にいてこちらの様子を窺っていた。初音が茜に近づいていく。そのとき茜は鳥の子を初音の足元に投げつけ煙を発生させた。初音が怯んだ一瞬のすきに茜は消えた。

初音は女忍びが太一を追うかもしれないと思い、急ぎ太一に追いつき、あたりを注意深く窺いながらしばらく太一についていった。だが、そんな気配はなかった。

（待てよ。女が密書を手にして読んでいる途中で奪ったつもりであったが、密書の内容はすべて読まれてしまったのやもしれぬ。その場合、もはや女は密書を、つまり太一を追う必要がないともいえる。しからば、女を逃がしてしまったことになる。しまった！　あとはあの男だ）

初音は急いで武蔵の下へと向かった。

武蔵は男を倒した後、森の中へと姿を消した女忍びのことが気にかかり、いったん森の中に入って探したが見つからず、再び倒した男の下に戻ってきていた。武蔵は道の真ん中に立っていた。男はその足元に転がっている。初音の足音を聞きつけた武蔵が振り向いた。

「初音殿！」

一瞬、驚いた風であったが、太一と初音は忍びであることから、ここに現れたことにもすぐに納得した。

「殺してしまったのでござりますか？」

「いや、首を軽く打っただけだ。すぐに気がつこう」

初音は武蔵に、この男の仲間の女忍びが密書の内容を把握した可能性を示唆し、女かこの男のいずれかが接触する相手が誰だか突き止めねばならないと伝えた。

「うーむ。なるほど……。いや、さすがでござるな。初音殿」

武蔵がいかにも感心した様子で初音を見て褒めるものだから、初音は少し照れた。

「いえ、ここで指揮を執っているのが何者なのか確かめる必要があると思っただけでござります。そこの藪の茂みの後ろに隠れて、気がつくのを待つといたしましょう」

初音は近くの茂みに武蔵を誘った。武蔵と茂みに潜む初音の心の臓の鼓動が高鳴った。武蔵は、とみると、いつもと変わらぬ平静さだ。初音は、試しに読話（どくわ）という忍び同士が交わす唇だけの動きでの会話を武蔵に試みた。

（武蔵様、私は初音と申します。お好きな方はございますか？）

初音の唇の動きを興味深げにじっと目を凝らして見ていた武蔵であったが、やがて自らの唇を動かし始めた。

（それがしは、宮本武蔵玄信と申す。故あって故郷を離れ、播州・龍野・圓光寺に草鞋を脱ぎ、剣術修行に励む修行中の身にござる。大がかりの戦があるということで、その修行の一環として実戦の場での研鑽を積む心積もりでござった。実は圓光寺の住職の娘御で志乃と申す者がおります。もし此度の戦で運よく功を上げしかるべき地位と高禄で召し抱えられるということがござったら、その者を迎えることも叶うのではないかと一人心秘かに思っておる次第……）

（その方は、さぞやお美しい方なのでございましょうね？）

（うむ……。いや、そなたほどではないやもしれぬ）

武蔵はそのようなことを語って笑っている。

（何と、武蔵様は読話ができるのだ。忍びは何年もの修行を積んでやっとできるようになるというのに、武蔵様は何とまあ！）

それよりも初音が知りたかったことは、好きな女性がいるかどうかということであったが……。

（これはやはりさようような方がおられた。妻として迎えたいとの気持ちもおありのようだ。その女性より私の方が美しいなどというのは冗談であろう）

初音が、こんなことを思い、少し気落ちしたような感じでいると、武蔵がそっと初音に合図を送った。男が、気がついたようだ。男はあたりを何度も注意深く窺っている。そして、自身の足元に転がっている二つに折れた槍をそれぞれ両手に持って、その折れた断面を確認している。それは太刀で斬ったような切り口であった。折れたのではない。木太刀で斬ったのだ。人間業とは思えない。吉塚辰之進は二つになってしまった槍を持って、元来た森の中へ入っていった。

武蔵と初音が吉塚を追っていくと、その森の反対側のはずれのところで先ほどの野良姿の茜が待っていた。吉塚を介して密書の内容を上に伝えるつもりかもしれない。

二人は別れた。これを見て、武蔵と初音は、それぞれ男と女をつけることにした。

四

如水軍は柳川城を囲んでいた。城主・立花宗成は、大津城攻めをしていたため関ヶ原の合戦には参戦できずに大坂城へと退いた。その際、毛利輝元に家康と戦うことを進言したが、容れられなかった。そこで兵とともに自領・柳川に帰参していた。宗成は一部の家臣が城を出て戦う姿勢を見せようとするのを押し留め、自身は城に籠ったままでおり、一応家康に恭順の意を示している。如水は、「家康に取り成しをする」と東軍に服すよう説得に当たっていた。

その如水の身辺近くに身回衆の一人として侍っている大瀬戸数馬は、柳生新陰流の達人であり、無二斎の当理流をも会得した剣客である。本陣まで近づいてきた吉塚辰之進が、少し離れたところから目で合図を送る。大瀬戸数馬は用足しにでも行く素振りでおもむろに持ち場を離れる。すれ違いざま辰之進が耳元で何かを囁いた。

「如水が吉川広家に密書を送り申した。確とはせぬところもござりますが、九州一円を平定しさらに中国地方に進出する野望を秘めているようにござります」

　さらに辰之進は、茜を使って、広家の動向の監視の強化を図るよう広家の本拠と京屋敷の監視役に伝えさせるつもりであることを囁き、大瀬戸数馬がこれに頷いた。


　武蔵は男（辰之進）が、如水の身回衆の一人と連絡をつけるのを認めた。その身回衆が誰かと探ると、何と無二斎の道場の師範代を務めた男だという。柳生新陰流を学んだとも聞いた。柳生と聞き、武蔵の剣客としての血が騒いだ。

　いま日の本で剣術家の最高峰といえば、故・上泉伊勢守秀綱（武蔵守信綱）より『影目録』四巻を授かり、新陰流道統第二世となった柳生石舟斎宗厳であろう。いつかは柳生と一手渡り合いたいと思っていた。まだそのときではないとも思っている。大瀬戸数馬という柳生新陰流の使い手、はたしてどれほどの手の者であるのか。無二斎の師範代を務めた後、如水の身近に侍っているということも気になる。武蔵は、無二斎に大瀬戸数馬のことを尋ねた。

「数馬か？　あやつは新陰流の牙を隠しておったわ。当理流の稽古を積んでいく中で、自ずとその隠された真の姿が仄見える瞬間がある。会得した剣の技はすべて捨て、一から稽古をしていくといっても、長年培ってきた技量のほどは隠せぬものじゃ。これはあやつが師範代となってまだ間もない頃のことじゃったが、一度だけ『そちが学んだという柳生新陰流でわしと立ち合うてみよ』と言ったことがあった。あやつは一瞬考える風であったが、応じた。最初は青岸に構えた。そして太刀を正面に振り上げ『雷刀』の形を見せるや太刀を左肩脇から後ろに回し、いわゆる『一刀両段・車の位(構え)』を見せた。そして下から切り上げてきた。しかも左右から連続してくねり打ってきた。あやつはこれを割とゆっくりとやりおったわ。新陰流の真の腕を知られまいとな」

「それは、戦場での実戦の剣法でござるな。甲冑武者を倒すための刀法でござろう」

武蔵は、それは新陰流の神髄を示すものとは少し違うかもしれないと思った。

「あやつは宗矩の隠密よ!」

「えっ……」

(如水は徳川方の東軍に属している。だが、その如水の監視のために隠密をつけてい

るというのか）

「大殿も、元は豊臣恩顧の者じゃ。しかも秀吉の軍配者ともいわれ、晩年の秀吉がその智謀を最も恐れた者の一人じゃ。家康としてはその動きからは目が離せまい」

「数馬に配下が二人いることはわかり申したが、ほかには何人ぐらいいるのでござろうか？」

「まあ、少なくとも四、五人はいるじゃろ。侍女の中にもくノ一がいるじゃろうしな。はっははは……」

「大殿に身の危険はないのでござろうか？」

「それはいまのところはないな。されど、敵方とわかったら、危ないぞ。食べ物に少しずつ毒を入れて数か月かけて病気にして殺す毒薬もあるしな」

無二斎の言葉に最初は頷けなかったが、考えていくうち次第にあるいは真かもしれないと思えてきた。

如水は、柳川城の攻撃はもっぱら鍋島勢に任せ、少し離れた寺に本陣を置いていた。

武蔵は如水の周辺が気になり出していた。如水の側近くに『隠密』がいるとなると、知られてはならない情報が漏れてしまう可能性がある。自身が属する大将・黒田政成が本陣にいることから、武蔵は政成に拝謁し、その懸念を政成の耳に入れた。政成はしばらく考えていたが、何やら書状を書きそれを武蔵に持たせた。

「これを大殿に届けてくれ。委細とそのほうのことも書いておいた。大殿の許しが出れば、そのほうは、身回衆の監視役ということになる。頼んだぞ」

「はっ、確と承りましてござります」

武蔵は、寺の本殿に座す如水の下に政成からの書状を届けた。廊下に控えていた武蔵であったが、如水に呼ばれた。

「そのほうが、無二斎殿の息子の武蔵か？　幾つじゃ？」

「はっ、十七歳にござりまする」

「うむ。随分強そうじゃが、若いの」

「はっ、恐れ入り奉りまする」

「流派は何流か？　やはり当理流か？」

「いえ、自己流の円明流という流派を立ち上げておりまする」

「おう、その若さで一流を起こすとはたいしたものじゃ。委細承知した。励んでくれ。頼むぞ」

「ははあー、身命を賭して務めさせていただきまする」

それから武蔵は、如水、御側衆・身回衆を少し離れたところから監視できるような立ち位置を取るようになった。目を半眼にして全体を見渡し、少しのずれも見逃さない武蔵の真骨頂『観の目』を発揮するにふさわしい務めであった。

あるとき大瀬戸数馬が何気なくすっと持ち場を離れた。それが不自然な動きとして武蔵の目に映じた。寺の境内から外に出るようだ。すると寺の外にいた一人の男が数馬に近づいてくる。太一から密書を奪おうとしていたあの男だ。その名と素性は確かめていた。柳生一門の吉塚辰之進だ。

大瀬戸と吉塚は、互いにそれぞれに向かって歩いていく。すれ違った。大瀬戸は吉塚から何かを受け取ったようだ。二人はそのまま言葉を交わすことなく離れていった。武蔵は大瀬戸を呼び止めた。

「受け取ったものを見せてもらおうか」

大瀬戸数馬はさっと低い体勢を取りながら振り向き、刀の柄に手を掛けて身構えた。武蔵は右手に木太刀を提げている。大瀬戸は太刀を抜いた。大瀬戸は青岸に構えることなく、いきなり『一刀両段・車の位』をとった。無二斎が言っていた構えだ。大瀬戸は武蔵から掛けられた言葉だけで、言い訳やごまかしのきかぬ相手だと悟ったのだ。

(切り捨てるしかない)

大瀬戸は一瞬にしてそう判断した。大瀬戸は摺足でじりじりと武蔵との間合いを詰めてきた。そして間合いに入るや、大瀬戸は下から切り上げてきた。さすがに速い。武蔵は後ろに二歩飛び退きこれを躱したが、切り上げの反対側からの連続技が来るのを察して、その反対方向へと跳び退(すさ)っていた。

これにより大瀬戸の次なるくねり打ちは、一瞬の間遅れるのと同時にその動きが大きくならざるを得ない。ここを武蔵が見逃すわけがない。武蔵は素早く踏み込むや、木太刀を真っ向上段から大瀬戸の額へと打ち下ろした。大瀬戸は耳から出血した。息を確かめる必要はない。耳から出血したときは助からない。

大瀬戸の懐から密書らしきものを取り出し、これをそのまま直接如水に渡した。その密書の内容がどんなものかは、中を見ていない武蔵の与り知らぬことであった。

五

初音が追おうとしている茜は、山の中の小さな廃寺を仮宿にしていた。旅姿へと身を変じた茜がそこを発った。男（吉塚辰之進）は武蔵に任せ、初音は女忍びの後を追うことにした。茜は川舟に乗って川を下っていった。これを初音は陸路追った。茜は河口で大きな船へと乗り換えた。初音は、顔を変え薬売りの老婆に変装して同じ船に乗り込んだ。

茜は、船で唐戸の泊まで行き、そこから別の船に乗り換えた。舞鶴へと向かう船であったが、茜は境港で船を降りた。境港の近くには吉川広家の居城、月山・富田城がある。富田城が目的地なのか。

吉川広家は、関ヶ原の戦いが終わった後、いったん兵とともに富田城に引き上げた。

だが、その後広家は京の伏見屋敷にいることが多いようだ。いま、この城にはいない。

太一は、あの後そのまま陸路を走り中津へと向かい、伝馬船で大坂、そして広家の伏見屋敷へと向かう手筈となっていた。女忍びは太一を追わなかった。ということは、やはり女忍びは内容を掴んだのかもしれない。

富田城では吉川広家の監視にあたる柳生の者や忍びの者がいた。茜はその者たちに、如水が広家と連絡を密にしており、二人が連動して動く恐れのあることから細心の注意を払うように伝えに来たのだった。

その後、茜は富田から陸路、伏見を目指して中国山地の山の中を走った。その茜を初音は追っていった。茜を追い、一定の距離を保ちながら、このように『二人して』山の脇の街道や山道、ときには獣道を分け入ったりしていくうちに、この女忍びに興味を持ち出していた。伊賀のこの女忍びは、どのような生い立ちなのであろうか。われと似た生い立ちであろうか、などとあたかも同士に対するような不思議な連帯感のようなものを感じ出していた。

山に入って二日目の夜だった。女は水に浸した手拭の中に米を入れ、地面を掘って埋めた。そしてその地面の上に昨夜と同様に忍び六具の一つである打竹で火を熾し、枯れた枝などを置きそれで焚火とした。このようにして炊き上げた米を翌朝食べるつもりであろう。今夜は水と兵糧丸で済ませていた。近くの木の枝の下で、羽織を忍び刀の下げ緒の紐に通して張って寝た。明日はおそらく伏見に着くだろう。

初音は羽織の下に身体をくるめて寝ていると思われる女に近づいていった。そのとき後ろから刀が初音の背に伸びてきた。初音は前方に身体を回転させてこれを避けた。続けざまに刀が襲ってくる。これを、忍び刀を抜いて防いだ。羽織の下で寝ていたはずの女忍びだった。

女忍びはなかなかの使い手であった。初音は、甲賀の里でともに訓練をした仲間内で敵わぬ相手は、太一や十蔵とか数人しかいなかった。剣の腕にはかなりの自信があったのだが、伊賀にはこれだけの腕を持つ女忍びがいるのか。

初音は刀での斬り合い、というよりもっぱら突き合いが中心だが、これをやめた。手甲に入れた棒手裏剣を打った。そして女忍びが怯んだところをさっと離れていった。

初音は、いったん藪の中に入るや枝葉の生い茂った樫の大木の裏から上の枝へと登り、枝葉の中に狸隠れをした。女忍びは藪の中に隠れたものと思い込み、その中を捜そうとしている。初音が藪の中に仕掛けた眠りの煙が立ったが、女忍びはこれに気づき樹上へと目を遣った。気づかれた。女忍びは棒手裏剣を打ってきた。そこを飛猿の術で木の高所の枝から枝へと飛び移っていく。飛び移りながら真下に撒菱（まきびし）を落としていった。

「きゃっ」という女の子が上げるような悲鳴が聞こえた。どうやら撒菱を踏んだようだ。初音は女忍びが娘らしい悲鳴を上げたことが妙におかしかった。

（あれで私と同じくらいの歳の娘なのだ）

初音は木の上から女忍びの上に落下していった。足裏を痛がっていた女忍びが上を向いたときには、忍び刀の鞘が女忍びの首を打っていた。女忍びは気を失った。

この間、初音は甲賀秘伝のドクダミ草などを混ぜた解毒、鎮痛作用のある薬を女の足裏の傷に塗ってあげ布を巻いてやった。そして、女を抱えて焚火の側に行き、羽織を張って寝床と見せかけようとして入れてあった木の枝葉をのけて、そこに女をそっと寝かせた。時々揺れる炎に照らし出された女の肌の色は陽に焼けているが、整ったかわいらしい顔立ちをしていた。

(歳の頃はやはり私と同じくらいか少し上か)

初音は愛おしくなって娘の髪と頬を優しく撫でてやった。

ようやく娘が目を開いた。近くに初音の顔が迫っていたから、娘の驚きたるや想像を絶していた。刀を探ろうと伸ばした腕と身体を押さえ、初音は優しく語りかけた。

「大丈夫よ。もう足はさほど痛まないでしょう」

草鞋は脱がされ布が巻かれていた。茜は戦う気力を失った。

(毒を塗り込められたやもしれぬ。すべてはこの女忍びの手の内に収められてしまっており、もう如何ともし難い。できることといえば、毒虫から作った毒を飲んで死ぬことだが……)

初音は、そのような茜の思いにかまわず話し続けた。

「私は甲賀の忍びで、初音というの。あなたお名前は? 歳はお幾つ?」

(この女忍びは先ほどから様子がおかしい。変に馴れ馴れしい)

でも、初音の目を見ていると、自分に危害を加えようとの気がないこともわかってきた。まあどうでもいいといった半ば投げやりな気持ちで答えていた。

「茜、十八」

茜はぶっきらぼうに答えたが、初音は相好を崩し、さも嬉しそうだった。

「あら、思った通りね。私より一つ上だわ。甲賀にも女忍びはいるけど、私のように男と同じ仕事をする忍びはあまりいないの。伊賀にはあなたみたいに腕の立つ女忍びが大勢いるの？」

茜の両親は、織田方から攻められた二度に亘る天正伊賀の乱で壊滅的被害を被った伊賀を着の身着のままで伊勢方面に逃れたが、茜はその両親の間に生まれた。しかし、よそ者が安住できるような土地ではなく、伊賀で世話になっていた者の口利きもあり、茜は口減らしで伊賀の上忍・服部家に売られた。

伊賀には上忍、中忍、下忍の厳格な身分制度があり、茜は、孤児(みなしご)、捨て子たちと一緒に下忍になるための訓練を負わされた。女の子の中には男の子と同様に武芸を学ぶ者が茜のほかにも多くいた。ともに訓練をする者たちは、仲間というより技を競う相手であった。ようやく認められて下忍となってからは、命じられた仕事をただ当たり前のようにこなす日々であった。

（初音という甲賀の女忍びは、自分とほぼ互角の腕を持つ忍びであった。自身が持てる術を尽くして戦ったが、足元に不覚を取ってしまいやられた。気を失う瞬間、ああ、これで私の人生が終わるんだなと思った。気がつくとまだ生きていた。一度は終わったと思った人生である。捕まってしまっていることも『ままよ！』と思った。

でも、この初音という女忍びはしきりと話しかけてきて、悪意を感じさせないどころか話しているとどこか不思議と楽しい。敵の忍びといて、このような気持ちになったのは初めてのことだ）

初音は、絶えず茜に話しかけ、足に怪我を負っている茜を気遣い、山の中の道を、茜を支えるようにしてともに歩いてくれたのだった。こうして二人は、広家の伏見屋敷の近くまで一緒だった。

初音は、「ここでお別れね。また次に会うときは敵同士！　今度会うときにはもっと強くなっているわよ。覚悟しといてね」とにっこりと微笑みながら、茜の肩をポンと叩いて走り去っていった。

去っていく初音を見送りながら、茜は鳩尾(みぞおち)がうずくような不思議な寂しさのような感情を味わっていた。この気持ちはいったい何なのかと茜は思った。初音のことはその胸の奥にしまい込み、伏見屋敷の広家の監視役の柳生の者・川奈宗一郎に繋ぎをした。

六

この少し前のことになるが、太一は吉川広家の伏見屋敷の庭にいた。広家の如水への返書を待っていた。返書をもらい屋敷を出ると、ふと薬華庵に立ち寄ってみようと思った。関ヶ原の戦いの後の甲賀の様子を知りたいと思ったのである。

夜目が利く太一たち忍びは、夜の京の町はことのほか明るく感じる。だが、洛北の薬華庵あたりに近づいてくるとさすがに暗い。左手の竹林のほうから影がすっとよぎってきて、刀が一閃された。太一もそこはさすがに忍びである。一瞬身を翻してその刃を逃れようとした。しかし、間に合わず背中から斬られてしまった。剣を振るったのは、柳生一門の川奈宗一郎であった。

「おい！」

川奈は、配下の伊賀者に太一の懐から書状を盗るようほのめかした。川奈は伊賀者から書状を受け取ると中身を確認し、大坂に走らせた。

「これを殿（宗矩）に届けるのじゃ」

初音は茜が去った後、広家の屋敷へと入り、太一が書状を届けたかどうか確かめた。

「返書を携えて帰っていった」と聞いた。ほっと安心した初音は、中津に帰る前に、甲賀の里のこと、中央の情勢について薬華庵の道庵から情報を得ておこうと考えた。如水に役立つ情報があるかもしれないからだ。

薬華庵は閉まっていた。店はめったに閉めたりしない。何事かと裏に回ってみた。そっと裏戸を叩く。道庵が顔を覗かせた。

「おお、初音じゃないか。ちょうど良いところに……いや、そうじゃない。実は太一が斬られた！」

道庵は、何者かに斬られて大怪我を負い、薬華庵に運び込まれた太一の処置を終えたばかりであったから、初音の顔を見て、思わずほっとする思いもあったのであろう。思わず出てしまった言葉だった。

「えっ、死んじゃいないわよね？」

「うむ。それは大丈夫じゃが……。深手じゃ」

初音が奥の部屋に入っていくと、太一はうつ伏せに寝かされていた。肩から背中にかけて布が巻かれている。

「いまは眠っている。薬をだいぶ飲ませたからな」

「どこでやられたの？」

「この近くじゃ。太一は斬られた後、自身で這ってここに来ようとしていた。近江に向かおうと、庵を出た治助が見つけた」

治助とは、初音たちに代わり、薬華庵に入った甲賀忍びの小者だ。

「太一は、書状は持っていた？」

「書状？　いや」

「広家様から如水様への返書よ。おそらく柳生の手の者に奪われたのだわ」

「何、柳生？　なるほど、背中の切り口、なかなかの手練れではないかと思っていたが……。おぬしたちは、柳生を相手としているのか？」

「そう。あと伊賀者もね……うふふ」

そう言いつつ初音が楽しげな笑みを見せたので、道庵は怪訝な顔をした。初音は茜と二人だけで過ごした短いながらも楽しかった刻を思い出したのだ。初音の笑顔に釣られたわけではなかろうが、道庵も珍しく冗談を言った。

「おぬしたちは、九州で『楽隠居』をしているのではないかと思っていたが、前より大変じゃないか」

「いえ、私たちの苦労なんて！　甲賀の里の者たちのことを想うと……。いまどうなってるの？」

先ほどは笑みを見せていた初音は甲賀のことを思い出したのか、もう涙ぐんでいる。

「甲賀衆の多くの家が潰れた。残った家も武家として残ることができるところは、山岡（道阿弥）様とかわずかじゃ。多くは百姓としてやっていくしかなかろう」

「望月様はどうなの？」

「何とか家は保てそうじゃ。じゃが、以前のように人は使えぬ。ここも山岡様の配下に入ったわけじゃしな」

「そう……。道庵様、太一のことありがとう。しばらくここにいさせて。私が太一の面倒を見るわ」

その日から初音が太一の傷の薬の塗り替え、布の取り換えなど行った。最初の頃は熱を出し、また痛がったので、薬研（やげん）で解熱効果や鎮痛作用のある煎じ薬を調合した。

初音は不思議な感情を味わっていた。怪我をして身動きのできない太一の世話をしているのだが、それを嬉しく思う自分がいた。

（子を持ってその世話をするというのは、かような心持ちなのだろうか）

生き甲斐すら感じてしまっていた。道庵も治助も、初音を見て代わろうかと声を掛けてくれるが、このようにずっと太一の隣に布団を敷いていつも一緒にいることに小さな幸せを感じていた。

（夫婦（みょうと）となりともに暮らしたりすると、かような心持ちになるのだろうか）

初音は我ながらとんでもないことを考えているなと思い、声を立てて笑ってしまった。

「初音、何がおかしい。俺が動けないのを笑っているな」

太一が、世話になりっぱなしの初音に感謝の気持ちでいっぱいなのに、それとは裏腹なことを言う。

「そうよ」

初音は、うつ伏せから横向きでも寝られるようになった太一をうつ伏せにし、その上に跨った。

「痛い！　乗るな！　傷口が開くではないか」

初音は、うつ伏せにした太一の首を左手で後ろから押さえつけ、右膝で右腕を押さえつけ自由を奪った。

「まいった。降参だ。おぬしの勝ちだ」

「忍びはどんなときでも逃れる手段を見つけ出さないといけないんじゃなかった？」

「うっ……」

初音に一本取られた太一は、傷がだいぶ良くなってきたので、そろそろ外に出たいと思っていたところだったが、まだ当分無理のようだ。

初音が太一を連れて大坂から伝馬船で博多に着いたのは、それからだいぶ経った後であった。伝馬船は長政の豊前から筑前への移封(いほう)に伴い、その航路は博多まで延ばされていた。

七

如水には、備前を長政が拝領し、自分は別家として、切り取った土地を拝領したいとの思いがあった。この願いは、井伊直政と相談して家康にとりなしてほしいとの藤堂高虎宛の書状の中で伝えた。しかし、如水の心底を恐れた家康にとっては、危険きわまりない如水に別家を与えることなど論外であった。長政は筑前五十二万石を得たが、如水が新たな領地を拝領することはなかった。如水は、此度の『戦』に敗れたのだ。如水は完全に隠居することにした。

武蔵は大瀬戸数馬を倒した後、足軽に扮していた例の男・吉塚辰之進がいなくなっているのに気づいた。正体を知られたということで、畿内かどこかに戻ったのではないかと思われた。だが、当然その代わりとなる者が送り込まれるものと考えねばなるまい。ただ、大殿が完全に隠居されるとなると状況はかなり違ってこよう。家康とかなり近い関係にある若殿（長政）では、さほどの警戒は不要かもしれないからだ。

平田無二斎は、黒田長政から組外ではあるものの直臣として取り立てられ百石を賜った。また旧主君の新免伊賀守宗貫の招聘を画策、尽力し、それに成功した。伊賀守は林太郎右衛門組二千三百石で召し抱えられたのである。

だがその直後、無二斎は筑前の黒田家を去っていった。無二斎の弟子であった松井佐渡守康之の二男・松井式部少輔興長の熱心な誘いもあって、その主君である細川忠興が豊前一国と豊後二郡の三十三万九千石を拝領したことから、無二斎は、細川領小倉に居を構え小さな道場を開いたのである。無二斎の長男・平田次郎太夫もそこで三百俵の扶持を得た。

武蔵も無二斎に伴い黒田家を去り、しばらくは細川領の小倉で過ごした。無二斎の弟子となっていた松井興長は、武蔵とは二歳だけ上の同世代であり、話も合い、武蔵はよく手合わせをしてやった。武蔵には己も仕官したいという思いは常にあったが、いま具体的に考えられるところとしては、細川家ぐらいであろうか。だが、まだ目指す剣の頂にはほど遠いところにあることに思い至ると、まだそのときではないとも思われた。

武蔵は、まず己は剣の道を追求することを第一義として、その頂へと至ることを目指さねばならないと思った。そして戦の差配は、その先のことだ。日子山（英彦山）に修験者の霊場があり、そこの道場でしばらく修行を積んだ後、龍野の圓光寺に戻ることにした。

太一、十蔵、初音の三人は、如水に呼ばれた。如水は、奈良屋町の神谷宗湛の屋敷に仮寓していた。

如水は、九州の関ヶ原の戦での三人の働きをねぎらった。戦の最初の頃の情報戦でも、各城に忍び入り、その評定の様子、城主の意向などを探る働きにおいても、また

『調略』においても三人の働きは大きかった。こうした活動のおかげで多くの『西軍』だった勢力を傘下に従えることができたからである。だが、結局如水が領地を獲得することはなかった。

「三人とも実に良い働きをしてくれた。そこでじゃ、今後のことじゃが、天下は徳川の世で収まってしまうことになりそうじゃ。されど、大坂の豊臣をどうするかという難題が残されている。まだ一波乱あるやもしれぬ。わしは此度こそ真の隠居の身となってしもうたが、もしこのまま黒田家に仕えたいのなら、長政に仕えぬか。その気があるなら、わしが取り計らってやろう」

三人は今後どうするかということについては、何度もよく話し合っていた。如水を前にして、十蔵は島津で思ったような働きができなかったことで意気消沈していた。太一は何とか外を出歩けるようになってはいたが、まだ十分な忍び働きはできない。いまや三人の中で頭領格のような立場となっている初音が口を開いた。

「大殿は、本当にこのまま真にご隠居なされてしまわれるおつもりなのでしょうか?」

「うむ。此度の戦がわしにとって世に打って出る最後の機会じゃった。じゃが、わしには天運がなかった。今度こそ本物の隠居じゃ」

「家康殿はご高齢故、突然お亡くなりになることもござりましょう。その場合も、黙って指を銜えられておられるつもりでござりますか？」

「はっははは！　なかなか手厳しいのう。その場合は、豊臣家はご安泰ということじゃ。長政たちがうまく計らってくれようぞ」

「かようにお考えになられてはいかがでござりましょうか。若殿はこの新たな筑前の地を治めていかねばなりませぬ。内政だけで手いっぱいになろうかと存じます。なれど、中央の動き次第でどのような事態が出来（しゅったい）するかわかりませぬ。そこで大殿が、京の猪熊の屋敷におられて中央の動きに目を光らせるという手もあり得るのではないかと存じます。その場合は、私ども忍びが、大殿の手足となって働きたく存じますが、いかがでござりましょうか？」

「うーむ。おぬしたちが最初やってきた頃からさして刻は経ってはおらぬが、随分と成長したものじゃ……。わしにまた生き甲斐を与えてくれようというのか？　その話、乗ったぞ。金は長政からせしめよう」

第九章　再び龍野・圓光寺へ

一

武蔵は久方ぶりに龍野・圓光寺に戻った。文（ふみ）を住職の多田祐仙に届けていたので、その娘の志乃が迎えてくれることを心ひそかに楽しみとしていた。表門から境内へと入っていく。一年以上の月日が流れていたが、ここは何も変わらない。そこへ、多田半三郎、落合忠右衛門ほか門弟たちが出迎えてくれた。

「先生！」

「お師匠様！」

門弟たちは久方ぶりに師にまみえて皆嬉しそうである。

「おお、皆！　腕を上げたか？　わしはまずご住職にご挨拶をいたさねばならぬ」

「あっ、その前に……」

半三郎が武蔵の袖を引いて止めた。何か話がありそうである。半三郎一人が、武蔵を境内の脇にある大きな欅の木の下に誘った。

「あのう……。志乃殿のことにござる」

「志乃殿がどうかしたのでござるか？」

「もはやここにはおられませぬ。鳥取の山寺に嫁に行ってしまわれて……」

「えっ、嫁に行った？」

さすがの武蔵も愕然としている。半三郎がさも言いにくそうに語る。

「御腹が大きくなられてしまわれまして……。住職が誰の子かと問うても決してその名を明かされることはございませんでした」

「……」

「それで、鳥取の寺はこちらといささかご縁がござって、一切を承知で志乃殿を迎えられたのでござります」

「何という寺じゃ？」

「円城寺とかいう小さな山寺で、何代か前の御住職がこちらの圓光寺で修行なさって、鳥取に帰られて開かれた寺だと聞いております」

武蔵はしばらく黙って考えていたが、決断した。

「そこに行くぞ！」

　作用から因幡街道に入った。幼い頃過ごした平福や宮本を通りながらもその景色は目に入らなかった。気持ちばかりが急いていた。街道を歩いているが、山が次第に深くなっていった。龍野を発ったのが日中であり、日が暮れたので山中で一泊した。

　翌早暁、半三郎が描いてくれた略図を頼りに、途中からは街道を離れ山道へと入っていった。かなり山の奥深くにその小さな寺はあった。

（志乃殿はかように山深くの寂しげな寺に嫁がれたのか）

　圓光寺と比べてしまうと、どうしても寺といっても形ばかりのものにすぎぬと感じてしまう。山の中だけに境内も狭く小さな本堂があるのみで、裏に小さな住居がついている。朝餉の刻であろうか、竈の煙が上っている。

　裏木戸を通って敷地の中に入り、板壁の隙間から中を覗いた。土間の厨には、袖を絡げて働く志乃と下女の二人の姿があった。下男も一人いた。志乃は住職と思われる夫の膳立てをしていた。住職が座った横には小さな籠に入れられた赤子がいた。

（あれがわしの子か？　娘か）

夫が愛おしそうに籠の中の赤子をあやしている。大切にかわいがってくれていることが表情から窺える。狭い厨から振り返った志乃が、赤子を中心にして夫と何やら楽しげに笑い合っている。

山の中の小さな寺で、生活には不便もあるかもしれないが、幸せそうに暮らしている。武蔵は、いまここにいる自分がたまらなく恥ずかしくなった。

（己はいったいここに何をしようとしに来たのか。われながら何と未練がましい行為をしているのか。この小さな幸せを壊すようなまねをしてはならぬ。己という存在はここでは悪以外の何ものでもないのだ。いますぐここを気づかれぬよう立ち去らねばならぬ）

武蔵は、恥ずかしさと絶望感に打ちひしがれた中、そっと裏木戸を出ていった。

圓光寺とはまるで異なり、この小さな山寺には訪問者はごく稀にしか来ない。志乃はここに来た当初、外でかすかな物音や気配を感じるたびごとに、人が訪ねてきてくれたのではないかと外を覗きに出た。しかし、そのほとんどは木々が風に騒ぐ音であったり、野生の動物が立てる音であったりした。

今朝の外の気配は、これまでのそれとは違っていた。志乃は外に干していた手拭を取りに行く風を装って家の外に出ると、そっとあたりを窺った。木々に覆われた道の奥のほうに歩き去っていく人影が見えたような気がした。

(武蔵様……？　確かなことはわからぬ。その人影はもはや見えぬ。一瞬見えたように思えた人影は、自身の心の中の幻影だったのやもしれぬ。私はいったい何を期待しているのだろうか。いまのこの小さな幸せ以上の何を望もうというのか)

志乃はそれでも心の片隅にある小さな空洞を荒涼とした風が通り抜けていくのを感じていた。

住職の祐譚(ゆうたん)は、外に出ていった志乃の姿から、いつもとは違ったものを感じていた。このような山奥の寺に嫁いできてくれて、妻として実によくやってくれている。だが、ごく稀に妻には、その心が『この場』からふっとどこか遠くに離れていってしまうような瞬間があるのに気づいていた。いまがそうだった。それが祐譚を、あたかも妻がそのままどこか遠くへ去っていってしまうような不安な気持ちにさせた。外に出た妻の姿を追って思わず外に出てしまっていた。

「どうかしたのか?」

その祐譚の言葉に驚いたように振り向いた妻の表情は、いつもと変わらぬ優しげな笑みに包まれたものであった。

「いえ、気持ちのいい朝だと、少し風に当たっていただけです」

「中に戻りなさい。母親が見えぬと、いとがむずかってしまう」

志乃は笑って家の中に戻っていった。

二

武蔵は重い足取りで帰りの山道を辿りながらも、板壁の隙間から覗き見た家族の団欒の光景が、決して切り離すことのできない軛（くびき）のように武蔵の心に繰り返し襲ってきた。そこには小さいながらも温かな家族の幸せな姿があった。その幸せを壊さぬためにも、武蔵は志乃とその娘に一生涯会わぬと決意した。

行きと帰りとでは同じ山道でも、武蔵には見える世界がまるで違って映った。

あのように寂しげな小さな山寺で、それでも幸せな生活をまっとうしようとしていた志乃の姿が何度も脳裏に甦ってくる。志乃をあのような目に遭わせたのは己なのだ。戦が終わったらすぐにでも龍野に戻ってくるべきであった。そしたら……。

だが、目指す剣の頂はいまだ遥かに遠く、その形は朧げにしか見えない。しかるべき地位を得てもいない己が、志乃の夫として認められるわけがない。また、たとえ子の親なら仕方がないとして許されようとも、それでは己が納得できない。しかるべきところに到達できてもいない己自身を許すことはできないのである。

どこをどう歩いたのか、それでも武蔵は戻るべき場所に戻ってきていた。しかし、これまでとはまったく違う姿として、龍野・圓光寺が目に入ってきた。武蔵は、本来なら己が入ることなど許されないところかもしれないと感じつつ、圓光寺の門をくぐった。合わせる顔がないが、住職・多田祐仙に会わねばならない。

屋内の小さな道場で、武蔵は、祐仙を前にしてその後ろめたさのためなのか、いつもより深く伏していた。近頃、圓光寺では屋内にも狭いながら道場が設えられていた。これは住職の祐仙が自身の稽古や客人との手合わせなどのために用意したものであった。

「ただいま戻りましてございまする」

一度ここに戻ってきて、またすぐに出ていった武蔵のことは、聞いていたであろうに、祐仙はそのことには触れず、型通りの挨拶をした。

「うむ。伏見から美濃、そして九州へと戦場を駆け巡ったと聞く。おぬしのことじゃ、さぞかし活躍したことであろう」

「それが……、戦場では刀で力を発揮することはございませんでした。鉄砲はまた別として、戦場では槍が主体でございました。騎馬武者でも太刀を使うのは、槍が使えなくなったときの急場を凌ぐためという面が強いようでございます。それに歩兵の槍は集団戦法の槍使いで、個人の力量とはまた別物かと拝見いたしましてございます」

「そうよの。先々代の祐恵様の時代とはすっかり様変わりしてしもうたな」

「それがしも戦場ではほとんどが槍働きでございました」

「うむ。そうであったか。では、久方ぶりに相手いたそうか」

ほかに話すべき大事なことがありそうだが、武蔵もそれに応じる祐仙もことさら武芸の話に終始してしまっていた。二人とも意図的にあることに触れないようにしていたとしか思われない。

多田祐仙は、圓光寺流兵法を受け継いでおり、特に長刀(なぎなた)に優れていた。武蔵が十四歳で初めて圓光寺を訪れた頃は、祐仙の長刀に対して、右手に木太刀、左手に短い十手槍を持ち対等に戦った。これは養父の新免(平田)無二斎の当理流十手術を見て学んだものであった。その後、長刀との稽古を積むうち独自の工夫を重ね、円明(えんみょう)二刀流を編み出していった。

屋内の道場で二人が向かい合った。祐仙は長刀の木刀を中段に構える。『一本杉の構え』である。これに対して武蔵は、二尺六寸の木太刀を右手に提げ、左手には十手槍ではなく一尺三寸ほどの木刀の小刀を提げている。二刀下段『水形(すいけい)の構え』である。

祐仙が間合いを詰めてくる。長刀の間合いに持っていこうとしている。武蔵も長刀の間合いでの勝負をするつもりのように見える。長刀の間合いに入った。祐仙が突きを見せてきた。武蔵はこれを偽装と見て動かない。祐仙は同じような突きから切り上げを見せた。武蔵は左の小刀で長刀の刃の峰の根元、千段巻近くを上から抑えるのと同時に一気に太刀の間合いへと踏み込み、振り上げた右の木太刀を祐仙の面上でぴたりと止めた。

二度目の手合わせでもまったく同様であった。三度目、今度こそと祐仙は意気込んだが、武蔵は両刀を交差させた『円曲(えんきょく)の構え』を取り、間を詰めてくる。自ら長刀の間合いに入ってきた。祐仙は後退に後退を重ねるが、やむを得ず上段から切りを見せた。その瞬間、武蔵は交差させていた両刀を離し、小刀で長刀の刃を抑えつつ祐仙の面上に右の木太刀を止めた。いずれも小刀で長刀の動きを制せられてしまい勝負にならなかった。こんなことは初めてだった。武蔵の腕力が常人とは比べられないほど強くなったことと、動きの俊敏性がさらに増したことが要因だった。祐仙はうなった。

「腕を上げたな！　戦場で実戦を積み重ねた成果じゃな」

祐仙は武蔵が剣の技量を上げたことをいかにも嬉しそうに語っている。

武蔵は立ち合いをしている間はすべてを忘れてそれに集中することができた。しかし、ひとたび剣を置いてしまうと、様々なことが脳裏をよぎってくる。祐仙の顔を見れば、志乃が茶や菓子を運んできた際に何げなく交わす父娘の仲睦まじい姿が甦ってきてしまう。

こんなこともあった。あるとき客人があり、武蔵がその場に呼ばれた。志乃が客人にお茶と茶菓子を出していた。武蔵が空腹に耐えきれず、その客人に出された茶菓子にいまにも手を出してしまうのではないかという風情で見つめている姿に、祐仙と志乃それに客人までもが気づき、客人が「どうぞ……」と武蔵に勧めたところ、武蔵が剣の立ち合いに劣らぬような素早い動きで、客人の茶菓子に手を伸ばしそれを口に入れたのを見て、三人が互いを見合ってどっと吹き出し笑いをしたことなどが、懐かしくも恥ずかしさとともに思い出された。

そのような祐仙と志乃とにまつわる思い出が浮かぶにつれ、慚愧に堪えない気持ちが湧いてくる。志乃は決してお腹の子の父親の名を明かさなかったというが、祐仙は本当に気づいていないのだろうか。祐仙の己に対する態度からは、なにもそれと暗示させるものはない。もし、それが知った上でのことだとすれば、その態度は立派だといわざるを得ない。いずれにせよ、己としては剣の稽古に邁進し、忘れることしかできない。武蔵は弟子や門徒衆との稽古に没頭し、ときには圓光寺に立ち寄る旅の武芸者との立ち合いにも進んで応じていった。

三

その旅の武芸者の一人に斎藤利右衛門（りえもん）という者がいた。その者の剣の腕はさほどではなかったが、武蔵が刮目したのはその絵の技に対してであった。客間に活けてあった一輪挿しの野菊を描くのを見せてもらった。墨で字を書くのと同じようにさらさらと筆の腹を使って一気に描き上げた。境内にある欅や松の木、その枝葉の描き方に特徴がある。境内から見た鶏籠（けいろう）山中に鎮座する龍野城も簡略された中で実によく捉えられている。墨の濃淡で対象が的確に描かれている。庭木に飛んできた小鳥たちもその動きの一瞬が捉えられている。立ち合いの間合いの一瞬の動きを捉えるのと似ている。

斎藤は武芸者でもあるが、絵に関してはどのような師についているのであろうか。

「斎藤殿に絵の師はございますか？」

武蔵の問いに、庭の木々に遊ぶ小鳥を描いていた斎藤は絵筆を止めて笑って答えた。

「いや、剣の師も絵の師も同じ方にございます。いまは亡き浅井長政様の重臣であった海北綱親様の五男であって、海北家の再興を目指されていましたが、いまは武門を去り、画業に専念されておられる海北友松師でございます」

斎藤は、おのが剣の道は捨ててはいないが、師の友松が絵の道へと専念していくに従い、次第に絵の道へと強く誘われていくようになったのだという。その言葉通り、斎藤は連日あちこち写生に向かった。また武蔵もこれについていった。

白壁の塀が連なる浦川の川辺には柳の木々が揺れている。その一瞬を捉えて墨一色でさっと描き上げる。龍野橋の下に下りると、河原から揖保川の清流に淡く映る鶏籠山の深い碧が、墨一色で鮮やかに写し取られ、揖保川に遊ぶ鷺や白鷺ほかの水鳥たちもその動きのまさにここぞといった一瞬が捉えられる。

武蔵は連日に亘り斎藤の側でその筆使いを見て多くを学んだ。武蔵は武に関しては、幼い頃に養父・平田無二斎の手ほどきを少し受けた程度で、あとは無二斎の門弟との稽古の様子を見て学んでいた。もっとも正蓮庵に移ってからは、平田長九郎が武蔵の相手を務めてくれた。絵に関しても、養母・率子の再婚した夫・田住政久や正蓮庵の道林坊から手ほどきを受けた後は、自ら工夫しながら達磨の絵などを描いてきた。此度斎藤の筆さばきを見て学んだことで、武蔵の画才が開花する基盤が形成された。

武蔵は、刀を手にしないときに、障子を開け放った窓辺に座し、墨を擦り、筆を持ち、松や欅の木々を描くことから始めた。そよぐ風に揺れる木々の枝葉や庭に降り立つ小鳥などにも目を向けた。動きあるものの一瞬を捉え、それを脳裏に刻みつけ記憶が失せない間に一気に描き上げることを目指して筆を振るった。

武蔵は剣の修行は、山に入って一人で行うのが常であったし、いまもそれを続けている。その際、鹿や猪などの獣や鳥を見つけると、その動きの中の一瞬を脳裏に留めおくよう努めた。それを部屋に戻ってから筆で一気に再現するのである。

あるとき、龍野に相撲の興行が来たことがあった。柔術とはまた違った迫力に満ちたその力士の取組を間近に見ることができた。その対戦の一瞬を記憶し、後で一気に表現した。ある醤油屋がこれをたいそう気に入り、武蔵にこの絵を醤油蔵に描いてくれと頼み込んだ。その醤油蔵は高天井に太い梁のある薄暗くて醤油の香りが濃厚に満ちたところであった。武蔵は、梯子を使ってきつい姿勢を保ってどうにか描き上げたが、とても満足のいくような出来とはならなかった。醤油屋はこの絵を『野見宿禰（のみのすくね）と当麻蹴速（たいまのけはや）の角力（すもう）の図』とした。

このように動きの枢要なる一瞬を捉えそれを脳裏に長く正確に留めることができるようになること、これまた剣の道にも通ずる修行であった。武蔵はこれを約二年近くに亘って続けた。

第十章　京の都にての出会い

一

斎藤利右衛門は、京の住まいと龍野とを幾度となく行き来していた。武蔵は、斎藤の師の海北友松の描くところを実際に見てみたいと思い、斎藤についていった。斎藤の庵は、賀茂川沿いにあった。武蔵はあたりの風景を見て、『山水花鳥図』が描けるのではないかと思った。

斎藤が引き合わせてくれた師の海北友松の庵は、北野の緑豊かな閑静な佇まいの中にあった。もともと武家であった友松には、絵の弟子としては息子の友雪がいるが、斎藤のほかあまりおらず、一人静かに暮らしていた。初めて会う友松は、もはや武士の面影を拭い去った者の姿として武蔵の目に映った。

「高弟の斎藤殿の絵に感服仕りまして、かように厚かましくも尊師のお邪魔をいたし誠に恐れ多きことにござりまする」

「いや、貴殿の兵法および絵に対する真摯なお姿、斎藤より承っており申した。こちらこそ是非にとお会いいたしたく存じており申した。いま妙心寺にて屏風絵など描いておりまするが、あそこには、それがしなどの描くものとは比較にならぬほど優れた絵が満ち満ちております。それらをご覧になるのがよろしかろうかと存じますが、御一緒に参られませぬか？」

友松の言葉に、武蔵が斎藤へと視線を移すと、

「ここは、それがしが留守をお預かりいたしますので、どうぞ、ごゆるりと……」

と斎藤は笑みを返した。

「願ってもなきことにござりまするが、拙者の如き者がご同行いたしてもよろしいのでござりましょうか？」

これに友松は笑顔で返した。

臨済宗妙心寺派の大本山、妙心寺は友松の庵からごく近いところにあった。広大な敷地を擁する大寺院である。一条通りの北門から入った。中に入ってみると実に壮観である。森の海の中に多くの塔頭が浮いているかの如き風情がある。緑が多く目に染

みる。多様な樹木がある中で松の木が目立っている。

「新たに三門が築かれましたので、少し遠いですがご覧になられますか？」

「是非にも……」

「斎藤がこちらに来なかったのは、実は斎藤家は、妙心寺の元住持・愚堂東寔様の母方の主筋に当たるので、気を遣わせたくないとの配慮なのですよ」

「うっ……。もしかして、斎藤殿はあの明智光秀の重臣だった斎藤利三殿のご縁者なのでは？」

友松を振り向いた武蔵に、友松は大きく頷いていた。友松といい、斎藤といい、それぞれ家の複雑な事情があってのいまの姿だということなのだろうか。武蔵は幼くして養子となった平田家でうまくいかなかったわが身のことをふと思い、複雑な気持ちを覚えた。

広い境内の通路をまっすぐに南門の近くまで行くと、新しく作られたという三門に至った。朱塗りの二階建てとなっており、二階へは山廊の折れ曲がり階段を登っていく。そこには中央に観世音菩薩像が鎮座し、その両脇には、善財童子と月蓋長者が従い、周りには十六羅漢の像があった。天井には彩色された龍が描かれており武蔵の目を惹いた。友松によると狩野派の狩野権左衛門の筆になるものだという。

三門を下りると、すぐ東隣には浴室があった。明智風呂と呼ばれており、明智光秀の母方の叔父の密宗和尚の創建になるもので、板敷きの空間であり板の隙間から蒸気が出てくる蒸し風呂である。友松が笑いながら言った。

「お風呂はまたの機会にいたしましょう」

武蔵は思わずわが袖の匂いを嗅いでいた。

(わが匂いには慣れているせいか、特段の異臭などせぬのだが……)

友松はそんな武蔵のしぐさに気づかない風を装いながら続けた。

「この奥にある龍泉庵には長谷川等伯殿の『枯木猿猴図』がござります。等伯殿はそれがしより六歳ほど年下ではござりますが、その筆使いなぞ学ぶべきところの多い巨匠にござります」

龍泉庵の比較的狭い室内に六曲屏風が置かれていた。太い木の上で寛ぐ親子のサルの姿が描かれているが、ふわりとしたその毛並みの描き方と木の枝振りの筆致が独特である。そこから少し歩いた左手には霊雲院があり、友松が師とも仰ぐ狩野元信筆の『瀑辺松鶴図』なるものがあった。ここも割と狭めの室内の襖に山水花鳥の図が描かれており、滝の下の松の木の枝ぶりの筆致と池辺に佇む鶴の描写に強く心惹かれた。

「等伯殿の作品を、も一つ観ておきましょうか。また戻ることになってしまいますが、それは入って参りました北門の側の隣華院にござります」

友松が誘った隣華院の方丈には、襖二十面に描かれた水墨山水図があった。竹藪の竹が風にしなる風情、松の枝振り、そして岩の筆致にこれまた独特のものがある。

「等伯殿も狩野元信師の絵の技法を身につけるべく『瀑辺松鶴図』を模写されたそうにござります。それがしもまた、元信師ほか多くの先師の偉業に学びつついまに至っておりますが、どうぞ拙作も御笑覧あれ」

友松が笑って見せてくれたものは、早い筆の筆致でさらりと描かれた達磨の絵であった。自身もよく達磨の絵を描いていた武蔵は唸った。

「この友松殿の傑作やほかの方々の秀作には、いずれも共通の画風があるように窺われまするが、これらはいずこで学ばれたのでござりましょうか？」

「それがしも含めて、宋の牧谿(もっけい)や梁楷(りょうかい)などの絵に学んでおりまする」

「ほう、中国の……。それはここ日の本で観ることができるものなのでござりましょうか?」

「ええ、たとえば牧谿のものなど大徳寺に良き絵がござりますれば、いずれご覧になられたらよろしかろうかと……」

「いや、いますぐにでも拝見いたしたく存じまする」

外見は六尺近い偉丈夫の猛々しい武芸者そのものの武蔵だが、友松はそこに絵師とまったく異ならぬ並々ならぬ絵への熱情を垣間見せられた。

「いやあ、驚きましたな……。わかり申した。ご案内いたそう」


大徳寺は、妙心寺の北総門を出て間近の洛北紫野(むらさきの)の地にあった。鎌倉時代に大燈国師(だいとうこくし)(宗峰妙超(しゅうほうみょうちょう))が開創した臨済宗大徳寺派の大本山である。東に一か所しかない総門から入った。

友松は、いまの武蔵の気持ちが、あたかも剣で対峙する相手に向けられるかのように、これからまみえようとする牧谿の絵に向けられていることをひしと感じていた。居並ぶ塔頭の名匠の絵を見せたいという気持ちを抑えて本坊の牧谿の三幅の絵を観てもらった。

武蔵は、中央の『観音図』と左右に並ぶ『鶴図』『猿図』を食い入るように観ている。さらに友松は植物の絵を持ってきた。

「これも牧谿が描いた芙蓉の花でござります」

「うーむ。いずれもわずかな筆数で、そのものの核となるものが捉えられておりまするな」

「さようにござります。これがいわゆる『減筆の法』でござります」

「手数を掛けずに一筆にて一気にそのものの核心たるものを斬る『一つの筆』でござりまするな」

この武蔵の言葉に友松は、武蔵が剣の極意と同様のそれでもって絵にも迫ろうとしているのではないかと感じた。恐るべき『才』である。

武蔵はしばらく斎藤の庵に厄介になりながら、京にあるほかの絵なども観て学ぼうと決意していた。

二

京の黒田屋敷は、御所にも近い一条通りにある。如水のために働くことにした初音たち三人は、屋敷の一角に住まいをもらっていたが、薬華庵にも近いことから、ときには薬華庵を塒（ねぐら）ともした。三人は望月家の支配からは離れたが、山岡道阿弥の配下となった道庵にとっても甲賀への繋ぎとして働いてもらうという意味もあった。三人にとっては甲賀が故里なのであり、甲賀ではどこかの『家』のためというのではなく、その故里のために働きたいという思いは消えずにあった。

甲賀衆はそのほとんどが家康に従い、山岡道阿弥の配下とされたり、家康の江戸入府に際し、江戸城の本丸や大手三門の警備などの任に就いたりした。しかし、甲賀の地においても、大坂の豊臣に心を寄せる者もいて、一部には初音たちのように独自の立場の者もいた。

三人は、黒田屋敷を拠点に、京の町中や殊に伏見城周辺、大坂界隈において家康、柳生やそのほかの動きを探るのが仕事となっていた。如水の腹心であった栗山善助は、長政が筑前国に移封された後、一万五千石の所領を与えられ麻底良（までら）城の城主となり、いつも如水に近侍するというわけにはいかなくなっていた。そこで、いまや初音たちが如水の陰の側近のような役割を果たし始めていた。

如水は、関ヶ原合戦の前年に大坂城を退去して京都新城に移り住んでいた北政所（寧々（ねね））の下を久方ぶりに訪うことにした。京都新城は関ヶ原の戦いの前に櫓や塀など破却され、いまや城としての体裁はなく、北政所が暮らす一角は三本木の屋敷と呼ばれていた。

如水には身回衆二人に初音が従ってきていた。北政所との対面の部屋の中へは侍女姿の初音のみが伴われた。古くからの奥女中孝蔵主（こうぞうす）とともに昔話に興じていたところ、侍女二人に追われた二人の少女が部屋に走り込んできた。

「いけませぬ。お客様の前でござりますよ」

侍女・有紀(ゆき)の言葉に、鬼ごっこでもしてふざけ合っていたのか、勢い客間に入ってきてしまった少女たちは、客の如水の風体(ふうてい)を見て思わずその場に立ちすくんでしまった。

「いや、良い良い。元気のいい娘さん方じゃ」

少女たちに好々爺のような破顔を向けた如水に、北政所は、

「こちらの大きい方が三成の娘、辰姫(たつひめ)で、あちらが島左近の娘、珠(たま)殿じゃ」

と、如水が驚愕する事実を告げた。関ヶ原合戦の首謀者主従の娘を預かっているというのか。如水の驚きようを見ながら、北政所が説明する。

「辰姫は関ヶ原の戦のずっと前から養女として来てもらっているのですよ。珠殿は西陣の呉服屋・武蔵屋の加藤浄与(じょうよ)殿が左近殿の遠縁に当たられることから、浄与殿が引き取られておられます」

「さようでござりましたか」

如水は二人を見比べて、その娘たちもまるで三成と左近のように主従関係のようじゃと感慨を新たにしている。孝蔵主が口を挟んだ。

「今日は、五条河原に阿国歌舞伎を一緒に観に行くとのことで、見えられているのですよ」

伏見城陥落直後に京を離れた阿国一座がまた都に戻ってきていた。一座は御所に呼ばれて踊ることもあるが、いまの主たる興業地は五条河原であった。孝蔵主が続ける。

「今日は、こちらの侍女の有紀と富久の二人が連れていってくれます」

この有紀というのは、かつて寧々に仕えていた小西行長の母で切支丹であったわくさ(マグダレナ)の孫娘だが、有紀本人は信者でないと言っている。そしてもう一人の侍女・富久は、寧々の兄・木下家定の息であり寧々にとっては甥にあたる小早川秀秋が、昨秋突然岡山城で急死したためお家が改易となり、その小早川家の侍女だったのを、北政所が引き取っていた。

三

侍女二人は、辰姫と珠とを五条橋のたもとに設えられた阿国一座の舞台に連れていった。そして、その帰りに周りに多数出現している出店で茶菓子を食させていた。有紀が五条橋の上を行き交う人々を眺めていると、こっそりと通った教会で見知った貴人、細川忠興の二男・興秋(おきあき)(ジョアン)によく似た人を見たような気がした。しかし、興秋は九州に行かれたといった話を聞いていた。見間違いかもしれないと思ったが、切支丹への締め付けが徐々に始まってきている京では、見過ごせなかった。

「御免なさい。知り合いを見かけたものですから、失礼させてくださりませ。富久殿、申し訳ござりませぬが、後はよろしくお願いいたします」

そう言って有紀は男を追った。一見牢人風の男は、五条橋を左に曲がって鴨川沿いを北に向かって足早に歩いていった。どこに行くつもりなのか。有紀は女の足でなかなか追いつけないのをもどかしい思いで後をついていった。やっとのことで男に近づいて思い切って声を掛けた。

「ジョアン様」

有紀が掛けた言葉に振り返った男は、女の後ろから数人の男たちがこちらに向かってきているのに気づいた。男たちの身なりは市井の者たちのように装ってはいるが、役人であることが男にはわかった。

「お人違いをしておられるのでは……」

男は有紀を目で制し、これ以上話すなといった仕草をして、有紀と男たちとの間に立った。

「いかなる御用でござろうか？」

その中の一人が一歩前に出て言った。

「いささかお伺いいたしたき儀がござる。こちらへ……」

そう言って二人を取り囲みながら道脇から林に続く道へと誘った。

「御姓名を伺おうか？」

「ご覧になっておわかりのように、それがしは一介の牢人者にすぎませぬ。名は長山修次郎と申しますが、何用でござろうか？」

「ちと、お尋ねしたき儀がござってな。御足労を願おうか」

そう言って、数人がかりで捕まえ縄を打とうとしてきた。剣術など得手ではないのか、長山という男は刀を抜くことなく抗う姿勢だが、多勢を相手にいかにも分が悪いように見えた。

　するとそこに鴨川沿いの道のほうから鮮やかな色彩の陣羽織を羽織った若い武士が近づいてきた。

「いかがなされましたか？」

　などと、笑顔で白い歯が眩しいくらいの若武者ぶりである。背は六尺近くあるであろうか。何と、その男は太刀を腰に差すのではなく背中に背負っている。しかもかなり長い。

「邪魔立てするな。あっちへ行け」

「ほほう。それはまた、お役人の言葉とは思われぬ物言い。どちらのお役人でござろうか？」

「面倒だ。三人まとめて縛り上げろ」

　若侍は、さっと長山と有紀の前に出て、背中に背負った太刀を抜くや、そのまま頭上真上に立てた。男たちはこんなにも長い刀を見るのは初めてで、しかも頭上に垂直に立てたような構えから、その高さに皆衝撃を受けている。

「斬らないでくれ」との長山の言葉に、若侍は頷く。

一人の男が比較的短めの槍を突き立ててきた。すると若侍は、その槍穂に近い柄の部分を真っ向上段に構えた太刀ですっと両断するや男からその槍を奪い、太刀を背中の鞘に収めた。そして穂のないその槍を木太刀の代わりとするや、槍を奪われた男が太刀に手を掛ける間を与えることなくその男の左肩口から首にかけて一撃を加えた。

（速い！）

長山にはその木太刀の動きは確とは見えなかったが、若侍が手加減をしたことはわかった。骨は折れなかったと思われるが、首の近くへの打撃であり、気を失ったのか、男はそのまま前に頽れた。

若侍はそのまま、怯んだ男たちのほうへ、つつっとその間合いを詰め、瞬時の間にほかの四人を倒した。それは木太刀を一閃するごとに同時に二人を倒す太刀捌きであり、どうも返す刀で二人目を倒す太刀遣いのようであった。男たちが刀を抜く前に、あるいは抜いたとしてもその太刀を遣う間を与えることなく倒していた。長山はこの若侍の剣の腕前に目を見張る思いである。

「お助けいただき誠にかたじけない。さるにても、目にもとまらぬ太刀捌き、初めてかようなものを拝見いたしました。何流をお使いでござるか？」

「それがし、中条流の流れをくむ富田流に学びましたが、いまは一流派を起こしまして、巌流（がんりゅう）と申しまする」

「えっ、その若さで……実はこの近くに京屋敷がござりまして、それがしも久方ぶりになるのですが、お寄りになりませぬか？　お女中もご一緒に」

長山は有紀のほうに目を遣り一緒に来るよう促した。有紀は京屋敷と聞き、やはり興秋様に間違いなかったと思った。若侍のほうも、長山は自ら牢人と言っていて、風体は確かに牢人風ではあるが、そのような屋敷があるということは、しかるべき身分のある方に違いないと思った。

四

長山が二人を連れていったところは、興秋の祖父・細川幽斎の隠居所である東山の細川吉田屋敷であった。

細川家は、関ヶ原の戦の後に丹後十二万石から九州・豊前・中津三十三万九千石に加増・転封されていた。むろん大坂および京に屋敷を構えているが、重臣たちはそのほとんどが、いまは豊前にあってここにはいないはずである。

長山というのは世を偽る仮の名で、実は細川忠興の二男・興秋であった。興秋が二人を連れていった京屋敷には、思った通り幽斎をはじめ主だった家臣はいなかった。

若侍と有紀は、拝謁の間に頭を伏して控えていた。やがてこの屋敷の主人と思われる方がお出ましになられた気配がした。二人が頭を上げるよう言われて見た主座には、がらりと装いを改めて主君然とした細川興秋が座していた。

興秋は、以前教会で会ったことのある有紀のことを思い出していた。かつて秀吉の妻・寧々に仕えていた切支丹たる侍女で小西行長の母であった者の孫にあたる娘である。興秋は、切支丹であった母・玉（ガラシャ）があのような壮絶な最期を遂げたことからなかなか立ち直れないでいた。そして、切支丹への逆風が始まろうとしているいま、父・忠興からは、心は別として棄教を約束させられており、表立った信者としての活動は控えていた。

また細川家では、嫡男の忠隆に関しても問題が生じていた。あの人質騒動の折、その妻の千世が大坂の玉造屋敷から、義母の玉を置き去りにして隣の宇喜多屋敷へ逃れ、さらに前田屋敷に逃げていた。

徳川との関係が懸念されている前田家との縁を切りたいのと、妻・玉を失い、持っていき場のない怒りもあってか、忠興は前田家の娘であった千世を離縁するよう忠隆に命じた。だが、忠隆は頑としてこれに応じず、その結果、忠隆は勘当されていた。

こうした事態に、本来なら二男の興秋が細川家の家督を継ぐべき者となるはずであった。しかし、興秋にも信教上の問題があったのである。その興秋がいまはこの屋敷の主の如く振る舞っている。

「先ほどはお手前の目にもとまらぬ太刀捌きを拝見し、感服仕った。その若さで巌流という一流派を起こしたと聞いたが、そのほう、名は何と申す？」

「はっ、佐々木小次郎と申しまする」

「いまは浪々の身か？　……さようか。いずれ、どこぞの大名家にでも仕官したいとの存念はおありか?」

「はっ……」

小次郎はそれだけ答えて頭を下げる。

「では、ここに豊前の細川家の父へ認(したた)めた兵法師範としての推薦状がござる。これをお渡ししておく。気が向いたら、存分になされよ」

「はっ、ありがたき幸せ。お気遣いかたじけなく存じまする」

「さようか。では、豊前へ下向してくれるか?」

「はっ、誠にありがたきお言葉なれど、いましばし京にてやらねばならぬこともござりますれば、すぐにというわけには……」

「そうか。では、京での用事が済み次第、向かうが良かろう。……ところで、お女中のほうだが、そのほうは……」

「はい、北政所様の三本木の屋敷で侍女をいたしております有紀と申します。辰姫様たちと五条河原の阿国歌舞伎を観ての帰りでござりました」

小次郎は、ほうっという顔をして、改めて有紀の顔を横から覗き見た。色白で細面の整った顔立ちをしている。だが、愁いを秘めたその瞳からはどこか儚げなものを感じさせる娘であった。

小次郎と有紀は細川屋敷を辞去した後、五条橋の出店に戻ってみたが、もはや辰姫たちが帰った後であった。小次郎は三本木の屋敷まで有紀を送っていくことにした。

二人は鴨川沿いの道を歩いた。鴨川の浅瀬や河原には、鷺やいろんな種類の水鳥たちがいて、二人の目を楽しませてくれた。小次郎には、風に波立つ川面の陽光の煌きが心地よい眩しさを与えてくれているようにさえ思えた。二人はお互いの生まれ育った土地の話などをした。

「さようですか。越前の浄教寺村……」

それが、佐々木小次郎と名乗る若侍の故里であった。

「そこは京よりもずっと鄙びた土地で、川もかようなのどかな流れではなく、滝があったりして流れが急なところも多くござる。子どもの頃は、川で魚を取ったり泳いだりして遊んだものでござった」

そう言って、おのが少年時代に思いを馳せているのか、河原で遊んでいる子どもたちを見つめる小次郎の優しげな眼差しは、有紀には眩しかった。

有紀が、阿国の歌舞伎踊りを観た興奮そのままにその動作をまねて話して聞かせると、小次郎は面白がって笑い興じ、

「さような踊りがござるのか。これは一度拝見いたさねばならぬな」

と言うので、有紀は一緒に観に行くとの約束を交わした。

小次郎は、都ではしばらく富田流の兄弟子のところに厄介になっていると言っていた。

五

その年の二月、伏見城にいた家康の下に後陽成天皇の勅使・勧修寺光豊参議が遣わされた。家康を征夷大将軍、右大臣、源氏長者、淳和奨学両院別当に任ずるというものであった。

これは家康が、この目的のために、まず関白に九条兼孝を任じ、豊臣家による関白

職世襲を終わらせ旧来の五摂家に関白職を戻し、さらに徳川家の系図の書換えを行ったりして、着々と徳川政権の樹立のために打ってきた布石が実を結んだものである。家康は三月には伏見城から二条城に移り、御所に参内し将軍拝賀の礼を執り行った。

これに対し淀君を始め大坂方の衝撃はいかばかりであったかと想像されるが、そこは人の心の機微を操るに敏な家康のこと、江戸にいる息子・秀忠の娘で自分の孫娘にあたる千姫（七歳）を大坂の豊臣秀頼（十一歳）の下へと嫁がせた。これにより、大坂を中心に人々の目には、家康が豊臣家を大切に扱いながら天下の政務を進めていくように映った。その後、北政所は落飾し、朝廷から院号を賜り、高台院快陽心尼、後に高台院湖月心尼と称した。

武蔵はこの間、たまに龍野の圓光寺に戻るほかは、京にいることが多かった。京では賀茂川の側近くの斎藤氏の庵に同宿させてもらっていた。たまには海北友松師の庵に厄介になることもあった。京の妙心寺や大徳寺を中心として、建仁寺、智積院、東寺などあちこちの寺にある絵を見せてもらっていた。もちろん、これで兵法への執着が薄らぐようなことは決してなかった。

ある日、友松と斎藤が五条河原に阿国歌舞伎を観に行くというので武蔵はこれに同行した。三年近く前、伏見城落城の際に会ったお国のことが思い出された。あの折お国に求められた太刀使いの再現は、その後、剣においても絵においても、それがその道の上達へとつながる重要な意味を持つものであることに気づかされた。

五条橋を渡っていたときであった。武蔵よりも年下かと思われる侍が、背に太刀を背負って歩くのに出くわした。上背がある。武蔵と同じくらいである。橋の上であり、もちろん殺気は放ってはいない。目が合った。若侍は、武蔵の提げた木太刀に目を遣った。若侍がふと小さく笑みを漏らしたような気がした。できる。すれ違った後、振り向いたところ、相手も同時に振り返った。今度は、明らかに笑みを返してきた。しかし、踊り見物に訪れた人ごみの橋の上であり、立ち止まるわけにはいかない。友松と斎藤もさすがに武士の端くれである。武蔵のいつもとは違った様子に気づいた。友松が武蔵に問いかけた。

「お知り合いの方でござりますか？」

「いや、見ず知らずの者にござるが、ちと気になる男でござりました」

武蔵が気になるとは、もちろんその男の剣の腕である。武蔵が再びその男に目を向けようとしたとき、若侍をつけている三人の男の姿が目に入った。

（あの男追われているのか？）

「それがしは、ちと用ができ申した。お二人は歌舞伎踊りをご覧になってくだされ。拙者はここで失礼いたしたく存じます」

唖然とする二人をしり目に、武蔵は込み合う人ごみの中に消えていった。

若侍とそれを追う三人の男は五条橋を北に折れ、鴨川沿いに御所の方角へ向かっている。

しばらくすると、茶屋の店先の縁台に腰かけていた年の頃はまだ十七、八かと思われる若い娘が立ち上がり、若侍と一緒に歩き出した。これを見て、若侍を追ってきた男たちは何やら話をした後、二人を追うのをやめ道を変えた。武蔵はそのまま男たちをつけていった。男たちは朱雀大路を北上し、今出川通りにある吉岡道場へと入っていった。

六

吉岡流剣法は吉岡流の祖として、吉岡仁右衛門（にえもん）直元（なおもと）（初代憲法）が起こしたもので京八流の末流といわれている。直元の実弟・直光のとき、足利将軍家の剣術指南として兵法所を預かり、その子又三郎・直賢（なおかた）が第十五代将軍・足利義昭の兵法師範を務めた。この直賢の時代に足利義昭が広く武芸者を集め試合を行った。当時、平田無二之助と名乗っていた武蔵の養父が、この吉岡憲法（直賢）と三本勝負をし、二勝一敗であったと、その試合の内容とともに幾度となく、武蔵は幼い頃に聞かされたものであった。吉岡のいまの剣の実力のほどはいざ知らず、その名声は高い。

武蔵は、次の戦いの相手として、吉岡のいまの当主について知りたいと思ったが、自らが動くとどうしても身体の大きな自分は目立ってしまう。そのとき、如水に近侍することになったと聞いていた初音の顔が脳裏に浮かんだ。

黒田屋敷は吉岡道場のすぐ近くにある。如水は筑前の隠居屋敷と京屋敷とを行き来していると聞くが、はたして一条の屋敷にいるだろうか。武蔵が一条猪熊の黒田屋敷を訪うと、如水はそこにいた。だが、身体が優れぬようであった。それでも如水は、武蔵と久方ぶりに会えたことを、目を細めて喜んでくれた。

「おお、しばらく見ぬ間にまた逞しくなったな。相当腕を上げたようじゃな。このわしはその逆じゃ。歳には勝てぬ。船旅が身体にこたえるようになってきた」

「いえ、見るからにますます御壮健そうにて、誠に恐悦至極に存じまする」

「わっ、はっはは。さような見え透いた挨拶をするようになってしまって、そちも随分と大人になってしまったもんじゃ」

「はあ、近頃はいささか絵にのめり込んでおりますれば、絵の腕のほうはちと上がったかと存じまする」

「なに、絵とな？　どのような絵じゃ？」

「墨絵にござりまする。筆数を掛けず、さっと一筆にて描きます。これをそれがしは、『一つの筆』と呼んでおりまする」

「なに、『一つの筆』とな！　うーむ。卜伝（ぼくでん）だな」

如水は武蔵が、塚原卜伝の『一之太刀(ひとつのたち)』になぞらえて、絵の領域においても同様の境地を目指そうとしているのではないかと想像した。

「して、今日は何用で参った？」

「はっ、実は京にて吉岡憲法と剣の試合をいたしたく、当代の憲法がいかなる人物か知りたいと存じまして……」

「そうか。それは楽しみじゃ。わしの冥土の土産になるわ。わっ、はっはは……。太一か十蔵を使ってくれ」

如水は武蔵の表情を読み、含み笑いをした。

「初音は貸さぬぞ。あれはあまりに美しゅうなりすぎて、目立ってしまうから諜報には不向きじゃ。わっ、はっはは。いや、冗談じゃよ。わしの侍女として実によく働いてくれておる。手放せぬでの」

吉岡道場には太一が当たることになった。武蔵は久しぶりに会った太一に、京で厄介になっている斎藤と友松の庵を教えた。武蔵が自ら吉岡道場の側に行くとなると、風体からして兵法修行の者と知れ、吉岡から警戒されてしまう。当代憲法がいかなる剣を使うものであるのか実際に見てみたいのは山々であるが、そこはぐっとこらえた。

　太一からの知らせを待つ間、斎藤の庵で賀茂川に遊ぶ白鷺ほかの水鳥や大文字山などを描いていると、ようやく太一が現れた。太一は、同い年の武蔵が墨で描いている『山水花鳥図』を見て目を丸くしている。

「こっ、これは稀代の名だたる名匠にも劣らぬ筆さばき……、いやはや驚きですな」

　太一は忍びであるため、あらゆる面に通じておく必要があり、諸芸も一通り学んでいる。それで武蔵の絵の水準が並みのものではないことがよくわかった。

　しかし、その描かれた紙をよく見ると、子どもが手習い用に用いる粗雑な藁半紙であった。

「これなどまだほんの手習いにすぎぬのでな。剣で言えば、まだおぬしにもとうてい敵わぬほどの腕だ。ところで、例の件だが、わかったか？」

「うむ。だいぶ調べがついた。いま吉岡流第四代宗家を吉岡源左衛門（げんざえもん）直綱（なおつな）・通称、清十郎が務めている。その腕前は初代憲法より若干劣るようで、弟の吉岡又市（またいち）直重（なおしげ）・通称、伝七郎のほうがなかなかの偉丈夫であり、腕も上のようだ。清十郎は優男で、あまり道場には顔を見せず、門弟の指導はもっぱら弟の伝七郎に任せている。されど、清十郎はちと変わったことをしている」

「何？　変わったこと？」

「うむ。夜一人で北野の森に出かけるのを常としている」

「そこで何をしている？」

「森の手前の少し開けた場所で岩の上に腰かけしばし瞑想する。そしてある瞬間に、その掌を森の方角に向け、掌からまるで何やら発するかのようにして、森に眠る椋鳥であろうか、それらを一斉に飛び立たせる」

武蔵は昔読んだ兵法書の中に、人は『気』を用いることにより、その限界を超えるような大きな力を発揮させることができるとあったのを思い出した。

「そのとき、清十郎は声を出しているのか？」

「いや、すっくと立ち上がるや、まったく無言で行う」

「うーむ」

武蔵は、一度その男、清十郎に会ってみたくなった。

「太一、清十郎が赴くその場所、刻限に案内してくれ」

その場所は友松の庵からほど近いところであった。件の森の手前の少し開けた場所の横にある林の藪に身を潜めて、清十郎が現れるのをじっと待った。待つこと半刻、着流し風の優男がゆっくりと岩のところにやってきた。歩き方、姿、風貌からして武芸者のようには見えない。むしろ役者か何かのようだ。やがて、清十郎は岩に腰を下ろし、いつものように瞑目する。

どれほどの刻が流れたであろうか。清十郎はすっくと立ち上がると、その右腕を胸の高さほどに持っていき、右掌を身体と平行にするやぐっと『気』を発したかに見えた。その瞬間、ひっそりと寝静まっていた鳥の一団が短い奇声を発し一斉に木を飛び立っていった。その後だいぶ経ってから、清十郎は左掌も右掌と同じ高さにまで上げ、今度は双方の掌を使って何やらなだめるような動きを見せている。しばらくすると椋鳥であろうか、一群の鳥が元いた木に戻ってきた。いったん放たれた『気』をいったいどうしたというのか。武蔵と太一は、唖然として互いの顔を見合った。清十郎は、椋鳥たちが戻ってきて、あたりが再び静寂を取り戻すまでそこに留まっていた。そして再び森が元の静けさを取り戻すと、おもむろに元来た道を戻っていった。これを見た武蔵は、清十郎が太刀を扱うところを見たいと思った。

「太一は、清十郎が門弟やらと手合わせをするところは見たことはないのだな？」

「うむ。一度も……」

「見たいな」

太一は忍びとして、このように言われた場合の対応は弁えていた。忍びとしては依頼人が満足できるような腕の確かな牢人者などを雇って段取りをつけるのである。それは忍びとして実に自然なことであった。

「承知した。また連絡する」

太一はそれだけ言うや去っていった。武蔵は同い年の太一とはもう二、三年来の付き合いとなっていることもあり、武士と忍びという身分の違いなどを超えて、心の中では『友』とも思っていたが、太一はあくまで忍びとしての分を弁えるつもりのようだ。武蔵はそんな意味で言ったわけではなかったが、太一は忍びへの仕事の依頼と捉えたようだ。

数日後、太一から連絡があった。古橋市之丞というかなり腕の立つ牢人者に仕事を依頼したという。清十郎が例の森へと向かったところで実行させるということで、双方いずれも死ぬなどということがないよう言い含めてあるという。

「古橋とやらは、何流の使い手か？」

「中条流の流れを汲む者で、富田流派の者たちと折り合いが悪く、破門となったと聞いている」

「なに！　さすれば、その者小太刀を遣うのか？」

「いや、中太刀だと申している。古橋によると、清十郎もどうやら中太刀のようだ」

いずれも京流の流れを汲む者と思われるが、中太刀であれ小太刀であれ、短めの太刀を遣う者は動きの速さが求められる。速さでは誰にも負けぬという武蔵には、与しにくい相手ではない。

当夜、太一は初音を伴ってきた。

「初音が、どうしても連れていってくれと申すので、仕方なく……」

初音ははにかみを見せながらも、溢れんばかりの笑顔で武蔵に会釈した。

「武蔵様に久方ぶりにお会いしたいという気持ちもございましたが、吉岡一門の総師の太刀捌きを是非とも拝見したいと思い、太一には無理を申しました」

初音は忍び装束を纏っているにもかかわらず、如水が言うようにその美しさに拍車がかかってきていた。初めて会った頃も輝きを秘めた瞳を持つ美しい娘であったが、いまは如水の下で侍女としての務めも果たしているためであろうか、その佇まいも気品ある女性としての所作が身についてきている。これが、京娘の出で立ちであったなら、いかばかりかと感じさせるほどであった。

武蔵たち三人は、林の藪に身を潜めた。

七

今年は、徳川家康が征夷大将軍の宣下を受けるという徳川家にとってまさに今後の家の命運がかかる重要な意味を持った年であった。家康は少ないながらも一定数の軍勢を率いて上洛し、伏見城にて征夷大将軍の宣旨を受け、そして政庁である二条城へ将軍宣下を受けるべく移動したが、こうしたこともあって当然のことながら京の都はいつもとは異なるある種の緊張した雰囲気に包まれていた。

家康の意を受け、柳生宗矩は、全国に散らばる一門の門弟衆や伊賀者を用いて、徳川政権の基盤を固めるべく着々と手を打っていた。前年の小早川秀秋の岡山城での急死は、侍女として潜り込ませていた伊賀のくノ一による数か月かけての毒薬による暗殺であった。このように何か月もかけて少しずつお茶や食べ物に毒を盛って身体をむしばませていく手法だと、まずそれと知られることはなかった。そのくノ一は、いまは改易となった小早川家から高台院の下に侍女として引き取られていた。富久である。

富久のいまの任務は、高台院およびそこに出入りする者たちの動向を探ることである。同じく高台院の下に侍女として仕えている小西家の縁者であり、隠れ切支丹ではないかと疑われる有紀なる娘も、そのつながりから切支丹を洗い出す道具ともみなされていた。有紀とのつながりからも細川家の二男、細川興秋や佐々木小次郎なる人物があぶり出されており、それらの者たちには、それぞれ伊賀者が付いている。

佐々木小次郎は、己に忍びの者が付いているのに当然のことながら気づいていた。彼らを始末することも簡単にできるのだが、そのわけを知りたいと思った。あるとき逆に秘かにその忍びをつけてみた。面白いことだが、人の後をつける者が逆につけられるとまったく気づかないことがある。その忍びは、高台院屋敷にいる忍びと繋ぎをした。さらにその忍びは、如水（黒田）屋敷に行き、そこの忍びと思われる下男とも繋ぎをした。こうしてしばらく探っていると、そこで実に面白いことを発見した。如水屋敷には、その忍びの仲間と思われる下男と侍女がいたが、その仲間ではないまったく別の忍びがいた。その別の忍びたちは如水直属の忍びであった。己に付いていた忍びは伊賀者であった。その二つの忍びの群れは双方まったく交わることなく併存していた。伊賀者は如水直属の忍びの動向を監視している節がある。両者は敵対する忍び群だと思われた。いま忍びは、その出身地を問わずあらゆる大名家に雇われている。如水の忍びも伊賀出身ということも考えられないわけではないが、伊賀者の存在に気づいていない様子でもあることからその可能性は低い。おそらく甲賀か旧武田家に属していた者たちではないか。

今夜は如水直属の忍びの男女が屋敷を出て、北野のほうに向かった。森の手前に少し開けた場所があり、そこに己と同じくらい上背のある男が待っていた。あの男見覚えがある。そう、五条の橋の上だった。見るからに腕の立つ武芸者だとわかる風貌で、兵法日の本一を目指す小次郎には、それまで恐れを抱くような者に出会ったことはなく、この男にも恐れを抱くようなことはないが、これまで出会った誰よりも強敵に違いないと感じた。三人は近くの林の藪の中に身を潜め、誰かを待ち受けるつもりのようだ。

初音は三人でこのように林の藪に潜んでいることに、心ときめくような気持ちになっている自身にあきれる思いであった。如水から依頼された仕事ではないとはいえ、これもまた忍び働きに違いないのである。だが、幼い頃から好きだった太一と、そして男としての強さにある種の憧れの気持ちを抱く武蔵と、好意を抱いている二人の男と目的は別とはいえ、こんなにも間近に肩を寄せ合っているのである。

二人ともそれぞれの武芸の高みを目指して突き進んでいる男たちである。このように身体が触れ合うほど近くにいてもその息遣いは感じられない。常に精進を絶やさぬ真剣な面差しの二人の横顔を見ていて、初音は女としての感情が勝ってしまう自分を恥じた。武芸の道で少しでも二人に近づけるよう修練を積むことが大切だと胸に刻み込ませた。

半刻ぐらい待ったであろうか、いつものように着流し風の清十郎が現れた。そしていつものように岩に腰かけ瞑目した。頃合いを計ってか、おもむろに立ち上がり右掌から気を発した。森の木の枝で休んでいた鳥たちは大騒ぎとなった。そして鳥たちが森を飛び立った後、清十郎の背後から男が近づいてきた。古橋市之丞である。清十郎が古橋のほうを振り向いた。古橋は刀を抜かず木太刀を右手に提げたままではあるが、殺気を漲らせている。古橋が歩を進め清十郎との間合いに入ろうとした。

そのときである。清十郎が刀を抜かず、両手を己の胸の高さほどに上げ、柔術か何かを行うような手の動きを見せたと思った瞬間、清十郎の左肩口に木太刀の袈裟懸けを見せながら踏み込んできた古橋の身体が、清十郎の後方へ飛んで転がっていた。

太一によると古橋は中条流のかなりの使い手だということであったが、勝負にならなかった。気を失って倒れたままの古橋を捨てておいていると、やがて森の木に鳥たちが戻ってきた。その後、清十郎は何食わぬ顔でいつものように帰途についた。

武蔵たちは、倒れた古橋のところに出ていった。気を失って倒れているだけのようだ。初音が気付けをし、古橋は正気を取り戻したようだが、まだ立ち上がれないでいる。太一が武蔵に言う。

「あの技を破れるか？」

「……」

初音が武蔵に代わって口を差し挟んだ。

「忍びの技にもあるわ。呼吸法を用いた『気』の力ね。吉岡清十郎は剣の稽古の代わりにここで『気』の鍛錬をしていたわけね」

武蔵は黙ったまま、太一と初音を手で制して己の後ろに下がらせた。清十郎が去っていった夜の帳の中から、少し派手な出で立ちの男がぬうっと現れた。若い。いや若作りでそう見えるだけかもしれないが、武蔵を含めた同い年の三人よりも若く見える。何と微笑んでいる。もちろん殺気などない。

武蔵は思い出した。五条橋の上ですれ違った若侍である。あのとき、その若侍は男たちにつけられており、気になって後をつけたが、あの若侍は何と女と逢引きか何かをしていた。その後、後をつけていた男たちのほうを追ってみたところ、それが吉岡道場の門弟衆だということがわかった。そうだとすると、この若侍は、此度は逆に清十郎を追ってきたということもありそうなことだ。こちらに対しての殺気はない。若侍はにこやかに口を開いた。

「いやあ、実によきものを拝見いたしました。吉岡源左衛門直綱・通称、清十郎、手強い技を持っておりますな。はっははは……。そちらの四人の方々はお仲間かな？　随分と変わった取り合わせの面々と見え申すが……」

若侍は口元には微笑を携えながらも、四人を見回して皮肉を投げかけている。おそらくは今夜の趣向を見抜いてのことと思われる。武蔵が一歩歩み出た。

「お手前も吉岡に興味がござるのか？」

「うふっ、興味があるどころではござらぬ。一手御指南をと、道場に赴いても相手にされず、追い返されるばかりで誠にもって困っており申す」

「そうか。おぬしも吉岡と試合をしたいのだな。拙者、播州牢人、宮本武蔵と申す。ご貴殿は？」

「手前、越前にて富田流に学び、いまは巌流という一流派を起こし、佐々木小次郎と申す者にござる」

武蔵は己よりも若いこの佐々木という男が、己と同じように剣の一流派を立ち上げたということに興味を覚えた。

「京ではいずこにお住まいか？」

「下鴨に同門だった者がおりまして、そこに厄介になっており申す」

武蔵は、小次郎が女と逢引きしていたことを思い出し、ここで皮肉を返した。

「お内儀も御一緒に厄介になっておられるのか？」

小次郎はきっと武蔵を睨み返した。

「さような者はおらぬ」

そして、太一と初音のほうを見て言った。

「如水屋敷の間者には気をつけることだな」

小次郎は気分を害したのか、それだけ言うと踵を返して去っていった。

武蔵は太一と初音を振り返った。二人とも（しまった！）という顔をしている。

「面目次第もない。うっかりしていた」

「私も、同じだわ。つい侍女の務めが楽しくて……」

武蔵が二人に厳しい顔を向けた。

「如水様は隠居されたとはいえ、油断はならぬと監視されておるのよ。また、おぬしらが、如水様直属の忍びであることは容易に知れることだ。おぬしらの動きが監視されているのは間違いあるまい。おそらくは柳生が配した忍びか」

太一もだが、殊に初音は如水の侍女としての務めを果たしていく中で、忍びとしての感覚を十分研ぎ澄ませていなかったことを悔いていた。

小次郎は武蔵たちの意図が読めていた。小次郎もせめて吉岡一門の太刀筋など拝めぬものかと、吉岡道場の周りをうろついたが、六尺近い背丈に派手な出で立ちもあって、門弟衆に覚えられてしまっており、道場に近づくことさえできない有様だった。また書状を出しても相手にされず、八方ふさがりの状況であった。そのような中にあって、一門の総帥たる清十郎の秘術の一端を垣間見ることができたのは収穫であった。

(武蔵と名乗るあの男も、おそらく相手にされぬのであろう。あのような小細工をして……)

佐々木小次郎も、吉岡家との試合を望んでいろいろ画策したが、結局叶わなかったのである。小次郎は思った。

(それにしても、京には己と同じような剣客が集まってくるところとみえる。おのが名を上げるには、最も名声の高い者を倒すことが一番の近道である。されど、逆の立場からすると、すでに名声ある者には、さような輩に勝ったからとて何の益もないのである）

小次郎は、細川興秋がその父親の細川忠興へ認めてくれた推薦状を何度も見ているうちに九州へ下向してみようかという気持ちに傾いていった。この決断には有紀の存在も大きかった。小次郎は、有紀のことを大切に思うようになっていた。いまの浪々の身では有紀と所帯を持つことは難しい。しかし、九州とはいえ、細川家という大身の大名家の兵法師範である。たとえ百石ほどの禄であっても、有紀と十二分な生活ができる。有紀のほうには何の異存もなかった。有紀が高台院に九州下向の件を話すと、細川家の兵法師範と聞き、高台院も喜んでくれた。しばらくして小次郎と有紀は大坂から船で中津へと向かった。

第十一章　柳生・伊賀者との戦い

一

太一と初音は、如水屋敷への帰りの道すがら、屋敷内の間者とはいったい誰なのかと考えてみた。

九州の黒田家のときには、少なくとも、如水の身回衆に一人、足軽に一人とそれに農婦を装った伊賀の女忍びがいた。京の如水屋敷にも、柳生の手の者が入っているのであろうか。小次郎は太一と初音の二人を見て『間者』という言葉を使った。となると、やはり侍女や下男の中には必ずいると思わねばなるまい。

二人は忍び六具（りくぐ）の矢立（やだて）を出し、それぞれ怪しいと睨んだ人物の名を紙に書き出してみた。太一が書いた名は『孫六、登勢』であった。それぞれ下男と侍女である。初音が書いた名は『青木伝右衛門、登勢、孫六』であった。これを見て太一が言う。

「この先、孫六、登勢は間者とみて、用心していかねばならぬな。青木伝右衛門なる武士もそうか？　初音は如水様のお側近くに侍る機会も多いから、武士との関わりも多い。そうやもしれぬな。いずれにせよ、ほかにもいる可能性がある。誰が間者か突き止めるまで慎重に心してかからねばなるまい」

十蔵を加えた三人の甲賀忍びは、屋敷内の間者ではないかと疑われる者の動きを徹底的に探った。その結果、青木伝右衛門、登勢、孫六、この三人は間者に相違ないことがわかった。これを探る過程で、この近くにこちらの動きを見張っている家があることもわかった。

夜になると、太一は見張っている家の者をおびき出そうと屋敷を出た。太一は以前、柳生の武士に不覚を取り大怪我を負ったことがあり、対策を十分に練っていた。忍び刀だけで柳生の太刀に対処することには限界があり、忍びの術を尽くして戦う必要があった。

屋敷を出た太一が薬華庵のほうへ向かうと、例の家から太一の後をつける男がいた。忍びではない。柳生配下の武士か。この男を十蔵と初音がつける。太一は途中から方向を変え、十蔵、初音との打ち合わせ通り、北野の林の中へと男を誘い込んだ。

林の中に落とし穴を掘っていた。太一はそこに男を導いていった。男はその穴の上に敷かれた筵の上に被せてある落葉に片足を置こうとした瞬間に、横へと跳んだ。太一は立ち止まり男を待った。男に気づかれてしまったので、ここで迎え討とうとの構えを取った。

初音と十蔵も後方から左右に開いて男に近づいていった。そして三人で男を取り囲んだ。先ほどの危険を察知する能力と跳躍力を見てもかなりの使い手であることがわかる。男は太刀を十分振るえるように少し開けた場所に移動する。そこには『埋め火』を仕掛けておいた。これは蓬や百草、楠そして樟脳などを配合して作った地雷である。これを踏めば爆発する。

三人はその地点へと男を導いた。だが、男は落とし穴にも気づくほどの使い手である。此度も落葉の具合から尋常ではない何かを察し、そこに足を踏み入れることを避けた。男は刀を抜いた。そして刀を自然に下に提げ持った。『無形の位』である。やはり柳生だ。

十蔵と初音は、此度はめったに扱わない忍具を携えてきた。鎖鎌である。初音と十蔵が分銅のついた鎖を振り回し始めた。太一が紐のついた棒手裏剣を打つのが合図で、初音が男の左足に向かって鎖のついた分銅を投げ、十蔵が男の右足を狙って鎖を巻きつけようとの作戦であった。

太一が男の胸に目がけて棒手裏剣を打った。男は、太一が打った棒手裏剣を躱すや否や跳躍した。跳躍は飛んでくる鎖を躱すためだった。そして太一が紐を手繰り寄せようとするところを、さっと太一の下へと踏み込み、上段から太刀を振り下ろした。太一は転がってかろうじてこの太刀を躱した。恐るべき手練れである。まともに戦って勝てるような相手ではない。

初音と十蔵は、陶器に火薬を詰めた手榴弾の焙烙火矢でこの形勢を挽回しようと考えた。太一のほうは、竹筒に火薬などを詰めた『取火方（とりびかた）』という一種の小型の火炎放射器を取り出した。太一が導火線に火をつけ男の正面に向けるのに呼応して、初音たちが男の左右から焙烙火矢を男に向かって投げようというものだった。

太一が火をつけると取火方からは十尺近くもの炎が男に向かって伸びた。男は斜め後方に身を投げ出すや転がりつつ、自分に向けられた取火方の炎を避けようとした。そのとき、二つの焙烙火矢が男の側で爆発した。男はこの爆発の難を逃れることはできなかったとみえ、その場で動かなくなった。三人は、男が気を失っていることを慎重に確認して男を縛った。

太一と十蔵が男を担ぎ薬華庵に運んだ。薬華庵には道庵と小者の治助がいた。薬華庵には、どんでん返しという隠し扉の向こう側に隠し部屋があった。ここには様々な忍具が隠されている。鉤縄（かぎなわ）などの忍び六具はむろんのこと、手裏剣、吹き矢、仕込み杖、忍び装束ほかあらゆるものがあった。ここに男を監禁し、芥子や大麻などの薬草を薬研ですり潰し、それを調合したものを飲ませて自白させるのである。

治助は甲賀の里で学んだ薬による自白を実践することに興奮を覚えていて、隠し部屋に籠って自ら進んでこの任に当たった。度重なる投薬により男の意識が次第に朦朧となってきていた。朦朧となった意識下の男から言葉を引き出すのである。そのことが面白く、治助は次第にこの仕事にのめり込んでいった。しかし、聞き出せたのは「柳生、殿、松村様、八重……」といった言葉にまつわるまとまりを欠いたごく短い一文の羅列にすぎなかった。そこで、治助はもっとしゃべらせたいと思い、調合する薬剤のうち、特定の薬草の量を増やしていった。こうした治助を道庵は注意した。

「薬の量とその配合を間違えるな。増やせば口を割るというものではないからな」

「へい、わかりやした」

治助は口ではそう答えるが、男から言葉を引き出そうと必死だった。太一たちは、若い治助が「俺に任せてくれ」と言い、道庵も側についていることから、まあ心配はないだろうと思いながらも時々様子を見に来ていた。

二

京の柳生を束ねる柳生隠れ屋敷が二条城の近くにあった。松村仁左衛門（にざえもん）がこの屋敷を任されていた。一条の隠れ家から探りに出た一色早之進（いっしきはやのしん）の行方がわからなくなっていた。一条の隠れ家は、主に如水屋敷の動きを見るべく備えられたものであった。以前から如水屋敷と薬華庵とを繋ぐような忍びの動きがあった。薬華庵が怪しいと睨んだ。一色ほどの達人がむざむざ殺（や）られたとか捕まったとは考えにくいが、そこに拘束されている可能性もある。薬華庵には、主人の道庵と小者との二人がいる。主人はちょくちょく出かけることが多い。

そこで松村仁左衛門は、一門の島田喜八郎に伊賀者二人をつけ、薬華庵を襲わせることにした。仕事を確実にするため主人の留守を狙った。島田はまず、伊賀者を庵の表口と裏口の両方からそれぞれ侵入させた。いずれの入り口も閉まっており中には誰もいないように見えるが、小者が一人いることは知れていた。伊賀者の一人が隠し扉を見つけた。伊賀者はここに島田を呼んだ。万一甲賀者に逃げられた場合の対応を頼んだ。伊賀者二人は隠し扉を静かに音が立たないよう回転させ、向こう側の隠し部屋へと忍び込んだ。床に縛られて寝かされている一色と思われる男と男に覆いかぶさるようにして何かをしている甲賀の小者がいる。伊賀者は部屋の中で左右に分かれ、それぞれ棒手裏剣を治助の背中目がけて打った。

「ぎゃあ！」

悲鳴が上がった。二本とも十分な手ごたえがあった。伊賀者が部屋に忍び込んだことにまったく気づかなかった治助は、背中に刺さった二本の手裏剣を左右の手で同時に抜きながら、一色の身体の向こう側へ前転し起き上がって振り向きざま、抜いた手裏剣を二人に向かって両手で同時に打った。伊賀者二人はこれを楽々と躱すや、一気に間合いを詰め、壁際に追い詰められた治助を左右から忍び刀で突いた。治助も忍び刀を抜こうとしたが、そうする前に深々と左右から胴体を貫かれた。口から大量の血反吐を吐いた治助は、やがてがっくりと頭を垂れた。

伊賀者は一色を縛っていた縄をほどき、その顔を平手で左右から張って正気に戻そうとするが、一色の意識は朦朧としておりなかなか正気には戻らない。そのまま立ち上がらせて自力で歩かせるのは無理のようだった。そこで、一色の肩を二人で左右から支えて歩かせ回転扉をくぐった。扉の外では島田が待っていた。島田は、剣の達人の一色が目も虚ろに左右から支えられやっと歩ける姿に衝撃を受けた。

「一色！　いったい、いかがしたというのだ?」

「だいぶ薬を飲まされたとみえ、意識が混濁しているようでござる」

「さようか。それで、やつは始末したか?」

「へい」

「火をかけるか?」

「その必要はありますまい」
「よし、一条の家に運んでくれ」

薬華庵の道庵は如水屋敷を訪れていた。このところ身体の優れない如水を頻繁に診ていた。長年に亘る戦場での身体の酷使と、特に有岡城の劣悪な牢獄での幽閉による肉体への苛酷な負担というものが、いまの不調の主たる要因であることは確かである。だが、それ以外の点で少し気になるところがあった。

甲賀には数か月かけて病気にして死なせるという毒殺術があった。これは玉露や乾燥大麻などを用いて作った薬剤をお茶に数滴ずつ入れて毎日飲ませるというもので、これだと毒見役がいても防ぐことができない。料理人とかでなくとも簡単にお茶に混入でき、侍女のくノ一にはうってつけの仕事だといえた。

道庵は、黒田家に雇われ近頃は如水屋敷にいることが多い太一たち三人に話を聞いてみた。如水のお側近くに侍ることの多い初音が説明する。

「屋敷内には柳生の手の者が一人、伊賀者は下男と侍女がそれぞれ一人ずつおります。

それに、外からこの屋敷を窺っている柳生の隠れ家があって、柳生一門衆や伊賀者が交代で詰めているようです」

「えっ、黒田家をさほどまでに厳しく監視しておるのか。わしはいま、家康様の傘下の道阿弥様の配下に加えてもらっておる立場じゃ。だから店（薬華庵）のほうは……」

道庵の話に十蔵が口を差し挟んだ。

「家康は、その傘下に多くの豊臣恩顧の大名連を従えた。されど、彼らを全面的に信頼しているわけではない。いつ寝返られるかわからぬし、絶えず監視する必要がある。黒田家もしかり！　山岡道阿弥様も例外ではない。その手先となっているのが、柳生宗矩配下の柳生の門弟でありその支配下にある伊賀者たちだ。さすれば、薬華庵も道庵殿も見張られているってことさ」

「さっ、さようなのか……」

道庵は十蔵の言葉に唖然として言葉を失っている。つい先ほどまで如水の身体の心配をしていた道庵であったが、いまは治助のことで頭がいっぱいとなってしまった。

「店が心配になってきた。柳生の手の者を預かっておるからな。治助が……」

道庵は慌てた様子で如水屋敷を出ていこうとするので、初音たちも同行した。とりわけ夜目が利く十蔵が先頭に立って走る。

十蔵が、薬華庵の近くで一人の男を支えながら、あたりを警戒しながら歩く三人連れを逸早く見つけた。十蔵は後ろから来る太一たちを制し、素早く道脇に身を潜めた。やはり薬華庵に捕らえていた男を奪い返されていた。やつらが進んでいる方向からすると、近くの隠れ家に向かっているのかもしれない。初音たち三人は三人連れを追った。

道庵は一人、薬華庵へと急いだ。男が奪われたということから治助の身が心配される。表口から入る。特に壊されたり荒らされたりした形跡はない。隠し部屋へと入ってみた。

(ああー、やはり遅かったか……)

顔から血の色が抜け、顔が蝋のように白くなった治助の亡骸が、壁にもたれかかるようにして血だまりの床に座ったままの形でそこにあった。

「すまなかった、治助！　おまえ一人にしてしまったわしのせいじゃ」

道庵は、がくんと垂れていた治助の頭を両手で起こしてやり、両掌で両頬をそっと支えてやった。あたかもわが子か孫にしてあげるような仕草で、じっと何かに堪えているかのようだ。

初音たち三人は、男が一条の柳生の隠れ家に運び込まれたのを確認するやすぐに薬華庵へと急いだ。

予想はしていたことだった。道庵が、隠し部屋の中で変わり果てた治助を慈しむかのようにじっと抱きかかえたままでいた。初音たちは道庵にかけてあげるべき言葉も見つからなかった。男をここに運び込んでしまったのは、彼らであった。いかにも甘かった。そもそもが、如水屋敷に柳生と伊賀者が入り込んでいること、それに屋敷が見張られていることに気づくのが遅すぎた。

初音は自身の落ち度が最も大きいと自らを責めた。如水に近侍する侍女として暮らしていくうちに、忍びであることを忘れてしまうわけではないが、これまでとはまるで異質な日々の暮らしの中で、次第に侍女そのものであるかのように思い込んでいく自分がいた。そこには女性として成長していく自分と、人としての生活を送っていくことができるようになった自分とがいた。

しかし、それは幻影にすぎない。吉岡清十郎を林の藪で待ち受けていたときに決心したはずであった。私はあくまでも忍びであり、その道を突き進んでいくという決意をしたばかりではなかったか。忍びの道の研鑽をおろそかにしていなければ、治助の死を招くことはなかったかもしれない。確かに、忍びであることを捨て普通の暮らしを選ぶという道もある。でも、私はその道を選ぶことはできない。私自身の芯となる部分を捨てることはできない。それは忍びだということである。

幼い頃から日々何度も繰り返し身体に刻み込むようにして身につけてきたこと、それは決して身体から引きはがすことのできない軛(くびき)となって、初音の心身の核となっていた。この先も忍びとして生きていくつもりであった。忍びであることを決して忘れず、侍女も忍びが身を変じる一つの姿にすぎないということを確と自覚していなければならないと初音は自らを戒めた。

三

初音は決意も新たに、如水屋敷を出て一人で柳生隠れ家の見張りに当たった。すぐに一人の男が隠れ家を出た。小柄な骨格から伊賀者と知れる。この伊賀者は二条柳生隠れ屋敷へと入っていった。ここはかなりしっかりとした構えの屋敷であった。初音はこの二条柳生隠れ屋敷をしばらく見張ることにした。

あるとき、見知らぬ伊賀者と思われる男が出てきた。初音はこれを追うことにした。男はしばらく道を歩き、やがて小さな神社の境内へと入っていく。社の角を曲がった。初音もそこを曲がろうとした。すると、そこに伊賀者が待ち受けていて、にやりとした。後ろを振り向くと、二人の伊賀者がすぐそこに迫っていた。そしてその後ろからもう一人、おそらく柳生の者であろう。一人の武士が追ってきていた。

伊賀者が三人と柳生の武士が一人、これらを相手にどう切り抜けるか。いずれにせよかなりの難局である。焙烙火矢などの火器は持ち合わせていなかった。いま持ち合わせている武器で戦うしかない。このところ長く侍女をやっていて忍びとしての修行を怠っていたため、腕は多少落ちているかもしれない。

初音は素早く吹き針を何本か口に含み、前で待ち受けている男の顔に吹きつけた。そのうちの一本が男の左目に当たった。男は「わっ！」と叫んで、さらなる攻撃に備えてか、自ら横に転がっていった。初音は身を沈めるのと同時に脚絆に潜めた棒手裏剣をさっと取り出すやくるりと反転し、伊賀者二人に対して一本ずつそれを打った。二人とも初音にかなり近づいてはいたが、そこは忍びである。初音が身を屈めた瞬間にこれを予想し、二人はさっと左右に開いて、一人はこれを躱しもう一人は忍び刀で防いだ。初音はこの場を逃れることを第一に考え、境内の植え込みへと走った。

忍びは元来戦うことを目的とはしていない。その主な任務は諜報活動であり、できるだけ正確で有益な情報を入手し、死ぬことなく無事にこれを持ち帰ることが忍びたる者の第一の使命なのである。

初音は三歳の頃から、弓術・馬術・槍術・長刀術・剣術など武士が学ぶ武芸十八般はすべて訓練を受けてきた。それに火薬・火器の扱い、薬剤の調合に言葉、それもあらゆる地方の方言に、和歌や漢詩のほかあらゆる学問、それに絵や彫刻など芸術にも通じていなければならない。初音は武芸においては、甲賀で女の身でありながら武術が好きであるためか、甲賀で太一らとともに五本の指に数えられるほどの腕前となっていた。ほかの諸芸に関しては、本来持つ頭の良さと器用さのおかげか、抜きん出ていた。

この局面では無事逃げおおせることが一番重要である。先ほど使った吹き針も棒手裏剣も、元来は相手を倒すのが目的ではなく、逃げるための手段である。初音は神社内の植え込みを抜け、隣の竹林へと走っていった。ここはかなりの密度で竹が生えており、太刀は扱いづらいと思われた。忍び刀でもそうだが、突きを中心とした技に限られてこよう。細身の初音には逃げるのに好都合の場所であった。

撒菱（まきびし）は本来の使い方としては、あらかじめ敵が通りそうなところに撒いておくというものであるが、ここでは、ちょうど落葉の色と判別がつきにくいということもあり、少しずつ撒いて逃げた。

「痛っ！」という声が上がった。伊賀者の一人が撒菱を踏んだようだ。吹き針の一人と合わせてこの二人に手傷を負わせることができたようだ。あとは、伊賀者が一人と柳生の者である。この二人をなかなか引き離すことができない。また開けた場所だと、柳生の者には歯が立たないであろう。

　初音はこの竹林の中で決着をつけようと思った。初音は後ろを振り返ることなく、走りながら追ってくる音を頼りに手をそのまま後ろに振って、懐に残っていた苦無を投じた。幸運だった。手ごたえがあり、伊賀者の脚かどこかに当たったようだ。残るは柳生の者だ。どう戦ったら良いか。もはや持っている武器は限られている。忍び刀と吹き矢に仕込み扇子、簪（かんざし）くらいである。

　初音は竹の密集しているほうに柳生の者をおびき寄せようとした。走りの速さを幾分落としている。少し太めの竹があった。その竹を左手で握りそれを軸にしてくるりと回転し、懐に隠し持っていた紙製の筒である吹き筒から吹き矢を「ぷっ」と、近づいてきた柳生の者の目に向けて放った。柳生の者はこれを難なく躱すと、太刀を抜き、突きは見せず竹ごと初音に斬りかかった。初音は横に跳びこれを躱した。竹は斜めにスパッと鋭い切り口を見せ、切られた竹の上の部分はゆっくりとそのまま地上に落ちてきた。

　初音も忍び刀を抜き、竹を盾に低く身構える。先ほどの太刀使いから、竹ごと斬るつもりであろう。柳生の者は『車の位』から、ばっさばっさと竹を下から上からとくねり打ちして、初音に迫ってくる。竹が斬り落とされると同時にその刃が初音に襲い掛かってきた。初音は忍び刀でそれを防ごうとした。だが、その斬撃には思った以上に膂力があった。初音はその刃を防ぎながらも、そのまま倒され忍び刀をはじき落とされた。柳生の者は太刀をまっすぐ頭上に上げてから雷刀に構えた。竹ごと斬るつもりかとみえた。刀を飛ばされた初音は、一瞬両手で頭を抱える動きを見せた。斬られるとわかって思わず出てしまった仕草のように見えた。次の瞬間、初音は柳生の者の懐に跳び込んでいた。柳生の者は雷刀から振り下ろした太刀で竹を切ったそのままの姿勢で口から血を吐いた。

　初音は男の懐から抜け出しくるりと背中に回ると、柳生の者は前方へと倒れた。初音の手には一本の簪が握られていた。初音は両手で頭をかばうような仕草を見せることで柳生の者を一瞬油断させ、実は髪に挿した簪を抜き、懐に跳び込むや柳生の者の心の臓を突き刺していたのだった。

（勝った！）

初音はほっとした。柳生の難敵を自らの手で倒し、この難局を切り抜けることができたのである。

そのときである。倒れた柳生の者を棒立ちのまま見下ろしていた初音の両脚に鎖が巻きついた。鎖は強く引かれ初音はそのまま倒された。伊賀者の一人が竹の隙間をぬって鎖鎌の鎖を投じたのであった。初音には油断があった。

その後、初音は二条の柳生屋敷に運ばれた。ここには幾人もの伊賀者が交代で繋ぎに来る。初音は、支倉玄蔵（はせくらげんぞう）という柳生の手練れを倒した甲賀の美しいくノ一ということで、単なる捕虜とはいささか違った見方をされていた。『一目置かれた』とは大げさな物言いだが、伊賀者からはそれに近いような眼差しを受けていた。もちろん捕えた目的は情報収集である。このため大量の薬を飲まされた。初音は朦朧とした意識の中で、幼い頃連れられてきて育った甲賀の地での訓練の数々、伏見での武蔵との出会い、岐阜での忍び働き、娘同様に育ててくれた養親の死に対する悲しみ、遠く九州の地での忍び働き、そして京での侍女としての奉公と走馬灯のように流れていく半生をその脳裏に再現し、語らされた。

四

その頃、伊賀の女忍び・茜は、主に大坂の柳生屋敷を中心に活動していて、大坂城内との繋ぎなどをしていた。伊賀者の間では、柳生の手練れを倒し京の屋敷に捕らわれている甲賀忍びの美女のことが評判になっていた。もしや初音のことではと気になっていた。そこで、京の二条柳生隠れ屋敷に行った折、その地下牢を覗いてみた。この柳生隠れ屋敷では地下に牢が設けられていて、捕らえた敵方の間者などが入れられていた。茜が地下に降りていくと、牢の中にぐったりと倒れている女がいた。思った通り、初音だった。口から泡を吹いている。おそらく大量の薬を飲まされたのであろう。

（何と痛ましい！　そして愛おしい！）

茜は自らの感情に愕然とした。敵方の忍びなのである。思いもよらない自身の気持ちの整理のためか、茜はいったん地下を出て柳生屋敷から北のほうに向かって歩いていった。そして北野の森の付近を歩いていた。茜の脳裏には、中国山地の山の中で初音と戦ったこと、足に怪我をして初音に手当てされたこと、怪我をした茜を伏見まで支えてともに歩いてくれたこと、そして初音との奇妙で新鮮だった会話……、それらがぐるぐると回っていた。

そのときであった。目の前に黒い影が一瞬よぎったような感覚を覚えたときには、当て身を食らっていた。見張っていた柳生屋敷から茜をつけてきた真田衆の女忍び・倫(りん)であった。彼女は、元は蓮実(はすみ)といって佐和山城で侍女をしていた蓮実の局である。

当時、関ヶ原の戦いで勝利を収めた東軍は、翌々日、まず手始めに石田三成の居城であった佐和山城を攻めた。佐和山城は三成の父・石田正継、兄・石田正澄ら約二千八百人が守っていた。これを関ヶ原の戦の土壇場で東軍に寝返った小早川秀秋を総大将として、同じくそのとき東軍に寝返った脇坂安治(わきさかやすはる)、朽木元綱(くちきもとつな)ら約一万五千に攻めさせた。内通もあり翌日には落城させることができた。石田の一族は戦死あるいは自害して果てた。

そのとき佐助が佐和山城に忍び込み、二の丸にいてもはやこれまでと覚悟を決めていた蓮実の局に有無を言わさず、野良姿に変えさせ、佐和山の裏へと落ち延びさせた。そして山中を農民の夫婦を装って歩き、あまり知られていない甲賀への裏道を辿って甲賀の油日岳の山中に潜んだ。

佐助が最も大変だったのは、三成が捕らわれて京の市中を引き回しとなったときであった。「三成様にいま一度お目にかかりたい」との蓮実の必死の訴えを何とかなだめすかして思いとどまらせた。

そして半年に亘り杣人（そまびと）の夫婦になりきって、実際にも木こりでたつきを支えもした。この間、その名を倫と変えた蓮実は、三成への思慕は断ち切れたのかはわからないが、ようやく侍女・局の意識から脱することができた。それを可能にしたのが、佐助による倫への忍びとしての再訓練であった。忍びとしての技量を失っていた倫は、佐助との訓練の中で甦っていく自らの技に、本来の姿を取り戻しているのだという実感を味わっていた。

（私は侍女なんかではない。忍びだったのだ）

佐助が仕える真田左衛門佐信繁（通称、幸村）は、父親である昌幸とともに、関ヶ原の戦の敗戦後、信濃・上田から高野山麓・九度山に配流となっていた。関ヶ原の戦で実際に東軍と戦って敗れた西軍の中で、処刑されたのは首謀者の石田三成、安国寺恵瓊、小西行長の三名のみであり、追放処分は、これより後の慶長十一年（一六〇六）のこととなるが、宇喜多秀家の八丈島流罪ぐらいである。関ヶ原で戦ったわけではない真田父子が追放処分という重い処分となったのは、徳川秀忠軍と戦ってこれを退けてしまったということが災いしたものだと思われた。真田信繁らが蟄居生活を送る善名称院（通称、真田庵）は、高野山北麓の紀ノ川中流域にあり、浅野幸長の監視下に置かれていた。

佐助は倫の再訓練の間は甲賀と真田庵を頻繁に行き来した。そして身動きのできない信繁に代わり、大坂と京それぞれに忍びの真田衆の拠点を設け、ここ京には信州・望月千代女の歩き巫女の流れを汲む女忍び・多紀を据えた。信繁の兄・伊豆守信之は家康方につき、真田の旧領を引き継いでいたが、一部の家臣の中には、信濃を離れていく者がいた。この者たちの中から佐助は『同志』を集めた。

そして佐助は、倫とともに甲賀から京・伏見のこの真田の隠れ家へと移った。この隠れ家は表向き和菓子舗『更科屋』を装い、林檎・柿・桃・梅など四季折々の果物を素材とした和菓子を商っていた。この家には、隠し扉、隠し階段がありそれを上ると、そこは中二階に当たるが、天井の低い隠し部屋があった。窓の部分には普段は板がはめ込まれていて、外からの光を遮断できるようになっている。外の明かりがほしいときには、その板を少しずらすと、縞目状に光が射し込む仕掛けとなっていた。

いまここに一人の女が縛られ転がっていた。茜である。茜もまた薬を飲まされて多くの情報を吐き出されていた。佐助が最も知りたいことは、家康がこの先、真田親子をどう扱うつもりなのかということである。しかし、こればかりは、家康、秀忠、本多正信あたりの心底を探らないととうてい計り知れないことである。茜から得られたことを含めてわかっていることは、家康が、此度の関ヶ原の戦で東軍に従った豊臣恩顧の大名家に対して、きわめて強い警戒心を抱いているということである。このように警戒する気持ちがあるため、豊臣恩顧の大名に論功行賞として大幅な加増をしながらも、京より西の中国、四国、九州へと転封させた。殊に戦の罪はないとされた豊臣氏であったが、四十か国二百二十二万石に及んでいた蔵入地(くらいりち)が、摂津、河内、和泉を中心とした六十五万石に減らされた。これは豊臣の勢力を恐れ、豊臣の力を削ぐ目的で実行されたものであった。

三月に将軍宣下を受けた家康は、二条城にあって参内をするなど忙しく公務を執り行っているが、その裏では、徳川政権を盤石なものにするための布石を次々に打っていた。その一つが、柳生と伊賀者を使っての豊臣系大名の監視とその改易に向けての下準備であった。もちろんその実行のための具体的な手段は、家康や宗矩がいちいち指示するわけではなく彼らに任されている。

小早川秀秋が病死したため改易となった小早川家の旧領は、いまは、備前国が池田輝政に美作国が森忠政に与えられているが、これは伊賀のくノ一が食べ物やお茶に入れた毒物により半年以上かけて秀秋を病気にして死に至らしめた結果であった。真田に関しては、それを監視する浅野家にも幾人もの忍びが入っていて、真田同様に浅野家自体に対しても監視がなされていた。また真田庵近くでは、山伏、虚無僧姿の怪しげな者も頻繁に見かけられるし、近在の百姓家にも怪しげな者の出入りがあった。佐助たち忍びの真田衆は、これらの者たちとの秘かな闇の戦いを強いられていたのである。

茜の捕獲もこのような戦いの一環であった。当然茜から得られる情報は限られていた。だが、佐助が「おやっ」と思ったことがあった。甲賀修行時代の仲間である初音が柳生の二条屋敷に捕らえられていることがわかったのだが、茜のその話しぶりに対してであった。

「初音が……してくれた。今度初音に会えたら……」

このような言葉の中に、敵としてではなく、仲間か姉妹であるかのような茜の初音に対する『思い』が感じられたのだ。真田衆の立場からは、初音の救出に当たることは難しい。実行するとしたら佐助一人でやらねばならない。

佐助は、和菓子舗『更科屋』の中二階の隠し部屋から、茜を客間に移して布団に寝かせた。茜の枕元には、お粥に京野菜や豆腐など豆類を中心とした京料理の膳が置かれており、それに和菓子も添えられている。

やがて、薬が切れたのか、茜が目を覚ました。傍らには、佐助のほか倫と多紀も控えている。

「茜様、お目覚めになられましたか？」

名前を知られてしまっていた。『更科屋』の主人である多紀が優しく話しかけ、そして自ら名乗り佐助と倫を紹介した。真田の忍びであった。茜はただならぬ状況に置かれていることがわかった。布団の中で忍び刀を探るが、薬のせいかうまく腕が動かない。また刀どころかすべての武器が取り上げられてしまっていた。絶体絶命である。

ふとそのときおいしそうな香りがしてきた。それで空腹であるということに気づいた。

「どうぞ、こちらをお召し上がりくだされ。二日の間何もお召し上がりになっておりませぬのでね。ほほほっ……」

多紀はいかにも菓子舗の女主人然とした上品な物腰で茜に語りかけてくる。茜が横に目を遣ると、病み上がりの者が食するには豪華な膳が置かれていた。茜は布団から起き上がった。まだ身体を素早く動かすことはできない。殺すつもりならとっくに殺されているわけで、お腹を空かせた茜は敢えて食べてみようと思った。

「では、お言葉に甘えさせていただきます」

病み上がりで身体が完全ではなく、数日に亘り何も食していないわけであるから、ゆっくりと味わって食さねばとわかっていながら、空腹のため和菓子もろとも一気に飲み込むように食べ尽くした。この様子をじっと見ていた多紀が言った。

「佐助殿にはお話がおありのようですので、私どもはこれにて失礼いたします」

多紀と倫が部屋を出ていった後には佐助が一人残った。茜はこの男に見覚えはなかった。

「甲賀忍びの初音のことなんだが……ああ、いま手前は真田衆となっているが、元をただせば甲賀で技を叩き込まれた。倫もそうだ。だから初音のことはよく知っている。それで、手前一人で柳生屋敷の初音を救い出したいのだが、手を貸してくれぬか？」

茜は佐助の顔をまじまじと見つめた。

「さようなことをしたら、もはや伊賀にはいられぬし、伊賀は裏切り者をどこまでも追ってくる」

「うむ。伊賀はさようなところだ。かってに初音と茜殿が真田に入ってくれたらと思ってな……」

そう言って佐助は笑うが、茜は、それはあり得ないことだと思う。一生伊賀全体から追われ、伊賀を敵として戦い続けねばならない。そんなことができるわけがない。

佐助は続ける。

「初音がどんな状態で捕まっているか教えてくれるだけでもいい」

茜は少し逡巡したが、自身も初音が地下牢に囚われている姿を見て、できることなら助けてやりたいと感じたことを思い出した。漠然とそんなことを考えていたときに、この真田衆に捕まってしまったのだ。むしろこの真田を使って初音を助け出せるかもしれない。茜は柳生二条隠れ屋敷の内部構造から地下牢に至る絵図面を描き、特に警戒を要する箇所をも示した。

五

佐助は茜が描いた絵図面を持って一条如水屋敷へと向かった。ここにも伊賀者が潜り込んでおり監視されている。屋敷の近くに潜んで、中から十蔵らが出てくるのを待った。

夜、十蔵が出てきた。十蔵がつけられていないことを確かめ、さらに通りの角を十蔵が曲がり、柳生隠れ家から死角となるところで呼び止めた。十蔵は一瞬身構えたが、佐助に戦意がないのがわかると、いつもの口調で話しかけてきた。

「佐助、しばらくだったな。今夜はどうした？」

「初音がいなくなっただろう？」

「何？」

十蔵はこの言葉に佐助に対して警戒の色を見せた。

「真田の仕業なのか？」

「まさか！　伊賀の連中だ。いま二条の柳生屋敷の地下牢に捕まっている」

「真か！　よくわかったな」

「ああ、偶然捕まえた伊賀の女忍びが吐いた」

「ほう……」

十蔵は佐助を見て、真田もやるなという表情を見せた。

「太一と二人じゃ柳生屋敷は手に余るということなら、手助けしてやってもいいぜ」

「うむ。いいのか？」

「ああ、初音には昔世話になったことがあるしな」

十蔵は屋敷に太一を呼びに行き、近くの小さな廃寺の中で、佐助は茜が描いた柳生二条隠れ屋敷の絵図面を広げ、三人で屋敷への侵入から初音救出に至る綿密な計画を練った。屋敷には、普段だと柳生の手の者や伊賀者が多く詰めており、侵入するのはなかなか難しい。屋敷の様子を窺っているうちにいろいろわかってきた。

家康は三月に将軍宣下を受けていた。その後伏見城を中心に動いているが、ときには二条城に来ることもあり、そのときには二条城から御所への参内や公家の屋敷を訪れたりする。その際には少し離れたところから柳生や伊賀者が警戒をする。そのとき柳生屋敷の守りが手薄になることがある。このときを狙うことにした。夜半、家康が二条城を出ていって戻る前が狙い目だ。

しばらくしたある夜、家康が公家の屋敷を訪問した。これに伴い手薄となった柳生二条隠れ屋敷に、佐助、十蔵、太一が忍び込んだ。事前に計画したように守りの手薄なところを伝って地下牢に至った。この場合見つからないことが肝心である。見つかってしまえばもはや救出は不可能で、あとは逃げるしかない。

地下牢では牢番が一人いるだけだった。牢の中には、ぐったりと床に横たわっている若い女がいた。初音であった。ほかに囚われ人はいない。牢番は簡単に気を失わせ、釘などを用いると錠前は簡単に開いた。ぐったりとしている初音を筵にくるみ、上下二か所を縄で縛り、頭のほうを太一が、脚のほうを十蔵が抱えて運ぶ。佐助は二人の前にいて警戒しながら誘導していく。

最大の難所は屋敷の塀である。佐助が準備していた二本の竹に横木を渡した結梯（むすびばしご）を塀に立てかける。佐助と太一が塀の上から、莚を左肩に担いだ十蔵が結梯を上る手助けをする。柳生屋敷の者に見つかることなく屋敷の外に運び出すことができた。佐助が二人に聞く。

「如水屋敷に運ぶのか?」

「ああ、薬華庵は一度襲われている。治助が殺られた」

佐助は十蔵の言葉に一瞬声を失った。甲賀時代にまだ幼かった治助が泥だらけになって訓練を受けていた姿を思い出した。

「あの治助が伊賀者に……」

佐助は、これから真田衆が戦い続けていかねばならない敵・伊賀の忍びに対する気持ちを新たにした。二人を先導する佐助は、周囲への警戒を怠らなかった。

如水屋敷に近づいた。

すると一人の武士が闇の中からぬっと現れた。柳生の者であろう。六尺を優に超える長身であり、しかもがっしりとした偉丈夫である。一見して隙がない。かなりの腕を持った手練れだとわかる。佐助の左右に太一と十蔵が加わる。そして、三人は柳生の者を同心円の中に囲んだ。

柳生の者はすでに太刀を抜き、それを『無形の位』に自然に提げ持っている。三人は柳生の者を囲みながらも焦りを覚えていた。初音の救出が目的だったため、装備を身軽にしていた。火器類を持ち合わせていない。この手練れの柳生相手にどう戦うか。

そのときである。如水屋敷の表門脇のくぐり戸から一人の武士が出てきた。この場にゆっくりと近づいてくる。

「やめとけ！　おぬしたちには歯が立たぬ」

「あっ、武蔵殿」

太一と十蔵が同時に声を上げた。この三人は同い年であった。甲賀の仲間を助けに入った伏見城で武蔵に助けられ、それが機縁となり、初音を含め四人とも黒田家に関わることになり、美濃での戦、さらに九州では如水の下で、その務めの内容は違うにせよ、ともに戦ったいわば戦友であった。武蔵は佐助とは初対面であった。武蔵が柳生の武士に対して自ら名乗りを上げた。

「拙者、播州・龍野の圓光寺にて草鞋を脱ぎ、そこで円明流という一流派を立ち上げております宮本武蔵と申す者にござる。ご貴殿の御尊名は？」

柳生の者は刀を鞘に収め名乗った。

「それがし、柳生石舟斎尊師の弟子にて辻風兵馬と申す者にござる」

柳生石舟斎と聞き、武蔵の双眸が光った。

「何！　あの石舟斎殿の……。これは何ともうらやましき限りでござるな。良き折でござろう。一手御指南をお願いいいたしたく存ずる」

武蔵は十歳ほど上だと思われる三十路ほどの歳の辻風に一応へりくだる風を見せながら、負ける気など毛頭ない。提げていた二尺六寸の木太刀を見せ、

「貴殿は、真剣で構わぬ」

と言ったから、侮られたと思った辻風の顔にさっと朱がさした。武蔵はさらに続ける。

「辻風殿とやら、ご貴殿は師の石舟斎殿の太刀筋が見せられるかの。もし、できるのなら、是非にも拝見したいものでござる」

辻風はこの言葉にさらに激昂し、顔は満面朱に染まった。辻風が言い返した。

「見たと思ったときがうぬの最後よ」

辻風兵馬はそう言うと、太刀を抜き『無形の位』から『青岸』に構え、その切っ先を武蔵の左眼につけた。武蔵は久方ぶりの柳生との勝負に燃えていた。この前は、九州で大瀬戸という者を相手とした。大瀬戸は下からの切り上げが鋭いくねり打ちで攻めてきた。辻風はどうか。構えからするとかなりの手練れに違いない。相手の太刀の長さは二尺六寸、武蔵の木太刀とほぼ同じ長さである。

辻風がするすると間合いを詰めてきた。武蔵との間境（まざかい）に入った瞬間、辻風は青岸から『雷刀』の構えに変え、踏み込むのと同時に武蔵の左肩を狙って袈裟に斬り下ろした。素早い太刀であったが、武蔵にはその動きがよく見えていた。後ろへ二寸ほど退いて間境を外すや、武蔵はすぐさま踏み込み、提げていた木太刀を右片手で伸ばし、辻風の喉元に突きつけた。これに驚愕した辻風はさっと身を後ろへ引いた。

（己の動きが完全に見切られている。本来であればいま殺られていた。これは捨て身で当たるしかない）

辻風は再び青岸から横雷刀に変え、そのまま間境へと踏み込んでいった。自らは横雷刀の構えを保持したまま、武蔵に先に木太刀を上段から振り下ろさせようと試みた。

辻風は、後の先で『人中路』を斬り下ろす『一刀両段』の『合撃打』で武蔵の拳を狙った。

結果は、武蔵の木太刀が一瞬早く辻風の頭蓋を捉え、辻風の『合撃打』はむなしく空を切っていた。

第十二章　吉岡一門との戦い

一

武蔵は、龍野の圓光寺に戻る前に如水屋敷を訪った。辻風兵馬と刃を交えることになるその日のことである。武蔵が吉岡兵法所の名を出すと、如水は養父の平田（新免）無二斎が、清十郎の父親である当時の吉岡憲法、すなわち吉岡庄左衛門直賢（通称、又三郎）と試合をしたときのことをよく覚えていた。

「そなたの養父上は、右手には二尺七寸の木太刀を持ち、左手には少し短めの十字型のたんぽ槍を構えられた。この十字槍で吉岡憲法の打ち込みをことごとく打ち払われ、右手の木太刀で憲法の左拳を討ち、一本取られたのじゃ。実に見事な手並みであった。次は、憲法が上段からの打ち込みを見せようとすると、養父上は十字槍でこれを打ち払おうとされたが、その瞬間、憲法は踏み込むや抜き胴で一本を取られた。さあ、これで一本対一本、最後の勝負となった。ここで、養父上は左手の十字槍での素早い攻めを見せられたのじゃ。憲法は十字槍の目まぐるしい動きに幻惑され、これを防ぐのに躍起となっていたところへ右からの小手打ちが決まったのじゃった。これにより、武蔵殿の養父上が、『扶桑瑞一者』の吉岡憲法を破られ、足利義昭将軍から『日下無双兵法術者』の称号を与えられたのじゃ。あのときの吉岡一門の無念さはいかばかりであったか……」

如水は、武蔵と養父との劣悪な関係というものを知る由もないため、養父を持ち上げて話をするが、武蔵には別段嬉しくも何ともないことである。ただ如水の言葉に気づかされたことがあった。己が平田（新免）無二斎の息子であるということが、吉岡一門にとっては、見過ごすことのできない大きな意味を持つかもしれぬということである。平田（新免）無二斎という名が、『扶桑瑞一』の吉岡一門にとっての滲みの一点であるとすれば、その息である平田（新免）武蔵を倒すことは、幾許（いくばく）かであってもその滲みを拭うという意味合いを持つのではないか。

「平田（新免）の名を出せば、吉岡は応ずるとご覧になられまするか？」

「うむ、そこじゃ」

如水はそう言って首を捻って思案を巡らせている様子である。武蔵は、如水の口から出てくる言葉を待った。

「……」

「応じざるを得ぬ状況にしてしまうことじゃ」

「はて……さようなよき方途がございましょうや？」

「書状の応酬じゃと、そちと吉岡限りのこととして打ち捨てられてしまうこともあろう。そこでじゃ、京の町の衆に加わってもらうのよ。たとえば、三条大橋のたもとに立札を立てるのじゃよ」

「うーむ。そこに平田（新免）の名を出せば、町の衆も第十五代足利義昭将軍のあの御前試合のことを思い出し、町中が大騒ぎとなるとのことでござろうか？」

「さよう。大騒ぎを盛り上げる文言を連ねてな。はっははは」

この後武蔵が如水の下を辞し、立札の文言を考えながら屋敷を出たところで、太一たちを相手としていた辻風兵馬と遭遇したのである。

武蔵は京から、しばらく離れていた播州・龍野・圓光寺に戻った。ここには武蔵の円明（えんみょう）流の弟子たちがいる。しかし、京へは剣の修行ではなく絵の修行に行くのだと言って同行を許さなかった。

武蔵は若くして円明流という流派を立ち上げていた。円明流では、『観の目』と言って、相手の動きの一点に心を留めることなく常に全体を観ることが肝要であるとする。相手の一つの動きに心を留めれば、己の技を、円を描くように掛けることができなくなる。一つの技に心を執着させることなく、たとえば水がその形を変えながらどこまでも流れていくように、剣も一所に留まることなく常に動いていなければならない。いわば塚原卜伝（つかはらぼくでん）の『一之太刀（ひとつのたち）』という考えをさらに進展させ、それが一つの技で終わるのではなく、円を描くように留まることを知らないという域にまで至ることを目指す流派であった。

いま武蔵には、吉岡源左衛門直綱（通称、清十郎）という倒すべき明確な目標ができていた。吉岡一門の総師である吉岡清十郎は、剣の腕そのものに関しては、恐れを抱くような相手ではない。だが、彼には何やら密教の行法の如き魔訶不可思議な技があった。それも剣術の呼吸法における『気』を用いたものだと考えれば得心がいく。『気』

の出し様では決して人には負けない。だが、あの『気』の技にどう打ち勝つかである。

漢籍、兵法書に広く通じている住職・祐仙にこの話をしてみた。

「うむ。兵法書に限らず、多くの書が呼吸法について触れている。その中に丹田の呼吸により一人の気を宇宙の気と合一させ、計り知れぬ力を生み出すことができると
いった記述があったやに記憶する。もちろん、わしなどのとうてい及び得るところの話ではないが、吉岡の総師は、それを会得したということやもしれぬな」

祐仙はそう言って武蔵に視線を移す。

「……」

武蔵は何事においても人に負けるとか劣るなどということは一切考えぬ男であった。人には傲岸不遜と思われるかもしれないが、いかにして己が上達し、その道の高みへと至るかということを常に考え、そのためにたゆまぬ日々の鍛錬を決して厭うことなく継続する。

いま祐仙は、自らがふと漏らした「吉岡の総師は、それを会得した」との言葉に負けん気の強い武蔵の反発心が横溢するのを見た。

「おぬしのことだ。『気』においても人に遅れを取るようなことはよもやあるまい。吉岡に勝る『気』の技を身につけるが良いぞ」

それからは、武蔵は圓光寺の道場にいるよりも、毎日暁前から鶏籠山中へと分け入り、二刻近くも一人瞑想し、禅における座禅の数息観という呼吸法を獲得すべく、臍下丹田に意識を集中させた呼吸の鍛錬に努めた。

一年近くもの間、武蔵は鶏籠山中に籠り、仏教用語に言う『止観』の瞑想を続けた。あるとき獣の気配を感じた。武蔵は『気』を臍下丹田に集中させた。たとえ猪であろうと狼であろうと心が動ずることはなかった。武蔵は目を開け、野犬の群れを『観の目』で観た。そして臍下丹田から『気』を発し続けた。野犬は、武蔵を中心とした一定の円内に入ることができなかった。

二

太一と十蔵は、柳生隠れ屋敷から初音を見つけて救い出したことを如水に報告した。

いったんは如水屋敷に運び込んだ初音であったが、初音は大量の薬を飲まされており、身体がだいぶ弱っていたことから、しばらく薬華庵の道庵のところで養生させたほうが良いと考え直し、薬華庵に運んでいた。如水は初音が見つかったことにほっとしながらも、薬華庵にいると聞き、いかにも残念だという表情を見せた。

「無事だとわかって安心したが、側においておけぬというのがのう……。いかほどかかりそうか？」

「麻薬などが含まれた薬でございますので、養生のし具合にもよりましょうが、身体からすっかり抜けるにはだいぶかかりまする」

太一の説明に如水も大きく頷いている。

「太一、こちらのほうは十蔵にやってもらうから、そのほうは初音についていてやってくれぬか」

「はっ……」

太一は以前、柳生の者に半死半生の目に遭わされたときのことを思い出した。あのときは、深く斬られた背中が痛く、身動きも十分できず苦しい中、初音がずっと側にいてくれたことでどれだけ救われたか。如水もそのことを承知しているから、此度はおまえがお返しをしてあげる機会だという配慮から出た言葉であると拝察した。もちろんその恩に報いる格好の機宜だということであったが、太一には、あのとき改めて初音に対して抱いた感情を思い出し、初音の側についていてあげられることがたまらなく嬉しかった。

太一は薬華庵に行った。道庵はいたが、新しい人員の補充はまだなされていなかった。

「道庵殿、お一人では何かと不自由ではござらぬか？」

「甲賀の里のいまの有様じゃといたし方あるまい。あちらも余裕などあるはずがないからの……。初音が少ししゃべれるようになったぞ」

道庵はそう言って、隣の初音の部屋を見てやってくれという仕草をした。太一がその部屋に入ると、初音はおとなしく布団にくるまって横たわっていた。その初音の姿を見ると、太一はたまらなく愛おしさが込み上げてきた。

「初音、少しは楽になったか？」

太一の言葉に、初音はまるでいやいやをする幼子(おさなご)のように首を横に振った。

「身体が思うように動かせないの。これじゃあ……」

忍びの仕事ができないとでもいうつもりであったか、言葉に詰まった初音は涙ぐんでいる。

「焦らなくていい。この機会にじっくりと身体を休めることだ。俺もだいぶかかったが、初音のおかげで、いまこうしていられる。身体から薬が抜ければ大丈夫だ」

初音もこのような薬に曲がりなりにも一通りの知識はあるので、身体が元の状態に戻るには刻(とき)がかかることは承知していた。太一は時々如水屋敷に戻る以外は、「道庵殿の重荷にならないように」と言って、かなりの刻を初音の看病に費やしてくれた。

初音は、好きな太一が側にいてくれることは嬉しかったが、自分には太一のほかにも好きな男がいることに申し訳ないような気持ちを抱いていた。そんなことを考えていると、自分が女として最低だとも思えてきた。太一にこのように看病をしてもらえるような女ではない。

数か月が経ち、太一の献身的な看病もあってか、初音は以前のような元気さを取り戻しつつあった。心苦しさをずっと抱えてきた初音は、あるとき思い切って太一に言った。

「まだ、一人じゃ、忍びの仕事は無理だけど、歩けるようになったし……。太一は如水屋敷に戻って！　お願い」

太一は何か言いたそうであったが、「わかった」と言って、薬華庵を出ていった。

一人で歩けるようになった初音は、薬華庵の周辺を歩くことから始めた。それで気づいたのだが、付近には寺社がことのほか多い。それら近在の寺社を巡ってみた。大徳寺、宝鏡寺、相國寺、千本釈迦堂（大報恩寺）、北野天満宮、金閣寺（鹿苑寺）、龍安寺、仁和寺、妙心寺と回り、甲賀で学んだ寺、仏像、絵などの実物を目の当たりにして、その見事さに圧倒された。

この世にはそれぞれの領域でその道を極めた者がいて、その先にはその者により本物が生み出されていた。弓、剣などの武芸であれ、茶の湯、踊りなど何であろうと、その道を極めた者がいてその者によって至高のものが創り出されている。

初音は町娘の出で立ちで賀茂川の土手に座り、衣笠山を背景に水鳥や草花を墨筆で描き始めた。甲賀でその初歩を学んだとはいえ、それは忍びに必要とされる素養としてのものにすぎなかった。殊に動きのあるものは難しい。鳥はもちろんだが、草花も風にそよぐたびごとにまた違った風情を見せる。動かない山であればと、描こうとすると、寺社を回って見た傑作の絵のそれぞれの画風が脳裏に忍び込んできて筆を動かせなくなる。

襖や屏風に描かれていたその山の中には、初音が見たこともない姿をしたものがあった。初音は畿内の山々を始め、九州、山陰、山陽と多くの山々を見てきたが、そのいずれともまるで違った佇まいをしていた。あれはきっと中国かどこぞの山なのであろう。本邦の絵の中にも、彼の地の山を模しさらにその画風を模した如き絵もあった。まだ絵の技能が十分には備わっていない初音には、いずれかの画風を選ぶという余地もなかった。まずは自身の心に映るそのままの姿を描いていくしかない。初音は毎日薬華庵から賀茂川に出て、山や樹木を描き始めた。

三

あるとき、男の子と女の子が河原で遊んでいた。兄妹であろうか。年の頃は、男の子は十歳過ぎ、女の子は六歳ぐらいであろうか。女の子は紙で作った刀を二本持っている。そしてそのうちの一本を男の子に手渡そうとしている。しかし、男の子はそれを受け取ろうとせず、持つのを嫌がっている。どうも女の子は剣術遊びがしたくて、兄に相手をしてほしいのに兄がこれに応じないという図のようだ。近くにいる母親は、妹の相手をしてあげなさいとでも言っているようだ。

初音は、これだけ歳の離れた小さな女の子相手では、まともな遊びなどできないわけであるから楽しくないのだろうなと、少し男の子の気持ちがわかる気がした。また女の子の気持ちもよくわかった。幼い頃、体力の違いなのか、なかなか男の子たちのように剣の腕前が上がらなくて、太一たちとは相当の差ができてしまった時期があった。このとき男の子たちが稽古の相手になってくれなくて悔しい思いをしたことを思い出した。

やがて男の子は、うるさい妹を避けるように、初音の描いている絵を覗きに来た。普通の町衆の子ではない。初音には、特別に大切に育てられてきた子だということがわかった。初音の絵を見ている姿にも、普通の子が大人に対して見せるような『遠慮』というものがなかった。母親が遠くから叫んでいる。

「又！　お邪魔をしてはいけません。こちらに来なさい」

『又』と呼ばれた男の子は、そうした母親の言葉にはまったく反応せず、じっと絵に見入っている。そして、又は驚くべきことを言った。

「それがしにも描かせてくれ」

初音は唖然として、又を見た。『それがし』という自称にも驚かされたが、他人が描いている絵に筆を加えようという厚かましさにあきれる思いであった。だが、又はさも当然のことを要求しているといった態で悪びれた様子など微塵もない。そしてすっとごく自然に初音から筆を取り、川岸にある山桜の木を描き加えようとした。初音の描き方をまねて筆を動かそうとしたが、そのあまりの稚拙さで絵が台無しになってしまった。さすがに又にもそれがわかったとみえ、「すまぬ」と大人びた一言を吐き、母親の下へ走り去っていった。母親が慌てた様子で飛んできた。上品な感じの若奥方風ではあるが、芯のしっかりとした女性であるように見えた。

「息子の又七郎がとんでもないいたずらをいたしまして、誠にもってお詫びの申し上げようもございませぬ」

「いえ、お気になさらないでください。私の絵など、ほんの手慰みみたいなものですから」

初音の『手慰み』という言葉に、この母親、実は吉岡清十郎の妻・綾は、初音の絵を覗き見た。綾も西洞院四条に構える染物屋で女将を任されているほどの者である。着物の柄などにも造詣が深い。一目見て初音の絵が素人の域を出たものであることがわかった。

息子の又七郎（清十郎の嫡男）のいたずらを母親が頭を下げて謝るのに合わせて、娘の千勢（清十郎の長女）もいつの間にか側にやってきていて自ら頭を下げている。綾は、これはお店に招いてお詫びをしなければと思った。

「手前どもは、西洞院四条にて吉岡憲房染物屋を営んでおりまするが、是非ともお詫びさせていただきたくお願いいたします。お店に御足労お願いできませんでしょうか？」

初音は母親の意図がわかった。吉岡憲房染物屋は、武士の小袖を黒茶染という手法で染め上げ、刀の刃が通りにくいという憲房染で有名であった。もちろん女性向けの着物も美しく染め上げていた。お詫びに浴衣か何かを差し上げようというつもりなのかもしれないと察した初音は、いくら何でもそのような物をいただくわけにはいかないと思った。

「いえ、本当にさようなお気遣いはご無用にお願いいたします。この絵もかように藁半紙に描いているようなものです。いつか私の腕がもっと上がれば、あるいは少しは価値のあるものが描けるようになるやもしれませぬがね……」

初音はそう言って、綾ににっこりと微笑んだ。綾にもその気持ちが伝わって、無理強いするようなことではないと思い直した。

「ポチャン！」

二人が、川面に石が当たって落ちるような音がしたその方向を見ると、又七郎が川面に向かって石を投げていた。先ほどはうまくいかなかったようだ。今度こそと、又七郎は思いっきり石を川面に向かって投じた。此度はうまく水面を三、四回はねらせて滑らせることができた。川遊びをしている兄の側に戻った妹の千勢が兄をまねて何度か試みるが、うまくいかないでべそをかいている。初音が見たところ、千勢はそもそも適当な石を選ぶことなく試みており、これでは無理だとわかる。

初音は綾に「娘さんに少しお教えしてもよろしいでしょうか」と断って、千勢のところへ行った。そして、平べったい石を見つけることから始めた。次にその石の持ち方と投げ方を繰り返し教え、最後に一度実演して見せた。すると、初音が水面に投じたその石は、又七郎の倍ほどの回数で優に倍以上の距離を滑っていった。千勢も又七郎も石が消えていった川面を見つめて呆然となっている。

「すごい！」

千勢が初音に尊敬の眼差しを向ける中、又七郎が投げ方を聞いてきた。投げ方としてはごくわずかな修正点しかない。石も腕の振りもできるだけ水面と平行にすることだ。又七郎がその投げ方で試みたが、さほど変わらないので不満を見せた。

「あとは、遠くに飛ばすには、投げる速さと力ね。これを身につけるしかないわ」

又七郎はがっかりしたといった不満の表情を見せた。

「剣の修行と同じじゃないか。あと百回素振りをやれとか……。やーめた！」

初音は、又七郎が武家の子であり、剣の修行を嫌々やらされているのだということがわかった。不満そうな表情を見せた又七郎であったが、又七郎は視線を土手のほうに向けるや、その表情は喜色に満ちたものへと変わった。又七郎にとっては、叔父にあたる父親・清十郎の弟・吉岡又市直重（またいちなおしげ）（通称、伝七郎）が川沿いに道を走ってきていた。

「義姉上（あね）、お客様ですよ」

「あら、どちら様かしら？」

綾は、夫・清十郎とその弟・伝七郎が実の兄弟でありながら、これほどまでに性格が違うのも珍しいのではないかと思っていた。夫は吉岡家の嫡男として、吉岡室町兵法所の総帥を継承していた。しかし、夫・清十郎は武芸よりも和歌、連歌や踊りなどの芸事を好み、近頃、兵法所は弟の伝七郎に任せっきりといった有様であった。このように芸事や趣味に生きる夫に対して、弟の伝七郎は、剣にも真摯に取り組み、家業の兵法所を実質的な師範代として支えており、又七郎や千勢の面倒まで見てくれていた。

「叔父上」

「叔父様」

又七郎と千勢が、伝七郎に駆け寄っていく。この兄妹は、実の父親よりも叔父により懐いているのかもしれない。伝七郎は門弟の指導に当たってはいるが、跡継ぎの又七郎の指南だけは、兄の清十郎に任せ、自らは関与することはなかった。

初音は最初、『吉岡憲房染物屋』と聞いたときには思い至らなかったが、いかにも豪の者という風情の伝七郎の武芸者としての姿を見たときに、「義姉上の夫」とは、吉岡清十郎のことではないかと気づいた。つまり、又七郎は清十郎の息子ということか。この兄嫁と義弟それに子どもたちとが一緒にいる様を見ていて、これはかなり『家族』に近いものがあると感じた。伝七郎の義姉に接する様子から窺える綾への抑えた想いも初音には伝わってきた。これに対して綾の夫であり、この子どもたちの父親である清十郎は……と考えたとき、初音はもちろん、夜の北野の森での清十郎しか知らぬわけだが、伝七郎に代えて、清十郎をこの家族の中に入れると多少違和感がある。初音は四人が連れ立って帰っていく姿を見ながら、ここにいない清十郎を少し気の毒に感じたが、それはもちろん清十郎が蒔いた種であり、本人に原因があるのかもしれなかった。

四

そして、数か月が経った。初音がいつものように賀茂川の堤で描いていると、一人の武士とも見える人物が近づいてきた。柳生と伊賀者に襲われたことがある初音だから、警戒を要するところだが、この武士もどきには殺気など微塵もなく危害を加える意図などまるでないことが自ずと伝わってくる。穏やかな物腰で話しかけてきた。

「お仕事中お邪魔をして申し訳ございませぬ。初めてここで筆を執られた頃からずっと拝見しており申した。この数か月で格段のご上達ぶり、お見事と感服いたしております。申し遅れましたが、それがし海北友松(かいほうゆうしょう)師の下で、いささか絵を嗜(たしな)んでおります斎藤利右衛門と申す自称絵描きでございます」

初音は、海北友松という名を聞き驚いた。樹木の枝振り、岩の描写など簡略化された独特の筆致で対象の本質を捉える画風が見事な名匠である。

「あの海北友松様のお弟子様でいらっしゃられますのか？」

「ほう、師の名を御存じで……。なれど、独学で学ばれておられるのでございますよね？」

「ええ、もちろん師など私にはございませぬが、身体を少し悪くしたおかげで、かようにして如水様の侍女の務めをお休みさせていただきまして、お寺の名筆を師として描かせていただいております」

「ほう、黒田如水様の……」

斎藤は、明智光秀の重臣であった斎藤利三の縁者であったから、黒田官兵衛（如水）

が仕えていた秀吉のことが一瞬頭をよぎった。その秀吉に光秀、利三が倒され、おのが運命も大きく変わってしまった。世をはばかり一時名を変えていたが、いまは元の斎藤に戻している。いずれにせよ、そのことはもはや己とは縁遠き遥か昔の世の出来事のように思われた。

「実は、友松師にはすでにそこもとのことはお話ししてあります。友松師は大変興味を持たれ、一度庵までお連れしろとおっしゃっておられます」

「私のような者が、さような恐れ多きことなど、滅相もございませぬ」

「いえいえ、いまお描きの『山水楓図』など実に興味深き筆致にございます」

「最初の頃は、描けば描くほどどんどんうまくなっていくのが嬉しかったのでございますが、近頃は行き詰まっており申した」

「それは誰しもが突き当たる壁のようなものでございますな。あっ、そうでした。お見せしたきものがございます。実は拙き出来栄えのものにすぎませぬが、それがしにも、ここからの景色を物したものがございます」

斎藤がそう言って懐から折りたたまれた半紙を広げると、そこには友松を思わせる筆使いの簡略化された賀茂川の風景があった。

「まあ！　この景色！　かように描くのでござりますのね！　本当に友松様のお弟子様なのでいらっしゃいますのね」

初音はそう言って、斎藤の顔に笑みを投げかけながらも、その絵からは生々しい筆使いが学べるような気がした。

「その絵をしばらくお預かりいたすことはできますでしょうか？　筆使いを学んでみたいのでござりますが……」

「ええ、かようなものなどいくらでもよろしいのでござりますが……、さようなことでしたら、やはり友松師が実際に描かれるのをご覧になるのが一番かと存じます」

初音は、いまの行き詰まりを打開してくれるかもしれない斎藤の申し出が嬉しくて、少々厚かましいかもしれないが、その言葉に甘えてみたくなった。

「ええ、もしお邪魔でないのでござりましたら、斎藤様とご一緒させていただけたらと存じます」

五

慶長九年（一六〇四）、武蔵は二十一歳となっていた。斎藤利右衛門の庵は、京での武蔵の定宿のようになっていたが、それはあくまで絵の修行仲間という意味でお世話になっていたのであり、此度は吉岡清十郎との剣の立ち合いのための上洛であるから、ほかのいずこかに宿を求めねばと思っていた。世に名高い吉岡室町兵法所の総師との試合だということで、弟子の中で抜きん出た腕を持つ多田半三郎と落合忠右衛門の二人を伴った。二人が泊まる宿に武蔵も同宿することにした。

二人には、如水が示唆してくれた例の『立札』の話を詳しくしていたから、二人は龍野を出立する前から、ああでもないこうでもないと争うようにして、あれこれその『文面』を考えてきてくれていた。二人で考え抜いたその内容を、書に巧みな半三郎が半紙に認め（したた）てくれた。武蔵はそれにちらりと目を通したが、何やら気恥ずかしく、じっくりと読まずに、「これで良い」と言って半三郎に返したものだから、二人は飛び上がって喜び、用意していた立札を持ってきて、半三郎が筆を執った。

払暁、二人はその立札を三条大橋のたもとに立てに行った。

数刻後、武蔵も二人とともに見に行くと、そこにはかなりの人だかりができていた。町衆の反応はというと、無二斎と憲法との試合のことを覚えている年配の輩（やから）は、「遺恨試合じゃ」、「吉岡様が返り討ちぞ」などと言って騒いでいた。上々の反応であった。

吉岡家としては、これを無視することはできないのではないか。吉岡家の返事は、宿に届けてもらう手筈（てはず）としていた。武蔵はこの後、このまま宿から姿をくらませ、返事が来たら、二人がこれを如水屋敷の太一に伝え、武蔵には太一が連絡をつける段取りとなっていた。


武蔵は、薬華庵の側の林の中の小さな廃寺で太一が来るのを待っていた。待つこと数日、朽ちた扉が音を立てた。

「ギィー」

「太一か？」

「うむ。清十郎が応じたぞ！」

太一は、三条大橋の同じ場所に並べて立てられた立札の内容を半三郎が写し取った書付を武蔵に渡した。そこには、『慶長九年三月八日　辰の上刻　京都北洛外蓮台野上品蓮台寺脇』と試合の刻限と場所が示され、また『一撃にて勝負を決するものとす』との約定もあった。

「ここから割と近くだな」

「うむ。なれど、船岡山の西のあのあたりは、枯れすすきが生い茂るうら寂しい葬送の地だぞ」

「うむ。清十郎はおのが死に場所として葬送の地を選んだか」

「うふっ……おそらく竹矢来を組んだ中で試合うことになるだろう」

「その外に町衆の見物人や吉岡一門の連中が取り巻くわけだな」

太一は、その後の対処のやり方が重要だと思う。

「おそらく、総師を倒された吉岡の門弟たちは、必ずや武蔵殿を討とうとしてくる」

「うむ……」

「武蔵殿が一時的に身を隠す場所は、近くに幾つか心当たりがある。試合が終わったら、すぐに俺の後を追ってくれ。あとのことは、お弟子の多田殿や忠右衛門殿と話はついているから、武蔵殿はとにかくその場を逃れること！　これをしっかりとやってくれ」

「そうか。心得た！」

そう答えた武蔵の心は、もはや清十郎との勝負に向けられていた。

娯楽の少なかったこの時代、三条大橋のたもとに立てられた二本の立札の話題で京の町は持ちきりであった。太一からこのことを聞かされた初音は、薬も身体からすっかり抜けて以前の元気さを取り戻しており、自らの目で立札と京の町衆の様子を見に行った。それは予想を遥かに上回るものであった。

初音は久方ぶりに如水屋敷へと戻って、如水に報告した。如水は体調が思わしくない中にあって、初音が元気になったことをことのほか喜んでくれた。また、武蔵と吉岡との試合のことをたいそう楽しみにしていた。

「そうか。双方親子二代に亘っての試合となるのだから、京の町衆が大騒ぎする姿が目に見えるようじゃ。結果は見えておるがのう。わっははは」

如水は武蔵の勝利を少しも疑ってはいないようで、初音も武蔵が敗れるとは考えてはいないが、あの夜に見た清十郎の『気』の技が気にかかっていた。如水からも試合を見てきて報告するように言われていることもあるが、是非とも見なければと思い定めていた。


慶長九年（一六〇四）三月八日辰の上刻（午前七時）、武蔵はゆるりと廃寺の床から起き出した。簡単に食事を済ませ、身支度を整え、外に出た。雪は降ってはいないが、底冷えのするような寒さであった。武蔵はことさらにゆっくりと歩いていった。目に映る光景は、はじめ田畑や竹林が広がる景色だったのが、やがてそれは枯れすすきが無秩序に点在する荒野へと変わっていった。

そのうち、群衆が密集しているところが見えてきた。町の衆が取り巻く竹矢来の一角には、槍を立てた役人らしき者の姿が見える。そう、これは京都の奉行所に届け出られた正式な剣術試合であった。吉岡兵法所が関わる試合となると当然のことなのだろう。京都所司代・板倉伊賀守勝重（いたくらいがのかみかつしげ）が裁可した公式の試合であった。

竹矢来の側に行き、そこで武蔵が名乗りを上げると、役人は、（やっと来たか）といった表情で武蔵を通した。約束の刻限よりすでに一刻以上も遅れていた。竹矢来の中の奥まったところに床几に腰かけた一人の男がいた。黙想しているのか、目を閉じてじっとしている。吉岡清十郎であった。清十郎は陽の光の下で見ると、夜の神秘性を帯びた印象が薄らぎ、能役者のような優男の印象をいっそう強く醸し出していた。刻限に遅れたのは、武蔵の兵法上の戦術であった。対戦相手をむかつかせ、平常心を失わせて十分な力を発揮できなくさせようというものである。

清十郎は、やおら床几から立ち上がった。そしてゆっくりと歩を進め武蔵と向かい合った。これに対する武蔵は、両刀を腰に差し三尺余の木太刀を右手に提げて向かい合った。武蔵は膂力が増すに従い、それまで使っていた二尺六寸のものより長い木太刀を自由に扱えるようになっていたのである。

両者そのまましばらく睨み合っていたが、清十郎は、太刀を抜かずに両掌を胸の前に持ってきて『気』を発し始めた。一方、武蔵には鶏籠山中における修行で、『気』

力においても決して清十郎に負けないという固き自信が培われていた。

武蔵は木太刀を中段に構え、臍下丹田から『気』を発し始めた。すると何かにわずかにたじろぐように見えた清十郎は、掌による動作をやめ、腰から剣を抜いた。そして武蔵と同様に、正眼に構えた。清十郎も剣を通して『気』を発しようとしているふうに見えた。

武蔵は、清十郎の発する『気』の流れが、あたかも己を障害物として避けるかのように両側を通り過ぎていくのを感じた。この瞬間、武蔵はさらに鋭き『気』を発しつつ、間境（まざかい）を超え踏み込むや、中段から上段へと構えた木太刀を袈裟懸けに清十郎の右肩目がけて打ち下ろした。一方の清十郎が、同時に上段から振り下ろした剣は、武蔵には届かず、肩をしたたかに打たれた清十郎の手から剣は落ちていった。清十郎は右膝から頽（くずお）れ、そのまま前のめりにゆっくりと倒れていった。竹矢来の外からは、吉岡の門弟であろうか、幾つもの声が上がった。

「先生！」

「先生！」

武蔵は、一撃で決するとの約定の下、いまの一撃で清十郎が落命することはないとの確信を持った。その場で一礼すると、さっと竹矢来の入り口を固めている役人の横を会釈しながら通り抜けた。竹矢来の外で待ち構えている多田半三郎と落合忠右衛門の二人の門弟が、「この場はお任せください」と言って、群衆の後ろの太一のほうへと武蔵の注意を向けた。太一はもうすでに走り出していた。武蔵は足早にその後を追った。

吉岡の門弟の多くは、竹矢来の中で倒れている清十郎の下に駆け寄っていったが、中には武蔵を追おうとする者がいた。多田半三郎と落合忠右衛門がその前に両手を広げて立ちはだかった。龍野・圓光寺の次代の住持となる半三郎が、彼らに威厳をもって申し述べた。

「これは、京都所司代様が預かった正式な剣術試合でござる。よもや天下の吉岡兵法所の面々が、その名を汚すような見苦しきまねはいたされぬことと存ずるが、いかがでござる?」

この半三郎の正論に、この門弟らは（あっ）と悟ったかのように互いの顔を見合わせ、慌てて清十郎の下へと向かっていった。

このような様子を窺っていた物売り姿の初音は、武蔵を追っていく者がいないか確かめながら、試合の興奮でどよめきがなかなか収まらぬ群衆から離れていった。太一がどこへ向かうかは、事前に知らされていた。

武蔵は追っ手が来ないか絶えず後ろを警戒しながら太一の後を追った。やがて目的地がわかった。荒野の中に大きく構えられた大徳寺であった。太一はあらかじめ準備していた二本の竹に横木を渡した結梯（むすびばしご）を塀に立てかけ塀の屋根に上った。塀の上であたりを警戒しながら、武蔵に上ってくるよう促している。武蔵は、友松や斎藤と一緒に何度か東の総門から入ったことのある寺院なだけに、（わしは忍びではないのだが……）と思いながらも太一に従った。追っ手は来なかった。屋根から飛び降りた。結梯を引き上げた太一は、それを近くの茂みの中に隠した。

境内の中の道を足早に歩いた。道の両側には、黄梅院、徳禅寺、龍源院といった塔頭が居並んでいる。そこを通り抜けると、少し開けた場所に出た。参拝客であろうか、幾人か人がいる。左手、西のほうに目を遣ると、軒唐破風のついた切妻造、檜皮葺の唐門が見える。漆や金の鍍金、色鮮やかな彩色が施されており、いかにも秀吉好みである。それもそのはず、これは聚楽第の門をここに移築したものであった。二人は参拝客を装ってか、ここは意識してことさらゆっくりと歩いた。

二人が行く先には、入母屋造り、本瓦葺二階建てで朱の彩も鮮やかな三門（金毛閣）が見える。いまは二階建てとなっているが、その上層階は十数年前に茶人の千利休が寄進して建造されたものだと聞く。その利休への感謝の意味で雪駄履きの利休の木像が上層に安置された。かねがね利休を排除したいと思っていた秀吉は、これをその格好の口実とした。三門上の雪駄履きの利休の木像が、三門を潜る勅使ほかの貴人をも足元に踏みつけることとなる無礼があるとし、利休を切腹に至らしめたのである。いまはその木像はここにはない。

太一はあたりを窺いながら、三門の右手に付設された山廊を上るよう武蔵を促した。上層に上った武蔵の目を惹いたのは、中央間の鏡天井に描かれた龍の絵である。妙心寺の三門にも龍の絵があったが、ここの絵の作者は長谷川等伯であった。あの海北友松師が、自身より六歳年下でありながらも、その画才を認め師とも仰ごうかという奇才である。龍の絵を下から食い入るように見上げたままでいる武蔵を、太一は少しからかってみた。

「画伯殿！　龍の絵は後でいくらでもゆるりとご覧になれましょう。ここは、埘、いや御寝所へご案内いたしたく存ずるが、よろしいかな？」

振り向いた武蔵は、怪訝そうに「御寝所？」と言いながらも太一に従った。太一は鉤縄を天井の隅の隙間に投げ上げ、それを上っていく。縄の所々に結び目があって、忍びではない武蔵にも上りやすいようになっていた。太一が天井裏から武蔵をせかす。天井裏に出ると、そこには多くの梁が張り巡らされていたが、かなり広い空間があった。長身の武蔵でも十分に立って歩くことができる。中央には敷布が敷いてあった。

「あれが、御寝所か？」

太一が頷く。

「俺が好きな埘の一つだ」

武蔵は、忍びはこうやってあちこちに隠れ家を持っているのかと改めて思い知った。

「しばらく昼間はここを動くな。夜になったら食い物を持ってくるから。良いな」

いつになく命令口調の太一に合わせて武蔵も、

「へい、わかりやした、頭領（とうりょう）」

と笑って答えている。武蔵としては、これで太一に感謝の気持ちを伝えているのだ。

「それと、手持無沙汰の故、斎藤殿のところにおいてある硯と墨、筆など持ってきてもらえるとありがたい」

「わかった、巨匠殿！」

「すまぬな」

六

勝負に敗れた清十郎はというと、木太刀による右首から肩口にかけての袈裟懸けの一撃で気を失ったが、薬師や弟子たちの懸命な介抱もあり意識を取り戻していた。しかし、肩の骨が折れたのか自力で歩くことができないどころか身体を動かすこともままならない。そこで、戸板に乗せて西洞院四条の屋敷へと運んだ。

清十郎の妻・綾とその子たちは、大勢の弟子が家に詰めかける中、戸板に乗せられて運ばれてきた清十郎の身が心配で側に駆け寄りたいのに、弟子に囲まれた清十郎の部屋に入ることさえできずに呆然となっていた。清十郎の居室では薬師が呼ばれており、そこで薬治温湯など治療が続けられた。清十郎の部屋に入れぬ綾は、先祖の位牌を前にただ祈ることしかできなかった。

息子の又七郎は、試合に敗れて運ばれてきた父親の姿に衝撃を受けていた。父の剣の厳しい指導に反発し、憎しみにも似た感情を抱いていたが、いまはこれまでのそのようなおのが行為のすべてを消し去りたかった。もっと父上の言うことを聞いていれば良かったと、後悔の念でいっぱいだった。父上がこのまま亡くなってしまったらもう取り返しがつかない。しかし、子どもの身にできることなどはなく、結局母親の後ろに座って、母親に倣って祈ることしかできなかった。

伝七郎は、兄の清十郎ではなく、己が武蔵の相手をしていたら、こんなことにはならなかったのではないかと思っていた。兄は天才肌の剣術家であった。万事呑み込みが早く、あまり稽古をしなくても、父・直賢（庄左衛門）が伝える吉岡流・秘太刀をも容易に身につけていった。兄は、自らは稽古をしなくても勝てると安易に考えていた節がある。数年前からは、一門の門弟衆の指導はすべて弟のそれがしに任せてしまっており、自らの身体を鍛えるということを怠っていたのではないか。だが、すでに終わってしまったことだ。

吉岡兵法所の威信を取り戻すには、それがしが武蔵に勝てば良いのである。だが、武蔵という偉丈夫、なまなかな相手ではない。あの立ち合いに発する『気』の凄まじさ、もしや兄のそれを上回っていたのではないか。立ち合いの素早さと間合い・間積(けんづ)もり、いずれも非の打ち所がない。あの武蔵にどうしたら勝てるか。兄が敗れたのは、立ち合いの間境にあった。兄の二尺四寸の太刀に対して、武蔵は三尺余の木太刀で応じた。兄は早さでも武蔵に負けていたが、結局、勝負を分けたのは太刀の長さであった。

伝七郎は三尺余の剣を用いていたが、それだと、武蔵の木太刀とほぼ同じ長さである。動きの速い武蔵にはもしかしたら敵わぬかもしれないと思った。そこで、五尺以上の長さの木太刀を拵えて、それで武蔵に対抗しようと考えた。伝七郎は、五尺以上の木太刀を使いこなせるよう門弟たちとの稽古にいそしむことにした。

そして此度は、こちらのほうから三条大橋のたもとに立札を立てた。場所は同じく洛外蓮台野で、この同じ場所で武蔵に勝つことで、吉岡流兵法の威信を回復させるべく京の町衆の意識から兄の不首尾を一掃しようとの狙いであった。刻限は少し早め、弥生月の頃としてはまだ薄暗い寅の下刻（午前五時）とした。あとは、武蔵がこれに応じるかだ。

今夜は太一に代わって、初音が大徳寺三門屋根裏の武蔵に食べ物を運んだ。だが、それだけではなかった。その主たる用向きは、三条大橋のたもとに新たに出された立札の内容を武蔵に伝えることであった。

清十郎の弟が、武蔵に挑戦してきた。場所も同じということは、吉岡一門の敗北を払拭するのが狙いだと思われた。武蔵は、そろそろここを離れても良い頃かと思っていたところだった。まさか、清十郎の弟の伝七郎が挑んでくるとは予想していなかった。清十郎に勝てば、それで終わりだと考えていた。これでようやく世に出ることができると思っていた。いかにも甘い考えであった。それをいま思い知らされた。

「兄の清十郎より腕は立つのだな」

「はい。清十郎とは違い、伝七郎は身体も頑健な偉丈夫です。もっぱらこの弟が、師範代代わりとなって一門衆に稽古をつけているようです。それに……」

「それに何だ？」

武蔵は、含み笑いをするかのように言いよどむ初音を促す。

「いえ、剣の技とは関わりなきことですが、門弟たちだけではなく、清十郎の妻や子たちからも慕われているようです」

「ほう……」と、武蔵が何やら下賤な想像を働かせるかのような風情を見せたので、初音は、慌ててそれを否定した。

「違いますよ。武蔵様が想像されるようなことではありませぬ」

「わしが何を想像したというのだ？」

初音は武蔵のその問いには答えず、思い出したかのように清十郎の現況を伝えた。

「清十郎はもう一人で歩けるまでに回復したようです」

「そうか。されど、肩の骨を折ったから、もう右腕で剣は振るえまい」

「ええ、清十郎はこれを潮に剣術をやめ、家業の染物業に専念するつもりのようです」

「うむ……」

初音は、武蔵が己のせいで剣を捨てねばならなくなった清十郎に対して責めを感じているのではないかと慮って気遣いを見せた。

「でも、それはかえって清十郎にとっては良かったことやもしれませぬ。もう何年にも亘って、剣を持って門弟を指導するようなことなどやめていた清十郎でしたから……」

だが、武蔵の心は、もうすでに次の戦い、伝七郎との勝負のほうに向いていた。

「初音殿！　伝七郎の太刀使いを見てきてはくれぬか？」

初音は、この言葉に武蔵の性格を垣間見た気がした。

（私ったら、いらぬ気遣いなんかしてしまって……）

「承知いたしました。確とこの目で伝七郎の太刀筋を見極めて参ります」

初音は、三門の屋根裏から足早に夜の京の町へと消えていった。

翌日、初音は物売り娘の姿に扮し今出川の吉岡道場の中を覗こうと、機会を窺っていた。道場の外にも何人もの門弟が物々しく警戒をしている。試合を前にしたいま、伝七郎の稽古の様子を窺うのは、通常のやり方では無理かもしれないと思った。夜、道場の屋根裏に忍び入るしかない。

夜を待ち、塀を乗り越えた。そこには、番犬がいた。初音は、馬銭という毒薬を使う代わりに猪の肉を与え、犬を手懐けた。道場の屋根から屋根裏へと忍び込んだ。初音はここで翌日に行われるであろう伝七郎の門弟との稽古を待つつもりであった。

しばらくすると、廊下の床板を踏みしめる足音が聞こえてきた。やがて、天井に幾つも空いた穴から明かりが漏れてきた。誰だろうと思って穴から下を覗くと、何と伝七郎だった。燭台の灯りを道場の四隅に並べ終えると、伝七郎は、五尺以上はあろうかとみえる木太刀を手にして、正眼から上段、下段と幾つかの構えを見せた後、木太刀を正眼に構え、踏み込みながら上段から振り下ろす太刀捌きを繰り返した。武蔵の鋭い踏み込みからの強烈な打ち込みを想定してのものかと思われた。伝七郎は、約半刻ほどして、道場の燭台の灯りを消して戻っていった。

初音は、伝七郎はさすがの使い手だと思った。あの日の武蔵の動きとその速さを完全に捉えた上での動きであった。ここに武蔵はいなかったが、伝七郎にとって武蔵はここに存在していて己と対峙していたのだ。初音は、昼間に行われる伝七郎と門弟との稽古はもはや見る必要はないと思い、急ぎ三門の武蔵の下に向かった。

三門の天井裏で初音の話を聞いた武蔵が、三尺余の木太刀を見せながら、

「五尺余の木太刀か。木はこれと同じく赤樫であったか？」

と問うと、初音は、

「さようです」

と頷きながらも、二尺以上も長いということが少し心配だった。でも、その分伝七郎の木太刀が重いということになる。その場合、その重さに耐え得る伝七郎の膂力があるのかが重要となってくる。武蔵は当然そのことを聞いてきた。

「伝七郎の膂力をどう見た。わしと同じくらいであろうか?」

「いえ、武蔵様よりかはいささか劣るように拝見いたしました」

武蔵は、初音が柳生の手練れを負かすほどの腕を持ち、それにも増して、兵法者の力量をも見抜く確かな目を持っていることを知っていた。

「わかった。いや、わかったというのは、伝七郎との戦い方のことだ」

武蔵は、不安げな様子を見せた初音に、『何も心配せずとも良い』と伝えるために、この後、決して対戦前には明かさないようなことまで吐露した。もちろんこのようなことはいまだかつてないことだった。

初音は、武蔵の戦術を聞き、武蔵が勝利の図を確と描けたのだとわかった。初音はにっこりと頷いた。

「試合後のことは、清十郎のときと同様に、多田様に落合様と十分に手はずを整えますので、こちらにお任せください。前回と同様、太一がご案内をいたすことになると存じます」

「確と承知した」

「ところで武蔵様、さような薄い掛布で寒くはござりませぬか？　どうも雪になりそうです」

「そうか。いや、寒さは平気だ。雪か……」

武蔵は、はや雪の中での伝七郎との戦いを思い描いているのかもしれないと思いながら、初音は三門屋根裏の武蔵の下を去っていった。


初音は夜の忍び働きをするときは、夜目に目立たない濃紺の忍び装束や野良姿のことが多かった。だが、二条の柳生隠れ屋敷の牢に捕らわれていたことから、多くの伊賀者たちに顔と姿を覚えられてしまっていた。

大徳寺の塀を飛び下り、北大路通りを走る女忍びらしき者の姿を一人の伊賀者が見つけた。伊賀者がその後を追うと、その女は如水屋敷に入っていった。見つけたときから、もしや初音ではないかと思って追ったが、やはりそうであった。

十蔵は、太一と初音が吉岡と武蔵に掛かりっきりのような状況にあって、一手に柳生や伊賀者の動きに対処していた。大坂の薬問屋・信州屋の仁平とも連絡を取り、大坂城内の動きをも把握しようとしていた。

十蔵が大坂からの帰路、如水屋敷に向かっていると、初音を見かけた。伊賀者に後をつけられていた。初音は気づいていないようだ。まあ、如水屋敷に戻るだけのようだから、たいした問題ではないともいえるが、何故つけられているのか、また何処からかということによっては、問題を孕む可能性が出てくる。伊賀者は初音が如水屋敷に入っていくのを確認するや引き返していった。これを十蔵は追うことにした。

伊賀者は西陣にある呉服屋・武蔵屋の庭へと入っていった。庭に控えた伊賀者は、座敷から縁に上がるように言われた。この家の主人と客人とが何やら話をしているところだったようだ。

十蔵は屋根裏に忍んだ。伊賀者はこの武蔵屋の主人・加藤浄与(じょうよ)の配下に新たに加えられていた忍びであった。加藤浄与は、あの石田三成の随一の家臣・島左近の遠縁に当たる者だと聞く。だが、柳生宗矩の門弟だった時期もあり、いまは柳生の傘下にあると考えねばなるまい。

この伊賀者、その名を猪猿(いさる)という。猪と猿とは何ともふざけた名だ。その猪猿の報告は、如水の甲賀忍びが大徳寺あたりを中心にしきりと蠢いているというものであった。

十蔵は、（あいつら伊賀者につけられているのも気づかぬとは、まったくしょうがないやつらだ）とため息が出そうな思いであった。忍びは常に自分の背後にも目を持たねばならない。今度みっちりと絞ってやらねばと思った。

浄与の客人は、二十代後半の相当な武芸者だと見て取れるが、十蔵が何者かと聞き耳を立てていると、浄与はその客人を「若」と呼んでいる。だとすると柳生の御曹司なのか。もしや柳生石舟斎宗厳《むねとし》の孫の柳生伊代守長厳《いよのかみながとし》（兵助《ひょうすけ》）ではあるまいか。柳生兵庫助《ひょうごのすけ》（兵助）は、柳生石舟斎の長男・厳勝の二男だったが、兄・久三郎が朝鮮・蔚山《うるさん》で戦死したため、宗厳の嫡孫として、石舟斎が柳生新陰流の奥義を継承させようと愛育に努めたと聞いている。

昨年、加藤清正に請われて高禄をもって仕官した。しかし、百姓一揆平定に向けられた伊藤長門守光兼《ながとのかみみつかね》が十分な成果を上げられぬ中にあって、新たに清正の命を受けて送られた兵庫助は、光兼が己に従おうとしないことから争いとなり、これを一刀のもとに切り捨ててしまった。これにより、兵庫助は加藤家に暇を請い肥後を去ったと聞いている。その後牢人して畿内へと戻ったということであろうか。

この隣の部屋の襖を少し開けて覗き見している少女がいた。十代の半ばに達していないが、大人びた感じの美しい少女である。

「これ、珠(たま)！　はしたなきまねはおよしなさい」

「浄与殿、まあ良いではござりませぬか。珠殿、どうぞこちらへ」

兵庫助は、自分の側に珠を手招きした。珠は、お許しが出たということで、嬉々として兵庫助の横へと座った。後に柳生兵庫助の妻となる女性である。

兵庫助は、肥後に伴った家来のほとんどを柳生の庄に返したが、牢人しての兵法修行に数人だけ伊賀者を伴っていた。この浄与の屋敷には二人の伊賀者を連れていた。野猿と女忍びの桜であった。

「甲賀者の動きには引き続き注意を払ってくれ」

浄与は、猪猿に対してそのように命じていた。これを聞いた兵庫助は、一条の隠れ家へと戻っていく猪猿に、せっかくの機会だからと野猿と桜も伴わせた。しばらく会っていなかった三人の忍びに、少しだけ気を遣ったのと同時に、甲賀者の動きを探るその背景を知りたいという意図もあった。

武蔵屋を探って伊賀者の動きを知った十蔵は、如水屋敷の初音と太一に、大徳寺周辺での動きが伊賀者に掴まれていることを伝えた。二人とも（しまった）という表情をして「吉岡の門弟衆ばかりを気にしてしまっていた」と、同じことを言った。十蔵は、ここぞとばかり二人を絞り上げた。

七

蓮台野での吉岡清十郎との試合から間もない弥生月半ば過ぎの早暁、大徳寺の境内にはうっすらと雪が降り積もっていた。蓮台野も一昨日から降った雪に一面覆われていた。雪は、いまはやんでいる。武蔵は、それから半刻後にようやく起き出した。此度何としても試合いたいのは、吉岡のほうである。吉岡の負けを皆の意識から一掃したいからだ。故に武蔵は、少々の遅参で伝七郎が待たない道理はないものと心得ていた。

武蔵が一刻ほど遅れていくと、前回と同じ場所に竹矢来が見える。この寒さのせいか群衆はこの前より少なめだ。武蔵に気づいた一人が皆に知らせたようで、一斉に群衆がこちらを見た。群衆の向こう、竹矢来の中に立ち上がる伝七郎の姿が見えた。(やっと来たか)と立ち上がったあの様子では、相当じれていたに相違ない。初手の戦術としては成功だといえる。長いこと待たされた群衆は、この寒さの中、身を震わせている者が多い。用意よろしく火鉢を持参してきてそれに当たっている者もいる。だが、伝七郎はそういうわけにはいかない。薄くだが、降り積もった雪の中、刻限に来ない相手をただひたすら寒さに耐えて待ち続けていた伝七郎の身体は、芯から冷え切ってしまっていよう。

武蔵は、入り口にいた役人に会釈して中に入った。伝七郎はと見ると、怒りで顔を朱に染めている。例の五尺余の木太刀は、垂直に立てて持っている。武蔵には、伝七郎の持つ木太刀の長さがほぼ五尺二寸であることがわかった。

武蔵は三尺二寸の木太刀を右手に提げ、伝七郎と対峙した。武蔵が木太刀を中段に構えると、伝七郎は正眼に構えた木太刀を上段へと移した。伝七郎はそのまま木太刀の長さを生かし、つつっと間境を越えようとしてきた。間積もりを読むことに長けた武蔵は、伝七郎がそれを超えてきた分後ろに身を退(ひ)くか躱すかする。ここで武蔵は、二、三度伝七郎に木太刀を振るわせてみた。これにより武蔵は伝七郎の動きの速さと太刀筋を掴むことができた。思った通り、伝七郎は五尺二寸の木太刀を素早く動かすことができないでいる。

武蔵は、伝七郎が上段から打ち込んできたところを、軽く木太刀で受け流すことで、伝七郎の体勢を崩した。そこをすかさず近づき、伝七郎から木太刀を奪い取った。そして、さっと伝七郎から離れながら、伝七郎が腰の太刀を抜こうとするところ、五尺二寸の木太刀を伝七郎の頭に見舞わせた。十分な手ごたえがあった。絶命させたのは、間違いなかった。

武蔵は一礼し、側にいた役人に会釈し、竹矢来を出た。群衆はこの結果に動揺しているのか騒めいている。伝七郎が死んだということは群衆にも明らかにわかる一撃であった。外で待っていた半三郎と忠右衛門が、（後はお任せを……）と頷いている。

太一はと見ると、こちらを振り向きながらすでに走り出している。太一の後に続いた。最初は、大徳寺のほうに向かうのかと思っていたが、方向を転じた。どこに行くのか。西大路通りを南へと下っていく。その目的地は、妙心寺であった。海北友松師と何度も訪れた寺であった。

太一は、追っ手がいないことを確かめると、大きく開いた北門から入っていく。太一が走っていった先は妙心寺の塔頭の一つ霊雲院であった。霊雲院の前には斎藤利右衛門が待っていて、中へと案内(あない)してくれた。

その方丈の中央の間で一人の禅師が黙然と座していた。愚堂東寔(ぐどうとうしょく)師である。年の頃は、まだ三十代後半とみえる。師の母が、斎藤利右衛門の縁者の家臣の娘だったという縁もあり、師と斎藤とは旧知の間柄であった。京の町衆の話題を独占している此度の武蔵と吉岡一門との試合のことも当然承知しており、多田半三郎らを加えた話し合いでしばらく武蔵を妙心寺に匿うことにしたのであった。

霊雲院方丈の間に入った武蔵は試合を終えたばかりだというのに、戦いの余韻はもはや冷めていた。それよりもこの室の十二面の襖に描かれた狩野元信の四季花鳥図にすっかり魅入られてしまっていた。四季折々の風景が面を分けて描かれている。以前に観たときもそうだったが、殊に目を引くのが瀑辺松鶴図である。岩の向こう側の滝から流れ落ちる水音がいまにも聞こえてきそうな筆致に、その生命力の力強さを感じさせずにはいない松の枝振りと、気品ある鶴の佇まい……見事である。

斎藤氏に紹介されて愚堂禅師と通り一遍の挨拶は済ませたものの、武蔵の心は、元信によって描き出された春夏秋冬の四季の世界に誘（いざな）われてしまっていた。

終えたばかりの剣の試合にことよせて、禅問答でもいたそうかと考えていた愚堂禅師であったが、いまその心に剣や武芸のことなど一毫（いちごう）もなきかの如き武蔵に、ある意味驚嘆を禁じえなかった。いまこの男にはこの元信の絵のこと以外は『無』となっている。

「ほかの間の襖絵もご覧になられまするか？」

愚堂禅師のこの言葉は、嬉しいものではあったが、元信が現出したこの四季折々の世界に陶然となっている武蔵には、いまその世界からはなかなか抜け出すことは敵わなかった。禅師もそれと察し、武蔵の好きなようにさせようと思った。

「あちらにござります書院（御幸の間）がいまちょうど空いておりますれば、絵筆なぞもどうぞ御ゆるりとお使いくだされ」

最後の禅師の言葉には、武芸者武蔵へのちょっとした皮肉が込められていたが、元信が描出した世界に逍遥している武蔵には、何とも嬉しき限りであった。

武蔵は、方丈の間に描かれた狩野元信の襖絵を見ての興奮がなかなか冷めやらなかった。しかもそれぞれの絵は、それぞれの間によって画風が違っていた。中央の間の四季花鳥図は、大徳寺で友松師に見せてもらった牧谿風の筆致で描かれていた。ほかの間はまたそれぞれ違った画風・筆致の絵であった。

どれほどの刻が流れたであろうか、元信の絵にその精神を没入させていた武蔵が、ふと横に目を遣ると、そこには斎藤が控えていた。斎藤は頷きながら、「あちらの書院にも元信様の絵がござりますれば……」と言って、おもむろに方丈の間の背後にある縁続きの書院（御幸の間）に案内してくれた。

しばらく自由に使って良いと言われたこの書院の応接間の襖にも、狩野元信の瀟湘八景図が描かれていた。中国の洞庭湖であろうか、湖に射す光の描写が秀逸である。

四畳半の客間の隣の五畳半の間には違い棚がついている。ここを書斎として使わせてもらうことにした。その奥には三畳の就寝の間（眠蔵）など全部で四室があり、就寝の間以外はすべて濡縁で囲まれている。濡縁の外には狭い十坪ほどの庭がある。コの字型に南から西へと巡らされた枯山水の庭だが、立石を山と見立てて配しその奥には擬せられた滝があり、その水が落ち行く先の流れはやがて白砂の大河へと至るといった深山幽谷の世界が築かれていた。

武蔵は斎藤から絵筆などを受け取り、さっそく剣ならぬ筆を十二分に振るい始めた。

吉岡伝七郎を失った吉岡一門の門弟たちが今出川の道場に集まっていた。一門の総師はもちろんいまだ吉岡清十郎である。しかし、清十郎はもはや剣を持つことは敵わず、剣を捨て家業（憲房染）に専念する所存のようで、決して兵法所には関わろうとはしない。まだ吉岡家一門には、三男・清次郎や叔父・源右衛門直広らがいる。門人たちはそれぞれの意中の人物を吉岡の総師にと推すのだが、結局総師・清十郎が健在である限り、自分たちが後継者を選ぶことはできない。高弟の一人、直木彦十郎が皆を前にして宣言するように言った。

「皆もあの武蔵の剣を見たであろう。吉岡家の誰を総師に選ぼうとも、武蔵を倒すことはできまい。結局は、われらが、あやつを倒すしかない」

直木の言葉に一門弟が疑問を述べる。

「いったいわれらの誰が武蔵を倒せると言われるのでござろうか？」

「一人では誰も敵わぬ。皆で倒すのだ」

この彦十郎の言葉に「おおー！」と道場全体がどよめき、次々と勇ましい言葉が飛び出した。

「そうだ。戦で武蔵を倒すのだ」

「さよう。これは吉岡一門の名誉と存続をかけた戦なのだ」

吉岡一門衆は、武蔵を倒すべく戦を仕掛けるということで皆の考えが一致した。ここで、門弟の一人が恐る恐る懸念を述べた。

「われら門弟衆だけでよろしいのでござろうか。やはり吉岡家という名が必要ではござらぬか？」

これに彦十郎が頷く。

「さよう。誰か吉岡家の者を立てる必要があろう。総帥たる清十郎様がご健在のいま、その嫡男たる又七郎様を名目人として立てるなら、総帥も否とは言われまい」

「されど、又七郎様は歳がまだ……」

との心配の声に対しては、

「むろん、われらは決して又七郎様に剣を抜かせるようなことがあってはならぬ。われらが武蔵を倒すのだ」

との彦十郎の言葉に、場内は、「ほうー」というどよめきと「そうだ」「わかった」と彦十郎に賛同する者たちの声が満ち、後は誰がどんな得物で臨むのかという話し合いとなり、弓や槍はもちろんのこと、鉄砲を用意する者も取り決められた。場所に関しては、蓮台野はもはや縁起が悪いとのことで、見通しが良く少し広めの一乗寺藪（やぶ）の郷下（ごうさが）り松（まつ）とした。例によって三条大橋のたもとに立札を掲げることにした。


如水屋敷の甲賀忍び、いわずと知れた太一、十蔵、初音だが、それぞれ武蔵や吉岡一門衆、柳生、伊賀者への対応で忙しくしていた中、黒田如水が、三月二十日辰の刻(午前八時)、伏見の藩邸で息を引き取った。

太一たちは如水のいわば直臣ともいえる者たちであったが、忍びということで葬儀への出席は遠慮しなければならなかった。太一と初音は、妙心寺の塔頭・霊雲院に匿われている武蔵に如水の死を知らせたものかどうか迷っていた。というのは武蔵の次の『試合』が目前に迫っていたからである。

三条大橋に清十郎の嫡男・又七郎を名目人とした吉岡一門衆との『試合』の立札が立った。これは実質的には、吉岡一門衆との戦である。武蔵側は門弟衆を二人しか連れてきてはおらず、これから呼び寄せるにしても刻がない。また太一と初音は、友松の庵で斎藤を交え多田、落合といった武蔵の門弟たちに話し合いを持ってもらった。その結果、如水の死は武蔵の耳には入れないほうが良いとの結論に至った。

一方吉岡家では、清十郎が弟・伝七郎の喪主を務めた。伝七郎の死は、清十郎、その妻・綾、その子・又七郎に千勢と、それぞれにとってその悲しみの中身に違いはあるものの、いずれにもぐさりと深い傷を与えずにはおかなかった。

西陣の呉服屋・武蔵屋の加藤浄与家は、仕事上の関わり合いはもちろんのこと、珠と又七郎との歳が近いこともあって、吉岡家とは家族ぐるみの付き合いをしていた。吉岡家と親しかった浄与は、何とか今後の吉岡家の力になれぬものかと思っていた。

浄与は葬儀後改めて弔問に訪れた。

珠を含めた子どもたちは庭で遊んでいる。清十郎は身体の具合が良くないということのようだが、この日も家業に専念しているという。弔問客の相手はすべて妻の綾に任せている。綾は、いま抱えている悩みを不安げに浄与に語った。

「まだ幼い又七郎が、名目人とはいえ、剣術『試合』の対戦相手とされているのが心配でたまりませせぬ。直木様ほか皆様方笑って、名目だけのこと、指一本触れさせることなどござりませせぬとはおっしゃってくださるのですが……」

「ええ、御心配はごもっともにござります。先ほど直木殿ともお話しさせていただきましたが、次の『試合』は剣術試合ではござりませぬ。こちらは総勢百人近くの甲冑に身を固めた者たちが、弓、槍、鉄砲で戦支度をいたします。武蔵のほうは、集めたとしてもせいぜい十人ほどでしょう。戦は兵の数と装備で決まります。こちらが負けることなどありませぬ。さすれば、大将には指一本触れることなどできやしませぬ」

「直木様もさようにおっしゃってくださるのですが……」

浄与は、なかなか不安の拭えぬ綾を何とか安心させたくて、他人には秘していたことの一端を綾に垣間見せてやった。

「実は、柳生宗矩様から忍びの者を預かっておりまして、この者たちにあちらの動きを逐次探らせております。万事遺漏なきよう取り計らっておりますので、ご懸念には及びませぬ」

「まあ、浄与様が忍びの者を……」

思いもかけない浄与の言葉に驚きの表情を見せた綾であったが、それはやがて少しばかりの安堵のそれへと変わっていった。

八

柳生兵庫助は、加藤清正家を致仕(ちし)した後、伊賀者の従者を含めた数人で兵法修行の旅を続けていたが、武蔵と吉岡清十郎との試合の噂を聞いた。そこで急ぎ京へと上ったのだった。清十郎との試合には間に合わなかったが、伝七郎との試合を群衆の一人として目撃することができた。

兵庫助は、日の本一の剣客であった祖父・柳生石舟斎から柳生新陰流の奥義を継承した唯一人（ただひとり）の者だとの自負があった。祖父の指導の下、八歳上の叔父・又右衛門宗矩が務める打太刀に対する仕太刀を繰り返す中で力をつけさせてもらった。その叔父にももはや剣において劣ることはないとの自信もある。だが、武蔵の試合を見たいま、精緻に極められた至高の柳生新陰流の技が、一挙に屠り去られるような衝撃を受けていた。

（武蔵のあの気迫と膂力、そして速さを前にして、はたして柳生新陰流の太刀が通用するのか）

「若様！　ただいま戻りました」

女忍びの桜であった。二歳年下の桜は、兵庫助と同い年の兄・森猿（もりざる）らとともに幼い頃から柳生の里での遊び仲間でもあった。いまでは、兵庫助の思い人として、兵庫助に常に寄り添い、身の回りの世話から警護役を務める忍びであった。

「して、いかがであった？」

甲賀者の動きを伊賀者に探らせている浄与の真意は何なのかということを知りたかった兵庫助は、猪猿が向かう柳生一条隠れ家に野猿と桜も行くように命じていたのだった。

「はい、一条隠れ家で久しぶりに仲間に会えて皆も喜んでくれて、そしたら兄が二条の屋敷に来ているから会いに行ってこいということで、二条屋敷のこともだいぶわかって参りました」

「森猿も京に来ていたのか。それは会えて何よりであったな」

「それで、大きな動きとしては、われら伊賀者は、加藤清正家でもそうでしたが、豊臣恩顧の大名家を将来取り潰せるような情報を集めるといった務めを負っております」

「さよう。わしが清正公の下を辞したもう一つの理由として、さような隠密じみたことをするのは本意ではないということもあった」

「どうもさような隠密・伊賀者の中に、武蔵と甲賀者に討たれた者がいるようで、それで武蔵と甲賀者の周りで動いているようなのです」

「何？　……まさか、柳生と伊賀とで武蔵を討とうとしているのではなかろうな？」

「いえ、それはわかりませぬ」

兵庫助は、日の本一の武芸者たらんことを目指してこれまで修練を積んできた。それは、あたかも高く聳える遥かな山の頂を目指して、これを麓から登っていくのと似ていた。麓を登り始めた頃には、遥か山の上方には多くの頼もしき者たちが登っていた。この先達たちに多くを学んだ。やがて修行を重ね少しずつ山の上へと歩みを進めていくにつれ、周りにも上にも、俄然人は少なくなっていき、遂には、自身の周りには人はいなくなってしまっていた。はたして山の裏側には、同じように登っている者がいるのだろうかという高みにまで至っていた。目的を同じくしてそこまで辿り着いた者がほかにもいて、その者に出会えることは修行者として無上の喜びであった。同じ山の頂を目指して登ってきて、ここまでに至った者がほかにもいるということが喜びなのである。

（その者を討とうというのか。天下の柳生がさようなことをしてはならぬ。石舟斎・

爺様の教えにもまったく反することではないか）

「桜！　野猿とともに武蔵の周りを探る伊賀者の動きと同調しながら、最後の一線では、武蔵を見守るといったような動きをしてくれぬか。難しい役割だが、できるか？」

「はい、若様のお気持ちは確と承りましてござります。野猿も同じだと思いますが、少なくとも私は、たとえ伊賀すべてを敵としようとも、若様のお味方でいたいと存じます」

大徳寺における如水の葬儀に喪主・長政も筑前から急ぎ駆けつけた。何かと慌ただしかった黒田家であったが、如水の遺言により遺体は博多に運ばれ、そこでまた別の形式（切支丹様式）の葬儀が執り行われるということで主だった家臣も福岡へと帰っていった。

太一たちの今後の身の振り方であるが、如水に雇われていたからといって、すんなり長政に雇われるというわけにはいかなかった。長政は家康側の大名であり、長政に仕える甲賀衆も伊賀者も家康側の忍びなのである。太一たちは豊臣側ではないが、ここのところどちらかというと家康側とは対立するような動きをしてきたといえる。実際にも、柳生や伊賀者と刃を交えている。薬華庵で話し合った三人は黒田家を去ることにした。真田家に仕える佐助と仲の良かった十蔵は、倫（蓮実）もいる真田家に仕えようかと思慮しているようである。

太一や初音にとっての第二の故里といえる甲賀に関しては、つい数か月前に甲賀の出の山岡道阿弥の死去により山岡家は改易されていた。養嗣子の景以（かげもち）が家を継ぐかもしれないが、いずれにせよ、甲賀は家康の意の下に従わねばならない。そのような土地で、『武』を捨て『農』に専念するとしても、はたして生きていけようか。もはや甲賀の地も、太一と初音にとってはおのが居場所といえるところではなくなっていた。大坂の薬問屋『信州屋』も家康側であり、大坂城には香苗や蕗だけでなく、多くの間者を城内に送り込んで豊臣側の動きを逐一監視している。といって、十蔵のように豊臣方の真田などに仕えようかというところまでは踏み切れない。

二人は、いまはとりあえず、吉岡一門との戦いを続ける武蔵のために動くことだけを考えようと思った。

武蔵の養父は黒田家を去り細川家領内へと居を移したが、武蔵も黒田家を去り、いまは牢人の身である。武蔵は、この先どうするつもりであろうか。

いまやどこにも属さない太一と初音であったが、伊賀者が二人の周りで蠢いている。二人が薬華庵にいることで道庵にも迷惑をかけている。関ヶ原の戦の後、道庵は望月家から山岡家へと仕える家が変わった。本来なら完全に家康に従属する立場だったが、二人のせいで伊賀者の攻撃を受けたこともあり、大事な小者も失っている。太一が初音に提案する。

「薬華庵を出ていく潮時ではないか?」

「そうね。私たち二人がいなくなれば、ここも伊賀者に見張られることもなくなるでしょうし……。で、行く当てがあるの?」

太一はこの後どうするかまだ決めていなかった。これに対して初音は、思い切った決意をしていた。

茜は如水が亡くなったことを知り、この先初音はどうするのかと気になっていた。

茜はしばらく真田に捕まってしまい姿を消してしまったことで、大坂屋敷では茜の代わりとなるくノ一が補充されていた。茜が、捕まっていた真田の京屋敷から脱出してきた（実際には情報提供との交換により解放された）ことで、京の二条の柳生隠れ屋敷に配属された。

初音の行く先は、探るまでもなかった。初音は、白昼から町娘の出で立ちで、賀茂川縁に腰かけ、絵筆を執っていた。何と海北友松の庵に住み込み、身の回りの世話のようなことをしていたのだった。

初音がいつものように賀茂川の堤で絵を描いているときに、茜も町娘の格好をしてきて、初音に声を掛けた。

「初音！　お久しぶり」

絵筆を止め振り返った初音は、茜のかわいらしい町娘の姿を初めて見て目を丸くした。

「まあ、お似合いよ。あっ、それはお互い様か」

そう言って、初音は何の屈託もなく笑い転げている。茜は、初音の描く絵を見ようと近づき覗き込んだ。その瞬間、「あっ」という短い声を発していた。

「本当に友松様のお弟子さんになったのね」

「いえ、お女中代わりで……、たまに絵を教えてもらっているだけよ」

茜は、忍びが忍びをやめてほかで生きていくことなど、伊賀ではとうてい考えられないが、甲賀ならあり得ることかもしれないと、町娘姿の初音を見て思った。


猪猿は一条隠れ家でほかの伊賀者とともに如水屋敷にいた三人の甲賀者の動きを見張っていた。如水が亡くなったことで、ほかの伊賀者は別の任務に就いた。猪猿はそれ以前に西陣の呉服屋・武蔵屋の加藤浄与の配下とされていた。加藤浄与は主に三本木の北政所（高台院）の屋敷を監視する役回りであった。北政所の下には、多くの秀吉恩顧の大名を始め、訪れる者が多いからである。北政所を見張る忍びはすでにいたこともあり、猪猿は浄与の指示もあり黒田家から離れた三人の甲賀者の行く先を探ることにした。そこに柳生兵庫助の従者の伊賀者、桜と野猿が協力してくれることになったため、仕事を分担した。

猪猿は行動範囲が広い十蔵を追った。十蔵は京の和菓子舗『更科屋』や大坂の呉服屋『信濃屋』といったいずれも真田の隠れ家を中心にその周辺を動き回っている。どうやら十蔵は真田の配下となったようだ。この真田に関しては、紀州はむろんのこと大坂や京でも別の伊賀者たちが当たっている。

野猿は太一を追った。太一は京から離れることはなかった。ときに大きな寺に入って姿をくらますことや都の周辺にある小さな廃寺に行くこともあるが、それらは塒として使っているようだ。頻繁に居場所を変えるのは、居場所を知られないようにするのと襲われるのを避けるためであろう。

桜は初音を追った。初音は何と海北友松の庵にいて、友松の身の回りの世話をしていた。友松の下女にでもなったのかとも思ったが、時々絵筆を執っている。手すさびか何かで描いているのかとも思ったが、その絵を見てわかった。初音は友松の弟子になったのだ。桜は衝撃を受けるのと同時に、自身より数歳年下の初音をうらやましく感じた。

（われは若様を想うことにかけては誰にも負けない。でも、ほかにできることといえ

ば、忍びだけである)

絵を描いているときの初音の真剣な眼差しに羨望の念を禁じ得なかった。初音は甲賀出身の忍びではあるが、いまは『甲賀』に属してはいない。また黒田如水亡き後、いずれの大名家にも仕えてはいない。まさか絵師にでもなるつもりなのか。

ある夜、桜が外出する初音の後を追っていったところ、大徳寺の手前の草むらで野猿と遭遇した。野猿が太一を追っていたところ、先ほど大徳寺の中に入っていったという。初音も南の塀を乗り越えていった。大徳寺の境内のいずれかの塔頭かどこかで二人は会うつもりだろう。桜はこれを確かめたいと思った。

「野猿、初音の行く先を確かめよう。武蔵の居所を掴む手掛かりが得られるやもしれぬ」

「うむ。なるほど」

昔からの伊賀の忍び仲間だった猪猿とは、桜たちが兵庫助について肥後へと下っていたためしばらく会っていなかった。猪猿は、桜と野猿に何ら警戒心を抱いてはおらず、加藤浄与の命で、武蔵の居所を突き止めることも務めとしていることを話してくれた。ここで武蔵の居所の端緒が掴めれば、より猪猿の信頼が得られよう。兵庫助に求められている困難な仕事がやりやすくなるかもしれない。

塀を乗り越えた初音は、両側に塔頭が居並ぶ境内の道を北へと走る。その速さを緩めた。桜と野猿は初音に気取られないよう物陰に身を潜める。初音はあたりを見回した後、三門の山廊を上層へと登っていった。そこで太一と待ち合わせをしているのか。

二人はしばらく三門を見張ることにした。

初音が三門上層の天井裏に上がると太一がいた。

「つけられなかったか?」

「大丈夫だと思う。以前とはだいぶ様子が違ってきた気がするわ」

「それは俺も感じる。周りに伊賀者がぐっと少なくなった」

初音が頷く。

「いまの俺たちの『主人』は武蔵殿だ。警戒すべきは吉岡門弟衆ということか」

「でも、吉岡一門が忍びを雇うってことはないかしら?」

初音の指摘に、太一も(あっ)という表情をした。

「それは十分あり得るな。何しろ吉岡の門弟たちは、弓・鉄砲まで持ち出して何が何でも武蔵殿を討つつもりだからな。居場所を突き止めたら、闇討ちだってやりかねぬ」

「そうね。実は武蔵様から『寺の精進料理は厭きたから、もっとまともな食い物を持ってこい』と言われたけど、行くのはやめたほうがいいかしら？」

「ああ、初音は後ろに目がついてないからな。すぐに容易く後をつけられてしまう」

初音は武蔵にはせいぜい精進料理に慣れてもらうしかないと思った。

九

多田半三郎と落合忠右衛門は、清十郎や伝七郎との試合は、一対一のものであり関わることはできなかった。次は、明らかに戦である。だが、武蔵からは「一人で戦うつもりだ。いらぬ手助けはするでないぞ」と厳命されている。そうは言っても、向こうは総勢百人近くになるであろう。そこで、間に合うかどうかはわからないが、半三郎は武蔵には内緒で、龍野にいるほかの弟子や仲間に加勢に加わってくれるよう文を送った。はたして間に合うか、また人数が集まるかどうかもわからない。このように宿でじっとしていることは苦痛以外の何ものでもなかった。

「忠右衛門！　それがしは龍野に戻るぞ。加勢の人数を集めてこようと思う」

「えっ、ここでおとなしくしていろとのお師匠様の命に背くことになりはしませぬか？」

「加勢を求める文を出したんだから、とうに背いておるわ」

と半三郎は開き直っている。

「では、それがしもともに参りとうございます」

「おぬしは、ここで吉岡がおかしな動きをしないか見張らねばならぬ。先生の身を守ってくれ。頼むぞ」

「うっ……」

こうまで言われては、忠右衛門としては宿に残らざるを得ない。

大坂から京に戻った猪猿は、武蔵の門弟、多田と落合が泊まる宿を見張っていた。

すると旅支度の多田半三郎が宿を出た。馬を借りている。半三郎が龍野のほうへと向かうのを確かめた猪猿は、宿に留まった落合の動きを見張ることにした。

落合忠右衛門は、兄弟子で将来は圓光寺の住職となる多田半三郎に言い含められて、京に残ることになったが、このようにじっとして一人宿にいるとどうにもいたたまれなくなってきてしまう。吉岡の門弟の動きを探ろうと思えばそれはできるが、あちらもこちらに見張りをつけている。もちろん師匠と連絡を取ることはできない。連絡は太一か初音が仲立ちをすることになっている。しかし、二人はなかなか宿に顔を見せてはくれない。二人にはこちらからは連絡が取れないのだ。忠右衛門はもうどうしていいかわからなくなってしまっていた。このような忠右衛門の気持ちを知ってか知らずか、吉岡側は宿の二階の板戸に向けて矢文を放った。文の内容は次のようなものだった。

『試合の前に武蔵を討つ!』

矢文を読んだ忠右衛門は驚愕したが、これは己をお師匠の下へと誘おうという吉岡の手かもしれないと冷静に判断した。しかし、文面をじっと見ているうちに、もしかして本当に襲われるのではないかと思えてきたりして、もういても立ってもいられなくなってしまった。

忠右衛門は宿の二階の障子を薄く開け、通りの様子を窺う。交代でいつものように二、三人の吉岡の門弟が見張っている。

（要するに、あやつらを撒いてしまえば良いのだ）

こうした考えに至った忠右衛門は、宿を出るや追っ手の目を攪乱するため京の街中をあちこち動き回った。そして人気（ひとけ）の少ない大徳寺のほうに向かっていって、追っ手がいるかどうか確かめた。追っ手はいない。うまく撒くことができたようだ。しばらく大徳寺にとどまった後、南へと下り妙心寺へと向かった。それでも忠右衛門は、妙心寺の境内に入った後も、北門の内側にしばらくとどまっていて、追っ手が来ないか確かめた。大丈夫だった。忠右衛門は、さらにいろんな塔頭に入るような素振りを見せながら、追っ手が来ないことを確認した。そうした後で、ようやく霊雲院書院へと入っていったのだった。

武蔵は書斎の間で絵筆を執っていた。

「おっ、忠右衛門ではないか。いかがした？」

「お師匠様、お目にかかれて嬉しく存じまする。実は宿にこのようなものが届きまして……」

忠右衛門は、例の矢文を武蔵に手渡した。武蔵はその文面をしばらく見ていたが、忠右衛門に厳しい目を向けた。

「忠右衛門！　おぬし、謀られたな」

「えっ、それがしも、もしかしてとは思ったのでございますが……」

「たわけめが！　これはおぬしをここへと案内させる策よ」

「いえ、十分つけられぬよう用心いたしましてございます。またつけられてはおらぬと何度も確かめましてござりまする」

武蔵は、忍びであれば忠右衛門に気づかれることなく後をつけることなど容易いことだと思った。ここは、もはや知られてしまったと思わねばなるまい。武蔵はしばらく思案する風であったが、忠右衛門に向かってにやりとした。

「おぬしには、わしの小袖など着て、しばらくここに留まってもらわねばならぬな」

「あっ、それがしがお師匠の身代わりとなるのでござりますな。それは良き考えかと……されど、うーん、お師匠の褌もそれがしが穿くのでござりますのか？」

「たわけ！　馬鹿をぬかすな」


その翌日、愚堂禅師が一人の大柄な従者僧を伴い、龍安寺へと向かった。

また同じ日、太一が多田と落合が泊まっている宿に行った。そこに荷はおいてあったが、宿の者によると、二人とも出ていったきり戻ってこないという。太一は、これは何事か起こったのではと思い、妙心寺へと向かった。

霊雲院書院には、武蔵の代わりに落合忠右衛門がいた。忠右衛門の話によると、愚堂禅師に斎藤、そして海北友松とが、話し合って、愚堂禅師がまず武蔵を龍安寺に導き、その後、東寺に匿う手筈になっているとのことである。太一は、しばらく様子を窺うことにした。まずは、落合を守るべく初音とともに妙心寺界隈に気を配った。

霊雲院書院書斎の間の奥の三畳の眠蔵にて、武蔵の代わりに寝(やす)んでいた忠右衛門であったが、この広大な妙心寺の塔頭の静かな書院では、遠くで犬・猫の鳴き声や鳥の声のほか、庭の木々が騒ぐ音ぐらいしか聞こえてこない。忠右衛門はこれを自らに課せられた実戦という修行の一環だと心得ていた。怪しき者の気配を感じ取るべく全神経を集中させていた。もちろん夜具の中には、手元に太刀を抱え込んでいた。師匠の話では柳生の者や伊賀者にも狙われているとのことだった。忠右衛門は己の行動を振り返ってみて、忍びにつけられてはさすがに気がつけまいと思った。もしかしたら、吉岡門弟衆だけではなく、柳生と伊賀者をこの己が相手にするのかもしれないと思うと身が震える思いがする。己にとっては人生最大の試練であった。しかし、師匠は、これから百人近い吉岡門弟衆と一人で戦をすることになるのかもしれないのだ。それに比べれば、どうということもないことかとも思える。いずれにせよ、これまでの修行の成果を発揮できるまたとない機会なのだ。いまだ人を斬ったことのない忠右衛門であったが、十年以上に亘る剣の修行の成果を見せるときがいよいよ来たのだとの心積もりができていた。

外に人の気配を感じた。この部屋は西側が広い濡縁となっているが、壁で仕切られている。北側も壁だが、そこには濡縁がない。東側も壁となっており、通常出入りできるのは南側の襖からである。だが、壁は薄く、蹴破ることができる。敵はどこから入ってくるか。忠右衛門は布団から出て、布団の中は座布団で人が寝ている風を装った。そして、部屋を暗くし南東の隅で太刀を抜いて待ち構えた。庭でかすかだが、声がした。

「痛っ！　くそ、撒菱だ。気をつけろ」

忠右衛門は、南側の襖を開け、隣の五畳半の書斎の間へと移動して、障子の隙間から西の庭の様子を窺った。塀の上に二人いて、庭に下りた一人が何か伝えているようだ。忍びだ。だが、塀の上にいた二人が「うっ！」と小さく叫んで向こう側に落ちていった。庭にいた一人はさっと塀の上に上がり、「退くぞ」とか何とか言っているようだ。どうも向こう側には仲間が何人かいたようだ。やがて去っていった気配に緊張の極限にあった忠右衛門は、一気に力が抜けた。

書院の間の南の濡縁から太一と初音が上がってきた。

「落合殿！　敵は、落合殿の姿を見てはおりませぬぞ。お役目見事果たされましたな」

「ここはまた襲われるやもしれませぬ。さあ、宿へと戻りましょう。これで、あちらが武蔵様の居所を掴めていないということがはっきりといたしましたから」

太一と初音にそう言われると、忠右衛門も少しだけだが、師匠の役に立てたのだとほっとする思いだった。

霊雲院書院襲撃の実行を指揮したのは、武蔵の居所をここだと突き止めた猪猿であった。猪猿に従う二人の配下の伊賀者とこれに協力者として桜と野猿が加わった。そして、話を持ち掛けその仲間に加えた三人の吉岡の門弟と総勢八名で武蔵を襲う計画だった。まず、猪猿が塀から庭に降り立ったところ、庭には至る所に撒菱が撒かれていた。それで、庭の撒菱を取り除こうとしていたところ、塀の上にいた二人が何者かにやられた。手裏剣だった。おそらく甲賀者であろう。結局、桜と野猿に支えてもらって怪我人を運ばねばならず、塀の外に控えてもらっていた吉岡門弟衆には今夜の襲撃の中止を伝えた。

十

武蔵は海北友松の計らいで秘かに龍安寺から東寺に入った。東寺は真言宗総本山で教王護国寺ともいう。境内には京で最も高い建物である五重塔があり、いやが上にも目立つ。武蔵が入ったところは、いま再建中の観智院客殿である。藤井石見守吉次という大工が指揮をしており、入母屋造りで周りをぐるりと簀子縁で囲むという。柿葺き屋根や壁はすでにできあがっており、十分風雨を凌げる。南の庭には空海が海神に守られ唐から帰国する様を描く『五大の庭』が築かれるという。友松はこの客殿で襖絵など描くことを頼まれたとのことだ。客殿は五間あった。武蔵は、しばらくの間、建築途上の観智院客殿で過ごすことになった。

武蔵はこの間、一乗寺藪の郷下り松なる場所を下見に行った。そこは田んぼが広がりその田んぼの間を三本の道が、下り松のほうに伸びていて、下り松がその三叉路の行き止まりに当たっていた。その背後には一乗寺山が控えている。武蔵が吉岡方だったとして、その兵法としての戦略・戦術を考えてみようと思った。

敵（武蔵）はこの三本の道のうちのいずれかの道をやってこよう。そこで、いずれの道から来ても良いように、どの道にもそれぞれ弓と鉄砲を配することにする。敵が来るのが見えたなら、ほかの道に待ち受ける者たちは、すぐに敵がやってきた道へと移動できるようにしておく。最も奥の下り松の下に名目人・又七郎を据え、その前を吉岡一門高弟衆で固める。背後の一乗寺山の中にも弓と鉄砲の者を配しておく。また敵は、刻限より遅れてくることにより、こちらをじらし戦意を削ごうとすることも考えられる。その点も心得ておく。……こんなところであろうか。

武蔵は東寺の再建中の観智院客殿・下段の間にて、吉岡方の予想される備えに対して自身が考え出した戦略・戦術を、下り松の戦の前の『評定』の場で、忠右衛門、太一、初音に語った。

半三郎は龍野に加勢を求めに行ったまま、まだ戻ってきていなかった。実はこれは現住職・多田祐仙の急な病により、その看病や代わりとなっての仕事などで身動きが取れなくなってしまってのことだった。京からの文で、半三郎から武蔵への助勢を求められた門弟たちも、住職がこのようなときに寺を離れるわけにはいかなくなっていたのである。

一乗寺下り松の決闘の日、まだ深い闇に覆われた丑の刻（午前二時）、武蔵は観智院客殿を後にした。鴨川に沿って北上し、一乗寺に至る前に山中に分け入った。一乗寺山の山腹まで登り、そこからゆっくりと慎重に下りていく。

麓近くまで下りてきた。だが、まだ寅の刻（午前四時）、あたりは暗い。その後しばらくしてようやく曙光が差し始め、卯の刻（午前六時）頃であろうか、遠くのほうから声が聞こえてきた。吉岡の連中に違いない。だんだんと声が大きくなり騒がしくなってきた。あれこれ何かの指示をするような様子も伝わってきた。例の三本の道に人数を割り振っているようだ。下り松のところにもやってきた。さらにその中の幾人かがこの山の中に入ってくる。

武蔵は薄暗い中でも『観の目』で人の居場所を探る。弓を持った一人が、「俺はこの木にする。おぬしはあちらの木にせよ」とか言っている。見たところいずれも太い木で大きな枝が下方についている。その木の陰に隠れて狙うのか、その太い枝の上から狙うつもりのようだ。鉄砲を持った者もいる。これらの者の配置がわかった。弓の者が三人、互いに五間ほど間隔を開けて広がり、その間に二人の鉄砲衆が入った。『試合』予定の辰の刻（午前八時）にはまだ間があるためか、いずれの者も寛いでいる。

武蔵はまず、左端の弓の者に背後から近づいていく。その者の口を布で押さえながらその首を捩じって倒した。次はその隣の鉄砲の者という具合にして次々に倒していった。幸いなことに風があり、木々の葉音の騒めきで感づかれることはなかった。

武蔵は、再び『観の目』で付近から、そして山の上のほうへと頭を動かしていく。するとここから少し離れた上方に人影が見える。武蔵はそれらの者のわずかな動きでそれが誰だかわかった。忠右衛門、太一、初音の三人であった。

『試合』の刻限にはまだ間がある。吉岡の『兵』は皆戦支度で、この『戦場』に臨んでいた。その『兵』の数は正確にはわからないが、百人近くになるかもしれない。戦支度でありながら、戦の雰囲気はない。ここもまた皆寛いでいた。こんな声もしばし聞こえてくる。

「どうせ武蔵はまた遅れてこよう」

武蔵は下がり松のほうへと近づいていった。そして下がり松から十間以内の山裾の茂みの中に身を潜めた。此度は大原真守（さねもり）作の大小を腰に差し、右手には、山の中で拾った短くて太い木の枝を持っている。下り松の根元の側の床几には、一際小柄な少年が腰を下ろしていた。

（あれが名目人の又七郎か）

武蔵は観智院客殿での忠右衛門たちとの間での下り松の戦の『評定』を思い出した。

武蔵は、忠右衛門、太一、初音の三人におのが戦略・戦術を語っていた。

「山中より飛び出し、まず名目人・又七郎を斬る……」

この言葉に、初音が悲鳴を上げ、必死に武蔵に訴えた。

「やめてくだされ。まだ十歳を幾つか過ぎた子どもにすぎぬのです。それにあの子はあまり剣の修行も積んでいないようなのです」

「……」

武蔵は一人で百人近くの甲冑武者と決闘するのである。この戦を制するには、兵法として戦の初手が最も肝要だと心得ていた。通常の戦でもそうだが、大将を討ち取ればその戦は勝利だといえる。その後兵は総崩れとなってもはや戦の態をなさなくなることも多い。そしてこの理は、此度の決闘にも当てはまる。ただ、そこに名目人とはいえ、初音が言うように、十歳そこそこの子を斬り捨てるのは忍びない気もする。だが、そうしないとこちらがやられてしまう。武蔵は、両眼に涙を湛えて必死に哀願の意を示す初音を安心させようとその場を取り繕った。

「わかった。考えておく」

いま、まさにその答えが、この太くて短い木の枝であった。武蔵は茂みを飛び出し、まっすぐに又七郎に向かっていった。背後に注意を払っていなかった吉岡の高弟衆も、これに気づいたが、不意を突かれた形で、とっさには身体が思うように反応できないでいる。名目人・又七郎は床几から立ち上がり、武蔵のほうを向いたが、恐怖で目を大きく見開いたまま身動きもできないでいる。武蔵は又七郎の左肩に木の枝で一撃を加えた。木の枝はそれで折れたが、又七郎はその反動で一間近くも吹っ飛んで、そのまま倒れて動かなくなった。人形か何かを打ち壊してしまったような妙な感覚があとに残った。もしかして……、と気にもなったが、気を失っただけであろうと思うことにした。

武蔵は『多敵(たてき)の位』で立ち向かうことにした。走りながら武蔵は両刀を抜き、両刀を身体の後ろ下方に回し、後下段(うしろげだん)『円曲(えんきょく)の構え』を取った。そして、闘争心に溢れた一人の男が目に留まるや、その男に向かって突っ込んでいく。これで向かってこられた側は、刀が見えないものだから、恐怖心でいっぱいとなる。左右に逃げようとする吉岡の高弟衆を面白いように左右の刀で薙いでいく。何度も方向を変え、狙いを定めた門弟に正面から向かっていく。彼らは、後下段『円曲の構え』で突進してくる武蔵を恐れ、多くは左右に避けようとするばかりである。そこを左右の刀で薙いでいく。ほんのわずかの間に、下り松周辺にいた門弟たちは、すべて片づけた。

三本の道のほうからは、変事を逸早く嗅ぎつけてここに駆けつけてくる者もいた。これも同様に左右の刀で薙いでいく。すると刀の切れ味がひどく悪くなってきた。ここで、武蔵はこの場を離れることを決断した。

武蔵は山の中へと駆け込もうとした。そのとき後ろから矢が飛んできたが、袖を貫通しただけだった。山の中には、太一と初音が木の枝に結縄（ゆいなわ）を結ぶ手筈となっていた。事前の打ち合わせにより、それが逃走経路の目印だった。逃げていく途中、忠右衛門がいた。黙って近くの木の枝を示す。その結縄を外しながら武蔵は、（まさか忠右衛門は、あそこで吉岡門弟衆を一手に引き受けようというのではあるまいな。いや、さすがにそんな馬鹿なことはすまい）などと考えつつ、一乗寺山から延暦寺山の方向へと山中を走りに走った。

山中を走る忍びの速さは、一般の武芸者の比ではなかった。だが、子どもの頃から山中を駆け巡って鍛えていた武蔵の脚力は、決して忍びの者に劣るものではなかった。屋内の道場剣術での鍛錬しかしない吉岡の門弟衆で、武蔵を追える者など誰一人いるはずがない。

山の中を抜け、延暦寺・横川中道手前に至ると、そこには打ち合わせ通り、太一と初音が待っていた。二人とも笑っている。

「戦いを見届けた後、初音と結縄を結びながら走ったが、武蔵殿に追いつかれそうで冷や汗ものだった。もし追いつかれたら、もう忍びではやっていけなくなるのでは、と何度も考えた」

「私も同じだわ」

三人は、さらに山の中を大回りで京の南に至り東寺へと帰っていった。

武蔵が着替えを済ませて向かった観智院客殿・下段の間では海北友松が待っていた。友松は、武蔵がその身のどこにも擦り傷一つ負っていないことに信じられないという顔をした。友松は、少し冗談めかして聞いてみた。

「此度は一乗寺下り松での『試合』は行われなかったのでござりますか？」

「あははは、お陰様にて、無事終わりましてござります」

武蔵は無事に帰ってこられたいまとなっては、笑っておのが戦略・戦術とその結果を説明することができた。

「下り松のあのあたりは田んぼが広がる大変見晴らしの良い場所でござります。下り松に至る三本の道のいずれを選ぼうとも、すぐに見つかってしまい、弓・鉄砲で狙われることになってしまいまする。そこで、ここは一乗寺山の山中から下がり松の下に不意に現れるという戦法を採りたいと考えたのでござります。そのためには、山中を十分に調べておく必要がありまする。そうすることで弓・鉄砲の配置もおおかた予想がつきますし、まずは戦いが始まる前に、この山中に配される弓・鉄砲の連中を気取られぬよう始末せねばなるまいと考え申した。そして、戦の場合と同様に、まず大将を討って、『軍』に混乱を生ぜしめ、戦う気力を削いでしまうのが効果的だと考えたのでござります。また大将を討ってしまえば、こちらの勝利となりまする。もっともここは、初音殿が申されたように十歳かそこらの子どもを斬るというのは不憫にござるから、気を失わせるほどにいたすつもりでござりました。問題は、下り松の下にいる高弟たちでありまするが、これは、円明流の技を用いまして、二刀を駆使して片づけたのでござります。さて、事を済ませた後の逃げ方でござりますが、逃げるのもこの一乗寺山の山中に逃げ込むのが良かろうと考え申しました。そのためにもあらかじめ逃げ道を探っておかねばならぬ次第。これは、その技に秀でた忍びの者に頼ることにしたのでござりました……」

武蔵はざっとかいつまんで戦いの戦略・戦術を語り、ほぼ思い通りに事が運んだことを友松に説明した。友松は武蔵の話を聞き、その戦略・戦術の見事さもさることながら、それを確実に結果へと結びつけるその武蔵の持つ力量に感嘆する思いであった。

太一が忍びらしくここで釘をさした。

「これまでのところは、この上ない結果だと言えますが、さてこの後、吉岡衆がどう出てくることになりますか。もう『試合』を挑むことはなかろうかと存じまする。考えられることとしては、襲撃、闇討ちといったところでござりましょうか」

初音が、それを避けるためになすべきことの念を押す。

「この『隠れ家』を知られぬことが最も大事なことでござりましょうね」

「しばらく、またここでおとなしくしていなければならぬのか」

初音の言葉に、武蔵がまた食べ物の心配をしているようだ。ここで友松がにっこりとする。

「おとなしくなどしている暇はござらぬぞ。隣の『上段の間』には、武蔵殿！　貴殿に障壁画や襖絵を描いてもらおうと思っておる」

「えっ、それがしが描くのでござりますのか？」

武蔵は、これまで友松に見せてもらった京の名だたる寺院の名筆の数々が脳裏に浮かんだ。己が筆を執るなど、まだどう考えてもあり得ないことのように思える。それはあたかも強豪ぞろいの剣の一門に単身で挑む未熟な兵法修行者の姿にも似ていた。

「うまく描こうとする必要はないのでござる。いまの武蔵殿の筆をそのままに振るってもらいたい。さすれば貴殿には、いまでしか描けぬ、誰にも描けぬものが描けるというものでござろう」

友松の言葉に、武蔵は此度の吉岡一門との壮絶な戦いを思い起こしていた。清十郎との戦い、伝七郎との戦い……。武蔵にはその戦いの図が見えてきた。これを描いてみたいと思った。

「友松様。わかり申した。やってみます。やらせていただきたい」

友松はさらに皆をあっと驚かせるようなことを言った。

「いや、利右衛門はもちろんだが、初音にも描いてもらいますよ」

「えっ、そんな……」

友松の言葉に絶句する初音だけではなく、武蔵も太一も、これには開いた口がふさがらなかった。

十一

武蔵は、観智院客殿・上段の間の床の間の絵に関しては、吉岡清十郎や又七郎との戦いの図にしようと決めていた。そんな水墨画を描きたいと思った。まずは、友松が用意してくれた紙に何枚もその構想を表わすべく筆を振るった。

上段の間の北側には、八畳の『羅城の間』があり、その横に六畳の『暗の間』と『使者の間』とがあった。これらの間は斎藤氏ほかお弟子らが筆を執られるという。楼閣山水図などが描かれるようだ。一番広い『下段の間』の襖絵を初音が描くようにとのことであったが、初音は「滅相もございませぬ」とこれを断り、武蔵が描く『上段の間』の床の間の横についている違い棚の下のところに「小さな絵なれば……」と友松に言っていた。

武蔵は、昼間は、匿ってもらっているこの観智院客殿に籠り、絵に没頭した。

ある夜、武蔵が絵を描いていると、庭のほうから「トン、トン」という音が聞こえてきた。あれは小さな刃物が板に刺さる音だということが武蔵にはすぐにわかった。

初音が手裏剣の投擲をしていた。手裏剣を打ち込む的として、細めの板が、塀のあちこち、そしてあちらこちらの木々に立てかけてあった。これを走りながら、あるいは前転、後転しながら、さらには上、横、下から手裏剣を打っている。手裏剣はすべて半回転して的に当たっている。たいした手並みである。武蔵はしばらく黙ってこれを見ていたが、初音が板に刺さった手裏剣を回収したところで声を掛けた。

「初音殿、さすがの手並みだ。手裏剣を見せてくれ」

「はい。私は女で力が弱いので、この棒手裏剣を使っております」

武蔵は手渡された手裏剣を見て、この小ささでは、殺傷力はさほどではなく、これでは刺さったとしても相手を倒すことはできまいと思った。武蔵が、あまり感心しない様子を見せたので、初音が説明する。

「手裏剣は相手を倒すために使うのではなく、主に相手を怯ませたり、傷を負わせたりして逃げる手助けとするべく用いるのです」

「そうか。わかった。では、持ち方と打ち方を見せてくれ」

初音は棒手裏剣を逆さに持ちその刃先に指を添え、半回転させて的に当てた。武蔵も持ち方と打ち方をまねて、二、三度試みると、たちどころに的に刺さるようになった。しかも深くずしりと刺さっている。初音が十五年以上かけて獲得した得意技を武蔵は一瞬にして会得し初音を凌駕した。一流の武芸者とはこうしたものかと、初音は半ばあきれる思いがした。

「手裏剣を回転させないやり方はあるのか？」

「ええ、直打法（ちょくだほう）といって、かように柄の部分に指を添えて、このまま剣先が的に当たるように打つ方法がございます。ですが力を要しますので、非力な私は用いませぬ」

「こうやるのか？」

武蔵は、初音から受け取った棒手裏剣を直打法で物の見事にただの一回で的に深々と打ち込んだ。武蔵は突き刺さった手裏剣を抜きながら、「やはりこの小ささでは、倒せぬな」と呟いた。

毎夜、こんなことをしているわけではない。たまには東寺の広い境内を二人して巡ってみることもあった。北大門を潜って食堂（じきどう）の脇を通り、森のように木々が生い茂る中を抜け、瓢箪池の前に出た。初音が、月明かりの中、瓢箪池にほのかに浮かぶ月の美しさに感嘆の声を上げる。

「まあ、なんてきれいなの。武蔵様、満月ですよ」

武蔵は、瓢箪池に映ずる月を見て、満月なのかと思ったが、夜空を見上げてよくよく見ると、満月というには少し欠けているような気がした。以前の己だと、その点を指摘せずにはいられなかったが、いまはだいぶ世慣れしてきた。

「かようにも美しき満月は見たことがない」

心にもないことをさらりと口にすることができた己に不思議な思いを抱いた。少し後ろを歩いていた初音は、すっと武蔵に近づいてきて武蔵の袖をそっとつまんだ。武蔵が振り向く。

「武蔵様、龍野には時々お戻りになられているようにござりますが、その後『龍野の君』様とは、いかがなのでしょうか？」

初音は、武蔵がやがては妻として迎えたいと思っていると読話で語った志乃のことを尋ねた。初音が窺うように仰ぎ見た武蔵の顔は、いつもと変わらぬ平然さを装おうとしていたが、一瞬だけ見せたその表情のごくわずかな変化を初音は見逃さなかった。そこに抑え込まれた苦悶を垣間見たのである。初音は聞いてはいけないことを聞いてしまったのではないかと思った。

「志乃殿は、嫁に行かれた……」

「えっ……」

初音に背を向けてずんずんと先を歩んでいく武蔵にかけてあげる言葉が見つからなかった。そして、初音はそれを知って幾許か嬉しく思う自身に女の浅ましさを感じ、武蔵の後をついていけなくなってしまった。ついてこない初音を武蔵が振り向く。初音は慌てて駆け寄ってみたが、武蔵の表情からはもはやいつもとまったく変わらぬ落ち着きしか見出せなかった。初音は話題を変えた。初音は神妙な顔をして話し始めた。

「実は、これまで武蔵様に隠していたことがござります。如水様のことでござります」

「如水様が、いかがなされたというのか?」

「武蔵様が、伝七郎との勝負に勝たれた後、下り松の戦の前にござりました。お亡くなりになられました」

「あっ……」

武蔵は、吉岡一門へどう挑もうかと思っていたとき、如水が良き助言をしてくれたのを思い出した。あのとき、如水は元気そうに見えたが、「冥土の土産」とか何とか言っていた。あのとき、もう死期が近いことを悟っていたのか。武蔵は、それが幸い清十郎と伝七郎とを倒した後だったことにほっとする思いだった。吉岡に勝利したことが如水への餞(はなむけ)になるような気がした。

「葬儀はもう済んだのか?」

「ええ、伏見の藩邸に若殿もお見えになられて、大徳寺にて……。福岡でも切支丹式で行われたようにござります」

「直臣ともいえる立場だったおぬしたちも葬儀には出てはおるまい。わしも黒田家を去った人間だし、兵法修行者の常でさようなものとは縁が薄い。気を遣って隠してくれていたこと、ありがたく思うぞ。もっともわしには、さような気遣いは無用だがな」

武蔵は、初音がこのところずっと、友松師の庵に泊まり込んで友松師の弟子みたいになっていたわけがわかったような気がした。如水の死により、初音は黒田家を離れたのだ。

「初音殿は、今後は絵師になるつもりか？」

「小さな下絵一つを描くのにかように苦しんでいるのです。無理にござります」

「されど、友松師が観智院の客殿に描くことを許されたわけだし、その才を認められておられるのやもしれぬな」

「それが……何をどう描いていいのか、まだまったくわかりませぬ」

二人は、五重塔の真下に来ていた。武蔵はとっさに、五重塔を指し示した。

「では、かような塔でも描いてみてはどうか？　池に橋を架け、その橋を渡る人など加えてみたりして……」

「さようですね。友松先生の絵にもそんな画題がござります。もちろんあちらの中国の絵にも……。やはり私に足りないのは、絵を描く技量ですね」

初音は絵をうまく描けないことに悩んでいるようだった。その後、初音は黙って一人、観智院の経蔵（きょうぞう）である金剛蔵（こんごうぞう）に戻っていった。そこに初音の秘かな塒があった。

武蔵は、剣に関してはまだまだ目指す高みは見えぬとはいえ、多くの者を導くことができる域に達していた。しかし、絵に関しては助言すら与えてやることができない。初音の後姿を見ながら、己の未熟さを思い知らされていた。こんな己が、観智院客殿の間の障壁画など描いて良いのだろうかとの思いが繰り返し襲ってくる。

結局は、剣の修行と同じだ。身のほどを弁えぬといわれることにも敢えて挑戦していかぬと進歩は得られない。これまで剣ではそうしてきた。武蔵は客殿へと戻って、筆を執り繰り返し下絵を描き続けた。

いよいよ観智院・客殿・上段の間・床の間の障壁画に取り掛かった。左下の地上近くの松の木の下あたりに降り立たんとする標的の『鷲』を配する。右には崖があり、その崖の上には眼光鋭い『鷲』が、地上の『鷲』を標的として睨んでいる。松の木や草と岩が縁取る両鷲の間には、その背後に滝の水が流れ落ち、戦いが始まる緊張の瞬間を、いまや遅しと待ち受けている……。

そんな構想に従って、武蔵は、牧谿の減筆の法に倣い、左の草木、岩など、さっと筆を走らせ、そこに地上に羽を休めて水辺に佇む水鳥を襲わんとする鷲を描き出す。右側は崖とし、その上に地上の鷲を狙って翼を広げいまや襲い掛からんとする鷲を現出させる。奥には流れ落ちる水音が聞こえてきそうな滝を描出する。だが、この絵の主役は、あくまで二頭の鷲である。この絵を見た者が、二頭の鷲に釘付けになるような鷲の姿を描かねばならない。北側の襖には一転して、戦いとは無縁の風にそよぐ穏やかな竹林の佇まいを描くつもりでいる。

武蔵は、自身の絵のことで、もう精いっぱいであったが、初音が悩んでいることも気にかかっていた。初音は『上段の間』の西隣にある『下段の間』に座って、違い棚の下に貼る小さな絵の下描きをしていた。『下段の間』には初音の描いた何枚もの下絵が散らばっていた。大きな池につづらおりの橋が架かっている。そこを友松であろうか、一人の老師が渡っていく。橋の先には寺院の御堂がそびえていて、道はその入口へと通じている。そんな図であろうか。題材が中国・宋の画によく見られるものだけに、それらの絵とどうしても比べてみてしまう。初音もわかっているようにここはおのが技量を高めることしかない。これが剣であれば、「毎日千回素振りを試みよ」などと言うところである。ちょうどそこに初音が戻ってきて、武蔵が初音の絵を見ていたことから、慌ててそれらを片付けた。

「見ないでください。まだ下絵で……、いずれちゃんとしたものをお見せいたします」

初音は、絵がうまく描けぬこと以上に、武蔵の思い人が嫁に行ったということを聞いてから眠れぬ苦しみを味わっていた。

初音は、客殿の違い棚の絵のことを口実に、深夜、武蔵の寝所を訪った。

「どうしたというのだ？　こんな夜更けに」

「やはりうまく描けませぬ。どうしたら良いものかと……」

初音が、絵がうまく描けぬというのは事実であったが、こんなことをするはしたなさにわれながらあきれる思いであった。

武蔵は、夜着を纏った初音の美しさに、初めて初音と出会ったときのことを思い出した。あのときはどういうわけか、まったくの別人というのに初音のきらりと光った瞳から志乃を想い、初音たちを助けた。志乃が嫁していると知る由もない頃から、初音に女としての魅力を感じていたのは事実である。だが、志乃とのことが断たれたいまだからといって、容易く初音と関係を持つことは躊躇われる。いまも龍野にいた頃の娘時代の志乃の姿がしきりと思い出される。板戸の隙間から覗き見た母親となった志乃の姿は、まるで別人であるかのように遠い存在で、武蔵が思い出すのは娘の頃の志乃の面影だった。まだ志乃を心の中から拭い去ることができずにいた。武蔵は思わず、初音の気持ちを突き放す言葉を発していた。

「太一のことは何とするつもりか?」

初音は、(はっ)とした。絵のことを答えてくれるだろうと期待していたのだったが、武蔵は初音の心の奥底まで見通していたのだった。われに返ったかのように、初音は武蔵に深く頭を下げ、武蔵の部屋から下っていった。

十二

一乗寺下り松の決闘が未明に行われた後、落合忠右衛門は、下り松の側の一乗寺山の山中にしばらく潜んでいた。吉岡の門弟衆が追ってくることを予想し、緊張して待ち構えていた。だが、誰も追ってこなかった。師匠を恐れてのことかとも思ったが、それもそのはずである。下り松が見える近くまで行ってみてわかった。下り松周辺には、十数名以上の者が斬られていて、転がったり、のたうち回ったりしており、大変な惨状であった。門弟衆は何枚もの戸板を取りにいって戻ってきたところであった。すでに事切れている者は後回しにして、まだ息のある者を手分けして運んでいくつもりのようだ。一枚の戸板で一人運ぶのに最低二人は必要で、まずはまだ息のある者の命が優先されている。医師も呼ばれていた。

忠右衛門は、名目人の又七郎の姿を探した。下り松の割と近くに、医師を中心に何人かが集まってかがみ込んでいるところがあった。おそらくそこに又七郎が倒れているのであろう。しばらくすると又七郎と思われる者が戸板に乗せられて運ばれていく。医師がその側についている。「又七郎様！」という声が幾つもかけられている。斬られてはいないようだ。気を失っているだけかもしれない。

決闘前、東寺・観智院客殿での一乗寺下り松の戦いについての『評定』で、初音殿が、十歳かそこらの子どもなので斬らないでほしいと目に涙を浮かべて、お師匠様に訴えていたことが思い出された。お師匠様は、斬らなかったのだ。

又七郎が乗せられた戸板は、京の町へと運ばれていった。しばらく刻をおいて、忠右衛門は今出川の道場に向かった。怪我を負った門弟衆と同様に又七郎も道場に付設された屋敷に運ばれるのではないかとみたからだった。

道場の外には、すでに多くの町の衆が集まっていた。忠右衛門は近くにいた町衆の一人に、何も知らない通りすがりの者であるかのように装って声を掛けた。

「いったい何事でござるか？」

「憲法様の息子が重傷を負ったらしいのでございます。また門弟衆も多くの者が亡くなったようです。この先、吉岡家はいったいどうなってしまうのでございましょうか？」

その町衆は厳しい表情で答えた。忠右衛門にとって、特段新たな情報はなかった。西洞院四条の自宅にいる母親の綾の下には、門弟衆の一人が呼びに来た。又七郎が怪我をしたとのことであった。どれほどの怪我であるのか、また生死に関わるものであるのかどうかについては、門弟は口を濁した。

綾は取り急ぎ今出川の道場へと急いだ。娘の千勢も「兄様(あにさま)が怪我をしたの？」と、綾についてきた。夫・清十郎は、別の高弟とともにすでに道場に向かったとのことであった。

又七郎は、道場の隣の屋敷の居間に横たわっていた。医師が側にいる。その反対側には夫がいる。周りには門弟衆がいる。

「又！」

綾は、息子の顔を見た刹那すべてを悟った。いつもの息子の顔ではなかった。その瞬間、身体から力が抜け、その場に立っていられなくなり膝から崩れ落ちようとした。そこを門弟の一人が脇から身体を支え、清十郎の横まで連れていってくれた。

綾は向かいにいる医師の顔を見た。厳しい表情のまま首を横に振った。隣の夫は、腕組みをしてどこか遠くを見ているかのような眼差しをしている。

綾は、半刻ほど泣いた。その間、門弟の誰かが、下り松での顛末を説明していた。それは遠くでかすかに鳴り続ける遠雷の響きを聞くのに似ていた。綾は泣き終えると、ようやく平静さを幾分か取り戻した。

綾は、室町幕府兵法師範の吉岡家という武家に嫁ぐ前から、武士たるものの『死』というものの意味と覚悟とを繰り返し教えられていた。大きな関ヶ原の戦があったが、吉岡家はこれに関わらずに済んだ。ずっとこのまま平穏な日々が続くことを当たり前のように思ってしまっていた。でも、盤石なゆるぎないものと思っていたものは、本当は実に儚(はかな)いものにすぎなかった。たった一人の武芸者の出現によって、こんなにも脆(もろ)くすべてが奪われてしまった。

試合に敗れた夫・清十郎は、剣を捨て、宗家を実質的には弟の伝七郎に譲ったはずであった。だが、その伝七郎も倒されてしまい、此度、嫡子・又七郎が試合の名目人として担がれてしまった。決して危ない目には遭わせぬという約定も何の役にも立たなかった。又七郎は一撃のもとに命を奪われていた。

又七郎の亡骸（なきがら）を見た夫は、涙を流さなかった。いまだ自身が受けた衝撃があまりに強く残っていて、そこからまだ立ち直れていないからかもしれない。あるいは、わが子が名目人として立てられたとき、すでにその覚悟ができていたのかもしれない。夫が剣を捨て宗家を弟に譲ると言ったとき、それを許せないと思う自分がいた。でも、いまにして思えば、剣の世界から離れてしまっていたならば、息子を死なせずに済んだのかもしれなかった。その意味では、夫は正しかったのかもしれない。


又七郎の亡骸の周りには、清十郎夫婦、その傍らに長女・千勢、それと多くの『生き残りの門弟衆』が重苦しい雰囲気の中、それぞれの思いを胸に黙然と座していた。

ここで清十郎が皆に宣言するように言った。

「又七郎は、まだ宗家を継いではいなかった。西洞院の屋敷に連れて帰る」

清十郎の言葉に誰も異論を挟む者などいなかった。清十郎は、数人の門弟衆に又七郎を運ばせ、綾と千勢を伴い、道場屋敷を出ていった。

顔に白い布を掛けられて道場屋敷から運び出されてきた又七郎の亡骸を見て、道場の周りに集まっていた町の衆からはどよめきが、殊に女性からは抑えた悲鳴のような声が上がった。忠右衛門は、このことを武蔵と初音にどう伝えたものかと思案した。

十三

西陣の呉服屋・武蔵屋の離れに仮寓する柳生兵庫助は、武蔵の所在が気にかかっていた。一度猪猿らが襲おうとした妙心寺の霊雲院書院は、一乗寺下り松の決闘前に去ったようである。下り松の決闘は、桜と野猿がその様子を見てきてくれて、詳しく語ってくれた。

吉岡一門衆百人近くが、甲冑に身を固め弓・鉄砲で戦支度をするのに対して、武蔵は何と一人でこれに挑んだ。これは、徒党を組んでの争いは御法度とされていることもその理由であろうが、戦いぶりを聞いてみて、それが兵法の戦術として必要なことだということがわかった。近くに味方がいると、太刀を縦横無尽には振るえなくなるということがその理由であった。戦術もさることながら、二刀を用いたその戦い方に兵庫助は感服させられた。後下段『円曲の構え』で立ち向かってきた武蔵に、吉岡門弟衆は恐怖を感じて逃げ惑うしかなかったという。

兵庫助は、(会ってみたい。手合わせをしてみたい)と強く思った。

「いま、武蔵はいずこにいるのだろうか？」

これに桜が答える。

「若様。それは猪猿が突き止めました。東寺でござりまする」

猪猿は、一乗寺下り松での決闘の後、一乗寺山の山中へと身をくらませた武蔵の後を追った。武蔵は甲賀者の手助けを受けていた。そして、京の町へと戻り東寺に入ったのを確認した。

「東寺とな。それは吉岡の襲撃を避けるためなのであろうか？」

「それもあろうかと存じますが、武蔵はどうも観智院客殿にて障壁画や襖絵を描くようでござりまする」

「何？　絵とな！　うーむ。いや、いずれにせよ、たいした男だ。柳生や伊賀者に彼を討たせるようなことがあってはなるまい」

「はい。さようにござりますが、もはや武蔵を襲うことは難しかろうかと存じまするる」

此度の一連の吉岡一門との戦いのことごとくを制した武蔵の名声は、京の町では知らぬ者がないほど高まっており、これを闇討ちにするなどとうていできない相談となっていた。

「そうよの。これだけ名を上げた者を闇に葬ることなどできまい。されど、どんな手段を弄するかわからぬ。このまま柳生と伊賀者の動きを探ってくれ」

「はい。承知いたしました。若様」

桜が答え、その背後にいた野猿が頷いた。

一介の牢人の武蔵が、京の名門・吉岡一門を破ったことは、京の町衆のみならず、武家の間でも驚きをもって迎えられていた。それだけにその評価は高く、武蔵に対しては、もはや容易に手出しはできないような状況となっていた。柳生や伊賀者たちの間でも、一歩、二歩下がって様子を見るといった姿勢となっていた。

こんな状況を苦々しく思う者がいた。たとえば吉塚辰之進である。吉塚は九州で武蔵に痛い目に遭わされ、直属の上役である大瀬戸数馬を殺されている。顔を知られたことで、畿内へと戻されていた。もちろん剣の技量において、一人では太刀打ちできないことは痛いほどわかっている。柳生・伊賀が組織として、武蔵を相手にできぬということであれば、何人か人を集めて戦っていくしかない。吉塚は、甲賀者に不覚を取ったという一色早之進（いっしきはやのしん）に経緯を話し、協力を取りつけることに成功した。配下の伊賀者を用いることはできぬので、妙心寺に武蔵を襲おうとして失敗をした猪猿たちに声を掛けてみた。

「これはわしらが組織から離れて行う仕事にすぎぬ。やりたくなくば、もちろんやらずとも良い」

「いえ、わしら伊賀者も同じ気持ちでござりまする。わしら伊賀者だけでもやろうと思っており申した。実は武蔵には、いまは二人の甲賀者がついております。甲賀者に何人も仲間がやられております。支倉玄蔵（はせくらげんぞう）様もくノ一にやられておりまする。甲賀者二人から始末してはどうかと思っておったところでござりました」

「なるほど。そういえば、わしが甲賀の忍びから密書を奪おうとしたときに、武蔵が現れた。確かに武蔵は強いが、周りからの協力を断って孤立させれば、そういつもうまくはいくまい。良き考えじゃ」

「武蔵らが京を離れれば、仕事はやりやすくなります。その機を狙おうかと存じます」

「あい、わかった。まずは、このままやつらを見張ってくれ」

太一は、一乗寺下り松の決闘における武蔵の戦略・戦術、その戦いぶりに衝撃を受けていた。その後の逃げ足においても、その山中を走り抜ける脚力に、あたかも己が武蔵の獲物となって追われているかのような恐怖感すら感じた。太一は、幼い頃から甲賀の山中を訓練で駆け巡っていた。武蔵はあれに勝るとも劣らぬ修行を積んでいたのだ。しかも人にやらされるのではなく、自らの意思でそれをやり遂げていた。武蔵のいまがあるのは、一人で何事もやり遂げようというその精神力の強さにある。天下の吉岡一門を平らげ、いまや洛中にその名を轟かせた宮本武蔵は、かつて天下一の兵法者の名をほしいままにした、あの塚原卜伝や上泉伊勢守秀綱（武蔵守信綱）といった名だたる兵法者といずれ同列に列せられるべき武芸者となろう。

初音は武蔵を慕っているだけに、どこぞの大名家に雇われようという気もなく、武蔵についていくであろう。十蔵は真田家に仕えることとなった。真田には、佐助や倫（蓮実）がいることもその決め手となったのかもしれない。江戸に行った甲賀衆は、もはや忍びの仕事はしていないと聞く。城の警備などが主な仕事となっているようだ。山岡道阿弥様が亡くなったことで、道阿弥家も改易となり、養子の山岡景以様に甲賀組の者たちは預けられた。時代は大きく変わろうとしている。

もともと甲賀は、秀吉による雑賀の太田城水攻めの際に堤工事の不手際を口実に甲賀武士の家が改易されて以来、家康の恩を受けており、その多くが徳川方となっている。もちろん畿内という土地柄、大坂の豊臣に心を寄せる者もいる。

太一たちは徳川方の黒田家に属したが、その黒田家を監視する柳生や伊賀者と争うこととなった。だからといって、豊臣方ではない。それまでもずっと甲賀の忍びとして、大坂城を中心に豊臣方を監視すべき役割を担ってきた。つまり、いまは徳川にも豊臣にも属しづらい微妙な立場に置かれていた。

武蔵の吉岡との戦い様を身近に見てきた太一は、武蔵が天下一の兵法者になるべく兵法を極めていくその姿を見てみたいと思った。そして自身も同様に己の技を追求していきたいという気持ちが強くなっていた。しばらく武蔵についていこうかと決めた。だが、こんなことを言ったら、十蔵には「おぬし、初音から離れられないんだろう」と皮肉を言われそうだ。太一は、東寺・観智院客殿へと向かった。

観智院は東寺の寺域では北の外れ、北大門の外にあって、忍びの者の感覚だと侵入するのは容易いところである。再建中であるところが、かえって隠れ家としては好都合なのかもしれない。夜間、北総門は閉められており、太一はもちろん門などからは入らない。いつものように宝菩提院（ほうぼだいいん）の手前の塀を乗り越えて入ろうとしたが、『先客』がいた。身のこなしから忍びであることが見て取れた。おそらく敵の伊賀者であろう。ここも嗅ぎつけられてしまったものとみえる。ほかに忍びがいないか、太一はしばらく慎重にあたりを警戒した。観智院の塀の中には大きな楠木が幾本も植わっていたが、その忍びはその楠木の太い枝の上にしばらく留まっていた。数刻の後に、交代の忍びが来てこれと代わった。どうも攻撃する気はないらしい。

太一は、金剛蔵にいる初音に声を掛け、初音とともに渡り廊下から縁を伝って客殿へと入っていった。友松と斎藤は、まず昼間にしかここには来ない。武蔵のみがいずれかの間にいる。武蔵は『上段の間』にいて絵筆を執っていた。太一は、ここを監視している忍びがいることを武蔵に伝えた。

「伊賀者らしき忍びが、交代でこちらを見張っている。いますぐここを襲おうというつもりはないようだが、吉岡とは違い、伊賀者はちと厄介にござる」

「うむ。実はそれは承知していた。背後には柳生がいて、伊賀者はその手先だ。だいぶ柳生を倒したからな。初音も手練れを倒したのだったな」

「ええ、あのときは、あー斬られると思った瞬間、夢中で懐に飛び込んでいて……」

武蔵と初音を見ながら、太一が言う。

「二人とも柳生からすれば、お尋ね者みたいなもの故、しばらく京・大坂を離れてみるか。武蔵殿は龍野に戻られるつもりはござらぬのか?」

「龍野にはいま、半三郎殿が戻られている。門弟衆がいることもあり、身の安全は京よりも保てよう。されど、そこにはわが稽古の相手となるべき強い者がおらぬ。実は、西陣の呉服屋・武蔵屋に仮寓されておられる柳生兵庫助殿から文をいただいた。まだお会いしたことはござらぬが、あの柳生石舟斎様の嫡孫に当たられる。直々に教導され秘伝を授かって新陰流道統第三世を継いだ強者におわされる。文の中では、石舟斎・爺様が若かりし頃、上泉伊勢守様が興福寺・宝蔵院の胤栄様のところに参られるということを聞き、宝蔵院にて手合わせをさせていただいたものの、まったく歯が立たず、伊勢守様に弟子入りをさせてもらい、その結果、剣の道に開眼した話などが書かれていた。石舟斎様も胤栄様もご高齢ではござるが、まだご健在である。是非にもお二人にお会いしたいと存ずる次第だ」

「うーむ。大和か。わしらもご一緒してよろしいのでござろうか？　それで、落合殿は？」

「此度は連れて参ろうと思う」

京の都において、天下に名高い吉岡兵法所の総帥および一門門弟衆との壮絶な死闘を制し、天下にその武名を轟かせた宮本武蔵は、京を離れての新たな旅立ちの刻を迎えていた。

第十三章　奈良、伊賀

一

京から真っすぐ南へと街道を下っていった。奈良へは十里ほどの距離であるが、四人の足だと半日もかからなかった。武蔵に従う太一と初音も、忠右衛門と同様に黒の小袖に袴と、武蔵の門弟を装っており、殊に初音は男装していた。目指す興福寺は遠目にもすぐにそれと知れた。五重塔があるからである。だが、武蔵はそれを目安にはするが、そんなものには目もくれず興福寺の塔頭・宝蔵院を目指した。場所は旧平城京を見下ろすことのできるやや高台にある。宝蔵院は五重塔のずっと手前、興福寺本寺の築地の外、登大路（のぼりおおじ）の南側、左手方向にあった。ここに十文字鎌槍の創始者、覚禅（かくぜん）坊胤栄（ぼういんえい）がいる。

道場はすぐにわかった。木剣が打ち合う音がする。四人は、外から道場の中を覗く。

（広い！）

何といっても天井が高い。この大きな建物を、巨木を用いた丸柱が支えている。横八間、縦十間で、総檜造りであり、床は釘打ちされていないので、まるで能舞台のようである。貴人が見物する席は床付きの八畳で、後方は通しの縁となっている。羽目にはずらりと槍が掛けられている。稽古用のたんぽ槍や木刀も掛けられている。

道場の入り口で案内(あない)を請い、武蔵が名乗りを上げたところ、門人は驚いた様子で、稽古場を取り仕切っていた大兵の僧に伝えた。

「何！　武蔵が参ったと」

大兵の僧が大声を放ったので、稽古をしていた者たちも直ちに稽古をやめ、道場脇に控えている門人や牢人衆も一斉に入り口のほうを向いた。その場には「ほうー」というどよめきにも似た空気が支配した。先ほどの門人が再び武蔵の側に来て、武蔵の門弟とみえる三人を道場の脇へと向かわせた。武蔵には、「どうぞ、こちらへ」と言って、大兵の僧の下へと連れていった。僧の歳は五十がらみで、武蔵より身体全体が一回り大きい。厳(いか)つい大兵の僧は上から睨みつけるような鋭い視線を武蔵に投げかけた。

「ご貴殿が、あの吉岡一門をお一人で平らげたという宮本武蔵殿におわすか？　拙僧は、先の院主様より本道場をお預かりいたしております奥蔵院道栄(おうぞういんどうえい)と申す者にござる」

言葉遣いは丁寧なほうかもしれないが、その大口から発せられる声には、聞く者を威圧するような猛々しさがあった。むろん武蔵はそんな威圧に怯むようなところなど微塵も見せない。

「拙者、宮本武蔵と申す者にございます。柳生兵庫助殿の御紹介にて、あつかましくも御院主の覚禅坊法印胤栄様にお会いいたしたく参上いたしました次第でござります」

胤栄への拝謁を願う立場の武蔵は、慇懃な姿勢を崩さずに兵庫助からいただいた『紹介状』を差し出した。これを受け取った道栄は、胤栄から話は聞いていたが、その武蔵が予想を超えこんなにも速やかにやってきたことに正直驚いていた。

「うむ。柳生の若様に……。胤栄様は、八十を超えたご高齢にあらせられるので、いまは院主の座は、あちらにおわす甥御の禅栄坊胤舜殿に譲られてござる。胤舜殿はまだ十六歳とお若いが、槍はこの道栄が御指導に当たらせていただいておる」

ここで道栄はにたりとした。

「ご貴殿は話を聞くのみにて満足する御仁ではなかろう。胤栄様は、新陰流の開祖・上泉伊勢守様より印可を与えられ、新陰流四天王の一人に数えられたほどの達人なれども、御年八十を超えられ、いまは、槍は持たれぬ。拙僧がお相手では御不足かな？」

武蔵は、いま宝蔵院随一の手練れと思われる者との手合わせをするという話の流れに十分満足していた。

「いえ、決してさようなことはござりませぬ。是非にもお願いいいたしたく存じます」

稽古をやめ両者の会話に粛然と聞き耳を立てていた門弟衆や兵法修行の牢人たちは、さっと道場の脇へと退いた。吉岡一門を平らげたというあの武蔵の太刀使いを見ることができるのである。こんな僥倖(ぎょうこう)はめったにない。この道場で道栄の凄まじい十文字槍遣いを知る者たちは、いかに武蔵でも道栄には子ども扱いされるのではないかと思う者がほとんどであった。

奥蔵院道栄が羽目のほうを指し示し、「獲物は、いずれなりとも御随意に……」と言うと、武蔵は、会釈して羽目のほうに行き、木の小太刀を左手に取ってそれを何回か振ってみた。右手には、いつもの三尺余の木太刀を提げている。そして、両者相対峙して向かい合った。道栄はたんぽ鎌槍を右脇に抱え、これに対する武蔵は、左右に木太刀を提げた二刀下段『水形の構え』を取った。

道場内からは静かなどよめきが起きた。「あれが噂の下がり松での二刀の構えか」などといった声がした。『一乗寺下り松』での戦いを実際に見たことのない者たちにとっては、いたし方のないことではあるが、むろん下がり松での構えは、後下段『円曲の構え』であって、これとは違う。

十文字鎌槍を構えた道栄は、太刀を手にした武者に後れを取ったことなど、これまで一度たりとてなかった。しかし、此度のように二刀を構える者に対するのは初めてである。様子見として偽装の突きなど試みるが、武蔵はまったく動じない。

十文字鎌槍は、開祖覚禅坊胤栄が猿沢の池に映る三日月を槍で突いたときにできたとの伝承を有するものである。胤栄は槍本来の特徴である突きに加えて、この鎌を槍に加えてみたことで、幾つもの斬りの技の工夫を盛り込んでいた。いわば槍と薙刀とを併せ持ったような武器ともいえた。その上槍は太刀より長い分、槍の間境で勝負をすれば格段に有利だといえる。

道栄は、突きと斬りを素早く繰り返すことで、武蔵に太刀の間境に入らせない戦いをしようとしていた。道栄が突然、素早い三連突きを見せた。これに対して武蔵は槍の十文字となっている部分を左の小太刀で抑え込むのと同時に一気に踏み込んだ。そのときには武蔵の右の木太刀が道栄の左肩に置かれていた。

道栄の表情に驚きの色が溢れた。太刀使いの者に不覚を取ったのは初めてのことだった。そもそも小太刀で抑え込まれた鎌槍を動かそうにもピクリともしなかったことが衝撃だった。あとは武蔵に打たれるがままとなってしまった。道場内には、「ほうっー」という何ともいえない衝撃が走っていた。

「もう一本、お頼み申す」

道栄は、次はそうはさせぬと言わぬばかりに鎌槍をしごいて意気込んでいる。これに対し、此度武蔵は、自然に提げていた両刀をそのまま身体の前で組み合わせた。二刀下段『円曲の構え』を取った。その構えのまま中段へと移行する。そして、道栄が突いてきたところ、鎌槍の十文字のところを組み合わせた両刀でがっちりと抑え込み、道栄の身動きを封じると同時に鎌槍を下に抑え込むやこれに反動をつけて天井に向かって跳ね上げた。鎌槍は何とこの高い宝蔵院道場の天井板に届いた。もちろんたんぽ槍なので、天井に刺さることはなく天井に当たった後、床へと落ちてきた。しんと静まり返っていた道場に槍が床に落ちけたたましい音を立てた。槍が天井まで飛ばされるようなことは、本道場開場以来、かつてないことであった。天井まで届いてそこから落ちてくるおのが槍をじっと見つめていた道栄は、槍が床の上におとなしくなった瞬間、床に膝と両手をつき武蔵に頭を下げた。

「まいり申した。とても拙僧がお相手できるようなお方ではございませぬ。どうぞこちらへ。胤栄様にお引き合わせいたしたく存じまする」

武蔵に対する態度と言葉遣いをも改めた道栄は、武蔵を道場の奥から屋敷のほうへと導いていった。

道栄と武蔵が去った道場は、どよめきの坩堝(るつぼ)と化していた。本道場で誰も敵わぬ無敵の絶対的存在として君臨していた道栄が、武蔵にはまるで歯が立たなかった。あの道栄が手もなく赤子のようにあしらわれたのである。

騒然としたままなかなか興奮が冷めやらぬ道場では、稽古をいまの院主・胤舜が引き継いだ。胤舜は、道場のざわめきを鎮めるかのように皆に向かって大声を発しながら、武蔵の門弟とみえる三名の者に声を掛けた。

「皆様方、どうぞお静まりいただきたい……。いやあ、ここにも宮本武蔵と申す剣豪が、都にて吉岡一門を撃破したとの評判が流れてきましたが、聞きしに勝るとはこのことでござるな。武蔵殿は二刀を操るまさしく剣の達人におわされる。ご門弟衆もさぞや腕利きの方々でござろう。一手御指南を賜りたく存ずるが、よろしいかな？」

実際には、門弟は一人しかいないので、忠右衛門が答えた。

「はっ、試合は許されてはおりませぬが、稽古ならばよろしかろうかと存じまする」

道場にいた者たちは皆、道栄との立ち合いで見せた武蔵の武威（ぶい）を目の当たりにして、それに圧倒され、いまだ驚愕の坩堝の中にあった。その武蔵の門弟と手合わせができるのかと、皆三人を興味津々と見ている。

落合忠右衛門は、多田半三郎に次ぐ武蔵の高弟である。緊張はしているものの、自信があるのかその表情には喜色が漲っている。これに対して、太一と初音は互いの顔を見合わせて困ったなという様子である。忠右衛門は、二人を見て、そっと告げた。

「お二人は、黙って見ておられよ。わし一人で十分だ」

忠右衛門は立ち上がると、羽目に行って大小の木太刀を選び取った。

「それがしは、円明流・宮本武蔵師の高弟にて、落合忠右衛門と申す。どなたなりともお相手いたす。どうぞご遠慮なく」

この忠右衛門の言葉に、道場にいた宝蔵院の門弟衆や牢人衆の多くが名乗りを上げた。これを胤舜が、それらの者の力量を弁えてのことなのか、相手を選んでいる。胤舜は中肉中背の僧を側に呼んだ。

「墨栄殿、どうぞこちらへ」

「はっ、畏まって候」

墨栄と呼ばれた僧は、たんぽ鎌槍を片手に、落合忠右衛門と向かい合う。太一と初音は、忠右衛門が二刀を手にして相手と対峙するのを初めて見た。太一と初音は、武蔵のようにはいくまいと心配そうな様子である。二人は礼を交わすと、墨栄は、道栄と同じく十文字鎌槍を右脇構えにした。これに対する忠右衛門は、両木太刀を下方に提げた、二刀下段『水形の構え』を取った。二人はしばらくそのまま見合っていたが、墨栄が偽装の突きを見せながら、槍の間境へと入っていく。忠右衛門は、何度目かの突きの際、左の小太刀で十文字の鎌の部分を抑え込むのと同時に十文字槍の穂先に近い柄の部分を右足で踏みつけてその柄を折り、そのまま踏み込むや右の木太刀を墨栄の左肩に当てた。

その瞬間、道場は静まり返り、すぐにどよめきに包まれた。墨栄は「まいった！」と、折れた穂先部分を拾って、いま一度忠右衛門に会釈し、下っていった。太一と初音は、忠右衛門がこれほどの使い手だったとは、目を見張る思いだった。

「俺たちもやってみようか？　二人で倒すとするか？」

「うん。面白そうね。忍びだと気づかれないようにね」

太一が立ち上がって言った。

「それがしどもは、まだ入門して日が浅く、まだ一人前ではござりませぬ。二人でなら、稽古の肩慣らしほどにはなろうかと存じまするが、いかがでござりましょうか？」

胤舜が皆に問いかける。

「こちらにおわすお二方は、入門して日が浅いということで、二人掛かりでならばと申されておるが、どなたかいかがかな？」

牢人衆の間では失笑が漏れている。そんな初心者を相手としたところで、何の功名ともならないから、牢人衆の中から名乗り出る者はなかった。この宝蔵院の院主たる胤舜は、まだ十六歳と若いが、二人に向かって言った。

「それでは、拙僧がお相手いたそう」

場内からは、此度は「ほうー」という響きが聞こえてきた。二人は立ち上がり、羽目から二人とも一本ずつ木の小太刀を手にした。胤舜と二人が対峙する。二人は黒っぽい小袖を着て若侍風で小柄だが、胤舜もどちらかというと小柄なほうなので、いい勝負となりそうに見えた。二人は、胤舜に対して互いに直角となるような位置取りをした。二人は腰を低くし、小太刀は顔の前に横にして構える。胤舜が二人のうちの一人に近づこうとすると、その者はすうっと、胤舜から離れていく。何度かそれを繰り返した。胤舜が何度目かに太一に近づきその間境に入ったとき、太一は初めて踏み込むや小太刀を両手に持ち十文字槍の十文字のところを上から床に抑えつけた。その瞬間、初音が小太刀を伸ばして胤舜の左脇を突いた。胤舜は「おっ」と声を上げ苦笑いをした。

「いや、まいりました」

太一と初音は、武蔵や忠右衛門が使った技を、二人で用いたのであった。

道栄は、武蔵を先代の院主・胤栄に引き合わせていた。一線を退いたとはいえ、やはり胤栄は都での武蔵の吉岡一門との戦いぶりに興味津々であった。もちろん道栄も同様である。

胤栄は吉岡一門との勝負に関して事細かに、武蔵を質問攻めにした。殊に一乗寺下り松での決闘についてである。戦備え(いくさぞなえ)をした百人近くの甲冑武者を相手にして、武蔵が事前に立てた戦略・戦術の見事さに瞠目した。胤栄は、武蔵は一介の兵法者で終わるべき者ではないと思った。

「武蔵殿は、兵法者としてすでに衆に抜きん出た存在におわされるが、今後さらに兵学・軍学をものにされれば、いずれ一軍を率いられる名将にもなられよう」

「身にすぎたるお言葉、誠に恐れ入り奉りまする。いまだ兵法においても未熟であり、目指す塚原卜伝様や上泉伊勢守様の域には遠く及ばず、いまだ遥か彼方にござりまする」

「うむ。卜伝殿にはお会いしたことはござらぬが、伊勢守様は誠に兵法者として、天下に並びなき御仁にござった。拙僧も石舟斎殿もその門人に加えてもらえてそのご指南を賜ったことが、何よりの誇りにござる。伊勢の北畠具教様より伊勢守様がこちらに参られるとの知らせがあり、急ぎ石舟斎殿にもこのことを伝え、二人で伊勢守様をこの道場にお迎えしたのじゃった……」

これを機に、胤栄は一気に上泉伊勢守との対戦など、尽きることのない思い出話に花を咲かせた。武蔵は、胤栄が語るその言葉の中からその場の光景、特に胤栄および石舟斎をも子ども扱いにした上泉伊勢守の太刀使いをありありと脳裏に思い描くことができた。このような胤栄の話が聞けたことは真に実り多きところであった。

高齢の胤栄は、興奮のあまりか、久方ぶりに長くしゃべったせいで疲れてしまったため、道栄は武蔵とともに胤栄の下を辞去し、別室へと移った。そこで、道栄はだいぶ年下ではあるが、武蔵と酒を酌み交わしながら夜遅くに至るまで兵法談議に花を咲かせた。

途中で、胤舜と忠右衛門、太一、初音と合流してきて、にぎやかな一夜を過ごした。むろん若侍造りの初音が女であることはとっくにばれていた。胤舜はその初音に突かれた左脇腹をさすりながら、「まだ痛むぞ」とか言っていた。酒の肴であろうか、宝蔵院漬けなる名物が出てきた。紫蘇と唐辛子を漬け込んだ香の物の瓜であり、酒には実によく合った。

武蔵たちは、居心地が良い宝蔵院にしばらくの間逗留した後、柳生の里に向かうことにした。胤栄より石舟斎への紹介状をいただいていた。柳生兵庫助と胤栄、二人の書状を懐にして、武蔵は秘かな期待を胸に柳生の庄へと向かうことにした。

二

武蔵たち一行は、道栄と胤舜に見送られ宝蔵院を後にした。宝蔵院から少しだけ南のほうに下り、やがて東のほうへと道を転じ、滝坂の道を辿っていく。右手に高円山（たかまどやま）、左手には春日山（かすがやま）に挟まれた谷あいの道を能登川の渓流に沿って上っていく。名も知らぬ鳥の鳴き声が山中深く響き渡る。椎や樫に杉といった木立が生い茂る中、道を上るに従って川のせせらぎの音がいや増してくる。至る所に小さな滝があり、その落ちる水音で滝の所在が知れる。鬱蒼とした薄暗い樹林の中、ときおり木洩れ日の射す道脇には至る所に石仏が据えられていた。それぞれに独自の物語が秘められた石仏であろうが、四人にはこれに足を止める暇さえなかった。

やがて石切峠であろうか、ようやく峠の頂が見えてきた。健脚の四人には一刻もかかることはなかった。

ここで、四人の先導役を務めてきた太一が立ち止まり、後ろの三人を制した。あたりを警戒するようにとの指示である。すると間もなく矢が道の上方両側から霰のように降ってきた。太一および一番後ろを歩いていた初音は、さっとそれぞれ道の両側に分かれて山の中に入っていく。武蔵と忠右衛門は、手にしていた木太刀で降り注ぐ矢を薙ぎ払っている。忠右衛門も師匠をまねたのか、二尺六寸ほどの木太刀を手に提げて歩くようになっていた。二人は矢を躱したり切り払ったりしつつ、坂道を峠の頂上へと向かって駆け上がっていく。頂上では矢が飛んでこなくなった。

武蔵と忠右衛門が峠の頂から向こうに広がる眼下を遥かに見渡すと、さほど広くはない田園が広がっているのが見えた。敵はこのあたりにはいないようだった。二人がしばらく頂上にとどまっていると、太一と初音が戻ってきた。

「忍びではござらぬ。どうもやつらは野伏せりのような連中で、二十人近くいたようでござる」

太一の言葉に、忠右衛門が疑問を投げかける。

「野伏せりが、また何でかようなところでわれらを襲ったりしたのでござろう?」

「……」

皆考え込んでいる。自分たちにはまったく無関係とも思える集団である。このあたりに巣くって旅人などを襲う野伏せりの如き者たちかもしれない。むしろそうであれば良いのだが、こちらが何者かわかって襲ってきたというのなら、またきっと襲ってくる。武蔵が言う。

「吉岡を倒したことで、わしの名が世に知れた。それは逆に狙われやすくなるということやもしれぬな」

師匠の言葉に忠右衛門が頷く。

「この先、柳生までの道のり確と気をつけて参らねばなりませぬな」

柳生街道はこの先、忍辱山円成寺、南明寺と名刹があったが、それらに四人が足を留めることはなく、あたりへの警戒の中、足早に通り過ぎるのみであった。一刻半ほどで柳生の庄へと入った。


ここは山に囲まれた狭い里である。木津川に注ぐという小さな打滝川に古楓橋（もみじ橋）がかかっていた。橋を挟んだ川の向こう側は竹林と杉木立に覆われている。そのすぐ先に柳生石舟斎の庵があると聞いていた。

庵はすぐに見つかった。庵の門前にて名乗りを上げ案内を乞うと、門弟らしき者が出てきた。

「宮本武蔵殿でござりますか……。はい、若様よりいただいた文にて、お話は伺っております。どうぞこちらへ」

案内された部屋は畳敷きの六畳のごく狭い部屋であった。この庵自体がまさに草庵といった風情の小さな隠居所であった。この部屋でしばらく待っていると、侍女や女中ではなく、先ほどの門弟と思しき男が茶を持って現れた。石舟斎には、鍋（春桃御前）という妻がいると聞いているが、この場には姿を見せなかった。

「お待たせいたしました。拙者は石舟斎師の門弟にて、佐々木茂左衛門と申す者にございます。先生はここ数日来、お身体の具合が優れず、いまも臥せっておられる有様でござりまする。先生も宮本殿にお会いできることを楽しみにしておられたのでござりまするが、如何ともしがたき状況にござりまする」

「それはいけませぬ。お身体大事にしてくだされ。それがしもお会いできることを夢にまで見ており申したが、いたし方ござりませぬ。確とご養生されまして御本復をお祈りするばかりでござりまする」

「はっ、ありがたきお言葉、恐縮に存じまする……。ところで、話は変わりますが、ここから近くの伊賀の山中に野武士の集団がおりまして、その頭目から、武蔵殿への『試合』の申し出がござりました。こちらがその書状にござります」

それは確かに、宍戸左衛門尉典膳（さえもんのじょうてんぜん）（通称、梅軒（ばいけん））という者からの『試合』の申込状であった。武蔵はしばらくその書状に目を通した後、それを後ろの三人に渡した。書状に目を通した四人は、何か考え込んでいる。石切峠で襲ってきた野伏せり風の一団は、これまで武蔵らと何のつながりも見出すことができなかったが、ここで初めてその手掛かりの端緒が得られた気がした。四人の様子を興味深く見ていた佐々木が武蔵に尋ねる。

「いかがなされますか？　もちろん、お断わりになられても構いませぬが」

「いや、それはもちろん承知にござる」

佐々木の顔にぱっと笑みが広がった。やはり何か事情があるのだと窺われた。

「それを伺いまして安心いたしました。実は、その宍戸を頭領とする野武士の集団は、少々悪さをいたすということで、近在の衆も迷惑がっておるところでございました。あちこちの山中に神出鬼没で、その扱いに困っていたところでございます」

「その宍戸と申す者、いかなる者にござりますのか？」

「はい。伊賀の上忍・百地（ももち）の配下だった者に忍びの技を教わったと聞いております。それで、いまは鎖鎌（くさりがま）の達人との評判にござりまする」

これを聞いた四人には、『試合』の場が伊賀となっていることにも納得がいくような気がした。

「試合の日までにはまだ日がござりますので、こちらにしばらくご逗留になられまするか？」

「いや、ご配慮、誠にありがたく存じますが、さっそくこの足で発ちたいと存じます」

武蔵は決断すれば、動きは実に迅速である。立ち上がった武蔵たちに、本当にもう出立するのかと半ばあきれ顔の佐々木をしり目に、武蔵に従って、従者の三人もごく自然にさも当然のようにさっと立ち上がるや、武蔵に従いもう歩み始めていた。彼らはもう振り返ることはなかった。武蔵の気質が、この従者たちにも自ずと影響を与えていたのだった。

古楓橋を渡りながら、忠右衛門が、伊賀者との因縁が浅くはない甲賀者の太一と初音に、自身の考えをぶつけてみた。

「これはとうていただの『試合』とは思われませぬな。伊賀が絡んでおり、お師匠様への罠の匂いがいたしますが……」

これに太一が答えた。

「さよう。われら、これまで少なからぬ伊賀者たちと戦ってきております。おそらく伊賀が一枚噛んでいると思ったほうがようござる」

太一と同様に初音も、伊賀への懸念を抱いている。

「このまま柳生を発って、伊賀へと参るのは危のうござります。ここから伊賀と甲賀へは同じほどの道のりではござります。ただ、甲賀に行くとなると、途中少々山深くへと入っていかねばならぬということになりますが……」

初音はそう言って忠右衛門を窺う。忠右衛門は少しむっとした表情を見せた。

「それがしはお師匠様の高弟にござるぞ。山に入り走り回り足腰を鍛えることは、円明流の教えの基礎でござる」

四人は甲賀への道を選んだ。甲賀への山道を、太一と初音が先導していく。笠置（かさぎ）の峠の脇道を通り、ときには獣道のようなところを辿っていった。途中、日が暮れたので山中にて野宿したこともあって、彼らの健脚をもってしても二日がかりでの山中の踏破となった。初音が言う。

「私が以前住んでいた杉谷の家というか小屋で休むのはどうかしら？」

これには、伊賀者に加え野伏せりの襲撃も考えられる状況から、太一が難色を示す。

「いや、やめておこう。身の無事を考えれば、善実坊様の屋敷が良かろう。頼んでみよう。されど、おられるかどうか？」


やがて太一と初音にとっては、丘陵となだらかな谷とが重なり合う起伏に富んだ懐かしい甲賀の里が見えてきた。杣川に沿い飯道山麓の善実坊の屋敷を目指した。

太一と初音が甲賀衆として務めを果たしていた頃、都との繋ぎで望月家の配下にあった善実坊の下をよく訪れていた。善実坊はだいぶ前に望月家を離れ、山岡道阿弥様に仕えるようになったと聞いた。山岡道阿弥様が常陸古渡藩（ひたちふっとはん）一万石の大名となったとき、常陸に伴われたとも聞いた。その後、道阿弥様が亡くなられたことで、藩は改易となり、道阿弥様の甥御の景以（かげもち）様がその後を継ぎ甲賀衆を率いることになった。その際に景以様に従ったのかもしれないし、もしかしたら、江戸に渡ったのかもしれない。その後のことは伝え聞いてはいなかった。いまはどうしているのであろうか。

太一が入り口で声を掛けるが、以前とはだいぶ様子が異なっている。人が住んでいるような気配ではない。戸も閉まっている。

善実坊の屋敷は、いわゆる忍び屋敷である。敵の侵入を防ぐための仕掛けや隠れ逃げたりする仕掛けが至る所に施してある。用心をして入らねばならず、武蔵と忠右衛門を後方に下がらせて、仕掛けを一つずつ確認していく。庭の通路に仕掛けられた大竹が脛を強打する脛払い、戸を開けようとすると上から刃が落ちてくる釣押、また通路にはどんでん返しの壁があり、その向こうは井戸への落とし穴となっている。隠れたり逃げたりする仕掛けとしては、どんでん返しの壁のほか、隠し階段、隠し部屋、それに地下から外の井戸へと通ずる脱出路など様々な仕掛けがある。

太一が後ろの武蔵と忠右衛門を振り向く。

「かような仕掛けがある故、敵も容易には侵入できぬということにござる。その分この屋敷は、よそよりかは危なくはないといえましょう」

武蔵と忠右衛門は、屋敷に入ってからも様々な仕掛けを見せてもらった。

「いやー、お師匠様、それがしは忍び屋敷は初めてで、実に面白きところかと興奮しております」

忠右衛門は、忍び屋敷にすっかり魅せられてしまったようだ。武蔵も殊に兵術という視点から興味深く見ていた。

「これは、敵が一棟の屋敷へ侵入するのを防ぐための戦術であり、屋敷の中に隠れ、そして逃げるための戦術といえるが、城にも応用できるな」

武蔵と忠右衛門は、太一と初音を次々と質問攻めにし、しばらく忍びからくり屋敷の話で盛り上がった。

武蔵は、この起伏に富んだ甲賀の地をたいそう気に入ってくれたようだった。武蔵は弁之助と呼ばれた幼少の頃から、一人山に入り山の中を走り回り木刀を振るい、一人稽古をするのが常であった。ここ甲賀でも修験道の行場がある飯道山や岩尾山、ときには紫香楽宮(しがらきのみや)跡のある台地にまで足を延ばしているようだった。

此度の旅では、太一と初音は表向き武蔵の門弟ということになっており、このように武蔵に従い、行動をともにするようになったことで、武家への興味も生まれていた。武蔵が山で稽古をする間、忠右衛門に太一と初音に円明流の手ほどきをするよう命じていた。実はこれも忠右衛門への指導の一環であった。教えることで新たな気づき、発見がもたらされるのである。

円明流は、二刀流といっても必ず二刀を振るわねばならぬというものではない。両手でしか一本の太刀を扱えぬというのでは不測の事態に対応できないので、片手でも一刀を自由に使いこなせるように、両手に二刀を持って鍛錬するのである。

忠右衛門は、忍びの二人が片手で小太刀に相当する短い刀を扱うのを見て感心していた。その小太刀の扱いは、斬るという動作よりも、どちらかというと突きを中心とした太刀使いである。彼らの動きは俊敏で、相手をしていて、その小太刀の刃先がすっとおのが身に伸びてくるところは、槍と相対しているのと遜色がないほどだ。

ほかの剣術の流派では、剣の構えを重視して通常幾種類もの構えがある。円明流では、一応『五つのおもて』といって、中段、上段、下段、右脇構え、左脇構えの五つを『五方の構え』としている。だが、円明流では、そもそも構えは重要とはされず、それは斬る行為の仮の休止点だと捉えるべきものだとされている。

忍びの二人は目の前に小太刀を横にして構える。二人と立ち合ってみて、それが忍びの者にとっては、たとえば柳生流にいう『無形の位』に相当するものであることがわかった。相手がどう動くかに応じてどのようにも対応できる自然の構えなのであり、これは円明流の下段『水形の構え』と同様である。

忠右衛門は円明流の太刀使い、たとえば『下よりの切り上げ』を二人に教えながらも、あらゆる剣の流派とは異なった太刀使いをする忍び流は、槍やそれこそ鎖鎌といった異種の武器を扱う流派だといえるのではないかとも感じていた。

二人に自由に対戦させてみた。忍びの小太刀による戦いをじっくりと見ていて、忠右衛門は（はっ）と気づいた。富田流などに小太刀を使った流派がある。これはそれとは異なる、小太刀を用いた一つの流派といえるのではないか。その動きには実に無駄がなく、相手を突き刺すことを究極の目的とした太刀捌きである。忠右衛門は、円明流の太刀使いを一通り二人に伝えたが、それが、この『小太刀の流派』にどう活かせるかというところまではわからなかった。

「円明流の太刀使いについては以上でござるが、いかがでござろうか？　少しはお役に立つところがござったでしょうや？」

「いやあ、なるほどと感じ入るところばかりでござった」

「私は女ですから、いくら鍛えようと身体は武蔵様のようにはなれませぬ。『観の目』をもって、相手の動きを捉え、相手よりも素早く動けるよう鍛錬することこそ肝要だと教わった気がいたします」

忠右衛門は、二十歳のいまに至るまで八年近くもの歳月を、円明流を学ぶことに心血を注いできた。いま、ふとほかの流派への関心も生まれてきていた。これは宝蔵院で十文字鎌槍と対戦したこと、それに忍びの小太刀に触れたことが大きかったようである。

三

伊賀への出立の前、善実坊の屋敷で武蔵を中心にして話し合いがもたれた。太一が、襲ってきた野伏せりの正体について推測する。

「石切峠に現れた野伏せりでござるが、あれはやはり伊賀の山中のあちこちに出没するという宍戸を頭領とする野武士の集団だったと考えるのが自然でござろう……」

忠右衛門が言葉を差し挟む。

「その中の一団が大和に現れ、お師匠様を狙ったのだ」

初音が自身の推測を述べる。

「私たちが柳生石舟斎様の下に参るということを、宍戸たちは事前に知っていた。ということは京の柳生か伊賀者の誰かが知らせたのよ」

「さすれば、もしわれらが伊賀の地に足を踏み入れたら、野武士の集団だけでなく、柳生や伊賀者も敵として襲ってくるやもしれぬということでござるな」

太一の指摘に、忠右衛門は不安な顔を師匠に向ける。

「お師匠様、もしかしたら、宍戸も『試合』などといいながら、何をしてくるかわかりませぬぞ」

武蔵は、三人の懸念に対してまったく歯牙にもかけない。

「伊賀の地で、宍戸とその徒党を相手として戦うとすれば、伊賀や柳生が関わってくることも十分あり得ることではないか」

伊賀の地は天正九年（一五八一）九月、織田信長による二度目の攻撃により壊滅的被害を被った。かろうじて生き残った伊賀者の大半は、伊賀の地を離れた。そして各地に逼塞し、そのままその土地の大名・領主などに仕えることとなった伊賀者もいた。それでも信長の死後、伊賀を逃れていた者たちが、徐々に戻ってきていた。その者たちは服部半蔵政成の麾下となり、家康の陣営に与することとなった者も多い。

もともと甲賀と伊賀とは、対立関係にあったわけではなく一つの地域であり自由に行き来をしていた。ただ時期によっては、それぞれが反対陣営についたりして敵対関係となることもあった。これから足を踏み入れようとしている伊賀北部は、上忍の藤林家の支配する土地である。甲賀と接しているが、もちろん甲賀と対立しているわけではない。だが、武蔵、太一と初音は、成り行きで伊賀とは敵対するような関係となっている。したがって、いま伊賀の地では、彼らにとってはすべてが敵だと思わねばならない。このような状況で伊賀への出立の日を迎えたのである。

武蔵たちは甲賀の地から伊賀の地へと入っていった。宍戸が『試合』の場として指定したのは、加太峠に至る登り口辺にある野原であった。甲賀からは比較的近い場所だが、いずれにせよ山や谷を越えていかねばならないところである。

伊賀の地に入るや、太一、初音、忠右衛門の三人は、山の中へと散った。武蔵には、一人で山道をゆっくりと『試合』の場所へと向かってもらうことにした。三人は、山中に野伏せりが潜んでいるかもしれないため、武蔵の周囲を警戒しながら進むことにしたのである。むろん忠右衛門は忍びではないので、初音に従って忍びの動きを学びつつ役目を果たしていくこととした。

忠右衛門の前を行く初音が突然歩みを止めた。あたりに漂う空気のわずかな臭いに何かを感じ取ったようだ。風向きを読んでいる。振り返って、初音が忠右衛門を側に呼ぶ。

「火縄の臭いがするわ。風向きからするとあちらの方角に鉄砲を扱う者がいるようね。忠右衛門殿は用心して、できれば後方から回り込んで、そこに向かっていただけないかしら。私は、周りをさらに調べてみるわ」

「わかった。任せてくれ」

忠右衛門が火縄の臭いのするほうを警戒しながら、木々を盾にして向かっていくのを確かめてから、初音は、武蔵にこのまま進まれてはまずいと思い、鳥笛で合図を送った。これを聞いて、武蔵は道脇の大木の陰に立ち止まった。

初音は『観の目』で森の中を見回しながら進んだ。忠右衛門が向かったところより、十間近く先であろうか、樹木の枝葉の不自然な揺らぎを感じた。そこへ行くのに、大回りして上方から近づいていった。銃を持った野伏せり風の男が二人いた。そのとき初音の耳には、木々の枝葉が風に騒めくのに混じって、一瞬男のうめき声が聞こえた。忠右衛門の向かったあたりからだった。ここにいる二人の野伏せりには聞こえなかったようだ。初音は後ろから二人に近づき、忍び刀の鞘ごと首を打って二人を倒した。

一仕事終えた忠右衛門が初音の下に戻ってきた。

「二人、片づけた」

「こっちも二人倒したわ。敵はおそらく二人一組でこの山道の両側にいるようね」

「道の向こう側は、太一一人で大丈夫か？」

「もちろん、心配ないわ」

初音は笑ってみせながらも、この先にも待ち伏せしているであろう野伏せりを見つけるために山中を分け進んでいくことを忠右衛門と確認した。初音はここで武蔵に二度目の合図の鳥笛を吹いた。今度は武蔵にゆっくりと進むようにとの指示である。野伏せりは忍びの者ではないため、忍びが得意とする武器、たとえば火術などは、鉄砲を除けば使わないと思われる。弓矢、鉄砲、それと鎖鎌に注意すればよい。

忠右衛門は生まれて初めて人を斬った。武蔵のように木太刀で人を倒すということにはまだ自信がなく、忠右衛門は初めて真剣を抜いたのだった。武蔵より一歳だけ年下にすぎないが、関ヶ原の合戦に加わるにはほんの少しだけ若すぎた。その後は周りでは戦がなく、龍野・圓光寺で剣術修行に明け暮れた。十代前半に武蔵と出会い、その弟子にしてもらい、いまは円明流を学んでいる。武蔵が開祖だけに実戦的な流派だといえるが、真剣にて人を斬るというのは、木太刀での立ち合いとは、まるで別物であった。まだ二人斬っただけだが、いままでとはもはや違う己がいた。いまだ興奮の中にありながら、この先、己というものがいったいどのように相成っていくのだろうかと、ある種の畏怖すら覚えていた。つまり、人を斬ることなど平気となってしまい、むしろそれを喜んだり望んだりするようになってしまわないかという恐れである。それを別とすれば、実戦の戦いの要領が次第にわかってきた。試合とはまるで異なっている。敵に気づかれぬよう後ろから斬りつけるのが実戦においては最善だった。前を行く初音についていきながら、忠右衛門は、忍びからこうして多くのことを学んでいるということを実感していた。

そのとき、後方から手裏剣が飛んできた。少し小さめの棒手裏剣だった。忠右衛門は初めて人を斬ったことで興奮状態にあった。そのため気づくのが一瞬遅れた。手裏剣は忠右衛門の左腕を浅く削った。

初音は手裏剣を躱したとみえ、振り向くや棒手裏剣を続けざまに打った。そして、刀を抜き敵に向かって走った。敵は二人いた。うち一人は小柄だ。くノ一のようだ。初音は男と一太刀交えるや、そのままの勢いで女と刃を交わす。これを見た忠右衛門は、剣であれば、あの二人、己一人で十分だと確信した。

「初音殿、二人は俺に任せろ！」

忠右衛門は、太刀を抜きつつ男に突進した。太一たちとの手合わせで、忍びとの立ち合いで気をつけるべきところも十分にわかっていた。間境に入る前からすっと伸びてくるような剣先、その素早い突きに注意を払いながら、忠右衛門は、上段から袈裟懸けを見せつつ、横に太刀を薙ぎ払った。相手は慌てて、後ろへ飛び退(すさ)ったが、腹部を薄く斬った感触があった。

これを見て女が、鳥の子を忠右衛門の足下近くに投げつけた。一瞬にしてそこは白煙に覆われた。忠右衛門にとっては初めてのことだったが、太刀を構えたまま慌てずゆっくりとそのまま後ずさりしていった。

初音は忠右衛門が煙の中に突っ込むようなことをしなかったことに安堵しながらも、鳥の子を投じたのが茜だったことに気づいていた。そして忠右衛門に投じられた棒手裏剣を刺さった木の幹から引き抜き、毒が塗られてはいないことを確かめた。

「大丈夫。毒は塗られてないわ」

初音の言葉に少し安心した様子の忠右衛門の左腕の傷に初音はさっと薬を塗り、晒しを巻いてやった。先ほどの爆発は、あたりの野武士の伏兵にも武蔵にも伝わったであろう。野武士たちがここを離れていく気配を感じた。

「ここは私たちも武蔵様の下に戻りましょうか？」

忠右衛門を促すと、野武士だけでなく忍びも関わっているということで、少し心配になったものとみえ、忠右衛門も頷いた。

初音の二度目の笛の合図を聞いた武蔵は、再びゆっくりと山道を歩き出していた。歩きながら、いつものように『観の目』であたりを見回している。右手の山の中には太一がいて、ときどき武蔵の『観の目』に映し出される。その太一の数間先には伏兵がいるようだ。野伏せりは山中に潜み、弓や鉄砲でこちらを狙ってくる。道に下りてきそうにはない。武蔵にはこのようにただ相手の攻撃を待つというのは性に合わない。

そこで、自ら山の中に入り太一の『助太刀』に向かうことにした。太一は、潜んでいる野伏せりの背後に回って攻撃をしているようだが、武蔵は弓や鉄砲を持った敵に一直線に向かっていく。いずれの者も突進してくる武蔵を見て、間に合わないとみるや最後には腰の太刀を抜こうとする。たとえ太刀が抜けたとしても、太刀で武蔵に敵うはずがない。太一がその場に来たときには、もう片がついていた。倒れている野伏せりを見て、太一は苦笑いをしている。

「俺の仕事が……」

「心配するな。この先まだいっぱいいるぞ」

そう言いつつ、もう武蔵は次の標的へと向かっていった。太一は武蔵についていって一緒に仕事をやっていくことにした。その後しばらくして、道の向こう側で爆発音が聞こえたが、太一にはその音は焙烙火矢（ほうろくひや）が爆発した音ではなく、逃げるときに用いる鳥の子の音だとわかったので、それほど心配はしなかった。こちらの山の上のほうにいた野伏せりたちも、ほとんどがこの爆発音を聞き逃げていったようである。そうこうしているうち、忠右衛門と初音がこちら側にやってきた。太一が初音に確認をする。

「あの鳥の子は、伊賀者だな」

「ええ、伊賀者が二人いたわ」

忠右衛門が左腕を少し気にする仕草をしたことから、太一は、忠右衛門が怪我を負ったことに気づいた。

「あっ、忠右衛門殿！　怪我は大丈夫でござるか？」

「うむ。かすり傷だ。毒も塗ってなかった」

忠右衛門は恐る恐る師匠の顔に目を遣った。不覚を取ったことで厳しく叱責されるのではないかと恐れた。だが、武蔵は忠右衛門の傷にちらりと視線を遣っただけで何も言わなかった。


此度、宍戸に武蔵と『試合』をしないかという話を持っていき、加えてその支配下にある野武士に武蔵らを襲うよう仕向けたのは、吉塚辰之進を頭目とした一党の伊賀者・猪猿であった。猪猿は宍戸に『試合』にはどんな手段を弄しても良いとの言質を与えて金銭を渡した。宍戸の配下の野武士団には、宍戸の『試合』の前後に武蔵を討つよう依頼した。その際金銭だけでなく、焙烙火矢二個に取火方二本の使い方を教えて与えていた。成功した場合には倍の報酬を約束していた。

この一党に加わっていた柳生の一色早之進は、大坂に新たな任務を与えられたことでこの一党から脱落していた。伊賀者は猪猿を含めて三人いたが、うち一人がほかの任務のため抜けたことから、その穴埋めに柳生兵庫助のところにいた野猿が加わった。

もう一人は吉塚となじみの深い女忍びの茜である。吉塚を中心にこの一党四人は、山中に隠れて武蔵を待ち受ける野武士の仕事ぶりを監視し、場合によっては自ら武蔵らを討つことにしていた。猪猿と茜が組んで先行し、初音と忠右衛門の後を追うような形となった。その後を吉塚と野猿が追う。

猪猿と茜の後を進んでいた吉塚と野猿は爆発音を聞き、慌ててその方向へと走った。その途中、斬られた野武士が転がっていた。吉塚は斬られた傷を検めた。

「すごい切り口だ！」

吉塚辰之進は、柳生新陰流の修行の途次にありながら、『関ヶ原』の前から、九州の戦場、実戦のただ中に放り込まれた。本来なら道場でもっと柳生の剣を学びたかった。まだまだ未熟だとの自覚があったが、それをまざまざと思い知らされたのは、九州で宮本武蔵に遭遇したときであった。あのときには持っていた槍で立ち向かったが、その槍は、武蔵が振るった木太刀で、まるで太刀で切ったかのように寸断されてしまった。むろん剣で武蔵と立ち合うなど論外である。この切り口からして、その高弟である落合忠右衛門も恐るべき手合いであることは間違いない。吉塚は落合に対しても一対一で勝負して勝てるという自信はなかった。

猪猿と茜が戻ってきた。猪猿は動きがぎこちない。手傷を負ったようだ。

「猪猿！　どうした？　斬られたのか？」

「うむ。不覚を取った。かすり傷だ。心配ない」

茜が猪猿の傷を確認しながら、吉塚に野武士が逃げてしまったことを報告する。

「こちら側にいたほかの野武士の連中は、私の投げた鳥の子の爆発音に驚いて、ここから逃げていってしまったわ」

「そうか。して、武蔵らのほうはどうした？」

猪猿が腹の斬られた箇所を押さえながら答える。

「武蔵らは皆、山道の向こう側に行ったようにござる」

茜に応急処置をしてもらった猪猿は、このまま仕事を続けるつもりのようだ。吉塚はしばし考える風であったが、

「よし、わしらも武蔵の後を追おう」

と決断し、四人は武蔵たちの後を追っていった。

武蔵たち四人の後を追う吉塚たちは、山の中に転がっている野武士たちの死体を見て、あまりの不甲斐なさに失望を禁じ得なかった。

「猪猿！　忍びの武器を渡してやったのだろう。あやつら武器を使う前に殺られてしまったのか？」

「相手が忍びとなると、敵が近づく前に気配を察することができねば、如何ともしがたいことにござる」

「うむ。されば、この者どもでは話にならぬな。武蔵はともかく、忍びのやつらにいいように殺られてしまう」

「いかにいたしますか？」

「金を払ってるんだ。あやつらにやってもらわねばなるまい」

「はあ。ですが、逃げ出してしまった野武士の連中にはもはや期待はできぬかと」

猪猿の言葉に、吉塚も次の手を何か思案しているようであったが、

「鎖鎌の宍戸に期待するしかないか。猪猿、宍戸ははたして武蔵に勝てるだろうか？」

と、結局のところ、宍戸に望みをかけるしかないと悟ったようである。

「はい。元は百地家の下忍であった某忍びが、天正伊賀の乱後、宍戸に技を伝えたとの風聞がござる」

吉塚は、宍戸が忍びに技を教わったとの話を聞き驚いている。

「宍戸は忍びなのか？」

「いえ、元は筒井家の武士だったとの噂もござるが、確とはわかりませぬ。ですが、いまは数百人の野武士の一団を束ねる頭領であって、その野武士が伊賀のあちこちでいろんな悪さをいたしますので、実は伊賀でも少々持て余しているところなのでござる」

「そうか、わかったわ。それで武蔵と戦わせるのだな。伊賀としてはどちらに転んでもいいわけか」


山の中に入っていた武蔵たち一行であったが、太一と初音が、もうこの先の山の中には野伏せりはいないことを確かめてきて、先に山道へと戻っていた武蔵と忠右衛門と合流した。武蔵たちは、『観の目』をしてゆっくりと歩を進めている。これを見て、太一と初音は、用心のため再び左右に分かれて山の中を探りながら進もうと考えた。

「太一と私は、それぞれ左右の山の中を進みますが、また現れるやもしれませぬ。警戒は怠らぬようお進みください」

「承知した」

そう応えた忠右衛門であったが、先ほどまで初音と行動をともにしていたこともあり、また初音についていきたいとの思いもあった。だが、己が師匠を守らねばと思い直したようだった。

武蔵と忠右衛門がしばらく警戒をしながら山道を進んでいき、ようやく山を抜けると、そこは涼やかな風が通り抜ける開けた野原であった。遠くにひと際鮮やかな幟が翻っているところがあった。むろん竹矢来など組まれてはいないが、どうやらそこが『試合』の場となっているようだ。

忠右衛門は、武蔵を制しながらさっと前に出て、あたりを『観の目』で警戒しながら進む。野原といっても高い叢なども随所に見られ、そんな箇所に特に注意を払う。

幟の側までやってきた。ここはあたり一面、それこそ鎌か何かで薙ぎ払われたかのように草が刈られていて、野原の中の『道場』といった様相を呈していた。宍戸の配下の者たちが設えたのかもしれなかった。

武蔵が現れるのを見ていたのであろう。『道場』のすぐ脇のこんもりとした森の中から宍戸と思しき男がゆっくりと歩き出てきた。背はさほど高くはないが、いかにも野武士らしいがっしりとした体格で髭面であった。鎖鎌を提げている。宍戸の後方、十間以上離れて数十人の野伏せりも姿を現した。忠右衛門は、武蔵の背後に退いた。

突然宍戸が大音声のしわがれ声を発した。

「おぬしが宮本武蔵か。待ちかねたぞ。さっそく『試合』と参ろうか」

「承知!」

武蔵は短く応え、いつもは右手に提げている三尺余の木太刀を左手に提げて、宍戸とはかなり離れて向き合う。宍戸は忍びが使うような小型の鎖鎌ではなく、その倍くらいの大きさの鎖鎌を使う。長さ一間の鎖の先には一寸五分の分銅がつけられており、宍戸は左手に鎖鎌の柄を持ち、分銅のついた鎖をおのが頭の上で同心円状に振り回し出した。鎖の先についた分銅を直接、頭目がけてぶつけてくるか、刀に巻き付けてその動きを封じるかしてくる。ときには足元を狙い、脚にぶつけてきたり、脚に巻きつけて倒そうとしたりすることもある。

武蔵は事前に太一たちとの鎖鎌を使った稽古で、これらのことを十分に学んでいた。武蔵は左手に木太刀を持った左脇構え、右手には一尺三寸ほどの短刀（馬手差（めてざし））を持った『逆二刀の構え』を取った。そして鎖の長さの間境の外に立ち、宍戸が近づけばすっと離れるといったことをしばし繰り返した。

この間、宍戸は鎖の間境に踏み込める瞬間を計っていた。すると宍戸はその機を捉えたのか、回していた分銅を武蔵の頭に向かって投じた。武蔵は少し身を低くして後ろに身を退くや、垂直に立てていた左の木太刀に、投じられた鎖を意図的に巻きつかせた。分銅が回転し巻きついたとみるや木太刀を左斜め下にぐっと引き、宍戸の体勢を前方へと崩した。その刹那、武蔵は右手に持った短刀を直打法で宍戸の胸を目がけて打った。短刀が宍戸の胸に刺さろうかという寸前に、右手で太刀を腰から抜きつつ宍戸に突進した。そして両手で宍戸を真っ向上段から斬り下ろした。宍戸は頭から顔面、胸と斬り下ろされ、その場で即死した。これがいわゆる『飛龍剣（ひりゅうけん）』という太刀使いである。

これを見ていた宍戸の背後の野伏せりの中からどよめきが起こった。その中には、すでに戦意を喪失した者たちがいたが、果敢にも刀を抜き、あるいは槍を構えて立ち向かおうとする者もいた。

武蔵は、一乗寺下り松の決闘のときと同様の戦法に出た。後下段『円曲の構え』である。こちらに挑みかかってくるような気概を見せる一人の男に目が留まった。その男に向かって武蔵は突進した。その男には、突進してくる武蔵の両刀ともに見えず、間境もわからない。男は恐怖で身動きができないまま『下からの切り上げ』で倒された。武蔵は走り続けて次の標的を探す。

武蔵から離れたところにいた忠右衛門も師匠に倣い、後下段『円曲の構え』から、一人の男に向かって突進し『下からの切り上げ』を見せ、男を倒した。こうなってくると、もはや野武士の一団はまったく統率を失い、我先にと逃げ惑うばかりである。武蔵と忠右衛門に立ち向かおうとする者などいなくなってしまい、蜘蛛の子を散らすように山の中へと逃げ散っていった。

四

この『試合』の仲立ちをしたような形となった柳生石舟斎は、門弟の佐々木茂左衛門をこの『試合』の場に送っていた。『試合』では懸念されたような騙し討ちなどなされることはなかった。佐々木は柳生新陰流の使い手であり石舟斎の高弟の一人である。鎖鎌という武器を扱う難敵・宍戸に対して取った武蔵の二刀流の技の冴えに感嘆していた。石舟斎から武蔵が宍戸に勝った場合には連れて参るようにと言われていたが、これは是が非でも連れていかねばならないと思った。

佐々木は、野武士たちが去った後、武蔵と忠右衛門の前に現れた。

「武蔵殿、お手前の見事なるお働き、拙者、石舟斎師の門弟の端くれとして感服仕り申した。また、師も少しお加減も良くなられ、是非にもお会いしたいと申しておりまする。師の庵のほうへ御足をお運びいただけましたなら、師もたいそうお喜びになられるかと存じまする」

「それは大慶至極！　石舟斎様のお身体の御加減が良くなられたことは、誠にもって恐悦至極に存じまする。もちろん喜んでお邪魔させていただきたく存じまする」

武蔵は忠右衛門を振り返った。宍戸とその一党を倒したこと、それにこれから石舟斎と会えるということが、弟子をも喜びの渦の中に巻き込んでいた。大きな仕事をやり遂げたとの充実感の中、師弟はわくわくする思いで茂左衛門とともに柳生の里へと向かった。

此度は茂左衛門に導かれるような形で、伊賀上野を抜け、笠置から柳生の里への道を辿った。それでも、太一と初音は常に先行し秘かに周りの森の中を走り回っていた。それもあってか、武蔵師弟は途中何者かの襲撃に見舞われるということはなかった。

武蔵師弟は柳生の庄に入った。やがて、打滝川にかかる古楓橋を渡り、柳生石舟斎の庵に着いた。出迎えてくれたのは、石舟斎の曾孫かと見紛うような娘であった。身の回りの世話をしている下女か何かであろうが、身動きに隙がなく独特のものが感じられる。おそらくは忍びだろう。茂左衛門に導かれて庵に到着した武蔵師弟を厳かに迎えた。

「お待ちいたしておりました。石舟斎様は道場にてお待ちにござります。佐々木様！ご案内を……」

十代半ばくらいの小柄な歳若い娘にすぎないが、機敏な応対をする娘であった。武蔵と忠右衛門は、柳生の道場へと案内された。随分と古い建物らしく、興福寺・宝蔵院の道場のような煌びやかさとは対照的に質素ながらも厳かな佇まいである。道場の中も広くはなかった。奥には白髪の石舟斎が座していた。茂左衛門に導かれて、武蔵は石舟斎と向かい合って座した。

「柳生石舟斎様！　お初にお目にかかります。拙者、宮本武蔵玄信にござりまする。お身体ご本復された由、大慶至極に存じ上げ奉りまする。此度はお招きに与り、誠に恐悦至極に存じ奉りまする」

「誠にご丁寧なご挨拶、痛み入り申す。柳生石舟斎でござる。よくぞ参られた。どうぞお手を上げられよ。此度のお働き、感服仕ってござる。伊賀の民衆（たみしゅう）もどれほどほっとすることか。また旅の衆もこの先、安心して旅ができるというものじゃ。皆に成り代わって礼を申したい。そこで、さっそくじゃが、わざわざ足を運んでもらったのは、茂左衛門からの早飛脚（実際のところは伊賀者の伝達）で知った、逆二刀からの『飛龍剣』、これを是非にも見せてもらえぬかと思うての」

石舟斎はそう言って、道場の中に設えられた藁人形のほうに目を遣った。

「はっ、いと容易きことにござりまする。それでは失礼して……」

武蔵は木太刀を持って立ち上がり、石舟斎からは横に向くような形で、道場の横板の前に鎮座するかの如く佇む藁人形に向かって正対した。距離は宍戸のときとほぼ同じほどに取った。そして、木太刀を左手に持ち替え、それを垂直に立て、右腰に差した短刀（馬手差）を抜きこれを右手に持ち、『逆二刀の構え』を取った。そして垂直に立てた左手の木太刀を下に引き落とすや、右手の短刀を直打法で二間以上離れた藁人形の胸に相当する部分に深々と打ち込んだ。もうすでにそのときには腰の太刀を抜き放っており、そのまま前へと突進し、真っ向上段から太刀を斬り下ろしていた。藁人形は頭の部分からその真下へと真っ二つに両断されて、床に転がった。

「……」

あの石舟斎が言葉を失っている。石舟斎は茂左衛門にちらりと視線を遣りながらもその顔は満面朱に染まっていた。武蔵は太刀を腰に収め、藁人形に刺さった短刀を引き抜き、それを右腰の鞘に収め、転がった木太刀を左手に持ち、元いた場所に座して石舟斎と向かい合った。

「失礼仕った」

「うーむ。これは相手が鎖鎌でなくとも使えますな。槍や弓、それに手裏剣を打つ忍びの手合いなど……。茂左衛門！　立ち合い『稽古』をしていただくか？」

「滅相もございませぬ。手前などがお相手いたすなど、武蔵殿に失礼に当たるのではないかと存じまする」

ここで武蔵が、忠右衛門のほうを振り向く。忠右衛門は顔を輝かせている。

「ここに控えますわが弟子、落合忠右衛門に円明流にての稽古を許したいと存じまするが、いかがでござりましょうか？」

「うむ。それは良い。茂左衛門！　良いな」

「はっ、畏まってござる」

ここで武蔵が、円明流の二刀に関する考え方についての説明を入れる。

「円明流は、常に二刀を手にするわけではござりませぬ。相手が多勢の場合や特殊な武器を手にした場合などに臨機応変に二刀を取るにすぎませぬ。通常は一刀にて相対しまする。ただ、此度は二刀にご関心をお持ちなれば、二刀にてお相手いたしまする」

茂左衛門が、忠右衛門を羽目に連れていき、そこに立てかけられた袋竹刀の中から大、小の二本を選ばせた。忠右衛門はそれぞれ振って具合を確かめている。茂左衛門自身はいつも使っている袋竹刀を携えていた。

円明流の落合忠右衛門と柳生新陰流の佐々木茂左衛門とが、道場の中央に歩み寄って相対した。茂左衛門は袋竹刀を下に提げた『無形の位』で、これに対する忠右衛門は右手に袋竹刀の太刀を、左手に短い袋竹刀を持ち、両竹刀とも自然に提げた二刀下段『水形の構え』で向かい合った。茂左衛門は、おもむろに『無形の位』から竹刀を上げていき、竹刀の先を忠右衛門の左目につけて『青岸』に構えた。忠右衛門は両竹刀を中段に上げ、竹刀の剣先を交差させた。『円曲の構え』を取った。

両者、間境の外でしばらく対峙していたが、茂左衛門が竹刀を振りかぶって雷刀に構えつつ、つつつっと間境に入ってきた。忠右衛門は『円曲の構え』のまま茂左衛門に近づいていく。茂左衛門は忠右衛門が打ち掛かってくるように誘い、そこを後の先で攻めようとするが、忠右衛門は両刀を交差させたままずんずんと近づいてくるばかりである。茂左衛門は仕方なく先に忠右衛門の左拳を狙って振り下ろした。忠右衛門はその瞬間、交差させていた竹刀を振りほどき左の竹刀で、振り下ろされた茂左衛門の竹刀を右に滑らせ、右の竹刀で茂左衛門の左拳を確と打っていた。

「まいり申した」

茂左衛門は礼をして脇へと退いた。これを見ていた石舟斎は、厳しい顔をして静かに唸っていた。石舟斎には、新たな二つの難題を突きつけられたような気がした。一つは、逆二刀からの『飛龍剣』に対して、そしてもう一つが『円曲の構え』に対する新陰流の対処法である。

「……」

容易にはその答えなど見つかるわけがなく、考え込んでいる石舟斎であったが、そのとき道場の外から愉しげな男女の話し声が聞こえてきた。

「苦中有楽(くちゅうらくあり)」

と、この話声に思わずつぶやいた石舟斎であったが、声で誰だかすぐにわかったからである。何年振りであろうか。何年も会えなかった孫であり、最愛の愛弟子である兵助（兵庫助）が帰ってきた喜びで、思わず腰を浮かしかけていた。道場の入り口には喜色を満面に湛えた懐かしい顔が現れた。

「爺様！　いや師匠！　ただいま戻りました」

兵庫助は、慶長八年に加藤清正公の懇請により出仕した肥後熊本藩を一年足らずで致仕し、兵法修行のため諸国を遍歴していた。近頃は京にしばらく身を留めていた。その傍らには実質的な妻ともいえる桜が寄り添っている。

「元気そうじゃの」

「爺様も」

石舟斎と兵庫助とは、ほんの少し眼差しを交わしただけで、そしてほんの短い言葉のやり取りだけで、もう昔のいつもの二人に戻っていた。

武蔵にもそのことが手に取るように伝わってきた。祖父と孫、血のつながった師と弟子、いずれも己とはまるで縁遠きものであった。石舟斎と兵庫助、この二人を中心にほんの少し離れて桜、またそれより少し離れて茂左衛門と、この二人も石舟斎と兵庫助との再会を側でわがことのように嬉しげに見守っている。この四人が醸し出しているほのかに温かな風情から、これを見ている武蔵にもじわっと温かなものが伝わってきた。

武蔵は、あたかも四人の邪魔にならぬようにと、忠右衛門の横に居並び、道場脇の横板にピタリと身を接して控えた。むろん、いま剣の腕が日の本一ではないかと噂される柳生兵庫助と出会えたことは、千載一遇の好機だとも捉えていた。

再会の喜びの中にいた兵庫助は、道場の横板にピタリと張りつくようにして控える男の一人に目が留まった。思わず「あっ」と声を上げ、爺様・石舟斎の顔を見た。頷いている。武蔵であった。兵庫助は輪の中を離れ、五、六歳ほど年下とみえる武蔵の前に座して頭を下げた。

「お初にお目にかかり申す。宮本武蔵殿とお見受けいたしました。拙者、いまは牢人中の身の柳生兵庫助にござります」

「いや、こちらこそ柳生兵庫助様にいつかお会いしたきものと一日千秋（いちじつせんしゅう）の思いでおり申した。播州牢人、宮本武蔵玄信にござりまする」

石舟斎を含めて周りの者たちは、いま日の本で最も強いかもしれないと言われている剣豪二人が出会った瞬間を目の当たりにしているのであった。忠右衛門などは、人を初めて斬ったときと同様の興奮を覚えていた。二人の様子を見ていた石舟斎が、ここでおもむろに口を開いた。

「柳生新陰流も他流との試合は禁じておるが、先ほども落合殿と茂左衛門とが袋竹刀での稽古をいたした。茂左衛門には得難き稽古となったであろう」

茂左衛門が忠右衛門と石舟斎とに頭を下げる。いったん言葉を切って、石舟斎が続ける。これを武蔵は、石舟斎は身体の具合が良くなったといいながら、やはりこのような場に出て声を出し続けるのは苦しいからではないかともみていた。

「いかがであろう。兵助！　武蔵殿に稽古をつけてもらってはどうか？」

「はっ、拙者としては願ったり叶ったりでござります。もし、武蔵殿さえよろしければ……」

二人の剣豪が視線を交わす。

「いや、それがしこそ、兵庫助様に稽古をつけてもらえるなど望外の喜びにござりまする」

剣豪二人はにこやかに頷き合いながら、兵庫助は太刀を石舟斎に預け、羽目から三尺足らずの袋竹刀を選んだ。武蔵は太刀を忠右衛門に預け、いつも持ち歩いている三尺余の木太刀を手にした。武蔵は門弟との稽古においても袋竹刀などを用いることはなかった。木太刀での寸止め（すんど）の達人だったからである。

二人は道場の中央に三間ほどの間をおいて向かい合った。兵庫助は竹刀を『無形の位』から右半身の『青岸』に構え、その竹刀の先を武蔵の左目につけた。対する武蔵は提げていた木太刀を中段に移したままじっと動かない。兵庫助は青岸の構えのまま、すっと間境へと入っていったが、左足のみが間境の内にある。いつもならここで雷刀に構えたりしながら隙を見せ、相手の動きを誘うのだが、そのような手に乗る武蔵だとは思われない。兵庫助は武蔵を誘うことなくいきなり踏み込んでその喉への鋭い突きを見せようとした。その寸前、後ろに飛び退くのと同時に上段に振り上げた武蔵の木太刀がぴたりと兵庫助の前頭部に振り下ろされてその寸前で止まった。だが、兵庫助が右片手で伸ばした竹刀も武蔵の喉元に届いていた。

五

これより少し前のことだが、太一と初音は、伊賀上野を過ぎたあたりから、四人からなる一党によって追われていることに勘づいた。ただ途中、彼らの動きから、もしかしたら武蔵師弟ではなく、われら忍び二人を主たる標的にしているのではないかとも思えてきた。

柳生の里へと入った太一と初音は、武蔵一行が向かった石舟斎の庵ではなく小柳生(こやぎゅう)城(じょう)のほうに向かった。すると一党は、やはりこちらについてきた。これではっきりとした。どうも一党は、まずわれら忍び二人を始末してから、武蔵師弟を襲うつもりのようだ。一党四人の顔もしっかりと確認した。一人いる柳生の者は、九州で太一が密書を京に届けようとしたとき、立ちはだかってきた吉塚辰之進という男であった。そのとき吉塚と組んで動いていた女忍びが茜であった。これに伊賀者二人が加わった四人の一党だ。

太一と初音は小柳生城の外の空堀に四人を誘い込む作戦に出た。二人は空堀に入った後その向かいの土塀に鉤縄を投じて向こう側に姿を消した。四人は空堀の前まで来たが、姿を隠した二人を怪しみ、空堀の中へは下りてはこなかった。用心深くあたりを窺い、城の入口のほうから中へ入ろうかと思案しているようだ。

小柳生城の城主は、名目上は柳生宗矩であるが、むろんその身は江戸にある。そして家康に随い、伏見や大坂にいることも多い。この小柳生城に在城するなどということはまずなかった。その小柳生城に甲賀者二人が向かった。武蔵と弟子は柳生石舟斎の庵に向かったはずだ。吉塚は、甲賀者はわれらを空堀に誘い込み、討ち果たそうとの謀（はかりごと）を仕掛けているのではないかとみた。そこで、四人は空堀の上の塀の向こうに潜んでいるであろう二人を意識して散った。

土塀の裏側に潜む太一と初音であったが、彼らはこちらの作戦には引っかからなかったようだ。小柳生城は山城といっても、甲賀の城砦とたいして変わりはない。石垣も所々しかなく、また戦のないこの時期にこのような山城に配される守備兵もごくわずかだ。

城内の敷地には人はほとんどいない。二人は城の中を表門へと向かった。いまは門番が二人いて門は開かれていた。門番の二人は表のほうばかりを見ている。不意を襲って気絶させることにした。太一と初音は、後から忍びより鳩尾(みぞおち)に拳を打ち込み気絶させた。二人が倒れるとき頭を打たないよう抱えてそっと横にした。二人は外の様子を窺う。すると遠くに吉塚の姿が見えた。

「初音、まずあいつを倒そう。九州では武蔵殿に助けてもらったが、此度はわれらでやろう」

初音が頷く。二人は城の入り口を出て、近くの杉林の中に駆け込んだ。吉塚が追ってきて林の中に入ってきた。太一と初音はさっと離れた。吉塚は杉の木立の中に入った後は、慎重にあたりを窺いながら歩を進めている。太一は杉の木の上に上り、吉塚が近づいてくるのを待ち受けた。

吉塚が太一のいる木のすぐ側まで近づいてきた。太一は四、五間ほど離れた杉の木の上にいる初音と示し合わせて焙烙火矢を放った。吉塚は何かが飛んでくる気配を察し、さっと横に走った。太一のいる方向に気をつけていた吉塚は、そちらのほうから飛んでくる焙烙火矢を躱すことができたが、初音が投じた焙烙火矢が吉塚の足元近くを襲った。吉塚はその場に倒れた。

太一と初音が木から下りて倒れている吉塚へと向かった。そのとき棒手裏剣が幾本も二人を襲ってきた。爆発の音を聞きつけたのか、あの伊賀者三人だと思われた。二人は散った。今度は太一の側で焙烙火矢が炸裂した。太一が倒れた。その太一にとどめを刺そうというのであろうか、三人の伊賀者が姿を現し、太一の下へと走っていく。初音はそうはさせじと、三人に続けざま手裏剣を打った。三人の忍びのうち二人は木の陰に隠れて手裏剣を躱したが、首領格の一人は後ろを振り向いて手裏剣を躱すや、にやりとして忍び刀を抜いた。

初音も忍び刀を抜き、二人はぶつかり合うように刃を交え交差した。手強い。初音はこの忍びとは以前に一度刃を交えたことがあった。この忍びのほうが自分より剣の腕は優っていると、いまははっきりと感じた。それでも初音は、自ら忍びに向かっていった。相手も短い忍び刀であり、初音は忠右衛門との立ち合いで学んだ円明流の『下からの切り上げ』などを駆使して男を後退させた。そして離れざま、近い距離から手裏剣を打った。当たった。手裏剣は男の左腕に当たって下に落ちた。刺さりはしなかった。先ほどまでは余裕綽々だった男もこれで火がついたかのようであった。猛然と初音に向かって突進し、鋭い突きに斬りを見せた。初音は何とか忍び刀で防いでいたが、押されている。そのうち繰り返される男の力強い斬撃に初音は刀を叩き落とされてしまった。男が初音に刀を振り上げた。初音は脚絆に忍ばせてある手裏剣に手をかけたが、もう間に合わないと半ば覚悟した。

(殺られた！)

と思った。ところが、男はその刀を振り上げた姿勢のまま、後ろを振り向いていた。茜がいた。その手には忍び刀。そしてその刀は男の背中にぐさりと突き刺さっていた。

男が呻く。

「茜、おぬしは……」

猪猿は、わけもわからず仲間に裏切られた無念の表情のまま、その場に頽れた。茜は声を出さず、初音に頷くと、後の野猿と刃を交える姿勢を見せた。すると、野猿は向かってくることはなく、すっとこの場を去っていった。

　初音は倒れた太一の側に行き、傷を負ったかどうか、その具合を確認している。見たところ外傷は幸いにもなさそうだ。気を失っただけかもしれないが、耳をやられてしまっている場合がある。初音は何度か気付けを試み、それで太一はようやく正気を取り戻した。

「どうなったんだ？」

　太一は朦朧とした意識の中で、頭を振りながら状況を把握しようとしている。茜が初音に近づいてきた。

「これで私も伊賀の立派なお尋ね者ね」

　きょとんとしている太一に初音が説明する。

「殺られそうになって、もう駄目かと思ったとき、茜が助けてくれたのよ。あの男の忍びは、名は何ていうの？」

　茜は、初音と太一を交互に見遣りながら説明する。

「猪猿よ。凄腕の伊賀者よ。野猿は逃げていったから、もう私は伊賀には戻れないわ。

戻れるどころか、一生伊賀全体から追われる身となったわ」

「……」

伊賀の厳しい掟を知る二人は言葉を失っている。太一は、伊賀の女忍び・茜の話を初音から何度か聞かされていたが、まさか仲間を裏切ってまで助けてくれるほどの間柄であったのかと、朦朧としていた意識がはっきりとするかの如き衝撃を受けていた。

茜を含め三人で今後のことをしばらく話し合った後、太一と初音は茜を連れて石舟斎の庵へと向かった。

庭から中の様子を窺うと、武蔵と忠右衛門が、二十代半ばくらいの夫婦によってもてなしを受けているようであった。その脇のほうには、佐々木茂左衛門が控えている。もしかしたら、あの夫婦の夫のほうは、柳生兵庫助なのかもしれない。和やかな雰囲気だ。石舟斎は身体のこともあってか、奥で休んでいるようだった。厨房には忍びと思われる下女がいた。

茜を連れた太一と初音はこうした状況を把握して、古楓橋のほうへ戻ろうとしていたときだった。伊賀者が現れた。

「あっ、野猿！」

茜が忍び刀を抜き、身構える。太一と初音もさっと散った。

「待て、茜！　わしは敵ではない」

「……？」

「いやさ、あの吉塚の一党に加わったふりをして、実は兵庫助様から武蔵様をお守りするようにとの命を受けて動いておったのじゃ。で、吉塚は深手を負ったが、命に別条はない。これから、吉塚をとりあえず大坂に運んで治療を受けさせる。先ほど吉塚には、猪猿と茜は殺られてしまったと言っておいた。茜！　おぬしは死んだのじゃ」

「じゃあ、もう伊賀には……」

「ああ、伊賀者から追われることはない。うまく化ければな。あっははは……」

野猿はそれだけ言うと去っていった。怪我をしている吉塚の下に戻るのだろうか。

初音が茜の下に駆け寄って、両手で茜の手を握り、喜びをいっぱいに表している。

「良かったわね。うちに来る？　いま、うちには太一と私しかいないけどね。太一と私は武蔵様の隠れ忍びってとこかしら」
初音は太一にちらりと目を遣りながら、いかにも嬉しそうであった。

第十四章　江戸

一

　武蔵たちが江戸に下ってから、一年以上の歳月が流れていた。江戸は関ヶ原の戦の後、日比谷入り江が埋め立てられ、これに伴い多くの人足が集まり、武家屋敷のみならず、町屋、長屋など家屋敷が突貫工事で造られ、町はどんどん拡大されつつあった。江戸城を中心に内堀、外堀と整備され、江戸の町は広大な惣構えを擁する町へと急速に変貌、発展しつつあった。このため、江戸では仕事を求め、上方を中心に全国から男を中心に多くの人たちが集まってきたこともあってか、武蔵の武名はここ江戸でも高く鳴り響いていた。

　いま武蔵は、細川家上屋敷の離れ書院に客人として招かれ、そこに仮寓していた。この屋敷の主である細川忠利（ただとし）に請われてのことであった。忠利は主といっても、慶長五年（一六〇〇）正月、光（みつ）という名であった十五歳のとき、証人（人質）としての江戸での生活を始めた。

家康の三男・秀忠に近侍する身となったが、秀忠よりも七歳ばかり年下の忠利は、秀忠と剣の修行などともにするうちに互いの気心も知れ、秀忠のお気に入りの近習の一人となっていた。そのきっかけとして母親の死も大きかった。忠利が江戸に質となって半年後、母のガラシャが凄惨な最期を遂げたことを知らされ、母の死のとき側にいてあげられなかったことが悔やまれ、忠利を苦しめた。その分石田三成へと憎しみが向けられ、逆に徳川への親近の情が生まれたのはごく自然なことだった。

細川家の嫡男は忠隆であった。関ヶ原の戦の前から徳川家は、前田家に対し、徳川家に対抗しうる勢力として警戒するところがあり、たとえば謀反の疑いを掛けたりして、その力を削ぐべく積極的な手を打ち始めていた。忠隆はその前田家の娘・千世を妻としていた。当時、前田家と近しい関係にあった細川家であったから、徳川からのあらぬ疑いを招かぬためにも、細川家当主・忠興としては前田家との縁を切っておきたかった。石田三成が挙兵する際に上方の妻子を人質に取ろうとしたとき、千世が、妻・玉（ガラシャ）の下を離れ一人難を逃れた。そのことを口実として、離縁するよう忠隆に求めたが、忠隆は頑としてこれに応じようとしなかった。

その頃、徳川方から忠利を細川家の嗣子とするのを望んでいるとの意向が伝わってきていたことから、細川家は嫡男の忠隆を廃嫡し、三男の忠利を嗣子とした。忠隆が廃嫡されたことは、本人もある程度覚悟した上での行為の結果ともいえたが、細川家には二男・興秋がいた。興秋は母・ガラシャのあの悲惨な最期からなかなか立ち直ることができないでいた。姉や妹とともに切支丹として受洗していたこともあり、より耶蘇教への信仰の思いを強くしていた。そんな折、己を差し置いて、弟が細川家を継ぐこととされたことが興秋の心をひどく傷つけた。結局、興秋は中津から証人として江戸に向かう途次、細川家を出奔し、京の建仁寺に入り剃髪した。

忠利にはこうした経緯があって、細川家の世子としてのいまがあるのであって、忠利が何か画策してのことではないとはいえ心中複雑な思いがあった。忠利の住む細川家上屋敷は、江戸城本丸に近い和田蔵門からすぐの道三堀の側にあった。道三堀という名はこのあたりに曲直瀬道三の邸があったことに由来する。道三堀は徳川氏の江戸入府直後に開削され、内堀の水量を調節するのと外堀から内堀へ物資を搬入するために用いられた。

細川家上屋敷の隣の屋敷が、あの柳生家の上屋敷であった。剣に熱心な忠利は、さっそく柳生に入門し、柳生新陰流を学んでいた。もちろん将軍家剣術師範を柳生家が担っており、忠利が近侍する秀忠が学ぶのも当然柳生新陰流であることから、これは必然的なことでもあった。

柳生新陰流を学ぶ忠利ではあったが、上方での武蔵の盛名を聞いていた忠利は、武蔵が江戸に来ているとの噂を耳にし、屋敷に呼び寄せた。武蔵には小山のような巨漢だとの噂があったが、実際会ってみると、二歳ほど年上の武蔵は、確かに筋骨逞しい武人には違いなかったが、あらゆる分野・諸芸に通じた博識の知識人であった。忠利は柳生への遠慮もあって、武蔵の剣は見て学ぶにとどめたいと思った。そこで、かねてより武蔵の稽古を見てみたいと思っていた。

城から戻り遅い夕餉（ゆうげ）を済ませた忠利は、離れ書院にいる武蔵をここ広書院に呼び出した。

「武蔵殿、柳生では幾種類もの形稽古がござるが、円明流ではいかなるものがござるのか?」

忠利は、円明流の型を見せてもらうことで、柳生流との比較の中から学びを得ようと考えたのだった。

「はっ」

と答えつつ、武蔵は穏やかな笑みを忠利に向ける。

「円明流では、型なるものには重きを置きませぬ。もちろん型はございまするが、むしろ型にいつくことは、水が流れるような滞りのない剣の流れの妨げともなりかねませぬ」

「ほう、型ではないと? しからば、円明流ではいかなる稽古をするのか?」

「もともとそれがしは、一人にて山中を走り回り木刀で大木を打ち、身体を鍛えて参り申した。その際、目には見えぬ敵を相手として木刀を振るい戦うのでございます」

「うむ。なるほど、まずは一人稽古で、戦うための身体を鍛える。その際、ただ鍛えるのではなく、戦いをおのが脳裏に描き、それに必要な太刀捌きを一人で生み出していったというわけか」

「御意にござりまする」

忠利は、武蔵に苦笑いを向けながら冗談を言う。

「その点では、みどもはそちほど恵まれた場に身をおいてはおらぬな。身近に山などありはせぬし、ましてや山に一人で入って鍛錬するなど夢のまた夢にすぎぬからの。せいぜいそこの狭い弓庭(ゆば)にて、弓や剣の『稽古』をするのが関の山よ」

「はあ、恐れ入りましてござりまする」

「まあ、幸い隣が柳生屋敷故、そこには道場が設えてあるからの」

「はい、それがしも、龍野の圓光寺の道場にて、多くの門弟衆と手合わせをいたすようになったことで随分と手が上がったように存じまする」

「うむ。たとい形稽古であろうと、常に実戦を想って望み、門弟衆との手合わせの中で、その型に捉われるのではなく、実戦に応じた剣を生み出し、磨いていかねばならぬということだな」

「はっ、ご賢察と存じまする」

このとき、御側衆の一人が、武蔵への書状を取り次いだ。

「お世継ぎ様！　武蔵殿に火急の知らせが参っておりまする」

「そうか。ここで良い。渡してあげよ」

書状を渡された武蔵は、忠利の御前であることから、御前を退出した後に開こうと考えた。そうした武蔵の心の動きを察したのか、忠利は、

「火急の用とな。ここで開けて構わぬ」

と、この場で開くことを許した。

「はっ、お気遣い、誠にかたじけなく存じまする」

武蔵が忠利の言葉に従い書状を開くと、それは太一からのものだった。

『忠右衛門殿、小野の門弟に不覚！』

書状を読む武蔵の表情には格段の変化は見られなかったが、忠利は気を遣った。

「良き知らせではあるまい。すぐに行ってやるが良いぞ」

「はっ、誠にもってありがたきお心遣い。感謝に堪えませぬ。では、お言葉に甘えさせていただきまして、恐れながらこれにて御前を失礼させていただきまする」

武蔵が忠利の下を下ると、篝火が焚かれた庭に太一が控えていた。

「太一！　忠右衛門が斬られたのだな」

「はい、いまは長屋のほうに運ばれて、初音と朱実（茜）が側についております」

「して、傷の具合は？」

「背中と左腕を斬られていて、背中がいささか深い傷ですが、命に別状はなきように見受けられます」

「小野次郎右衛門殿の門弟と何かいさかいがあったのだな？」

「はい、まだうまくしゃべれぬようで、詳しいいきさつはわかりませぬが、そのようです」

　武蔵が太一とともに皆の住まいとなっている神田の長屋に行ってみると、手当ても済み、薬を飲まされているのか、忠右衛門は布団の中で眠っていた。枕元には初音と朱実が、忠右衛門を挟んでその両脇にかしづくように座っていた。武蔵が二人に会釈して近づくと、朱実が席を譲り布団の足元のほうへと下がった。

「大丈夫か？」

　武蔵は、向かいに座っている初音のほうを見遣りながら座った。

「ええ、太一も前に背中を斬られたことがございましたが、太一のときより傷は浅いものですので、また、すぐに剣を使えるようになるかと存じます」

初音は、入口の土間に立っている太一を見遣りながら、武蔵が最も気にしているのではないかと思われることに答えていた。

「そうか。何か相手のことをしゃべったか？」

この問いには、布団の足元に控えた朱実が答えた。

「ええ、小野の門弟、数人にやられたようにございますが、しきりと安達左内という名を口にしておりました」

朱実は柳生の里を離れる際に一行に加わった元伊賀の女忍び・茜である。いまはその名を改め、朱実といった。忠右衛門より二歳年上なのだが、忠右衛門は、柳生の庄で突然仲間に加わった朱実の美しさに衝撃を受けた。剣の師である武蔵に弟子としてただ一人随行させてもらっている立場上、師の前で女人に対する情など仄見せてはならぬと自戒していたが、周りの目からは一目瞭然であった。もちろん朱実もそれに気づいてはいて、悪い気はしないのだが、伊賀を裏切った忍びでありながら、この一行に加えてもらった身だとの負い目があり、忠右衛門の気持ちを素直に受け容れるなどといった状況にはなかった。しかし、自分を想ってくれている男が斬られたのである。何とかできることはしてあげたいと思い、初音とともに献身的に看病していたのだった。

また、小野とは小野次郎右衛門忠明(ただあき)のことである。安房国(あわ)に生を受け、初め里見氏に仕え、名を神子上典膳(みこがみてんぜん)といった。伊藤一刀斎(いとういっとうさい)と出会い、兄弟子の善鬼(ぜんき)とともに諸国修行の旅に随った。善鬼との後継者を巡る戦いに勝利した後、徳川秀忠の剣術指南となり、二百石を賜り旗本となる。その際、母方の姓である小野と名を改めた。いまは神田冬青木坂(もちのきざか)に屋敷を持ち、禄高三百石となっていた。

武蔵は、朱実に忠右衛門が引き起こした小野の門弟とのいさかいについて探るよう命じた。

「朱実！　斬られたわけを探ってくれ」

「はい、承知いたしました」

元伊賀者として自家薬籠中の仕事を頼まれた朱実は、忠右衛門の役に立てるということで喜び勇んで長屋を出ていった。

二

初めて武蔵の一行が江戸に来た頃は、江戸に仕事を求めて集まってきた者の多さに比し、住居が足りぬということもあって、この神田にある長屋にどうにか三部屋を借りることができた。武蔵は一人でその長屋の一部屋に住むことができたが、忠右衛門と太一は相部屋で、また初音と朱実も相部屋でこの長屋に住んでいた。いま武蔵は、細川藩邸の離れ書院に仮寓しているが、この長屋の武蔵の部屋はそのままにしてあり、その部屋で朱実からの知らせを待っていた。やがて、朱実が戻ってきた。

「わかったか?」

武蔵の問いに、忠右衛門のために忍び働きができて、朱実は嬉しかったが、忠右衛門が怪我を負っているためか、神妙な面持ちで答えた。

「はい、忠右衛門殿が、飯屋で一人酒を飲んでいたところに、小野の門弟四人が入ってきて、その後だいぶ酒が進み、他流、特に柳生の悪口など息巻いていたようです。そのうち、二刀を扱う円明流のことを悪しざまに言ったようで、それで、忠右衛門殿が我慢できずに言い返したことが原因のようです」

「あやつはまだまだ修行が足りぬな」

朱実は、奇妙なことに、ほんのわずかだが、自分の身内が咎められたような感情を覚えた。ここは忠右衛門を少し弁護してやらねばと思った。

「それで双方店の外に出て、小野の門弟四人に囲まれた忠右衛門殿は、足がふらつくような有様で、そこを安達左内に後ろから斬りつけられ、前の一人に腕を傷つけられたようにございます。なれど最後まで忠右衛門殿は剣を抜かなかったようにございます」

「うむ。さようか」

武蔵はそう言うや、三尺余の木太刀を引っ提げ長屋を後にし、小野の道場がある神田冬青木坂へと向かった。

小野次郎右衛門の道場は、激しい稽古で知られていた。柳生のように袋竹刀を用いることはなく、木刀や刃引きした真剣を用いていた。門弟たちは、同じ将軍家師範でありながら、師匠が、柳生とは石数（禄高）で大きく水をあけられていたことから、対抗心というよりも激しい敵愾心さえ柳生に対して抱いていた。もっとも、小野流は曲がりなりにも将軍家師範の流派であり、この点でほかの流派より遥かに恵まれた地位にあるといえるのだが、次郎右衛門の己の剣の腕のほうが柳生宗矩よりも遥かに上だとの自負が、その言動にも表れている意固地な性格に加え、不遇をかこっているとの意識が門弟にも伝わり、一門には殺伐とした雰囲気すら漂っていた。小野の道場は冬青木坂の屋敷に併設されていた。武蔵は小野道場に初めて足を踏み入れた。

「頼もう」

すぐに一人の門弟と思われる男が現れたが、武蔵の風体を見るや、（すわ！　道場破りか）と、慌てて奥に引っ込んでいった。武蔵が道場入口にてしばらく待っていると、先ほどの門弟ではなく、今度は高弟とみえる男が出てきた。

「大変失礼仕った。さぞや高名なお方とお見受けいたす。御尊名を承りたく存ずる」

「それがし、播州牢人、宮本武蔵と申す者にござる。本日は、弟子の失礼の段につきお詫び方々御挨拶に参上した次第にござる」

　武蔵という名を聞き、高弟には驚愕の表情が走った。また奥へと引っ込んだ高弟は、戻ってくるや、武蔵を屋敷の客間に案内（あない）した。

　武蔵が案内された客間に控えていると、背はさほど高くはないが、頑健な身体のいかにも剣の強豪とみえる武士が現れた。歳は武蔵より二回り近く上か。

「そこもとが宮本武蔵殿にござるか。武蔵殿の勇名は、ここ江戸にも轟き渡ってござる。一度お会いしたいと存じおったところでござる」

「はっ、将軍家御指南役の小野様にお会いでき、誠に身に余る光栄と存じ奉りまする」

「して、本日は、お弟子殿の失礼の段についてのことと伺っており申すが、いかなる仕儀でござろうか？」

「はい、小野様のお弟子四人との酒の上での口論から争いとなり、わが弟子が背中を斬られたようにござります」

「なんじゃと！　その斬った相手の名はわかっておるのか？」

「確とはわかりませぬが、安達左内とかいう名を申しておるようにござります」

「安達？　あやつめが……。ここに呼んでこい」

小野は近くに控えていた門弟に安達を呼びに行かせた。しばらくすると、廊下の床板をどかどかと踏み鳴らしながら、四人の門弟たちが現れた。客間にいた武蔵に、皆一瞬ギョッとたじろぐ風情を見せながら、いささか緊張した様子で客間の横に控えた。

「安達！　おぬし、剣を町中（まちなか）で抜いたそうじゃな？」

「あっ、いえ、あれは向こうが生意気な口をきいたが故にやむなく……」

「馬鹿者！　たわけが！　市中（しちゅう）で剣を振り回してはならぬとの道場の掟を破ったのじゃな」

厳しい師匠の言葉に、四人は等しく『破門』の二文字が頭をよぎったのか、安達を筆頭に皆がばと額を床にすりつけた。

「もっ、申し訳ござりませぬ。思慮に欠けた振る舞いにござりました」

「そのほうら、当分は謹慎じゃ。わかったか！　わかったら、下がれ」

「はっ」

四人は表面上そのように装っているだけかもしれないが、神妙な面持ちで二人の前を下がっていった。

「武蔵殿！　弟子が起こしましたる不始末、その師たる小野忠明、この通りにござります」

小野忠明が、座っていた座布団を外し、弟子がしたのと同じように額を畳にピタリとつけた。

「いや、小野様、どうぞ頭をお上げくだされ。幸い弟子の落合も命に別条はなき様子、かようにやって参りましたのも、実は高名な小野様にこの機会にお会いできぬものかという気持ちもござりました」

この武蔵の言に、頭を上げた忠明が、（ほおー）という表情で武蔵を見つめる。この域にある剣豪同士が『会う』とは、手合わせを望むということを意味することがある。

「いや、こちらこそ武蔵殿と手合わせができれば嬉しいのでござるが、拙者、将軍（秀忠）様よりご勘気を被っており申して、目下自宅謹慎（蟄居）の身にござれば、それは叶わぬことにござる」

「それは……。何とも無念にござります」

武蔵は、何か思案する風であった。

「小野様、恐れ入りますが、そこの木太刀を持って立っていただくことはできますでしょうや？」

武蔵や小野ほどの剣の域に達した者には、剣を持った姿を見ただけで、およそその力量がわかる。忠明も武蔵の意図がわかったものとみえ、立ち上がって木太刀を右手に提げて見せた。

「これで良いか？」

忠明が立ち上がるや武蔵も左に置いていた木太刀を手に立ち上がった。そして、武蔵は木太刀を中段に構え、立ち合いの際に発するあの凄まじき『気』を迸(ほとばし)らせると、忠明もだらりと提げていた木太刀を正眼に構えるや、その目に獰猛な猛獣を思わせる激しい闘志を漲らせた。狭い客間で相対峙した二人は、剣の間境に近い距離にあった。ほんの短い刻(とき)が向かい合う二人の間に流れた。

武蔵は少し後ろに下がり、木太刀を横に置きその場に控えた。

「誠に得難き刻にござった」

武蔵がこう言って頭を下げると、忠明も元いた座に座り直し、いつもの風情に戻っていた。

「いやあ、こちらこそ久方ぶりに血が騒ぎ申した」

二人はこの短い間に、互いの持てる力をその『気』において振るい、勝負をしていたのである。もちろん、その結果がどのようなものであったのかは、二人にしかわからぬことであった。

三

落合忠右衛門の背中の切り傷は、思いの外軽かったようで、初音と殊に朱実の献身的な世話もあってか、一月も経たないうちに忠右衛門は部屋の中で普通の生活ができるほどに回復していた。しかし、さすがに剣の修行ができるほどまでには至っていなかった。

その師である武蔵は、道三堀近くの細川藩上屋敷の離れ書院に仮寓しながら、ときには神田長屋に戻るといった生活をしていた。長屋に戻り、忠右衛門の回復具合を確かめた武蔵は、傷が癒え始めた頃、朱実に支えられて立ち上がりながら、嬉しげな気持ちを隠しきれずにいた忠右衛門の姿が思い出され、ちょっと皮肉を言ってみた。

「まだ無理をするではないぞ。まずは近くをゆっくりと歩くことから始めよ。朱実に支えてもらいながらでも良いぞ」

「えっ、お師匠！」

忠右衛門は顔を赤らめているが、師の真意がどこにあるのかわからないので戸惑っている。

そのとき隣の部屋から、女の華やいだ笑い声が聞こえてきた。初音と朱実が何やら楽しそうに騒いでいるようだ。

二人は武蔵の遠縁にあたる姉妹として、武家の未亡人の家で武家の娘としての修行を積ませてもらった後、武蔵の仲介で細川藩上屋敷に通い女中として奉公していた。

これが江戸での二人の表の顔である。細川家に忍びとして入り込んだわけではない。しかし、『昔取った杵柄』というより、忍びとしての本性から自ずと面白い話には吸い寄せられてしまうようなところがある。

忠利は、世子といっても『証人』として江戸に送られた身であり、側にはまだ大身の家臣はあまりついてはおらず、世の中の大きな動きとは縁遠い上屋敷であった。この忠利の下を頻繁に訪れる者として、豊後速見郡三万石初代日出藩主で、高台院（北政所・寧々）の最愛の甥・木下延俊がいた。また豊後国臼杵藩の第二代藩主・稲葉典通もよく一緒に来ている。これらの者が集まっての話は興味深いものがあった。これは忠利が将軍・秀忠と近しい関係にあったことが大きいが、それでも世の中の大きな動きに直接関係するほどのものではなかった。むしろ屋敷の外に探らねばならない多くのことがあり、夜の忍び働きは欠かせないものであった。それもあって、二人は屋敷への住み込みではなく、長屋から通いで奉公に上がらせてもらっていたのである。

武蔵が二人の長屋の部屋を覗いた。

「良いか？」

「はーい。まあ、武蔵様！　このようなむさ苦しいところへ……」

初音が大慌てで、朱実を急かしながら部屋の中を片付けようとしている。

「むさ苦しいとは、拙者への当てつけか？」

孤高を愛する武蔵も、初音とはこんな自虐めいた冗談を言い合うような仲となっていた。

「いえ、以前の武蔵様とは違って、いまは細川様の大切な客人として、随分と小綺麗になっておられます」

「うむ。さようか。ところで先ほどは何を楽しそうに騒いでおったのだ？」

「これですよ」

初音が見せてくれたのは、男装した女役者の傾き絵であった。

武蔵は伏見城炎上の直後、京の町から逃げるように去っていこうとしていた一座のことを思い出した。やがて一座が京に戻ってきた折り、海北友松らと五条河原に観に行くことにしていたのだったが、気になる男（小次郎）をつけていったため、それっきりとなっていた。

「この者、お国という名ではないか?」

「あら、ご存じでしたの?」

「以前、京で会ったことがある。雑兵に絡まれていたところを助けてやったら、いま一度その剣の舞をとせがまれ、やらされたことを覚えている」

「まあ! 武蔵様はお顔が広いですね。傾き踊りのお国さんとお知り合いだったとは……。あのう、この絵にお国さんの名を記してもらうことはできますでしょうか?」

初音は恐る恐る遠慮がちに頼んでみた。

「ああ、いいとも。会わせてやっても良いぞ」

「えっ、真に?」

嬉しさと興奮のあまり、初音は朱実と手を取り合って部屋中を飛び跳ねた。

木挽(こびき)町の表通りに煌びやかな幟が幾本も立っており、『踊り天下一』と書いたものも見られる。最初阿国一座は京の五条河原の仮設舞台で興行を始めたが、ここ江戸の木挽町でも、方二間四方の舞台に、屋根は切妻破風(きりづまはふ)の板葺きで、簡素ではあるが、京の北野天満宮に造られた『定舞台(じょうぶたい)』に近いものが設えられていた。一座の者たちは、その舞台の裏手にある一棟の裏長屋に住んでいた。

武蔵は初音と朱実を従えて、その裏長屋を訪れた。

「御免！」

「はーい。少々お待ちくだされ」

一人の若い娘が出てきた。武蔵を見て、「あっ」と小さく声を上げた。京で雑兵に絡まれていたところを助けてやったあのときの菊という娘であった。菊は武蔵のことをよく覚えていた。

「あのときはお助けいただき、お武家様のことは忘れたことはござりませぬ。試合で御名を上げられ、それを聞くたびに嬉しく思っておりました。あっ、お国さんに会いにいらっしゃったのでござりますよね。今夜はあいにくと、お奉行様のお屋敷に呼ばれておりまして、申し訳ござりませぬ」

「お奉行様とは？」

「大久保石見守長安(いわみのかみながやす)様でござります。もしかしたら、私たちお城で踊ることになるやもしれませぬ」

　阿国一座は、この後一度だけ江戸城で踊ることになる。本丸と西の丸との間、紅葉山の裾に能舞台様のものを設え、勧進歌舞伎を行った。しかし、そこには、家康も秀忠も現れなかった。その後、歌舞伎は風俗を乱すとの理由で、舞台から女性が排除された。お国という女性が始めた歌舞伎は、徳川家の二人の男によって女がいない舞台とされてしまったのである。そしてこれは、その後も歌舞伎の伝統として受け継がれていくことになる。

　お国が留守とのことで、武蔵は後ろの二人を振り返る。初音がさも残念そうに言う。

「お留守なら仕方がございませぬ。明日のお昼の舞台を楽しみにいたしております。よろしくお伝えくださりませ」


　武蔵たちは阿国一座の住まいを後にして夜の江戸の町を帰っていった。日本橋のあたりでは、夜でも道には幾分明るさがあり、大柄な武蔵が歩くとどうしても目立ってしまう。ここ江戸でも、武蔵へ向けられる監視の目があった。それは伊賀者である。

すべての伊賀者が城の警備などの職についていたわけではない。

いま伊賀の上忍・服部家の配下にある伊賀のくノ一・馬酔木（あせび）が武蔵に張りついていた。といっても、武蔵は、普段はほとんど道三堀前にある柳生上屋敷の隣の細川上屋敷にいて、たまに神田の長屋に顔を出す程度で、至って平穏な生活を送っており、目黒の柳生道場への知らせもほとんど必要がないほどだ。

武蔵が連れ立って歩いている二人の女だが、いずれも忍びであることは身のこなしからとうに知れていた。だが、馬酔木には気にかかることがあった。女の一人が振り向くときに見せるわずかに首をかしげるような仕草である。以前誰かがあのような癖を持っていたことをぼんやりと記憶している。誰だかずっとわからなかったが、いまようやく思い出した。伊賀の里にいた年下の忍び・茜である。甲賀者に殺されたと聞いた。顔の印象は茜とは違うが、あの癖といい、身のこなしがどこか茜と似ているような気もする。一つの癖から無理やりに茜と朱実の二人を同一人物へと結びつけようとしているのかもしれない。いずれにせよ馬酔木には、武蔵のほかにもう一人監視の的が増えたにすぎなかった。

馬酔木が麹町の塒へと帰る途中、一人の柳生の武士に呼び止められた。急な連絡などではままあることだ。柳生の者はすぐ裏の雑木林へと馬酔木を促した。

「武蔵を張っている馬酔木だな」

「はい」

「それがし、柳生宗矩様の配下の吉塚辰之進だ。武蔵には、九州で直属の上役を殺された。あいつを追っていて、大和では二人の伊賀者を失った」

伊賀の忍びの中で下忍とされる馬酔木などには、依頼される仕事の理由が教えられないことが普通であった。武蔵に張りつくのはそういうわけなのかと、いま馬酔木は悟った。

「吉塚様も武蔵とは何か因縁がおありなのでしょうか?」

「ああ、九州で武蔵と戦ったが、まるで歯が立たなかった。されば、江戸に来させてもらって、目黒の柳生道場で、木村（助九郎（すけくろう））様や村田（与三（よぞう））様に鍛えてもらっておるのだ。されど、いずれにせよ、一人では武蔵には勝てぬ。それがしに加え、すでに柳生の者二人に伊賀者二人が集まった。仲間に加わらぬか?」

「はい。……して、私めの役割は？」

「いまの仕事をそのまま続けてくれ。そして、武蔵を倒す機会が訪れたときに一緒に動いてくれ」

馬酔木は以前大坂でかなりの緊張の中で仕事をやっていたときに比べ、江戸に来てからはさほどの緊張がなかったが故か、この吉塚の話に新たな刺激を受け、忍びとしての本能の疼きのようなものを感じた。


太一は、いま神田長屋の一部屋に忠右衛門とともに住んでいるが、かつては甲賀、京の都、大坂とかなり広い領域を駆けずり回っていた。それと比べると、江戸城を真中に据えた江戸の町ではごく狭い中を動けば良かった。道三堀に面している柳生上屋敷、目黒の柳生道場、伊賀者の居住する麹町御門（半蔵門）から麹町界隈といったごく狭い範囲に目配りをするだけで済んでいた。武蔵や太一たちにとっては、ここ江戸でもやはり柳生と伊賀とが当面の敵であった。

武蔵は、細川邸の離れ書院や神田の長屋で書を書いたり絵を描いたりするだけでなく、木刀や弓といった木工品、刀剣や鍔などの金工品、仏像などの彫刻品の制作にもいそしんでおり、いずれも精巧で見事な出来栄えにして、武蔵の作品は高価での需要があった。初音と朱実も表向きには細川邸の通い女中を務めたりしている。忠右衛門と太一も、この急速に拡大し続ける人手不足の江戸の町にあっては、金銭を得るための仕事に事欠くようなことはなかった。

江戸の伊賀衆を一時期束ねていたのは服部家であった。服部半蔵正成（まさしげ）の息子・正就（まさなり）の時代になると、元々伊賀同心二百人衆の家格よりも上だとはいえぬ服部正就に私用で手下のようにこき使われることへの反発から争いとなり、結果として正就の家は改易された。この後、服部家は弟の正重が継いだが、服部家が伊賀同心を支配することはなくなった。

いま将軍・秀忠の剣術師範であり、その地位も着実に昇進を進めている柳生宗矩が、次第に伊賀同心をも差配するような立場になっていった。伊賀同心にとって究極の上役といえる秀忠の内意を受けた仕事であるかのように仄めかされれば受けざるを得ない。また江戸城の警備の仕事を本意とは思わない伊賀衆の中には、むしろ柳生の配下で忍び（隠密）働きをすることにこそ活路を見出そうとする者すらいた。

馬酔木はそうした伊賀者の上忍である服部正重の指揮の下に動いていた。もはや服部家が伊賀同心を支配することはないが、服部家は上忍として配下に多くの中忍、下忍を従えていた。吉塚辰之進の地位がどのようなものかは知らぬが、服部正重は柳生の命を受けて動いている。そして馬酔木たちが探った結果を正重が柳生に報告しており、吉塚の命は、ある意味で服部よりも上位にあるとも馬酔木には思えた。馬酔木は、吉塚からは当分いまの仕事を続けるだけで良いというようなことを言われた。これまでの仕事が決しておざなりだったというわけではないが、この新たな仕事をもらった後では、やはり意気込みが違ってきた。武蔵と朱実だけではなく、そのほかの仲間たちにも十分に目配りをするようになっていった。

ある夜、馬酔木は柳生道場の側、目黒川の堤を歩いている男を見つけた。忍びであることは容易に知れるが、伊賀者ではないことが馬酔木には直感でわかった。気づかれないように後を追ってみると、思った通り武蔵の仲間の甲賀者の太一であった。太一は二人の武士の後をつけていた。二人の武士はもしかすると、柳生道場の者かもしれない。二人の武士は麹町の方向へと向かっていて、その近くで一人の伊賀者と会っていた。

馬酔木は、三人が別れた後、この伊賀者に接触してみようと思った。これまでこの伊賀者とは言葉を交わしたことはなかったが、同じく服部家に仕える下忍同士であり、顔は見知っていた。

「いま宮本武蔵を張っている馬酔木と申します。武蔵の一味の甲賀者が、あのお二方をつけておりましたので、気になり申して、お声を掛けさせていただきました」

「うむ。そうだったのか。いや、あの柳生のお二方は、いずれも武蔵に恨みを持っておるどころの話ではないぞ」

「えっ、といいますと？」

「お二人は、大瀬戸（おおせと）隼人（はやと）殿と辻風（つじかぜ）左馬助（さまのすけ）殿と申して、いずれもその兄を武蔵に殺されておる」

「えっ……真の話でございますか？」

「うむ。二人の兄はともに隠密だった故、あまり大っぴらにはされてはおらぬがの。お二人は甲賀者につけられておったのか？」

「太一と申す者にござります」

「うむ。やはりさようか。わしは、細川上屋敷を見張るのが役目の与次郎と申す者だが、その甲賀者、武蔵との繋ぎでたまに細川上屋敷に来ることがあるぞ」

与次郎はそう言って何か考えこんでいる様子だ。馬酔木はおのが疑問を与次郎にぶつけてみた。

「太一が、柳生のお二方をつける理由が何かござりますのか？」

「うむ。そこじゃ。実は大瀬戸殿と辻風殿は、吉塚辰之進様が音頭を取られている武蔵打倒の仲間なのじゃ。わしもその仲間の一人じゃ」

「えっ……あー、さようでござりましたか。実は私もその仲間に加わるように吉塚様に言われたばかりなのでござります」

「おお、そうだったのか」

馬酔木は吉塚のいう『仲間』のおおよそが掴めてきた。

「もう一人の伊賀者は誰なのですか？」

「小助というわしらと同じ下忍じゃ。それよりも武蔵側がわれらの企みに感づいてそのような行動を取っているとしたら、困ったことになる」

馬酔木は小助の顔だけは知っていた。与次郎の疑念が、はたして杞憂にすぎないものかどうか、いずれにせよ今後さらに探っていく必要があると考えた馬酔木は、与次郎に提案した。

「私は、吉塚様から引き続き武蔵のことを張ってくれと言われております。与次郎殿とは『仲間』と相なりますので、武蔵に関する情報をお伝えすることにいたしましょうか？」

「おお、さようか。それはありがたい。では、細川上屋敷に入り込んでいる伊賀者が掴んだ情報を含めてわしの情報をおぬしに教えることにいたそう」

「ありがとうございます。承知いたしました。では」

馬酔木は興奮していた。これまで武蔵を張る意味も確とはしないままにやっていた務めが、俄然忍びとしての手ごたえを感じさせるものへと変わった。

大瀬戸隼人と辻風左馬助は、目黒の柳生道場で柳生新陰流の修行に打ち込んでいた。当初二人は、ともにその兄を武蔵に討たれた者同士ということで、屋敷内で顔を合わせても、変な躊躇（ためら）いやぎこちなさみたいなものがあり、挨拶を交わすくらいで、親しく言葉を交わしたことはなかった。この二人を結びつけたのが吉塚辰之進である。吉塚は九州で大瀬戸隼人の兄・大瀬戸数馬とはその務めにおいて密接な関係にあった。また、畿内に戻っていた吉塚は、辻風の兄・辻風兵馬が一条の如水屋敷の側で討たれたと聞くや、すぐさまそこに駆けつけて状況を確認し、後始末までしている。そして江戸の柳生道場でその弟の辻風左馬助に詳しく話して聞かせたことで、信頼を得て辻風も仲間に加わったのである。

大瀬戸と辻風の二人は、武蔵が柳生上屋敷の隣の細川上屋敷に仮寓するようになってからは、何かとことさらに用を作って、道三堀に面した柳生上屋敷の道場を訪れたりしていた。柳生上屋敷の道場でも、師範代の木村助九郎が門弟を指導していたので、二人はここでも木村の指導を受けることはできるのだが、木村は二人がここによく来る理由もわかっていた。木村は当初は二人に「まだまだじゃな。その腕ではおそらく武蔵の弟子にも敵（かな）うまい」などと厳しい言葉を投げかけていたが、それが逆効果を生むことにも気づいた。早く剣の腕を上げねばと焦りが稽古にも見られ、それが上達の妨げとなっている。そもそもこの上屋敷に来ること自体が二人にとっては良くないことのように思われた。何しろ隣の細川上屋敷に憎き仇の武蔵がいるのである。平静な気持ちで稽古することがままならぬとしても無理からぬことであろう。

四

忠右衛門は安達左内に斬られた背中の傷が回復し、この夜も近くの神田の雑木林で木太刀を振るって稽古をしていた。忍び装束の朱実が離れたところにいて、忠右衛門の周りの気配に気を配ってくれている。

身体を元に戻そうと、散歩から始めた頃は、師匠の『公認』（忠右衛門はそう解していた）もあること故、朱実が側に寄り添ってくれることに有頂天になっていたが、ほぼ元のように剣を振るえるようになったいまは、ああやって見守られるのは少し気恥ずかしい。だが、好きな女性が己の側で優しく見守ってくれているという事実が、忠右衛門にはたまらなく嬉しかった。単に忍びとしての務めを果たしているだけではないということは朴念仁の忠右衛門にもよくわかっていた。

　このあたりは造成のために切り崩された神田山から少し離れたところにあって、まだ以前の武蔵野の面影が色濃く残っている。忠右衛門は夜の修行では意図的にこのような星明かりだけの闇の中での戦いを想定した鍛錬を試みていた。これも夜目が利く三人の忍びに触発されてのことだった。忠右衛門は相手を想定し木太刀を振るいながら、『観の目』で夜目を利かせることも怠らなかった。

　忠右衛門と朱実はほぼ同時に、二人の武士が近づいてきているのに気づいた。小野の門弟・安達左内と三浦甚之助である。二人は小野忠明から謹慎を申し渡された四人の中の二人であった。忠右衛門が稽古をやめ、二人に近づいていき、作り笑みを浮かべて話しかけた。

「これは、これは！　小野様の高弟のお二方ではござらぬか。謹慎は解けましたのでござろうか？」

「なにを！」

暗闇で忠右衛門にはさすがにわからなかったが、忠右衛門の皮肉めいた言葉に二人の顔面は怒りで朱に染まっていた。二人とも鯉口に手を掛けている。これを見て、三人の間に朱実が割って入った。

「忠右衛門殿、師のお言葉をお忘れなきよう」

この前の喧嘩もあって、武蔵から市中にて徒に剣を抜いたりしないようにときつく言い渡されていた。忠右衛門も十分に承知しているようで頷いている。この前の喧嘩の折にも、忠右衛門は決して剣を抜かなかったのだ。朱実は小野の門弟に向き直って、

「そなたたちも、小野様のご機嫌を二度と損じたりなさらぬようお願いいたします」

などと言ったから、二人は逆上した。

「何をぬかす。このアマ！　素破（すっぱ）風情が、偉そうに」

この時代、忍びの者はこのあたりでは素破、乱波（らっぱ）などと呼ばれていた。そして、こんな者どもはとりわけ卑しい存在と見られており、武士の間ではいつでも斬り捨てても構わぬのだという感覚があった。その上、武士の間では女性を男性よりも劣ったも

の、卑しい存在と見る向きがあり、その女から『正論』を吐かれたことが二人の激昂に油を注いだ。忠右衛門を相手としたら、破門となるかもしれないということが頭にあり、二人の怒りは素破である朱実に向けられてしまった。

すでに鯉口に手を掛けていた二人は剣を抜き、朱実に向かっていった。朱実はさっと後ろのクヌギの木を盾とし、楠木や赤松など雑木が密集している中へと逃げ込んだ。そしてかがみ込むや脚絆から取り出した棒手裏剣を立て続けに二人に向けて打った。この暗がりの中、これを避けるのは難しかったとみえる。二人ともに当たった。

「うっ、くそ！」

打ち込まれた手裏剣は、深くは刺さらなかったものとみえ、二人はそれを簡単に振り払った。だが、二人がこれで気勢をそがれたことは間違いない。それに林の木々が邪魔になることに加え、何といってもこの暗さである。星明かりぐらいしか頼れるものがない。朱実が忍びとして戦うのに十分有利な下地があった。本来忍びは、戦うことなく無事に逃げおおせることが一番なのだが、ここは側にいる忠右衛門には戦わせたくないので、朱実はこの二人の武士と刃を交えることに覚悟を決め、忍び刀を抜いた。

安達ら二人の門弟の師である小野忠明もそのまた師の伊藤一刀斎も、特に流派を名乗ることはしなかった。しかしすでにその太刀筋は、後に『一刀流』と呼ばれるまさにその原型を示すものであり、それを『一刀流』と呼んでも何ら差し支えはない。安達左内はその一刀流の猛者(もさ)であった。安達は、木々の間をぬって朱実がつき出す刀に、突きに逆回転を掛けて摺り落としを掛けてくる。それにときおり三浦が横合いから斬りつけてくる。朱実は二人にかなり押され気味で、形勢としてはかなり不利であった。

これを見た忠右衛門は、持っていた木太刀で立ち向かうことに決めた。忠右衛門はまずは三浦から片付けようと、忍びのように後ろからそっと近づいていき、袈裟懸けでその右首に木太刀を見舞った。三浦はこれで完全に気を失って倒れた。

朱実を相手としていた安達は、今度は逆に二対一と形勢が逆転したことに気づいた。落合は、何といってもあの武蔵がただ一人だけ随行させている高弟である。一度酔って足元がふらついている彼を四人で取り囲み後ろから斬りつけたことがあったが、いまの三浦に振るった木太刀の一閃から、落合は円明流の紛うことなき達人と安達には映った。安達はその落合と向き合わねばならなくなった。

　朱実は忠右衛門をこの戦いに巻き込みたくはなかったが、安達に一方的に押しまくられているおのが力量では、いたし方のないことかとも思えた。そこで、ここは木太刀を遣う忠右衛門を側面から手助けする役目に転じることにした。

　安達と落合の二人は、いま林の中でも少し開けた場所へと身を移し、互いに剣と木太刀を正眼（中段）に構え、間境のわずか外で対峙していた。朱実はそのすぐ側の雑木の木々の中で安達の右斜め背後に身をおいている。朱実は紙製の笛である吹き筒を取り出した。笛の中に紙を筒にしたものを入れ、笛の穴をふさぎ、和紙の羽を針につけて吹き矢としたものである。毒は塗っていないが、首に刺されば、それなりの効果がある。これを安達の斜め背後からそっと忍び寄り、安達の右首目がけて吹きつけた。命中した。

「あっ」と言って、安達は首に刺さった小さな矢を慌てて右手で払い落とそうとした。忠右衛門がこの瞬間を見逃すことはなかった。忠右衛門は鋭く踏み込み、その木太刀は袈裟懸けで安達の左首から肩口あたりを捉えていた。安達はその場に倒れた。忠右衛門はすぐに朱実に駆け寄った。

「怪我はないか?」

「ほんのかすり傷です」

朱実は安達との突き合い、斬り合いの中で、右腕に幾つか切り傷を負っていた。忠右衛門は、朱実の紺色の忍び装束の破れた筒袖から覗く白い肌が斬られて血を流しているのを見て、応急的な血止めをした。

「すぐ長屋に戻って、手当をしよう」

忠右衛門にそっと優しく抱きかかえられている朱実が頷く。こんな風にしていると忠右衛門には彼女がたまらなく愛おしく思えてきた。間近でその目をじっと覗くと、彼女も見つめ返してきた。

「朱実!」

「忠右衛門殿!」

無粋と見られている忠右衛門であったが、この夜の星明かりだけの暗闇が、男女の駆け引きに気弱な男が行動を起こすのに大いに助けとなってくれた。忠右衛門は、朱実の細くしなやかな腰を抱き寄せ、互いの気持ちを確かめるようにしばらく見つめ合い、二人はおもむろに口づけを交わした。

この少し前、神田の長屋を張っていた馬酔木は、落合そして刻をおいて朱実と長屋を出ていくのを見て二人をつけた。近くの雑木林で落合が剣の稽古をしていたところに、小野の門弟二人が現れた。ここで小野の門弟と戦う朱実の姿を見た。伊賀のくノ一の動きだった。それにあれだけの腕を持つくノ一はそうはいない。馬酔木の朱実への疑念は確信へと変わった。それにも増して、小野の門弟二人を倒した落合の剣の腕に驚愕を禁じえなかった。吉塚は、武蔵一人を倒すことを目的としているようだ。だが、これらの者たちが武蔵の周りにいる。柳生の者三人に自分を加えて伊賀者三人の一団では、並大抵のやり方では、武蔵を倒すことはとうていできないのではないかと思われる。

しかし、馬酔木に自身の生き方すら変えてしまいかねない衝撃を与えたものは、そのほかにあった。それは馬酔木の身体の芯深くにかすかにともっていた灯を激しく燃え盛る紅蓮の炎へと変える力を持っていた。

朱実は落合を慕っていた。落合もまた朱実を好いていた。おそらく茜が甲賀者に殺されたと言われた時期頃から、二人は行動をともにするようになったのであろう。そのような中で二人は秘かにそれぞれその想いを育んでいったに相違ない。今夜、それを二人がおそらくは初めて確かめ合う姿をつぶさに垣間見させてもらった。それはまさに男と女が純粋な恋の果実を実らせていく過程の一瞬間であった。

これを目の当たりにした馬酔木は羨望の念にわが身がさいなまれるかのような苦しみにも似た気持ちを味わった。

(はたして自分にもあのような純粋な恋が訪れたりするであろうか)

馬酔木には、伊賀の忍びでいる限りは、それはとうていあり得ぬことのように思われた。茜は伊賀の抜け忍となり、いまや朱実という別人となって新たな生活を手に入れたからこそ可能となったことだと思われた。

馬酔木は、自身が何故にこのようなことをしたのかわからないが、抱擁していた二人が離れて立ち上がろうとしたところを、朱実に向かって手裏剣を打っていた。手裏剣は朱実の左上腕を捉え深々と刺さった。毒を塗っておいた。これで朱実は助かるまいと思った。

そのとき、脱兎の如く忠右衛門が馬酔木に突進してきた。馬酔木が逃げようと身を翻したところ、忠右衛門の剣が馬酔木の右肩から背中そして臀部へと断ち割るように斬り下ろされていた。木太刀ではなく、真剣を振るったところに、愛する朱実を傷つけられた忠右衛門の怒りの凄まじさが窺えた。

朱実の下に戻った忠右衛門は、以前伊賀者（実はこれは茜）が打った手裏剣が腕をかすったとき、初音が手裏剣に毒が塗ってないか気にして確認したことを思い出した。朱実は刺さった手裏剣を腕から抜いていて、それを手に持っている。

「毒は塗ってないか？」

「いえ、しっかりと塗ってござりました……」

この言葉を耳にするや、忠右衛門は朱実の左腕の袖を切り裂き、その傷口に己の唇を当て、血を吸い出し始めた。

「忠右衛門殿……」

朱実は忠右衛門の気持ち、そしてその行為に陶然となった。この男に愛されているのだと、女としての喜びに陶酔した。しかし、吸い出せる血は腕のごく浅い部分のものにすぎず、これだけ深く刺さったからには、毒はやがて身体を回ってしまい、とうてい助かるまいと思われた。

忍びの仕事は常に死と隣り合わせだった。死というものが現実となったとき、いったいどのような気持ちになるものかと思っていたが、信じられないことに、いま『幸せ』を感じている自分がいた。

必死でわが腕に唇を当て、血を吸ってくれている忠右衛門にその身を任せながら、いま死へとゆっくりと近づきつつある朱実は幸せだった。好きな男に愛されながら死ぬのである。朱実は満たされた気持ちの中で、眠りにつこうとしていた。

忠右衛門は、必死のおのが努力にもかかわらず次第に具合が悪くなっていく朱実を抱えて長屋へと急いだ。運よく太一と初音は長屋にいて、二人に解毒の処置をしてもらった。しかし、それも空しく、結局朱実は助からなかった。

五

大瀬戸隼人と辻風左馬助は、今朝も道三堀に面した柳生上屋敷のほうに向かっていた。すると、一人の女性を従えて向こうから武蔵が道を歩いてくるのに出くわした。大瀬戸と辻風は思わず隠れようとした自分たちの行為に互いを見て苦笑いをした。武蔵たちは、細川上屋敷へと入っていった。この様子を見ていた二人は、もうどうにも気持ちが抑えられなくなってしまった。

「武蔵のやつめ、女連れでいい気なもんだ」

「ああ、ただじゃおかないぞ」

「やるか？」

「おお」

大瀬戸と辻風はこんなやりとりをして気が高ぶってしまい、吉塚が繰り返し言っていた「逸(はや)るなよ。十分な術策をめぐらし、頃合いを計って武蔵を仕留めるからな」との計画を微塵に砕いてしまうような行動をとってしまった。何と二人は、そのまま武蔵を追って細川上屋敷へと乗り込んだのである。初音は逸早くこの騒ぎを聞きつけ、離れ書院に向かっていた武蔵に知らせた。

「わしに試合を……二人か。して流派は?」

「柳生新陰流と申しているようです」

「うむ……」

初音の言葉に武蔵は、柳生だと、宗矩でなければ、江戸では相手とすべき者はいないと思っていたが、少し思案した。

(二人は、柳生宗矩の高弟ではないのやもしれぬ。されど、柳生の者の試合の申し出を受けていけば、これはやがては高弟、さらには宗矩へとつながるきっかけとなるやもしれぬ)

武蔵は、この試合の申し出を受けてみようと思った。忠利の許可がいる。

忠利に拝謁した。

「聞いたぞ。柳生が武蔵殿に挑戦してきたそうな」

「はあ、受けてみようかと思案しているところでござりまするが、いかがでしょうか？」

「うむ。柳生新陰流は将軍家御師範の流派である。その権威を保つためにも他流との試合は認めぬお留流とも聞く。正直見たい気持ちが強いが、これをみどもが裁可するわけにはいくまい。みどもの与り知らぬところでなされたこととせねばなるまい。されど、広書院を使ってくれて構わぬぞ」

「はっ、誠にありがたきお言葉、感謝に堪えませぬ」

武蔵が、頭を下げているところ、忠利はさっと拝謁の間を出ていった。


大瀬戸と辻風は、細川家の女中、初音によって広書院へと案内された。

「こちらでお待ちください」

二人は、武蔵が連れていた女ではないかと訝しく思いながらも、広書院の床に座した。しばらくすると、武蔵が現れ当然の如く広書院の上座に着座した。あたかも当上屋敷の主であるかの如き、その威厳ある堂々たる態度にすでに二人は圧倒されていた。

「拙者が宮本武蔵にござる。試合を御所望とのこと。流派は何流でござろうか？」

武蔵から向かって右側に座すかなり上背に恵まれた男が答えた。

「はっ、拙者、大瀬戸隼人と申し、柳生新陰流をたしなみます」

武蔵は大瀬戸という珍しい名に、これは九州で討ち果たした大瀬戸数馬の縁者に相違ないと思ったが、そのことには敢えて触れず黙っていた。次に左に座す大力自慢とみえる巨漢の男が口を開いた。

「拙者は、辻風左馬助と申し、同じく柳生の末席を汚しております」

こちらの名も聞き覚えがあった。これも京の如水屋敷の側で立ち合った辻風兵馬の縁者であろう。そうだとすれば、この二人はその敵討ちに来たのかもしれない。だが、そんなことはどうでも良いと武蔵はまるで意に介さなかった。

「では、さっそく参るか？　二人一緒でも構わぬぞ」

これには、二人は（むっ）とした表情を見せたが、顔面を朱に染めるには至らなかった。まず、大瀬戸が立ち上がった。

「拙者からお願い申す」

大瀬戸は木太刀を青岸に構えた。これを見て武蔵には己の敵ではないことがすぐにわかった。武蔵は三尺二寸の木太刀を提げたまま間境へと踏み込んでいく。新陰流では相手が先手を取って打ち掛かってくるところにつけ入り、後の先で刃を上から重ねていく。だが、大瀬戸は武蔵があっさりと間境を超えてきた恐怖からか、自分から先に突きを見せた。武蔵はこれを軽く受け流すや、このためその体勢を脆くも崩した大瀬戸の左首を打ち据えた。これで大瀬戸は木太刀を落とし自らも頽れた。

これを見て、巨漢の辻風が床を踏み鳴らすような勢いで立ち上がった。怪力自慢の辻風は、暴れ馬を素手にて抑え込んだという逸話を持ち、戦場では槍を軽々と振り回し幾つもの兜首をあげた豪の者であった。

この辻風には二刀にて応ずることにした。武蔵はまず二刀を下段にて組み合わせた二刀下段『円曲の構え』から中段『円曲の構え』に移行しつつ辻風に向かっていった。辻風はこのつけ入る隙のない構えに圧倒され、広書院を追い回されたあげく廊下へと押し出され、遂には縁側から庭先へと降りざるを得なくなったところ、降りようとして体勢を崩してしまい、近くにあった石の手水鉢に背中をドスンと打ちつけてしまった。この衝撃で辻風は気を失った。

細川上屋敷では、二人の怪我人が出たことで、隣の柳生上屋敷に女中の初音がこれを知らせに行った。このとき柳生上屋敷の道場では、木村助九郎が門弟たちに稽古をつけていた。「おっ、お願い、申します……」と息せき切って、慌てたような女性の声に、応対に出た一人の門弟は、「こちらのご門弟衆、お二方がお怪我をなされました」と、美しい女中らしき者が知らせてきたのに驚愕した。すぐに稽古をしていた木村と門弟衆にこのことを伝えると、木村を始め皆は、これは一大事だと大騒ぎとなった。

何人もの門弟が慌てて屋敷の門を出たところ、そこにちょうど二枚の戸板に乗せられて大瀬戸と辻風が運ばれてきた。とにかく大急ぎで二人を道場横の部屋に運び込み、医師を呼びにやり治療を施すことにした。

二人が怪我をするところを広書院の廊下の隅から見ていた初音は、大瀬戸はともかく、縁から落下して背骨を強く打ってしまった辻風のほうは助かる見込みは乏しいのではないかと思っていた。

吉塚辰之進はその知らせを聞いたとき、目黒の柳生道場で村田与三の下、稽古に励んでいた。大瀬戸と辻風の二人が柳生上屋敷に瀕死の状態で運び込まれたとのことだった。

（しまった！）

二人が細川上屋敷の隣の柳生上屋敷によく赴いていることは承知していて、むしろそのことは、二人の武蔵への敵討ちの気持ちの高揚につながるのではないかとの期待もあった。しかし、何故二人が、細川屋敷で武蔵に尋常の試合を挑んだのか。その点が解せなかった。吉塚から見ても、まだ二人の剣の技量は遠く武蔵には及ばないものだったからである。ただ二人には、武蔵を仇と憎む点においては、そのこと自体がほかの者にはない『強み』だといえた。それ故武蔵を倒す計画にも加わってもらったのである。

柳生宗矩を当主と仰ぐ柳生家は、将軍家剣術指南役の家柄であり、その権威を維持する方策として、お留流として他流との立ち合いなどは厳しく禁じている。それ故、一牢人にすぎない武蔵など相手とするはずもなかった。その点で、武蔵に私怨を含む二人だからこそ、たとえ主命に反しようと、武蔵を倒す目的の仲間に加わってくれたのである。したがって新たに柳生の手の者を加えるのは難しい。この計画はひとまず白紙に戻さざるを得なくなった。

六

武蔵たちが江戸に来てからさらに数年が経った。武蔵は神田界隈に小さな屋敷を構え、そこで小さいながらも剣術道場を開いていた。屋敷は道場に併設されており、そこに初音と太一も住んでいた。表向きは、初音は屋敷の女中として、太一は門弟ということになっていた。

落合忠右衛門は、朱実を失った痛手からなかなか立ち直ることができず、見るも無惨に打ち萎れた姿をさらしてしまっていた。剣気の発露に乏しいと武蔵から厳しく叱責されてもいた。幸いあちらで仕官の話もあることもあり、一人悄然として龍野に帰っていった。

そこで、道場を開いた当初は、太一が師範代代わりを曲がりなりにも務めねばならない事態となり、以前から忠右衛門に円明流の太刀捌きを学んでいたこともあって、入門したての門弟の指導に当たった。その後数年の間にここ江戸でも、波多野二郎左衛門（はたのじろうざえもん）ほか幾人もの門弟衆が育ってきて、いまでは門人への指導はもっぱらこの波多野二郎左衛門が師範代として務めるようになっていた。

　武蔵はというと、書や絵は言うに及ばず、屋敷内の縁側に座って、相変わらず木工品や金工品などの制作にいそしんでいた。

　武蔵が道場にはおらず、ここにいると聞いてきたのであろうか、八人ほどの門弟を引き連れた一人の大兵が、武蔵が座る縁側の庭先へと足を踏み入れた。小袖の上に着た派手な陣羽織の背に『兵法天下一　新当流免許皆伝　平野権之助』と金文字で縫い込んでいる。手には六尺の棒を持っている。この男、常陸国真壁（ひたちのくにまかべ）城主・真壁氏幹（うじもと）（暗夜軒（あんやけん））の家臣・桜井大隅守吉勝（おおすみのかみよしかつ）に師事し、新当流を学んだ平野権之助という牢人であった。

　武蔵は男たちのほうにちらりと視線を遣っただけで、すぐに楊弓を削る作業に没頭している。これに自尊心を傷つけられたのか、権之助は大声を発した。

「頼もう――!」

あたり一帯に轟き渡るような大音声で、庭の楓の葉をも振るわすかというほどのものであった。武蔵はこれを無視するかのように手作業を続けている。これを見てさらに怒りを募らせたのか、権之助は一歩武蔵に近づこうとした。濡縁に座し、左足を沓脱石に下ろした姿勢で楊弓を削っていた武蔵が、ここで初めて言葉を発した。

「とまれ! 何用か?」

武蔵は相変わらず権之助のほうに目を遣ることなく作業を続けている。権之助は立ち止まり、ここで名乗りを上げた。

「お手前は宮本武蔵殿と覚ゆる。拙者、常陸国の牢人で、新当流免許皆伝の平野権之助と申す者にござる。高名な宮本殿に一手御指南をお願い申す」

ここで武蔵はやっと平野に目を遣ったが、作業の手を休めることはなかった。だが、その一瞬で、いま六尺の棒を手にして、剣は手にしてはいない平野の剣の技量のほどが知れた。棒術のほうの力量はそこから推し量ることができる。断っても引き下がらないだろうと見て取り、武蔵は相手をしてやることにした。

「ちょっと待っておれ」と言って、右手に削りかけの楊弓を持ち、庭へと下りた。庭の右手奥には、薪の割り木がうずたかく積まれており、その中から適当なものを選び取り左手に取った。

「どこからなりとも掛かって参れ」

武蔵が右手には三尺足らずの楊弓を提げ、左手には二尺足らずの割り木を提げただけの何の緊張感も感じさせない姿に、権之助はいきり立ち六尺の棒を脇に構えるや、武蔵に立ち向かっていった。権之助は、六尺の棒を振り回し、突き、斬り、払いと武蔵に攻めかかるが、武蔵は、これを左右の割り木と楊弓で軽く受け流す。そのうち、小袖の袖口も絡げることなく立ち合いに応じていた武蔵の袖を棒が捉えた。

「勝ったぞ！」

平野権之助は、庭の奥に取り巻いていた弟子たちのほうを振り返り、得意げに勝鬨を上げるかのように棒を上下させた。

「待て！　当たってはおらぬ。当たるとはかようなことをいう」

やや本気を出した武蔵は、楊弓と割り木とで中段『円曲の構え』を取り、そのまま権之助に向かっていった。権之助は六尺棒でこれを崩そうとしたが、逆にそこをがっちりと『十字留(じゅうじどめ)』されてしまい、庭の中を押しまくられ逃げ回ることしかできなかった。そして、縁側へと追い詰められ、逃げ場のなくなった権之助の額が割り木で「ビシッ」としたたかに打ち据えられた。権之助は一瞬、目の前が真っ暗となり、膝から頽れた。

「先生!」

権之助の弟子たちが駆け寄り権之助を助け起こした。支えられてどうにか立ち上がった権之助に武蔵は、少しは見どころがあると感じたのか、一言声を掛けた。

「も少し修行を積むことだな」

「はっ」

と身をただした権之助は、無言のまま深々とお辞儀をして去っていった。立ち合う前は、いかに高名な武蔵でも、己の棒には敵うまいとの自信があった権之助であったが、これほど無残に圧倒的な力の差をまざまざと見せつけられてしまい、己が井の中の蛙であったことを思い知らされた。弟子など従えて『廻国修行』などと息巻いていた己が滑稽に思えた。武蔵の屋敷を出た権之助は、弟子を前にしてその頭を垂れた。

「おぬしらが見た通りである。弟子を破門にする師匠の話はよく聞くが、ここにいま、おぬしたち八人の弟子が首にせねばならぬ師匠がいる。この通りじゃ」

弟子たちを前に、権之助は大地に膝と両手をつき深々と頭を垂れた。

「先生！」

これまで師の圧倒的な指導力にただ盲目的に従うだけで良かった門弟たちは、師のこんな姿に、（はっ）と頬を打たれたかのような思いをしていた。あの自信満々であった師がわれわれ弟子にこんな姿を晒しているのである。確かに絶対的だと思っていた師が、武蔵を前にしてまさに子ども扱いされたことがまだ信じられない。あたかも悪夢を見ているかのようであった。

師はこれまでに数多の強者どもに打ち勝ってきた。その強さは揺るぎもしない。ただ武蔵がそれ以上に強いということなのだ。弟子たちは、いま大地に這い蹲って、あたかもわれら弟子たちに憐憫を誘うかのような風情を見せてしまっている師の姿に、ここはその心情を忖度してやらねばならないという気持ちになっていた。高弟の一人が、師の下に行き、自らも地に膝をつき師の両手を持ち上げた。

「わかり申した。先生！　どうかお顔をお上げください」

この弟子の言葉に、師はわずかに頭をもたげた。

「先生！　それがしたちももっと修行を積みます。そして、腕を上げたわれらを再び弟子としてお認めください。必ずや先生のご期待に適うような棒術を身につけまする」

頭を上げた権之助が弟子たちを見渡すと、そこには敗れた師を蔑むような眼は一つもなかった。むしろそこには、ここからわれらも厳しい修行を積んでいかねばならないとの決意を感じさせる眼差しに満ちていた。権之助は少々腕が立つと思いあがっていた未熟な師であった己には、過ぎた弟子たちだと心の中で手を合わせた。

この後、権之助は弟子たちと別れ、一人長い諸国修行の旅に出た。そして、筑前国に辿り着き、そこの宝満山の竈門神社に参籠し、そこで遂に開眼することになる。

『丸木をもって水月を知れ』

権之助は、四尺二寸一分の長さの丸い棒をもって、鳩尾（水月）を狙うという、棒術・剣術・槍術・薙刀術を総合した杖術を編み出した。どんな剣術の流派と対戦しようと、その相手を殺さずに封じ込めるという『神道夢想流』の開祖となり、夢想権之助と名乗ることになる。そして、夢想権之助は武蔵との再戦を果たし、見事引き分けに持ち込んでいる。これが評判となり、筑前福岡藩・黒田家に迎えられ、その後も『神道夢想流杖術』は、相手を傷つけることなく取り押さえることのできる『捕手』術として、警察の『逮捕術』にまで受け継がれていくことになるのである。

七

武蔵は、細川内記忠利から久方ぶりに細川上屋敷に招かれた。道場を備えた屋敷を神田に構えてからは、細川上屋敷に身を置くといったことはなくなっていた。忠利は、徳川秀忠の養女とされた小笠原秀政の娘・おせん（当時、十四歳）を、正室・千世姫として迎えていた。千世姫は家康の曽孫に当たる。千世姫は忠利の居城・豊前国中津城に輿入れした。

忠利はいま江戸に来ていた。客間には、武蔵が離れ書院に厄介になっていた頃から顔見知りの木下延俊がいた。もう一人見知らぬ男がいた。忠利、延俊とあいさつを交わした後、男を紹介された。男は加賀山隼人正興長(かがやまはやとのしょうおきなが)、細川藩の家老であるが、ディエゴという洗礼名を持つ切支丹であった。木下延俊が口を開いた。

「わが日出藩もこの春から夏にかけて、江戸城の普請工事に携わりましたが、細川藩の江戸城普請工事の現場の監督の任に就いておられました加賀山殿には、誠にもって御懇切なるご指導をいただきまして無事役目を果たすことができ申した」

「いや、あの節はこちらこそ大変お世話になり申した」

加賀山隼人はそう言って、延俊に頭を下げた後、武蔵に向き直った。

「ところで、武蔵殿の御高名、天下に鳴り響いておりまするが、かようにお会いできまして誠に光栄に存じまする。さて、さっそくではございまするが、本日は、本藩の首席家老・松井佐渡守(さどのかみ)からのご伝言をお預かりいたしておりまして、お越しいただきました次第にございまする」

話は、あの松井興長の父親からのものだった。

「して、いかなることにござりましょうや?」

「はい。当藩領内に、剣術師範として巌流佐々木小次郎なる者がおりまする。武蔵殿はこの者のこと御存じでございましょうか?」

「むろん、存じておりまするが、その者がいかがしたというのでございましょうか?」

「かの者、九州では無敵の剣豪にござりまする。それに対して、世に無敗の剣豪たる武蔵殿との『試合』を望む声が、あちらでは日に日に大きくなっておるようでござりまする。そこで、御家老がまずは武蔵殿の御存念を確かめよとのことにござりまする」

「うむ……」

武蔵はむろん強き武芸者との対戦は望むところだが、すでに藩内で剣術師範をしている者を己と立ち合わせようという細川藩の意図を計りかねていた。

「さて、細川家がその剣術師範と他流の者とを試合させようというのは、いかなるご存念によるものでござりまするか?」

「はあ、ご疑念はごもっともかと存じまする。実は師範と申しましても、かの者は正式に当家に仕官している者ではござりませぬ」

「何と、細川家に仕官しておらぬと?」

「ええ、いささか事情がございまして……」

加賀山がその藩の事情について口を濁していることから、武蔵は敢えて詮索することはしなかった。

「わかり申した。『試合』の儀、承知いたしましてございます」

「おお！　ご承知いただけましたか！　真に願ってもなきこと。それで年明けにも、恐れ入りますが、こちらでご用意いたしまする船にて、まずは大坂へとお運びいただきまして、京の大徳寺・高桐院にて御家老・松井佐渡守のご子息・松井式部少輔（しきぶしょうゆう）と詳しいお話をしていただけましたらと存じまする」

　武蔵は十代の頃、豊前でよく手合わせをして馬が合う間柄であった松井興長に久方ぶりに会えるということが嬉しかった。

　このような次第で、武蔵は長らくとどまっていた関東を離れ、まずは大坂から京へと向かうこととなった。太一と初音を伴っての帰京であった。江戸にて門弟となった者たちは、江戸道場の師範代を務めている高弟の波多野二郎左衛門に任せることにした。

第十五章　京から再び九州・豊前・小倉へ

一

武蔵たち一行は、細川藩が用意してくれた船で大坂に着いた。太一と初音は、甲賀の里へと向かった。武蔵は一人雪景色の京へと入った。

武蔵は、久方ぶりとなる大徳寺の総門から境内へと足を踏み入れた。吉岡一門との激戦を彷彿とさせるかもしれないこの場所に来ても、武蔵の心には、もはやそのことは遥か遠き昔日の残像の如きものにすぎなかった。

大徳寺の塔頭の一つ高桐院の表門を潜ると、そこには、うっすらと雪が降り積もった石畳（敷石）の道が延びており、参道の青竹（手摺）の上には雪が一寸近く積もっている。その両側一面に敷かれたはずの苔も雪で覆われていて、いまは見えない。さらにその両側からは、その葉をすべて落とした楓の雪枝が、参道を屋根のように覆っていて、訪れた者をこの参道の奥へと誘うかの如き風情を見せている。やがて参道の突き当たりには、雪を被った柿葺きの唐門が見えた。

その唐門を潜り本堂（客殿）に入ると、開け放たれた襖の向こうには南庭が見える。そこは白砂の庭なのだろうか、それとも苔が敷き詰められているのであろうか。いまは一面雪に覆われていて、ただ雪を抱いた一本の楓が佇んでいるばかりである。庭石一つなかった。

客殿の中では、襖十六面に描かれた水墨山水画が目を惹いた。減筆の法で描かれた力強い木の枝振りや岩の鋭き線、おそらく長谷川等伯師の手になるものであろう。襖絵に心を残しながら、松井式部少輔興長が待つ書院（意北軒）へと歩を進めた。この書院は一条聚楽第にあった千利休の邸を移築したものである。この書院の襖絵も山水図であった。おそらく狩野派のいずれかの者の作かと思われる。書院の奥には松井式部少輔興長が座していた。去年暮れに、高齢で病気だった父・松井佐渡守康之から家督を相続し、細川藩家老となっていた。興長は破顔して武蔵を迎えた。

「ますます御壮健そうなご様子。久方ぶりでござるな。九州で稽古を御一緒させてもらって以来となるやもしれませぬな。よくぞお越しいただいた」

「いやあ、そうなりまするな。あの頃はそれがしもまだ十代の若造でござった。歳月ばかりが駆け抜けてゆくばかりで、はや二十代も後半となりましてござる」

「いや、武蔵殿の御名を聞くたびごとに、わがことのように嬉しく思ってござった。いまやいかほどの腕前となられたのか、想像もつきませぬ。十年前、稽古のお相手をしていただいたことも夢のかなたのようでござる」

「して、此度の巌流佐々木小次郎殿との試合の趣でござるが……」

「そのことでござる。実は当家での正式な剣術師範は、柳生新陰流の氏家孫四郎（うじいえまごしろう）殿が務めておられる。いや、なに、これは幕府との関係で否応なき仕儀にござるが、師範は何も一人とは限ったものではござらぬ。そこで藩主・忠興様は、わが父・佐渡守と話し合い、師範を、も一人置きたいと思われておられる。氏家孫四郎殿と巌流佐々木小次郎殿との試合も、さような含みがあって行われたのでござる。ところが、両人何を忖度したのか、手加減をして互いに手の内を見せることなく引き分けたのでござった」

「うむ。それで、巌流殿を正式な師範とすることが叶わなかったのでござるな」

「はい。ただ、試合を見ても、巌流殿が氏家殿より数段上の腕前なのは衆目にも明らか。で、巌流殿のお相手として、当家の者ではなく、しかも天下一の兵法者と名高い武蔵殿となら、お力を発揮していただけるのではないかと……。天下一の兵法者となら、たとえ引き分けであったとしても、巌流殿は面目を施されて正式な師範となることは必定。また武蔵殿にとっても師範への道が開けるというものでござろう」

松井式部興長の話は、どうも少々うますぎるような気もするが、武蔵は強き武芸者と試合をすることこそが望みであり、かつ嬉しいのである。

「して、得物は何でござろうか?」

「氏家殿との試合では、袋竹刀でござったが、此度もお二人が、お好きなもので結構でござる」

「それがしは、木太刀で結構でござる。場所はいかが相成りますか?」

「余人を交えず行えるよう、海峡に浮かぶ無人の島・舟島ではいかがでござろうか?」

武蔵は、竹矢来の周囲にその多くの門弟らがいた吉岡清十郎や吉岡伝七郎との試合を思い出し、それは願ってもないことだと思った。

「承知いたしましてござる」

こうして武蔵は、しばらくの間、ここ高桐院の書院（意北軒）に留まることとなった。

太一と初音は、久方ぶりに甲賀の里を訪れていた。昔からの知り合いはだいぶ少なくなってしまっていた。ある者は江戸に行き、城の警備のような仕事をしていた。またある者は山岡道阿弥の養子・景以に従った。だが、多くの下層の者たちは、この狭隘な山里で百姓として生きる途しかなかった。そして忍びから離れてしまった者も多かった。飯道山麓の善実坊の屋敷には、いまは別の者が住んでいた。太一と初音は、甲賀の里の変わりように少しばかり心の痛みを感じつつ甲賀を後にした。

二人は京に入り、洛北の薬華庵に道庵を尋ねた。京を去ること、はや八年近くの歳月が流れていた。雪を被った薬華庵は少しうら寂れたような佇まいを見せていた。道庵は果たして元気でいるだろうか。山岡道阿弥が亡くなり家が改易され、しばらくしてから道庵は山岡家から離れた。その後は、甲賀のいずれの家にも属していないと聞いていた。初音が声を掛けた。

「道庵様！」

「おお！　初音に、太一ではないか！」

初音は道庵がここにいてくれたことに、心の底からほっとするような喜びが込み上げてきた。しかし、それと同時に八年近くの歳月は、この薬華庵と同様にすでに老齢にあった道庵にそれ相応のものを与えていた。髪は白髪がさらに増し、顔もさらにしわが増え、身体も少し小さくなってしまい、腰も少し屈（かが）まったように見えた。初音はそのことには触れず、また太一がよけいなことを言わないよう気遣いながら、以前とことさらに同じように振る舞おうとした。

「お元気そうではござりませぬか。いまもここはお一人で？」

「いや、忍びではないが、小娘を一人雇っておる。いまも近くに用足しに出かけてくれておる」

「そう。じゃあ、寂しくはござりませぬね」

初音はそう言って、太一のほうに向かいにっこりと微笑む。太一も口を開いた。

「しばらくここにわしらが泊まっても良かろうか？」

「夫婦者が泊まるのか？」

道庵はまるっきり冗談というわけではなく、以前から二人がそうなってくれたらという期待もあり、八年近くともに旅をしていたという事実もあって、あるいはと思って言ってみたのだった。

「そんなわけがなかろう」

太一は軽く舌打ちをしながら答えた。

「そうなのか？」

道庵はそう言って、二人の様子を窺っている。二人は顔を見合わせて苦笑している。道庵もつられて口を開けて笑った。二人は薬華庵にしばらく留まることにした。道庵はもはや忍びの小者を置いていないこともあり、このところの政(まつりごと)の裏の情報には通じてはいないようであった。

ここ最近の畿内の状況に関しては、やはりいまも厳しい闇の戦いの真っただ中にいる十蔵か佐助に聞くのが早いと思った。太一と初音は豊臣方ではないが、真田にとっては、敵の柳生や伊賀者と戦っていることから、『味方』に近かった。十蔵と佐助は、京、大坂、九度山と忙しく駆け回っており、伏見にいるかどうかわからないが、初音は太一とともに道庵から譲ってもらった薬屋の商いの装いで、和菓子舗『更科屋』を訪ねた。初音が声を掛ける。

「御免くださりませ」

「はーい」

店の正面から入ってきた初音を迎えたのは、蓮実ならぬ倫であった。十年振りほどになろうか。それでも初音を覚えていたのか、目を大きく見開いている。

「まあ、お名前は確か……」

「倫様、初音でござります。こちらは太一」

「ごめんあそばせ。私ったら、お名前もすぐには出てこなくて……」

「それは、無理からぬことですわ。何しろ二人ともずっと江戸にいて、随分とご無沙汰いたしておりましたから……。あの、十蔵さんや佐助さんは、いまどちらに？」

倫が大げさにこれ以上ないという笑顔で答える。

「ええ、ちょうど良かったわ。十蔵さんなら奥にいるわ」

十蔵は忍具の手入れをしていた。倫に案内されてきた二人を見ると、（おっ）と小さな驚きの表情を一瞬走らせたものの、やはりいつもと変わらぬ十蔵であった。

「よお、御両人！　江戸はいかがであった？」

八年振り近くになろうというのに、いきなり挨拶もなしとは、十蔵らしいと思いながらも太一は心の中で苦笑していた。

「おぬし、江戸に行ったりはしないのか？」

「むろん真田の手の者は行っているが、俺はこっちで手いっぱいだからな」

三人はしばらく江戸や畿内の状況を、昔話を交えながら語り合った。その中で十蔵から驚くべきことを聞かされた。

「いま宮本殿が、細川家に招かれて大徳寺・高桐院に宿しているだろう。これは、やはり巌流佐々木小次郎との試合がらみのことなのか？」

「そう聞いているが、それが何か？」

「あの例の柳生の吉塚辰之進が、江戸からおぬしたちを追うかのように京の柳生屋敷に来ていた。それがつい先だって、旅支度をして一色早之進とともに西に向けて発ったということだ」

「何！　……真か？」

太一は初音と顔を見合わせた。吉塚は、武蔵を含めた太一と初音にとっては特に因縁が深く、九州から奈良、伊賀、そして江戸にまで顔を見せた最もしつこい柳生の者であった。また、一色は、京で十蔵とともに三人で捕らえて、薬華庵で拷問まで受けさせた柳生の者であった。

「これは、きっと武蔵様に何か含むところがあってのことだわ」

太一もこれは武蔵の耳に入れておかねばと思った。

「あやつらまた何か企んでおるな。初音、一応武蔵殿に文で知らせておいてくれ」

「わかったわ。……それと、二日ほどいただけないかしら。行ってみたいところがあるから」

太一はどこに行くつもりかと場所を聞いたが、初音は口を濁した。初音が行く先も告げずに行きたいところとはどこなのか、見当もつかなかった。

二

慶長十六年（一六一一）の暮れから豊前・細川藩では慌ただしい動きが起こっていた。前家老・松井佐渡守康之が、しきりと藩主・忠興に進言していたことがあった。それは幕府の切支丹処遇の動向に関することである。殊に畿内では、教会や集会所など切支丹が集まるところでは、幕府側の監視の目がじわりと入ってきており、締め付けも厳しくなってきていた。外様（とざま）の細川藩としては、いつ、何時（なんどき）、いかなることで取り潰しの憂き目に遭うかわからない。それ故、幕府の政策の変更には殊に留意する必要があった。

もともと藩主・忠興は、正妻の玉（ガラシャ）が切支丹だったこともあり、切支丹には比較的寛容であった。また、現在の領地・豊前は、前に大友宗麟（おおともそうりん）（ドン・フランシスコ）や黒田如水（ドン・シメオン）が切支丹だったこともあって、領民の中にも切支丹がもともと多くいた。このような中にあって、巌流佐々木小次郎が小倉に剣術道場を開き、多くの門弟を集めている。小次郎は妻の有紀が敬虔な切支丹であることからその感化を受けており、門弟の中にも切支丹が増えている。いずれ幕府は切支丹禁止令を発するであろう。いまから手を打っておかないと取り返しがつかないことになる。松井佐渡守は、これが細川家への己の最後の務めであるとして、繰り返し忠興に訴えた。松井佐渡守は、これまで何度も細川家の窮地を切り抜けさせてきてくれた最大の功労者であった。

忠興も幕府の取り潰しに遭わないようにするためにも、ここは迅速に手を打たねばならないと覚悟を決めた。手始めに、教会や集会所など切支丹が集まるところの監視から始めた。するといろいろなことがわかってきた。信者や伴天連の中にも素行の悪い者がいた。まず、これらの者を処刑、あるいは追放した。忠興にとっては幸いなことに、師走二十四日に、この地における布教の中心的人物だったグレゴリオ・デ・セスペデス神父が他界した。これを機に切支丹を一挙に迫害した。小倉の教会を破壊し、中津の教会も閉鎖し、豊前から司祭たちを追放した。年が改まった正月、こうした忠興の措置に安心するかのように、松井佐渡守康之はこの世を去った。

忠興は、これまで巌流佐々木小次郎に対しては比較的好意を抱いていたが、松井佐渡守の献策を容れて、小次郎への刺客として、剣豪・宮本武蔵を豊前に呼び『試合』を仕組んだ。このことを松井佐渡の息・松井式部少輔興長は知らない。松井佐渡守は息子の興長には、日の本一の剣客を決する試合だとか、細川家に正式な兵法師範をあと一人加えるための試合だといったことを吹き込んでいた。

こうした中、幕府はこの年三月、ついに切支丹禁止令を発し、京の教会堂など破却し、切支丹への本格的な弾圧に踏み切った。武蔵が九州・豊前・小倉に渡ったのは、切支丹弾圧の嵐が吹き荒れるちょうどその頃のことであった。

小倉城下のすぐ東を流れる紫川のほとりに氏家孫四郎の屋敷と道場があった。一色早之進は、柳生宗矩の紹介状を携えてきて氏家の道場に入門した。これは柳生から隠密として送り込まれるときの通常のやり方ではない。一色は隠密ではあろうが、ほかに何らかの特別の意図があるのかもしれない。むろん氏家自身は、柳生から密命を帯びて配された者であり、細川藩に対する密偵の任を秘かに帯びていた。

一色早之進は、武蔵を倒すことに執念を燃やす吉塚の熱意に応じてその仲間に加わったが、もともと個人的には武蔵に対して恨みがあるわけではない。武蔵と近い関係にあった甲賀者に不覚を取ったことはあるが、それは戦いの中で技において負けたというだけにすぎず、甲賀者に対しても恨みなどない。むしろわが剣をもっと磨かねばという思いにさせてくれたことに感謝したいほどだ。そしていま、柳生の氏家孫四郎師の下で柳生新陰流の修練に明け暮れている日々の中にあって、柳生が幕府の中で果たしていくべき役割をひしと感じていた。それと同時に、こうして藩内にいると細川藩の徳川政権下で生き抜こうという姿勢といったものも自ずと伝わってくる。細川藩は藩の生き残りのため、ひたすら幕府の意向に沿おうとしていた。

吉塚辰之進は九州の関ヶ原の戦で、如水の呼びかけに応じて黒田家の雑兵に扮したとき以来九州は二度目だった。此度は当時の雑兵仲間の一人が、巌流佐々木小次郎の門弟となっていることを知り、それを伝手に佐々木道場に入門した。

柳生新陰流の者が他流の一門に入門するというのは、これとよく似た前例があった。吉塚の上役となる柳生新陰流の大瀬戸数馬が中津で当理流の平田無二斎に入門し、師範代となるということがあった。もちろん吉塚の狙いは、武蔵と試合を行うこととなる巌流佐々木小次郎門下への潜入であり、もし佐々木が敗れた場合、その機に乗じて一門をうまく扇動して武蔵を倒すといったことができないものかと思案していた。また、それとは別に柳生新陰流の腕が思うように上達しないことがあり、ほかの流派を学んでみたいという思いもあった。小倉城の周りには藩士の屋敷が立ち並んでいるが、巌流の屋敷は城から少し離れた南の道具町にあった。

吉塚は、前に黒田の雑兵だったということを強調する意味からも、巌流の門下で槍を学びたいと志願した。むろん柳生新陰流の太刀捌きを見抜かれないためという意味もあった。加えて吉塚は、剣では武蔵に敵わないが、槍で研鑽を積めばもしかして武蔵を倒せるような腕になるかもしれないとの思いもあった。そして、意外なことに吉塚の槍は、ここ佐々木道場において長足の進歩が見られた。小次郎もこれを見て、頻繁に吉塚の槍の相手をしてあげるほどであった。

吉塚は、『試合』が海峡の向こう側に浮かぶ無人の小島とされたことは、巌流門弟衆の動向を恐れてのことではないかと見ていた。舟島という小島は、他藩の領内の大きな彦島の対岸からはすぐ目と鼻の先にある。吉塚は秘かに、巌流師匠がもしも武蔵に敗れた場合には、直ちに対岸から舟で舟島に渡り武蔵を討つという計画を門弟たちと練っていた。弓・槍に加えて鉄砲を用意することも決めた。そしてこのことを氏家門下にいる一色早之進にも伝えた。

吉塚が巌流に入門した頃すでに細川藩による切支丹への弾圧が強まっていて、ここ佐々木道場にも多くの切支丹信者がいたことから、道場内には忍び寄る危機に対して剣呑な雰囲気が漂っており、迫り来る言いようのない不安に包まれていた。このような中、武蔵が来るという噂が、あたかも台風がやってくるかのように、その動揺にさらに輪をかけていた。

細川藩主・忠興は数年前、切支丹への理解があった頃、藩内に切支丹がどのくらいいるのか家老の加賀山隼人（かがやまはやと）（ディエゴ）に藩内の信者の帳簿を作ってもらったことがあった。その頃はもちろん加賀山はセスペデス神父とともに教会や集会所の建設や信徒の拡大に努めており、忠興の切支丹への好意もわかっていたので喜んで協力した。だが此度は、これが格好の弾圧のための資料として使われた。帳簿に名のある者に棄教を迫り、それに応じない者には追放や処刑を行った。もちろん信者の中には、表面上は棄教に応じたように装いながら、なお信仰を捨ててはいないいわゆる隠れ切支丹もいた。ただ加賀山隼人や巌流佐々木小次郎およびその妻・有紀だけでなく、巌流門下の武士には、どうしたわけかいまのところ御咎めがなかった。

忠興は、剣術師範役の氏家孫四郎を意図的に巻き込んで、牢人者をある目的のために使おうとしていた。かつて細川藩に米田是季（こめだあきすえ）（通称、監物（けんもつ））という家臣がいた。藩内でもある程度の地位にあったが、藩への不満から牢人となっていた。松井佐渡守はこれに目をつけた。牢人衆を集め弓・鉄砲隊を組織させ、これにある役割を与えようとした。それに成功すれば藩への再仕官の道も開けることを匂わせた。

松井佐渡守亡き後は、忠興は松井佐渡守が担っていたこの仕事を氏家孫四郎に引き継がせたのである。細川藩としてはこれに柳生を関わらせることで、幕府を抱き込むことが目的であった。氏家の門弟となった一色が米田監物との連絡にあたった。こうして一色も次第に氏家一門としての自覚めいたものが芽生え始めていた。武蔵を倒すことに血眼になる吉塚とは一枚岩ではなくなっていた。

太一と初音は、武蔵と連絡を取り、武蔵が小倉に赴く前に九州に渡っていた。事前に吉塚や一色など柳生の動きを探るのと、細川藩が武蔵と小次郎との試合を目論んだ真の意図を掴むのが目的である。

細川藩は切支丹の庇護から弾圧へと政策の大転換をしていた。この動きに関しては、監視する立場の柳生をもその中に取り込んで協力させようとの意図が窺われた。これなどは幕府への阿り（おもね）を感じさせるものであった。

武蔵と小次郎との試合に関しては、どうも藩の公式の試合というわけではなさそうだということがわかってきた。試合場所も領内から外れた舟島という無人島が舞台となっている。細川藩は、どうもこれを藩の剣術師範役を選ぶ試合としようとは考えていないのではないかと思われる。裏に何かある。そう思わせる状況が整っていた。

三

武蔵は、小倉城内にある家老の役宅ではなく、小倉城のすぐ南にある松井式部少輔興長の屋敷の離れに逗留していた。松井式部とは歳も近く、十代の頃は、よく剣の稽古の相手をしていた仲であり馬が合った。

龍野には寄らず、大坂から細川藩の御座船で小倉に渡ったため、弟子を連れてきてはいない。京の高桐院・意北軒に逗留していたときに届いた初音からの文で、吉塚辰之進が一色早之進という柳生の者とともに西国に向かったことを知った。武蔵はそれを別段気にもとめてはいないが、初音は太一とともに武蔵に先んじて豊前に向かうつもりであると記していた。こうして家老の屋敷の離れにいることは、忍びの二人には容易に知れることと思われるのだが、まだ二人から武蔵への接触はなかった。

離れの縁に腰かけ、小次郎との試合に使う少し長めの木太刀を作ろうと赤樫の棒を削っていたところ、武蔵に女性の客が来たとの知らせがきた。おそらくは初音であろうが、どうして夜、離れに忍んでこないのかと訝しく思った。

離れと繋がる渡り廊下を通っていくと、客間前の庭に『小者』の身なりの太一が座っていた。太一は武蔵を認めると、ことさら仰々しく頭を下げる。忍びはあらゆる職種の者にその身を変じることから別段驚くことではなかったが……。

客間に行くと、武家娘の装いで初音が、松井式部少輔興長と向かい合って談笑していた。武蔵が姿を見せるや興長は、初音を見た興奮を隠そうとはしなかった。

「いやあ、たまげましたな！　初音殿は武蔵殿の遠縁に当たられ、わが江戸藩邸では、通いのお女中をされていたとか。かように見目麗しき女性が縁者におられたとは！　まあ、積もる話もございましょうほどに、それがしはこれにて……」

松井式部はそれだけ言うと、さっと客間を離れていこうとした。通常だと三人でしばらく雑談したりするのだが、何かを感じてのことであろうか。武蔵は、察しの良い松井式部の計らいに従うことにした。

「ははあ、お気遣い、恐れ入り奉りまする」

松井式部が客間を出ていったことを確かめて、武蔵はおもむろに口を開いた。

「何故、夜に部屋に忍んでこなかったのじゃ？」

「まあ！　さような夜這いみたいなはしたなきまねなど……おほほ……」

初音は口元に品よく手をあてがい、武家娘になりきっている。

「うむ。『小者』の太一が庭にいたが、あれは初音殿の従者なのか？」

「ええ、さようにござります。よく気が利く下男で、役に立つ男にござります。あははは……」

此度は先ほどの上品な武家娘とは違い大笑いを見せた。

「うむ。わかった。武家娘のまねはもう良い。で、肝心の話は何だ？」

初音はきりりとした表情に戻っていた。

「はい、まず幕府のことからお話せねばなりませぬ。幕府は南蛮人、中でも伴天連への警戒を強めておりましたが、御案内のように遂に切支丹禁止令を発し、教会の破却、司祭の追放など一気に切支丹への弾圧を強めております。細川藩では、亡き松井佐渡守様がいち早くこうした幕府の動きを見通して、早急に領内の切支丹への対処を始めるべく忠興様に進言なされておられました。忠興様は、細川家が外様の藩だけに取り潰しを恐れ、幕府の意向に沿うべく切支丹弾圧へと方針転換されました。藩内でも教会が破壊されたり司祭が追放されたりしております。ただ、巌流一門にはその妻・有紀殿を始め信者の方々が多くおられますが、どういうわけかまだお咎めはなきようにござります」

「おそらくいまのところないということで、今後のことはわからぬということだろう」

「はい、さように存じます。ところで、武蔵様の試合の場が海峡にある領外の舟島とのことにござりますが、これにも藩の思惑が隠されているのやもしれませぬ。以前、細川藩・家臣で、現在牢人中の者に米田監物という御仁がおります。この米田氏を中心に牢人者を集め、弓、鉄砲など準備しているようです。そして、これに柳生の氏家殿も一枚噛んでおられます」

「うーむ。それは切支丹への備えだとも考えられるが、それなら何故に藩士ではないのかということだな」

「さようにござります。試合の場が領外ということを考え合わせると、もしや……とも考えられます」

「うむ。藩が勝ったわしを殺したとて何の意味もなかろうから、狙いは小次郎とその門弟たちか？」

「まだわかりませせぬが、さようなことも十分考えられます。それにその門弟でござりますが、巌流一門に門弟として潜入した例の吉塚辰之進が、門弟たちを扇動して、舟

島の真向かいの彦島の海岸にこれを集結させ、舟を仕立てるといった企(くわだ)てをしている
ようにございます」

「うむ。あり得ることだな」

これに対して、武蔵は何か思案している風に見えた。

「あのう、舟島の下見はもうお済みでしょうか?」

「ああ、それはもう済ませた。いま離れで、少し長めの木太刀を拵(こしら)えていたところだ」

初音はこれまでの武蔵の試合を思い起こし、やはり武蔵様は木太刀を用いるつもり
なのかと納得した。

「それで、佐々木殿も木太刀をお使いになられるのでしょうか?」

「いや、双方好きな得物でよいということで、巌流は真剣を選んだ」

「真剣……?」

初音は少し考える風であった。小次郎と氏家との試合では、袋竹刀だったのである。

袋竹刀ということであれば、いわれるように天下一の剣の技量を有する者を決する試
合ともいえようが、武蔵の木太刀と小次郎の真剣となると、これはそんなことでは収

まらない。ここに何やら藩の隠された意図があるようにも思われる。だが武蔵は、そうしたことにはまるで頓着していないようであった。

「いや、いつものことだ。何のことはない」

「ええ。武蔵様にとってはさようにございますよね。……あと試合のことではございませぬが……、あ、いえ、何でもございませぬ」

初音は、も一つ何か言いたいことがあるようであったが、それを言うのは躊躇っているようであり、武蔵がそれ以上聞くことはなかった。

四

慶長十七年（一六一二）四月十二日、舟島での試合を翌日に控えた朝を迎えた。すがすがしい朝であった。松井式部少輔興長の話では、武蔵が式部の用意した舟で、小次郎が次席家老・有吉内膳正興道（ありよしないぜんのしょうおきみち）の仕立てた舟で、舟島に渡ることになっているが、両家老とも舟島に渡ることはないとのことであった。これも、藩の公式の試合とはしたくないようだとする初音の推測が当たっていることを物語るものかもしれない。

武蔵は松井式部興長と客間にて、二人して随分と長く語り合っていた。武蔵の申し出に松井式部もようやく納得したようであった。

「さような恐れがあるということでござれば、いたし方なかろう。武蔵殿の好きになされよ」

「誠にもってわがままなる申し出、お聞きとげいただき恐縮の限りでござる」

これは武蔵が松井式部の舟には乗らず、海峡の向こう側の赤間の関から舟島に渡るということを式部に認めさせたものだった。彦島から渡ってくるかもしれない巌流門弟衆との関わりを避けるためであり、そのより確実な実現を図る上での海峡の海流の変化を踏まえた戦略・戦術であった。

そこで、この日武蔵は、初音の指示を受けた『小者』の太一が手配した漁師に舟で小倉から唐戸まで運んでもらった。そして、阿弥陀寺近くの船宿・伊勢屋に投宿した。この宿の船頭・治助に翌日舟島まで運んでもらうことにしたのだった。

舟島は舟の形をした小さな無人の島だった。島の北側が少し小高い丘となっており、そこは赤松を中心に山桃や合歓（ねむ）の木と笹に覆われているが、そこ以外はほとんどが平坦な砂州である。島の南側に少し湾曲した入り江があり、小さな砂浜があった。そこが試合の場とされていた。

船宿・伊勢屋の二階の奥に部屋を借りた。主人の小林太郎左衛門には、辰の上刻（午前七時）まで部屋に誰も近づけないよう頼んだ。事前に試合の場所、日時についても承知していた太郎左衛門は少し怪訝そうな顔をした。

「辰の上刻は試合の刻限ではございませぬか。それでよろしいのでございまするか？」

「ああ、それで良い」

太郎左衛門は、京での吉岡との試合における武蔵の『遅参癖』の噂を思い出し、そういうことかと納得したようであった。太郎左衛門は、明日試合を控えた武蔵に気を遣い、二階にはこの夜だけは客を入れなかった。近くの部屋に客が泊まっていようがいまいが、そんなことを気にする武蔵ではないが、太郎左衛門の気遣いもあってか、この夜もぐっすりと眠ることができた。

決闘の朝を迎えた。太郎左衛門は、辰の上刻になっても二階の武蔵がいっこうに起きる気配さえ見せないことにやきもきしていた。刻限からあまりに遅参となると、場合によっては不戦敗とされてしまいかねない。いつ起きてこられても良いように朝の膳の支度だけはしっかりと用意させていた。辰の刻（午前八時）近くになり、ようやく武蔵が起き出した気配が一階にいる太郎左衛門にも伝わってきた。太郎左衛門は直ちに膳を運ばせた。

朝餉を済ませて二階から下りてきた武蔵は、慌てた素振りも見せず悠然としている。気が気ではない太郎左衛門をしり目に、武蔵は宿の船頭の準備ができているか確かめた。

「治助は、もう漕ぎ出せるか？」

「はい、いつでも出せます」

太郎左衛門は、舟のほうも心配で、宿と唐戸の泊を行ったり来たりしていたのだが、治助のほうも武蔵に言い含められているのか、慌てた様子もなく舟に腰かけのんびりと構えていたのだった。

泊のほうにゆっくりと歩を進める武蔵の後ろから、太郎左衛門が武蔵を追い立てるかのように慌てふためく姿は少し滑稽でもあった。結局、舟を舟島に向け漕ぎ出したのは、巳の上刻（午前九時）過ぎであった。

五

この少し前、初音は小倉城下にある船宿・結城屋にいた。武蔵が赤間の関の船宿・伊勢屋でまだ眠っている頃である。初音は、二人の女性と向かい合っていた。十歳を少し過ぎたくらいの娘とその母親である。母親は初音と同じくらいの歳である。その名を志乃といった。

初音は、武蔵が京の大徳寺・高桐院に逗留していたときに、武蔵の試合のことを志乃に伝えようと一人鳥取の山寺へと赴いたのである。その小さな山寺・円城寺の住職であった祐譚はすでに没していて、いまはその弟が現住職であった。つまり、志乃は夫に先立たれていたのだった。初音にとって、一度も会ったことのない志乃は、この十年ほどの間、初音の胸の内に大きく立ちはだかって存在し、決して乗り越えられぬ壁の如き存在であった。このことが、此度の鳥取行きへと初音を突き動かした要因の一つだったのかもしれない。


武家娘の出で立ちで、初めて鳥取の山寺を訪れた初音は、緊張を漲らせながらも、寺に併設された屋敷とはとうてい呼べないような小さな家で志乃と対面した。

（このお方が志乃殿か！）

志乃は気品のある顔立ちで美形であったが、家庭に収まり子どもを育てたという落ち着きが備わっていた。初音は、怯む気持ちをどうにか奮い立たせて志乃と向き合った。

「かように突然ご訪問をいたしまして、誠に恐縮にござります。宮本武蔵様のことでどうしてもお知らせしたき儀があり、失礼を顧みず参上いたしました次第にござります。私は武蔵様の遠縁に当たります初音と申します」

志乃は、自身と同い年ほどの麗しき佳人の出現に、一瞬武蔵様の婚姻相手か何か色恋に纏わることかと身構えてしまった。でも、そもそも武蔵様とは十年以上もお会いすらしていない。人妻となって十年以上になるわが身は武蔵様のそのような対象にもなりえない存在であることに思い至り、一瞬にせよそのようなことを考えた自身に恥ずかしさでいっぱいとなってしまった。そして、武家娘と思われるこの佳人が緊張の中に見せる真剣な眼差しに、武蔵様にとっての大事を伝えに参られたに相違ないということが、志乃の心に伝わった。志乃はある決心をしていた。

「どうぞこちらへ」

小さな玄関から客間に案内された。

茶を持って現れた志乃は、十歳過ぎかと思われる娘を伴っていた。志乃は何とこの場に娘を同席させたのだった。娘の名は、いとといった。母親に似て色が白く整った顔立ちをしている。初音は、恐る恐る口を開いた。

「此度、お二人にご縁のある宮本武蔵様が、天下一の兵法者を決める試合をなされるということで、どうしてもお知らせしたいと思い、差し出がましいことと存じましたが、かようにお邪魔をいたしました次第にござります」

「母様（かあさま）、その宮本様とはいかなるお人なのですか？」

志乃は夫であった祐譚が存命のうちは、娘・いとに真の父親のことは、一生涯決して明かすまいと決意していた。しかし夫が身罷った後は、その決意が少しずつ揺らぎ始めていた。そして、いま武蔵についての重大事を告げに来たのではないかと思われる女性が出現したことが、志乃に重大な決心をさせたのだった。

「母の思い人でした。いとは宮本様の娘なのですよ」

何と、志乃はかような大事を娘にあっさりと吐露した。いとは祐譚の実の娘として育てられていた。いとはそのことに何の疑いを抱くことなく十年もの歳月を過ごしてきたのである。自分が祐譚の子でないということを初めて聞かされ、呆然となってしまりその衝撃の大きさが思い遣られた。生まれてこの方、当然のこととしてただの一瞬たりとて疑ったこともないことを、いま真実として告げられようと、それをすんなりと受け容れられるはずもなかった。

「母様！　私の父親が別の人だというのですか？」

「はい。隠していてごめんなさい。あなたの父親は、宮本武蔵玄信様といって、天下一の兵法者です」

「突然さようなことを言われても……」

いとは放心状態だった。

初音は、私は何と心ないことをしてしまったのかと、人の心の機微に疎い自身の愚かさを思い知らされた。志乃が娘・いとをこの場に同席させたことで、初音は何の思慮もなく、ついうっかりと『お二人にご縁のある宮本武蔵様』と言ってしまっていた。

（これが、志乃殿が娘に真実を語るきっかけを与えてしまったのではないか。たとえ母親の志乃が、この場に呼んだとはいえ、まだほんの子どもにすぎぬ娘の気持ちをどうして思い遣ってあげることができなかったのか。もっと違った話の持っていき様があったはずだったのではないか）

もっともこれは、幼くして親から捨てられ、他人に育てられた初音には、そうした親子の気持ちに疎いところがあり、そのことが招いた結果だともいえた。初音はこの場をどうしたらよいのかわからなくなってしまっていた。

これに対して、いとは気丈にも母親に実の父親のことを尋ねていた。

「私のことはご存じなのですか？」

「いえ、あなたが私のお腹にいたとき、誰にも知られぬようひっそりとこのお寺にお嫁に来たのです。あの頃、大きな戦があって、武蔵様がその戦に出られているときのことでした」

「そんな……」

いとはまだほんの子どもにすぎないが、自身が受けた衝撃にもまして、母親はお腹がだんだんと大きくなっていく中にあって、遠く離れた見ず知らずの土地へと嫁していかなければならなかったのである。母親の数奇な身の上のことを思い遣り、そのときの心細さ、心の痛みはどれほどであったかと推し量られて、そのことがいとをいっそうつらい気持ちにさせていた。

初音は、これまで穏やかな暮らしをしていたであろう母娘に、このような思いをさせてしまっている自分が、極悪人にでもなったような気がした。でも、真実を告げることが、わが役目だと思い直した。

「あの、御存じではないことと思いますが、戦から龍野・圓光寺に戻られた武蔵様は、そこで初めて志乃様のご懐妊と鳥取のこちらのお寺に嫁されたことを知り、一度ここに参られたのですよ」

「えっ！　……あー、もしやあのとき」

志乃はある朝、家の外に何やら人の気配みたいなものを感じ、思わず外に出てしまった日のことを思い出した。

（あれはやはり武蔵様だったのだ！）

「でも、ご家族の幸せそうなご様子に、己がこの幸せを壊すようなまねをしてはならぬと自らに言い聞かせ、去っていかれたそうにござります」

これを聞かされた母と娘は、つらい思いをしたのは、武蔵も同じなのだと改めて思い知らされた。初音は続ける。

「試合の日と場所が決まりましたら、文でお知らせいたしたく存じます。よもや武蔵様が敗れるなどとは思いませせぬが、どうしてもお知らせしておくべきかと愚考し、差し出がましいことをいたしてしまいました……。では、私はこれにて失礼いたしたく存じます」

初音は、此度自身がここに来たことで、明るみに出てしまった真実のせいで、いま目の前の二人が懊悩煩悶する様にもういたたまれなくなっていた。逃げるようにこの場を去っていこうとした。

「あっ……」

さっと立ち上がって去っていく初音の後姿に、聞きたいこと、話すべきことが山ほどありながらも、志乃は自身が受けている衝撃の大きさの故か、初音を引き留める言葉を掛けることができなかったのだった。

いま小倉の船宿の部屋に座している志乃といとは、初音が突然鳥取の山寺に現れてから、どうしたら良いのか何度も話し合ったであろうことは想像に難くないが、結局ここ小倉に来ることに決めたのだった。

船宿・結城屋の一部屋で向かい合う三人には、低く垂れこめた雨雲に覆われたかのような重苦しい雰囲気が流れていた。初音が口を開く。

「早朝、武蔵様は赤間の関から小舟で舟島にお渡りになられます。舟島には誰も渡ることは許されてはおりませぬので、もし試合をご覧になりたいということでしたら、向かいの彦島からご覧になることとなりますが、いかがなされますか？」

二人は同時に答えた。

「試合は見たくござりませぬ」

志乃が付け加えた。

「武蔵様は試合を終えられたら、その赤間の関とやらにお戻りになられるのでしょうか？……では、そちらでお待ちいたしたく存じます」

「わかりました。私が御案内いたします」

初音は手配していた小舟で、二人を伴い、ここ小倉から唐戸の泊へと向かった。海流は西流で逆流であり刻（とき）を要するかもしれない。母娘は、試合を見たくないと言ったが、途中、舟から舟島の様子が見えるであろう。

やがて遠く北のほうに見えていた舟島が近づいてきた。

「あれが、舟島です」

初音の言葉に、さすがに志乃といとは島のほうに目を遣った。舟島が前方に大きく見えてきた。平坦な島だが、わずかに北のほうが小高くなっており松林がある。南のほうには砂浜があって、そこに白い幔幕が張られ、役人らしき人の姿も見える。床几に腰かけた鮮やかな出で立ちの侍がいた。ここが試合の場なのだと母娘にもわかった。いとは、母のほうを振り向いて、尋ねた。

「あのお方が、そうなのですか?」

志乃はただ首を横に振った。武蔵は、まだこの島に渡っていないようだった。

舟が島を通り過ぎ、そのまま進んでいくと、東からの向かいの海流が少し弱くなってきたように感じた。

そのうち海の向こう側から一艘の小舟がこちらに向かってくるのが見える。初音と志乃といとは、その舟を、目を凝らして見ている。

(もしかしたら、あの舟に武蔵様が……)

という思いで見ているようだ。初音は、船頭に言った。

「あの舟とすれ違うくらい近寄ってください」

舟は、すれ違うときぶつかるのではないかと思えるほど近づいていった。あちらの舟の船頭・治助もそのことに気づいていたが、乗っている三人の客がすべて女性であることから、『刺客』は乗っていないと思ったのか、たいして気にとめてはいない様子であった。

かなり近づいた。ところが、誰も乗っていない。だが、初音は気づいていた。

「武蔵様は、舟底に身を伏しておられるようにござります」

すれ違うとき、志乃といとにも、袷を被って伏している者がいることがわかった。だが、二人とも声を上げることはなかった。試合前の大切な刻をあやって過ごしておられるのだということが、剣に素人の二人にも察せられたのであろう。いや、それ以上に、二人にとっては、それぞれ、十年も会っていない人、いまだ会ったこともない人に、声を掛けるなどということがそもそもできるはずがなかったのである。

試合など見たくないと言っていた二人であったが、島の試合の場を見てしまったこと、そしてこのように試合へと向かう姿の一端を垣間見たことで、二人にもこれが、まさしく生死をかけた剣の試合なのだということが思い知らされ、二人は胸が締め付けられるような思いを味わった。舟はやがて唐戸の泊に着いた。

六

治助の漕ぐ舟に乗った武蔵の出で立ちは、いつもとたいして変わらぬ黒縅（くろおどし）の小袖に軽衫袴（かるさんばかま）で、懐には鉢巻きにするつもりなのか柿色の手拭を入れていた。刀は二尺一寸六分の伯耆安綱（ほうきやすつな）であるが、それは舟底に置き、脇差のみ差し、自ら拵えた四尺一寸八分の木太刀で臨むつもりである。舟は揺れるため、波飛沫（なみしぶき）がかかって身体を冷やさないようにするのと体力を温存するという意味もあって、袷を頭から被って舟底に横たわった。

この海峡の海流は、巳の刻（午前十時）頃に西流から東流に変わる。舟島に向かっているいま、西流はいささか弱まってきている。いまの海流の勢いだと舟島に着くまで半刻近く要するであろう。試合は巳の刻頃となり、試合後すぐに東流に乗って唐戸に戻り、巌流門弟の襲撃を避けるという目論見である。いまのところすべて計画通りであった。

南の海上に舟島が近づいてきた。島の東側を回って入り江に近づく。入り江の砂浜には白い幔幕が張り巡らされている。その幔幕の前には数人の武士が控えている。床几に腰かけた派手な出で立ちは、巌流佐々木小次郎であろう。十代の若い頃から派手好みであった小次郎は、昔とあまり変わっていないと、それが武蔵には少しおかしかった。小次郎の出で立ちは、猩猩緋の袖なし羽織に裁着軽衫袴で、額には白の鉢巻きを締め、背には三尺一寸二分の備前長光の虎切刀を差していた。小次郎とは八年振りになるが、これまで小次郎と手合わせをしたことはなかった。

舟に気づいた巌流佐々木小次郎は、床几から立ち上がるや背中の備前長光を鞘ごと右手で引き抜き、鞘は腰かけていた床几に斜めにして立てかけた。そして目の上に左手をかざすようにして近づく舟を睨んでいる。南東からの日差しが眩しいのか、あるいは海からの照り返しが眩しいのか。

武蔵も舟の上に立ち上がっていた。額には柿色の鉢巻きを締め、四尺一寸八分の木太刀は、その長さが知れないよう左腰に添えて舟と平行に携えていた。

舟は波打ち際まで十間近くの距離にまで近づいた。治助には、このあたりで待つよう言いおいて、武蔵は舟を飛び降りた。絡げた袴の太腿近くまで海水に浸かった。下見のときに深さは確かめていた。

小次郎は、このまま武蔵と真っすぐ向かい合って対峙しようとの意図を持って波打ち際へと歩を進めた。武蔵もしばらくは小次郎に向かって真っすぐに進み、打ち寄せる波を後ろから受けながら海の中を汀（みぎわ）へと進む。深さが膝下あたりになったところで、右の方向へゆっくりと走り出した。小次郎は少し遅れながらも武蔵について走ってこようとしている。武蔵を海から砂浜に上がれなくするつもりのようだ。砂浜のほうが少し高いのに加えて足場が良い。海水は膝下だといっても、武蔵の足の送りはそれだけ悪くなる。しかし、武蔵に不利なことばかりではない。南東からの陽光の煌きが小次郎の目をいささか苛（さいな）んでいる。両者の動きが止まった。武蔵は相変わらず五寸以上脚を海水の中に浸したままでいる。

武蔵はここで初めて、左手にしていた木太刀を両手に持ち、それを頭上真っすぐ垂直に立てた。小次郎は陽光が眩しいのか、目を顰めるようにしてこれを見上げた。少なからぬ衝撃が小次郎の心に走ったとみた瞬間、武蔵は海の中を脱しようと波打ち際へと右回りに走った。この武蔵の動きに対し、小次郎は一瞬駆け出しが遅れた。このため武蔵は小次郎と同様に波打ち際から一間ほど離れた汀に立つことができた。武蔵と向かい合う小次郎には、陽光の眩しさは幾分和らいだが、まだ右斜め上方からの日差しが降り注いでいた。

小次郎は、備前長光の虎切刀を正眼に構えた。これに対し、武蔵は木太刀を右手に自然に提げている。両者の間合いはわずかに間境の外にある。ここまで両者、いずれも一言も言葉を発していない。

小次郎は、じりじりと間合いを詰めていき、構えを正眼から右上段に移しながら間境へと踏み込める間合いを見計らっている。小次郎には、剣の間境が己より長い者と対峙するのは初めてのことだった。武蔵は、右手の木太刀を両手に持ち、それを中段から上段へと上げていった。小次郎は、武蔵の木太刀の間境を超えた刹那、そのまま一気に己の間境へと踏み込むや備前長光を振り下ろした。この動きを見越していた武蔵は、わずかに右斜め後ろに退って躱しながら、同時に、上段に構えた木太刀を小次郎の前額目がけて打ち下ろした。これに対する小次郎の下からの燕返しは、武蔵の袴を切り裂きながらもぎりぎりの見切りで躱されていた。武蔵の木太刀は、小次郎の燕返しとほぼ同時に小次郎の前頭部をわずかに削るように捉えていた。小次郎の額の白い鉢巻きに赤い血がにじんだ。武蔵はさっと間境を離れるように後ろに少し下がりながら、小次郎がゆっくりと倒れていくのを見ていた。

武蔵は小次郎が倒れるや、小次郎から離れ、幔幕の前にいる立会人か検分役と思われる数名の役人と思われる武士たちのほうを見た。（ほうー）という表情を見せる者が多いが、取り立てた動きはない。

そのとき、幔幕が風に翻った。その背後にちらりと弓・鉄砲を備えた黒装束の一団が垣間見えた。藩士ではない。実はこれは、藩が裏で糸を引いて秘かに集めた牢人衆で、試合の前に舟島の松林に潜伏させていた者たちであった。ただ、米田監物はこの中にはいなかった。

武蔵は幔幕の前にいる武士たちに向かって一礼をするや、再び海の中に駆け入った。後は振り向かなかった。打ち寄せてくる波に抗いながら治助の待つ舟に向かってひたすら海の中を走った。

無事に舟へと辿り着いた武蔵は、舟の上に立つや初めて島を振り返った。十数名ほどの黒装束の男たちが、白い幔幕の内側に現れていた。おそらく牢人者であろう。その者たちは小次郎を取り囲んでいた。倒れたときまだ小次郎には息があるように見えたが、当たった木太刀の感触からやがて息絶えるものだと思えた。息があるかどうかを確かめるだけなら、牢人衆など不要で、それこそ検分役など役人の仕事であろう。あやつらは小次郎にとどめを刺したのかもしれない。南へと遠ざかっていく島を見遣りながら、この試合はいったい何だったのかと思わざるを得なかった。

舟島の真向かいの彦島の高台からは、試合の様子を遠望することができた。勝負は一瞬でついた。この高台からは、師の備前長光の燕返しと武蔵の木太刀の上段からの打ち込みがほぼ同時だったように映った。それにしても間積もりを正確に捉えた武蔵の見切りの確かさに、吉塚は改めて剣の技量の己との絶望的な差を感じざるを得なかった。

師の剣の力量は、武蔵と同等かあるいは少し上回っていたかもしれない。それでも武蔵に勝てなかったのである。勝敗を分けたのは、師の備前長光・三尺一寸二分の長刀よりも武蔵の木太刀のほうが長かったことにあった。また重い真剣よりも軽い木太刀のほうが素早く打ち込みやすいということも大きかった。武蔵の戦術眼の勝利であった。

そしてその後信じがたい光景が見られた。何と黒装束の男たちが師匠を取り囲んだのだ。

(あの者たちはいったい何をしたのか。師の息があるかどうかを確かめていたのだろうか。それとも、考えたくはないが、まさかとどめを……。もしや、あやつらは、武蔵の門弟衆なのか?)

彦島から舟島での師の試合を、固唾をのんで見守っていた巌流門弟衆の間では、勝負が決した瞬間には、ここ彦島には一瞬あたかも刻が止まったかのような重苦しい沈黙が漲った。そしてその直後に、師を気遣う門弟たちの思いがどよめきとなって、ここ高台を覆った。

「先生!」

「先生！」

吉塚は、いま武蔵が海の中に入って舟のほうへと急ぐ姿を捉えていた。

（よし！　海の上、舟の上で武蔵を討つ！）

吉塚は決断した。吉塚は、弓・鉄砲の者を一人ずつ二艘の舟に配した。あと三艘の舟に、槍や太刀を持った門弟を乗せた。この五艘で武蔵を追った。一応吉塚に従う形となっていたほかの門弟衆は、敗れた師匠を気遣って、舟島に向かうこととなった。

吉塚たち五艘の舟は、舟島の西側、唐戸へ少し近い航路を辿って武蔵の舟を追った。それほど武蔵の舟に離されてはいないと思っていたが、いっこうに追いつく気配がない。吉塚は、これはこちらが一艘の舟に四人も乗っているからではないかと考えた。逆に人が多いという利を生かして、われらも舟を漕ぐようにすれば良いのではと思った。だが、舟の中には余分の櫂など置いていなかった。ほかの舟にはあるかもしれない。吉塚は周りの舟に聞こえるよう大声で呼びかけた。

「舟の中に櫂があれば、それで漕げ！」

一艘だけ一本の櫂が余分に備えられていた。その一艘は、武蔵の舟に追いつけるかもしれない。だが、あの舟には弓・鉄砲はない。さすがにその舟は、ほかの舟を引き離して先へと進んでいった。

（しまった！　あの舟に弓・鉄砲の者をほかの舟から移すべきだった。いや、そうではなく、櫂を弓・鉄砲の者がいる舟に渡すべきだった）

吉塚は瞬時の判断における自身の詰めの甘さを思い知った。はたしてあの舟が武蔵の舟に追いつけたとして、あの四人で武蔵が討てるか。波に揺られる舟の上だと、足場が悪く、武蔵はその剣の技量を発揮しづらいだろうが、いかなる局面におかれたとしても、そんな難局を瞬時の卓越した判断力によって切り開いていく武蔵の持つ底知れぬ力量に思いを致すと、やはりとうてい武蔵には太刀打ちできないのではないかと思われる。

遅れた四艘の舟は距離を縮めることは叶わなかったが、あの一艘は、着実に武蔵の舟に近づいている。泊に着く前に追いつけそうだ。舟の揺れで、武蔵の太刀捌きに狂いが生ずることを期待するしかない。追いついた。

（あっ、一人が武蔵の舟に飛び移ろうとした）

だが、その男は武蔵の乗った舟に飛び移る途中、海の上にて武蔵に斬り捨てられ、海の中へと消えていった。

（あっ、今度は武蔵のほうが飛び移った）

武蔵は飛び移りながら、二刀を振るい、飛び移ったときにはすでに二人が斬り捨てられていた。あとあの舟に残るは、槍の一人のみだが、突き出した槍の穂の近くを左の小刀で断ち切られ、右の太刀で頭から胸、腹へと断ち割られた。その後武蔵はすぐおのが舟に戻った。

巌流佐々木門下にあって、ごく短い間にその腕を上げたとはいえ、吉塚辰之進はあくまでも新参者であった。巌流一門の高弟の一人に高橋源九郎なる使い手がいた。この高橋源九郎には吉塚には従わない二十名ほどの門弟が従っていた。源九郎は彦島の高台から、師が武蔵に敗れたのを見てとると、自身の下にいたうちの十数名の門弟を引き連れ、武蔵が舟で向かっていると思われる赤間の関へと走った。しかし、弓や鉄砲を持つ者はどうしても遅れがちとなる。源九郎は遅れる者を叱咤して急ぎに急いだ。

源九郎の下にいた門弟たちのうち五、六名は、敗れた師匠のことが心配で、吉塚の下にいた十名ほどの門弟衆と一緒に用意していた舟で舟島へと向かった。

舟島に着いた巌流門弟衆は、倒れている師の下へと走った。巌流佐々木小次郎は、顔には白い布が掛けられ幔幕の前に横たえられていた。門弟たちは、わっと横たわった師の周りに集まった。

これを待っていたのであろう。白い幔幕が取り払われた。するとその後ろには牢人者と思われる黒装束の一団が、片膝を立てて鉄砲を構えていた。さらにその背後には、弓を構えた一団もいた。

「撃て！」

掛け声がかかると、鉄砲が一斉に火を噴いた。巌流門弟衆はなすすべもなく鉄砲の玉に撃たれて倒れていった。さらにそこに弓矢が一斉に放たれた。鉄砲の玉が当たるのを免れた者も矢に倒れた。さらに念のためか、その後にも玉を詰め直した鉄砲の玉が容赦なく降り注がれた。門弟衆は、一網打尽にされたのである。このような熾烈なことが行われたことの背景には、門弟衆には切支丹が多いということがあった。つまり、切支丹は人非人の如く扱われていたのである。

七

唐戸の泊に着いた初音は、志乃といとを近くの砂浜の松林の前にあった丸太の上に腰かけさせて休ませた。そして一人、埠頭に立ち舟島のほうを遠望し続けた。むろん島の南側で行われる試合は、島の北側が赤松の木などの生えた小高い丘となっているので、たとえここから舟島まで近かったとしても見通すことはできない。

初音はどれほどそうしていただろうか。やがてこちらに向かって二艘の舟が近づいてくるのが見えた。その二艘の舟の間で争いがあった。相手の舟に飛び移り、相手をすべて倒すやまた舟に戻った者がいた。あれはきっと武蔵様に違いないと思った。

（武蔵様は試合に勝ったのだ！）

初音は松林のほうに目を向けた。志乃といとは、さぞや待ちくたびれているのではないかと気遣われたため、早くこのことを伝えたくて右手で海のほうを指さして大きな声を上げた。

「あれが、武蔵様ですよー!」

この初音の声と仕草に、志乃といとも慌てて腰を上げ、初音のいる埠頭の近くにやってきた。東流に乗って武蔵の乗った舟が唐戸の泊に近づいてくる。武蔵は舟の上に立っていたが、後姿を見せていた。海の彼方からさらに数艘の舟がやってきていた。武蔵を追ってきた舟に相違ない。

武蔵が泊のほうを向いた。初音が手を振る。初音と少し離れて砂浜に控える母と娘らしき者がいた。

(あれは、もしや志乃ではないか、さすれば、その隣にいる娘は……)

武蔵は、泊に佇む三人の女性を見て、たちどころにこの事態が意味するところを悟った。

(初音め! いらぬことを……)

武蔵のいまの気持ちは複雑であった。予想すらしていなかったことに対する戸惑いと困惑、ほんの少しばかりの嬉しさにほのかな期待、そして何といっても二人をこの争いに巻き込んではならないという思いであった。

武蔵の乗った舟が桟橋に着こうとしていた。武蔵は初音に向かって指示をした。

「手裏剣を二本くれ！　お二人を、あちらの松林の中へ」

初音は、舟から桟橋に飛び移った武蔵に二本の手裏剣を手渡すと、砂浜にいた二人を松林のほうへと促した。志乃といとは、走りくる武蔵に会釈をして、初音に守られるようにして松林のほうへと向かった。これが十余年の歳月を隔てて、三人の親子が初めて顔を揃えた何とも慌ただしく、そしてあまりにも短い対面であった。

武蔵は、桟橋の側におかれていた舟をわが身の盾とすることにした。敵は一艘に四人ほど男を乗せて四艘で向かってくる。そのうち二艘の舟には、鉄砲と弓がそれぞれ一挺（ちょう）、一具（ぐ）ずつ備えられている。問題は鉄砲である。あちらがどのような攻撃を仕掛けてくるかによって、どう応じたら良いか違ってくる。舟の背後に隠れてそのときを待った。

四艘の舟が次々と桟橋に接岸した。太刀や槍それと弓を持った武士が桟橋に飛び移る。鉄砲を抱えた二人は、ほかの者たちが手を貸してやって桟橋に引き上げた。鉄砲の者は桟橋の後ろのほうに配されるという形となった。これを見て、武蔵は身を隠していた舟の後ろから、両刀を抜いて敢然と飛び出していった。

あの一乗寺下り松のときや宍戸配下の野伏せりのときと同じく、二刀を後ろにした後下段『円曲の構え』で、先頭の太刀や槍の武者に向かっていった。十数人の武士たち、おそらく巌流門弟衆は、まだその総勢が狭い桟橋の板の上にいた。そこに二刀を後ろにして武蔵が立ち向かってくる。逃げ場がなかった。

先頭にいた四、五人が左右の太刀で面白いように斬り捨てられていく。弓を持つ者も構える暇もなかった。残りの者が桟橋の真ん中をあたかも武蔵を通すためであるかのように開けた。恐怖のためすでに戦意を喪失した者三名が両側の海に自ら落ちていった。桟橋の中央部分が開いたため、後ろのほうにいた鉄砲を持つ二人が、二人並んで片膝をつき鉄砲を武蔵に向けて構えようとした。

これを見た武蔵は、二刀を腰の鞘に収めるや、懐に収めていた手裏剣二本を、鉄砲を構えようとしている二人に向けて続けざま直打法で打った。二本ともその心の臓近くに吸い込まれるように刺さった。倒れた二人は桟橋の両側の海へとそれぞれ落ちていった。武蔵は再び両刀を抜き桟橋の板の上をさらに駆け抜け、両側に残った太刀や槍を手にした者たち数名を薙ぎ払った。最後に槍を構えた一人が残った。

十年以上の昔であっても、武蔵は一度立ち合った者の顔を忘れることはない。吉塚辰之進であった。この男、十年ほど前は、持っていた槍を木太刀で両断してやった。武蔵は吉塚の槍がどれほどの腕となったのか見てやろうといったようなあたかも弟子に対するような思いを一瞬だけ抱いた。

そのとき、十数人の巌流門弟衆を引き連れた高橋源九郎が背後の砂浜に現れた。四挺もの鉄砲を備えていた。桟橋上にいた武蔵を砂浜からぐるりと取り囲んだ。鉄砲をも構えられた武蔵は袋の鼠とされてしまった。武蔵はこの絶体絶命の窮地をどのようにして凌ぐか懸命に頭を働かせた。後ろにいる槍の吉塚を楯としようか、それとも海の中に逃げようかと思案はするが、いずれにも難がある。かなり厳しい状況に追い込まれていた。

このときであった。砂浜の東のほうから地響きがしてきた。先頭の騎馬武者に率いられ、細川家・九曜紋の紋所の旗指物を翻しながら数十名もの鉄砲隊の一団がこちらに向かってきた。

　高橋源九郎に率いられた巌流門弟衆の中にも、多くの細川藩士が含まれており、いったい何事かとその場に控えざるを得なかった。馬上の石井三之丞（さんのじょう）が大声を上げた。

「者共（ものども）、控えよ！　細川藩家老・門司城代・沼田勘解由左衛門延元（ぬまたかげゆざえもんのぶもと）様から、『他藩の領内での狼藉、争闘罷りならぬ』とのお達しである。皆の者、控えよ！」

　これには、高橋源九郎を始め、その配下の者たちも皆武器を収めその場に控えた。

　石井三之丞が続けた。

「ここに舟島で試合を行った宮本武蔵はおるか？」

　刀を収めた武蔵が、桟橋より罷り出た。

「はっ、それがしにござる」

　石井三之丞は、この場の状況と聞かされていた武蔵の風貌と出で立ちとにより、この者が武蔵に違いないと確信した。武蔵に向かって、というよりもここにい合わせたすべての者に向かって厳かに申し述べた。

「うむ。試合の儀、大儀であった。御家老・沼田様より試合の詳細につき、報告せよとの命である。これより門司城へと御案内いたす」

「はっ、承知いたしましてござりまする」

これは門司城代の沼田延元が、武蔵を警護するために寄越した部隊であった。実は、元細川藩士・米田監物は、松井佐渡守から牢人衆を集めての仕事の依頼を受けていたが、一色早之進を通しての交渉の過程で、次第にその内容が、舟島にて小次郎と巌流一派を葬り去る企てだと知るにつれ、その計画から外れていた。そして試合の前日、松井佐渡の息であるいまの首席家老・松井式部少輔興長に事の次第を伝えた。これを聞き、松井式部は慌てて、門司城代の家老・沼田勘解由延元に、万一に備え、試合後舟で赤間の関に戻る武蔵の警護を頼んだのであった。襲ったのは牢人衆ではなく、巌流門弟衆だったが、結果は奏功した。武蔵は石井三之丞率いる鉄砲隊に警護される形で、細川藩の船で門司城へと向かっていった。


あとに残された高橋源九郎率いる巌流門弟衆は、海に逃げていた巌流門弟衆三人を海の中から拾い上げ、武蔵に怪我を負わされてはいるが、命が助かる可能性のある門弟たちに応急の手当てをした。

松の木陰から一部始終を見ていた志乃といとは、松林から砂浜に出てきたが、鉄砲隊に囲まれて連れ去られていく武蔵を呆然と見送るしかなかった。

初音は、志乃といとが、まだ武蔵と一言の言葉すら交わしていないことを憂いていた。二人をきちんと武蔵に会わせてあげねばと思っていた。

「私はこの後、お城に入り武蔵様とお会いいたします。その上で、お二人にも会っていただきたいのですが、お会いになられますか？」

二人は、初音が城に入ると言ったことに目を丸くしている。いま目の前で物々しい鉄砲隊を見せつけられた二人は、本当に門司城に入ることができるのか信じがたい思いがした。でも、武家娘の初音には、何やら伝手があるのかもしれない。志乃は、会いたい、またいとと会ってほしいという気持ちはもちろんのこととして、やはり武蔵の気持ちを第一に考えていた。

「もし、武蔵様が会っても良いとなれば、お会いしたく存じますが、武蔵様のお心に沿わぬことはいたしたくはございませぬ」

「はい。志乃様のお気持ちは確と承りました。それでそれまでの間、この近くに武蔵様がお泊まりになられた船宿・伊勢屋がございます。そこで、しばらくお待ちいただけましょうか？」

「まあ、伊勢屋さんという宿に、お泊まりになられたのですね。是非にもお願いいたします」

志乃は、宿の者から試合前の武蔵の様子などを聞けると思ったのであろうか、喜んで伊勢屋に泊まることにした。


初音は、夜いつもの忍び装束で門司城内へと忍んだ。門司城は、海峡が最も狭まったところ、早鞆（はやとも）の瀬戸に突き出した小高い古城山（こじょうざん）の頂に築かれた山城で、堀なども張り巡らされてはいなくて、難なく忍び込めた。武蔵の居所もすぐに知れた。武蔵は座敷に一人座し、燭台の灯りの中、何やら絵を描いていた。初音はいつの間にか武蔵の側に控えていた。むろん武蔵には誰か部屋に入ってこようとしたときには、これが初音だとすでにわかっていた。

「お指図通り、夜忍んで参りました」

「うむ。夜這いではあるまいな」

「だったら、どうなさいます？」

己が先に撒いてしまった種ながら、このような言葉の応酬を嫌う武蔵は、話題を変えた。

「うむ。それにしてもいらぬことをしてくれたな」

「いらぬことでしたか？　それはたいそう失礼をいたしました」

初音の眼差しは、武蔵の心底を計るような光を帯びていた。若くは見えるが、武蔵と同い年の初音はもう二十九歳の大年増となっており、武蔵からすると、男の心を揺さぶるような図太さを感じさせる大人の女となっていた。武蔵は、こうした男女の機微に触れるような駆け引きは苦手であった。

確かに初音は出会った頃、志乃よりも美しく魅力のある女性であったかもしれない。だが、あの頃は志乃に夢中だったし、そのすぐ後では志乃を失った痛手に心が苛まれていて、初音に心を移すなどという余裕がなかった。ただ武蔵も男であるから、女がほしいときは遊里に女を求めた。初音をそんなただの女として受け容れたりしなかったことは、いまとなっては正しかったのだと思う。

「会っても良いぞ。いまさら何もしてやれぬが、人としての道は確と踏みたいと思う。だが、明朝、ここを出立せねばならなくなった。藩の船で木付(きつき)に行き、養父(おやじ)の下に参らねばならぬ」

「では、木付の平田無二斎様のお屋敷に参れば、お会いできるのですね?」

「うむ……」

武蔵は仲が悪い養父の下で、己の若い頃の未熟さ、恥をさらさねばならないことになるが、それは天が己に科した罪を償う定めというものなのかもしれないと覚悟した。

八

舟島にいた牢人衆であるが、牢人衆は小次郎にとどめを刺し、舟島に渡ってきた巌流門弟衆十数名をすべて打ち倒した後、藩から、船で小倉の巌流道場へと向かい、そこに巣くうとされる切支丹の掃討をせよとの密命を受けていた。

このような企てを米田監物から聞かされた松井式部は沼田勘解由への武蔵の警護の依頼に加え、これまで巌流佐々木小次郎を庇護してきた次席家老・有吉内膳正興道にその旨を記した書状を太一に持っていかせた。これは、初音から聞いた話で、『小者の太一は初音と武蔵に仕える忍び』でもあるとのことで、太一は二人への繫ぎとしてまだ松井屋敷に留まっていたからだった。

太一が城近くにある有吉の屋敷に向かうと、幸い有吉内膳正は自邸にいた。

松井式部の書状を読んだ有吉は、ここには大変難しい問題が含まれていると思った。その牢人衆を誰が雇っているかだが、その牢人衆の黒幕が、藩主・忠興様ということだと、牢人衆を討つことは、藩主の意向に逆らうことにもなりかねない。また、此度の小次郎と武蔵との試合も、天下一の兵法者を決めるものではなく、また細川藩への仕官の試金石となるようなものではなかったということではないか。次席家老という要職にありながら、試合の背後に隠された真意を知らなかったで済まされることとなのか。首席家老の松井様もご存じなかったこととはいえ、藩の要職を預かる身として忸怩たる思いがあった。

こうした場合には、家老であった父・有吉立行が、「まず藩主様と膝を交えて話をすることこそ肝要ぞ」とよく言っていた。だが、いま藩主は豊前にはいない。ここは首席家老・松井式部様と連携して事に当たらねばならないと思った。そこで有吉は自ら松井邸へと向かった。

太一は、松井式部と有吉内膳との話し合いが終わるまで庭に控えていた。その話し合いの途中にも、中に二度、違う使者が入っていった。一人目の使者が伝えたことは、舟島で巌流佐々木小次郎が武蔵に敗れ、その小次郎に牢人衆がとどめを刺し、さらに舟島に渡ってきた巌流門弟衆十数名をその牢人衆が皆殺しにしたことであった。もう一人の使者が伝えたことは、唐戸での武蔵と巌流門弟衆との争闘を門司城代・沼田勘解由が収め、武蔵は門司城へと匿われたことであった。

このような知らせを含め、話し合いは続けられ、松井式部と有吉内膳とが出した結論は、細川藩は牢人衆に一切関与しないことにするということであった。つまりは手助けもしなければ、これを討ち取るといったようなこともしないということである。

藩が牢人衆と関わらないようにすることが、藩主の意向に沿うことだと考えたのだ。その結果、家中の者ではない太一に過酷な役目が与えられた。巌流の屋敷に残った門弟らを領外へ逃がすというものである。これだと領内を徒に血で汚すことなく、しかも切支丹を追放したことになる。ようやく有吉内膳との話し合いが終わり、部屋から縁側に出てきた松井式部は、庭に控える太一に金の入った袋を投げ与え、この仕事を依頼した。

「引き受けてくれようか？」

袋を懐に収めた太一は、松井式部が差し出した小次郎の内儀への文も受け取り、

「確と承知いたしました」

と答え、一礼しさっと庭から消えた。

太一は、まず小倉の泊へと走った。いま牢人衆がどのあたりにいるかを探るためだ。すると、何と牢人衆の乗った船が泊に着岸しようとするところであった。太一はすぐに引き返し、道具町の巌流の屋敷へと走った。

太一が屋敷に着くと、そこは至って静かで閑散としていた。門弟衆はそのほとんどが、彦島に渡っていた。ここに残っていたのは、小次郎の妻・有紀とその年配の男女の使用人二人だけだった。そこには、沈痛な雰囲気が漂っていた。つまり、試合の結果が伝えられていたのだ。

太一は、初めて会う小次郎の妻・有紀に敬虔な雰囲気を感じ、これがあの小次郎の妻なのかと新たな感慨を覚えた。首席家老、松井式部の文を手渡した。厳しい表情のまま、文を読み終えた有紀は太一に向き直った。

「もう一刻の猶予もないのですね?」

「はい、泊に着いた牢人衆が、いままさにこちらに向かってきています」

「でも、支度が……」

「荷物は後でどうとでもなります。ここは身一つで、とにかく急いでくだされ」

いまはすぐに逃げることだと急かされ、さて、どこに逃げたら良いのかと思案した有紀は、この小倉に来て知り合った知人が暮らしている、萩からはそれほど離れていないある海沿いの町が思い浮かんだ。しばらくはそこを頼ることにしようと決めた。

有紀が使用人の二人を振り返って頷くと、二人とも大慌てで旅立ちに必要不可欠といえる品だけを取り揃え出した。

太一は巌流屋敷に来るとき、近くの紫川のほとりに川舟が係留してあるのを確かめていた。三人をその川舟へと急がせた。三人には舟底に横たわってもらい、その上に莚をかぶせ、太一が舟の舵を取った。紫川の流れは緩やかだが、女の足よりかは迅速に運べる。やがて土手の上を黒い一団が走ってきた。鉄砲や弓など抱えて走る牢人衆だ。太一はそのほうに目を遣ることなく、『観の目』でその動きを捉えている。一番後ろを走っていた一人がこちらに目を向けた。

(感づかれたか?)

「おーい、何をもたもたしている。遅れるな」

その男は、すぐ前を走っていた者に咎められ、こちらに目を遣りながらも、また前に追いつこうと慌てて走っていった。

(何とか切り抜けられた)

竿を操る太一の手には冷や汗がにじんでいた。もし気づかれてしまって、道の上から下の川舟に向かって鉄砲を放たれたら防ぎようがなくひとたまりもなかったからである。

河口が近づいてきた。「もう大丈夫だ」との太一の声に、筵から解放された三人は、いずれもほっとした様子で、それぞれ荷物を抱えて舟から降りて泊へと向かった。泊は河口の側にあった。武蔵を唐戸まで運んでもらった漁師に、赤間の関に三人を運んでもらうことにした。

海峡を渡りながら太一は、(あー、これはまずいことになったぞ)と思わざるを得なかった。いずれ舟島が目に入ってくる。有紀はどんな反応をするだろうか。

やがて舟島が小さく見えてきた。

「あの島なのですね。あの島に舟を一度着けてもらえますか?」

太一と船頭を見遣りながら有紀が毅然として言った。駄目だとはとても言えなかった。

舟島の南側、小さな入り江となった砂浜がはっきりと見えてきた。白い幔幕は取り払われていた。もう誰も島には残っていないようだった。舟は入り江の中の砂浜に着いた。小さな砂浜だ。その砂浜には自然にできたものとは異なる乱れた凹凸の跡がたくさんあった。有紀はそこに目を留め近づいていった。砂に手を触れている。下男が「奥様汚れますよ」と声を掛けている。太一は、（はっ）とした。有紀の触れた手の先の砂に赤いものが見えたからである。血であった。有紀はそれが夫の血かもしれないと思っているようであった。太一は、この砂の乱雑な乱れと足跡の多さから、これは大勢の者がここで争った跡か何かではないかと考えた。

「ここには大勢の者が血を流した跡がございます」

太一の言葉に、有紀は砂浜が大きく乱されているのを見て、この血は必ずしも夫のものではないということがわかったようであった。太一は砂浜と松の木の茂る丘との間に目を遣った。土を掘り返したような跡が見えた。

「あそこに行ってみませぬか？」

皆でそこに行ってみると、そこには新しくできた掘り起こしの跡が二つあった。一つはごく小さなものだが、もう一つはその数倍以上もの大きさであった。

「ちょっと確かめさせてください」

太一はそう言って、大きく掘り返された跡を苦無(くない)で掘ってみた。しばらく掘ると布のようなものが出てきた。いや、布ではなく袴の一部のようだった。太一は掘るのをやめた。

「ここに大勢の者たちが埋められているようでございます」

「えっ、ここに！」

有紀が、夫がここに埋められているのかと想像したようだったので、太一は少し離れたところにある小さな掘り返しの跡を指さした。役人は、さすがに小次郎をその門弟衆とは別に葬るという配慮を見せてくれたようだった。

「いや、おそらく小次郎殿は、あの小さく掘った跡のところかと思われます」

有紀はその意味を解したものとみえ、そちらに走り寄って跪(ひざまず)いた。その細い肩を震わせている。

「せめて、墓石の代わりになる石でも乗せてあげたい」

涙が止まらぬ有紀に変わって、下男たちがそれにふさわしい石を探しに行く。太一も大きな岩のような石を見つけ、これを大きく掘り返された跡に置いた。

下男たちは、見つけてきた石を有紀に手渡した。有紀はその小さな石を掘り返された土の上にさも大事そうに置き、そして何と首にかけていたクルスを外して土に挿し、それを小次郎の墓標(ぼひょう)として手を合わせている。有紀の下男と下女も有紀の後ろで手を合わせ、小次郎を悼んでいる。

太一も『門弟衆の墓』から『小次郎の墓』のところに来て佇み、互いに若かった頃、京で出会い、それっきりとなってはいたが、あの小次郎が亡くなったのかと感慨を胸にして小次郎を悼んだ。そして、悲しみの気持ちに追い打ちをかけることになるかもしれないが、言わざるを得なかった。

「あちらの大きな掘り返し跡は、ご門弟衆かと思われます」

太一を振り向いた三人の顔には、(まさか、何故?)という気持ちが表れていた。

「試合をしていない門弟の方々がどうして死なねばならぬのでござりますか?」

有紀の疑問に対して、太一は、ここで真実を話すわけにはいかないと思った。『藩が、秘かに牢人を雇って切支丹門弟衆を殺した』とはとても言えない。とっさに閃いた嘘をついていた。

「渡ることを許されていない舟島に渡ったからだと思われます」

有紀を含めた三人からは、声にはならないため息のようなものが漏れた。三人はこの説明に納得してくれたようであった。太一を含めた四人は、大きな石の前に行き、そこで手を合わせた。

かなりの刻が過ぎていた。漁師の船頭には前もってわけを話して待ってもらっていたが、急かすことなどできるわけがなかった。

有紀はもう一度『小次郎の墓』の前に戻って、そこで跪き祈りを捧げていた。夕陽が悲しみに暮れる有紀の頬を赤く染めていた。有紀は後ろ髪を引かれる想いを断ち切って舟へと戻った。舟の中で有紀は、いま一度舟島のほうに向かって手を合わせていた。

「私の中では、今後この島のことを『巌流の島』と呼ぶことにいたそうと存じます」

「えっ、『巌流の島』ですか?」

有紀が口にした巌流の島という言葉には、ここに多くの巌流門弟衆が葬られているという意味合いが含まれているのであろうが、それ以上に太一には、有紀の夫に対する想いが込められているような気がした。巌流とはまさに小次郎が創始した流派であり、その小次郎がこの島で門弟たちと安らかに眠ってくれるようにとの有紀の願いが込められている気がした。夫婦となって一緒に暮らしていく中で、仲の良かった二人の間にはそのような想いが醸成されたのであろう。夫婦などという形をとらないで、同志として歩む初音のことを思い、はたしていまのままでよいのかと、ふと思った。

舟は赤間の関に着いた。有紀たちは赤間の関から萩のほうへと向かう船に乗ることになる。太一は、有紀たちについていって、その船宿を探してやった。太一は有紀たちとここで別れた。忍び本来の仕事とは異なり、正直なところ実に気が重い仕事であった。それが終わって、太一は（ほっ）と肩の荷を下ろしたような気持ちとなった。太一は、人としては、こんなことではいけないのだろうなと、やはり人としてもいまだ未熟な己のことを考えていた。

太一は、松井式部が、「武蔵のことは門司城代・沼田勘解由に任せた」と言うので、門司の泊へと舟を向かわせるつもりで船頭には少し待ってもらっていた。だが、さきほど船宿を探してあげている途中で、初音が宿の軒下につけた結縄（けつじょう）に気づいていた。『ここで待て』との知らせだ。太一は、船頭には一人で帰ってもらい、船宿・伊勢屋に泊まって初音を待つことにした。

九

唐戸の泊で武蔵を取り逃がすこととなった高橋源九郎率いる巌流門弟衆だが、舟島の真向かいにある彦島の対岸に舟を係留していたことから、そこへと戻ることにした。一部の門弟の中に舟島に渡りたいという者もいたが、武蔵に怪我を負わされた者を含め多くは小倉の道場に戻ることにした。

怪我を負っていない吉塚辰之進が、武蔵に倒された十名近くの亡骸を高橋源九郎率いる十数名の門弟衆に頭を下げ、舟に運んでもらっていた。門弟衆は、舟五艘に分乗した。そのうち一艘が舟島に渡る舟である。

四艘の舟が岸を離れ、南へと向かっていると、南から比較的大きな船がこちらに向かってくる。このままだとかなり近くをすれ違うことになる。「あの船とぶつからぬようもっと岸に寄ってくれ」と船頭に言っている声が聞こえる。藩の御座船だと、通常は藩旗を掲げるが、そのようなものは見当たらない。商人の船にも見えないし、高橋源九郎は、いったい何の船だろうかとしばらく訝しく思って見ていた。

その船がこちらにかなり近づいてきた。すると、その船には黒い小袖に袴といった装いの武士らしき姿が幾人か見えた。鉄砲を持っている。突然、船の舷側にその鉄砲の筒先が並んだ。まさかこちらに向けて撃ってくるのか。

「撃て！」という声が聞こえたかと思った瞬間、近くの海面に鉄砲の玉が当たっている。舟の舷側にも当たっている。こちらは舟端に身を屈めて避けようとするのだが、あちらの船が大きく、やや上から狙い撃ちされるような格好で、こちらとしてはかなり不利な状況だ。船頭にはもっと岸に寄るように言った。こちらにも何丁か鉄砲はあるが、あちらの船からは舷側に身を隠して撃っており、こちらからは撃ったとしても当てるのは難しく思えた。源九郎は陸に逃げるしかないと思い、指示を出した。

「よし、岸に着けろ！」

岸へと逃げる舟に対して、船は座礁することを恐れてか、こちらを追って海岸に近づいてくるようなことはなかった。四艘とも陸に上がることができ、どうにか難を逃れることができた。だが、船頭を含めて半分近くの者が玉に当たってあちこちに怪我を負っていた。鉄砲に撃たれた者の大半は、吉塚に従い武蔵から傷を負わされていた者たちであった。すでに傷を負って寝かされていたため隠れることができなかったのであろう。武蔵に斬られた者は別として、幸いこの銃撃により命を落とした者はいなかった。

船はさすがにどこか近くの岸に接岸することはなく、そのまま去っていった。しかしこの後、その船により、舟島へと向かった一艘の舟のほうは攻撃を受け、船頭を含めた五人皆が撃ち殺されたのだった。

高橋源九郎たちは、船が視界から消えるまでこのまま岸で待ち、やがて舟で小倉へと帰っていった。

船からの攻撃を受け、亡骸に加えさらに増えた怪我人を抱える中、ほうほうの体で道場に戻ってきた巌流門弟衆であったが、屋敷には小次郎の奥方の姿が見えない。下男と下女もいない。庭の足跡や汚れた廊下の様子から、賊が押し入ったことが知れる。死体はないので、殺されたのではないようだが、もしかして攫われたのか。逃げてくれたのであれば良いのだが……。そのことも心配なのだが、とにかくいまは負傷した者の傷の手当てが急務であった。

その後、刻が経つにつれ、ここ巌流道場では、此度の状況が次第に明らかとなってきた。舟島に渡った者は、誰一人として戻っては来なかった。つまり巌流門弟で生き残った者は、怪我人を除けば、高橋源九郎や吉塚辰之進ほかここにいる十名足らずの者のみとなってしまっていた。師匠を失い、また門弟の多くをも失い、この先どうしたら良いのか皆目考えが浮かばなかった。この中にあって、吉塚のみは平然としていた。巌流門下の高弟であり、剣の腕も遥かに上の高橋源九郎をも慰め、残った者たちを引っ張っていくような気概を見せていた。

「こうなったのも、すべては武蔵が現れたからでござる。あやつを倒さねば、巌流一門の面子が立ちませぬ。高橋殿を中心として、一門を再興させるには、われらが武蔵を倒すことでござる」

吉塚は、高橋のみならず、打ち萎れたような門弟皆をこんな言葉で、繰り返し扇動し続けた。もっとも中には、師匠もいなくなったいま、巌流門下を去っていく者もいた。だが、ここに残った数名の者は、吉塚の焚き付けの効あってか、武蔵を倒したいと思うようになっていた。

十

太一が伊勢屋に泊まった翌朝には、武家娘姿の初音が現れた。

「そっちはどうだったの？」

「小次郎の奥方を賊から逃がしてやることはできたが、巌流門弟衆の多くは、牢人衆に殺されたようだ」

「そう。やはりあの牢人衆は、小次郎の門弟衆を倒すための道具だったのね……。実はここに、太一に会ってもらいたい人が泊まっているの」

「えっ、それはいったい誰だ？」

「あちらの部屋に来てちょうだい。それと、あなたは私の『小者』だということを忘れないでね」

「へい。お嬢様！」

初音は、同じ二階の別の部屋へと太一を連れていった。その部屋には母とその娘だと思われる者がいた。

「これは太一といって、武蔵様および私付きの小者で、『忍び』でもあります」

初音の後ろに控える太一が、忍びだと紹介されたことに、二人は（ほおー）という反応を見せた。

「こちらは、龍野・圓光寺の御住職・多田祐仙様のご長女の志乃様でございます。鳥取・円城寺の御住職様に嫁がれておられましたが、先立たれましていまはそのお寺のお手伝いをされておられるとのことです。あの多田半三郎様の四歳年下のお従妹ということになります。そして、こちらが娘のいと様で、あの武蔵様の実の娘御にございます。いま、お幾つ？　そう、十一歳になられるそうです」

『武蔵の娘』との言葉に驚愕を隠し切れない太一は、思わず初音がまだ話している途中で、「初音！　それは真か？」と言ってしまい、初音に目で厳しく窘められた。それでも興奮冷めやらぬ太一は、母と娘二人を凝視してしまっていた。

（志乃という女は、年の頃は俺や初音と同世代だが、一度嫁して娘をここまで育ててきたというだけあって、落ち着きが備わっている。もはや輝くような美しさはないが、色白の整った顔立ちはいかにも良家の子女であったことを窺わせる。娘も母親の血を引いたのか、生い先を偲ばせるものがある。十一歳の割にすらりと背が高いのは、やはり武蔵の血を引いているからだろうか）

二人を穴のあくほど見つめていた太一に、突然いとが話しかけてきた。

「伊賀者でござりますか？」

初音と太一は思わず互いを見合わせ苦笑した。初音が答えた。

「いえ、甲賀者にござります」

「甲賀者と伊賀者とはどこが違うのですか？」

「これ、いと！　失礼はなりませぬぞ」

娘を叱る志乃を見て、初音も太一も（ああ、母親なのだな。かようにして娘を育ててきたのだ）ということがよくわかった。初音は、一瞬ふと心に浮かんだ（夫婦となり子どもを育てるのも良いな）という考えを打ち消すかのように、いとの問いに答えた。

「甲賀と伊賀との間には山があって、その山に隔てられて甲賀者と伊賀者とが分かれるのですよ」

いとはこの説明に一応納得したようであった。志乃は先ほどからずっと聞きたくて仕方がなかったことを我慢できずに尋ねた。

「それで、お城の武蔵様とはお会いできたのでしょうか？」

「はい。お城では、広くて立派な部屋を使わせてもらっていて、絵なぞ描いておられました」

「まあ！」

志乃は、もうそう聞いただけで、武蔵がお城で大切にされているということがわかって安心した。初音は本題へと入った。

「武蔵様は本日にも、細川藩の船で豊後の飛び領となっている木付に向かわれるようにござります」

「木付でござります」

志乃は、何故さようなところにと思ったようである。

「木付には養父上の平田無二斎様がおられますので、そちらにしばらくご逗留されるようにござります」

志乃が武蔵と初めて会ったのは、十四歳の武蔵が兵法修行で龍野・圓光寺を訪れたときであった。

（幼い頃を過ごした讃甘村や平福の正蓮庵の話をよくしていた。でも、武蔵様は養父上とは仲が悪いという話しかしなかったように記憶している。その仲が悪いという二人が顔を合わせて果たして大丈夫なのであろうか。いや反対に、私たちが現れたら、逆に仲が悪いなどということは吹っ飛んでしまうやもしれぬ）

でも、そんなことよりも志乃には、（もう一度武蔵様と会って話がしてみたい。娘とも会わせてあげたい）との思いが、いずれにも増して強かった。だが、武蔵が自分たちと会いたくなければ、それは叶わぬことである。

「お会いするということにつきましては、武蔵様はいかようにお考えなのでしょうか？」

初音は破顔して答えた。

「もちろん、お会いしたいとのことです」

志乃はこれを聞き、（ほっ）とするのと同時に嬉しさが込み上げてきた。

「木付に行ってみたいと存じます」

「ああ！　行かれますか。承知いたしました。ここから中津を経て瀬戸内へと行く船がござります。中津まで行き、そこで船を乗り換えましょう」

志乃の決心に、初音はそれを自分のことのように喜んでいるということが、その弾んだような話しぶりの中に窺えた。

第十六章　豊後・木付

一

武蔵は志乃たちより一足先に、石井三之丞率いる鉄砲隊に守られ、藩の船で木付に渡った。

湾の奥に木付城があった。船はそのすぐ側に着けられた。木付城は八坂川のほとりにあって、その八坂川と高山川とに挟まれた台地上に城下町が築かれていた。谷川によって南北に、北台と南台とに分けられ、その両台上に武家屋敷が形成されていた。北台と南台の武家屋敷の間の谷あいには、町屋が続いていた。この町屋に挟まれた道を通っていった。南と北に随分と坂の多い町であった。南北両武家屋敷のほうには幾つもの石畳の坂道があった。無二斎の屋敷は北台の西のはずれにあった。

『九州の関ヶ原』の前、無二斎は直臣ではなかったが、黒田家の兵法師範として中津で道場を開いていた。讃甘(さのも)村にいた頃は、片手に十手を持った剣術で、弁之助（武蔵）は古臭く感じたものであったが、九州に来てからは戦場での実戦にふさわしいものに改善されていて、その道場も結構盛んであった。

『九州の関ヶ原』の後、無二斎は黒田家において陪臣から直臣に取り立てられ、組外だが百石を拝領した。そして、宇喜多家を出奔していた新免家のその新免伊賀守を二千三百石で招聘するのに成功した後、黒田家を去り、細川藩の小倉へと居を移した。小倉でも道場を開き、中津からの弟子であった松井興長ほか細川藩の藩士も道場にやってきていた。しかし、巌流佐々木小次郎が小倉に道場を開いてほどなく、豊後の飛び領である木付へと移住したのであった。

　無二斎の屋敷に着いた。いま無二斎はもうかなりの高齢となったはずであり、その道場も外から見たところ木太刀の触れあう音もせず閑散としており、中津にいた頃の勢威はなかった。武蔵からすると、言葉は悪いが、ここが無二斎の隠居所かと思えた。武蔵が来ることは、沼田勘解由か松井式部により知らせがあったはずである。道場の隣のたいして広くはない屋敷の玄関に立った。

「御免!」

「はーい」

奥から女の声が応じた。下女でも雇っているのか。現れた女は、武蔵より一回り近くは上に見えた。

「ようこそ、武蔵様！　お懐かしゅう存じます」

武蔵は、立ち合った者の顔を忘れるというようなことはないが、立ち合ったわけではない女であり、とっさにはわからなかった。だが、思い出した。無二斎が中津にいた頃、『女中』と言っていた女である。確か冴とかいった。もう三十代半ばは過ぎていよう。武蔵も慌てて挨拶を返した。

「あっ、いや、お久しぶりにござる」

「武蔵様のお顔には、『まだいたのか！』と書かれてござります。実はあの折の戦の後、無二斎様が小倉に移られましたのを機に、私は再嫁いたしました。中津の細川藩の下級武士の家でござりました。でも、その二度目の家でもうまくいかず離縁されてしまい、中津にあります船宿で仲居などをいたしておりましたところ、無二斎様が木付に来られるということをお聞きし、私が再び女中として、平田家にご奉公することになった次第でござります」

「うむ……」

「あら、今度は、『真に女中なのか？』と書かれております。おほほほほ……」

武蔵は、初めて会ったとき、冴を妾ではないかと疑ったことを思い出したが、むろんそんなことはおくびにも出さない。

「いや、偏屈で頑固な養父を、よくぞお見捨てになられることなくお世話いただき、感謝の言葉もござりませぬ」

武蔵は客間に通された。武蔵は十年以上の昔、中津で久方ぶりに顔を合わせた養父に対して『不覚』を取ったことを思い起こしていた。憎しみすら感じていた無二斎の歳を取った姿に、不覚にも息子らしい感情が湧き上がってきてしまったことである。此度はどれほど無二斎が歳を取っていようと驚くまいとの心積もりをしていた。平伏している武蔵の前に無二斎が現れた。

「久しいのう、弁之助」

決して驚くまいとの決意をした武蔵が顔を上げると、さらに白髪が進み顔の皺の目立つ無二斎がいた。身体がいささか小さくなった気がする。だが十年前からすると、たいして驚くほどの老化とはいえなかった。

むしろ武蔵が無二斎の変化を痛感させられたのは、『武』の面における変わりようであった。剣気の発露に乏しい。かつて吉岡憲法との三番勝負を制し、足利義昭将軍から『日下無双兵法術者』の号を賜ったという『気』は影を潜めている。弟子が集まらないというのももっともだと思われた。無二斎はもはやかつての剣術家ではなくなっていた。さすがにそのことに一抹の寂しさを感じた。むろんそんな感情は押し殺している。

「養父上もますます御壮健そうにて、恐悦至極に存じまする」

「あははは……。ここは細川藩といっても、豊後の飛び領じゃ。門弟もごくわずかしかおらぬ。心置きなくいつまでも留まるが良いぞ。冴は憶えておるか。何でもあれに聞いてくれ」

無二斎はそれだけ言うと自室に戻っていった。

二

武蔵に遅れること数日、初音とその小者・太一に志乃とその娘・いとの四人は、中津で船を乗り換えて木付に辿り着いた。町屋のある通りを歩いていくと、南北の高台の武家屋敷の背後には梅林や竹林が多く見られた。鳥取山中と比べると温暖な気候のようで、四月のこの時節でも寒くはなかった。

「母様、暖かくて良いところですね」

鳥取の山の中しか知らぬいとにとっては、どこでも良いところだと思えるようだ。龍野の城下町で育った志乃は、町屋と武家屋敷の立ち並ぶ木付の風情を見て、できればいとにも町の暮らしをさせてあげたい気がした。初音が小者の太一を振り返り命じた。

「太一、無二斎様の屋敷の場所を確かめてきてくれ」

太一は、ちらりと初音を見ながら、「へーい」と応じて駆け出していった。

初音は、横目で時々ちらちらと二人の様子を窺っていた。志乃からはさすがにあたかも心の臓の鼓動が聞こえるかのようにその緊張の度が伝わってきた。いとのほうは、真の父親に会うというよりも、圧倒的な強さで剣を振るい戦う姿を見せつけられたことによって、あの強い武士と会ってみたいと思う気持ちが強くなっていた。初音は、四囲の景色をことさらに眺めながら歩んでいる志乃の緊張を和らげるかのように声を掛けた。

「龍野と比べてみて、この城下町はいかがですか？」

「この町屋の通りは谷底に当たっているようですね。この通りを挟むように並んだ南北の高台の武家屋敷のほうは坂がきついように見えます。でも立派なお屋敷が多いですね。この城下も良きところかと思います」

これを受け、初音は、志乃を驚かせるようなことを言った。

「ここで暮らしてみるのも良いかもしれませぬね」

「えっ？」

初音は何か誤解しているようであった。もちろん武蔵様が、天下一といわれる兵法者同士の試合をするということで、母親として娘に一度は会わせてあげたいとの気持ちから、意を決して鳥取を旅立ったのである。もちろん武蔵に会いたいが、ともに暮らすなどということは考えてもいない。

ただ、武蔵様が「どうしても……」ということであれば、そこで初めて考えないわけではないというにすぎない。いずれにせよ、此度はただ会うこと、会わせること、それが目的なのである。

でも、初音が町の風情と背後に控える山々をにこやかに眺めている様子から、初音が言ったのは、ここが暮らしやすそうだという軽い意味であり、深読みをしてしまったのは、自身の誤りだと気づいた。それにそもそもこの地は武蔵様が暮らす土地ではなく、その養父上が暮らす土地にすぎぬのである。志乃は、心の平静さを失っている自身に対して、ここは気をしっかりと持たねばと思った。自身がしっかりしないと、いとを守ってやることもできないのである。

ややあって、太一が戻ってきた。

「わかりましたか?」

思わず太一に駆け寄った初音の言葉には、歩き疲れた志乃たちへの気遣いが溢れていた。

「へい、その角を右に曲がって石段の坂を登れば、すぐそこでござります」

「ああ、良かった」

初音は、志乃といとに笑顔を向けた。志乃といとは、互いの顔を見合わせて、いかにもほっとしたといったため息をついた。

無二斎の屋敷は身の丈よりも低い石垣と土塀とによって囲まれていた。道場が併設されているので、下級武士の屋敷より敷地自体は広かった。屋敷の門前まで来ると、志乃もいともどうしたわけか、初音の後ろに控える太一の後ろに身を隠すようにしている。初音が声を掛けた。

「御免くださりませ」

「はーい」

冴が応対に出てきた。

武蔵は、門司城にて初音と会ったときから、志乃といととが訪ねてくることを覚悟していた。養父には、己の弱みを見せるようで言いづらかったが、どうにか伝えた。すると無二斎の反応は意外なものであった。「ほおー」と言ったきり、何やら考え込んでいた。「志乃が夫に先立たれている」と伝えると、さらに黙り込んでしまった。

冴も志乃といとが訪ねてくることを知らされていた。初音が訪問の由を伝える。

「突然お尋ねいたし、誠に申し訳ござりませぬ。武蔵様と縁故のあるお方をお連れいたしました」

「お待ちいたしておりました。どうぞこちらへ」

三

屋敷そのものは大きくはない。玄関での話の様子から、屋敷の主の無二斎にも、また武蔵にも当然、誰が来たのかすぐにわかった。二人とも緊張した。むろん剣の立ち合いに臨むのとはまた違った緊張である。武蔵は、無二斎が客間に入った後、少し遅れて入っていった。

　無二斎と対面する形で志乃が座っていて、その右少し後ろにいとが控えている。武家娘姿の初音は部屋の横に、いとと並ぶような位置で部屋の中央のほうを向いて座っている。太一はそのさらに後ろに控えている。武蔵は、入り口に近い位置に座した。志乃の左斜め前である。

「お手を挙げられよ。よくぞ遠くからお越しいただいた」

　頑固で偏屈な無二斎であるが、その言葉には珍しく優しさがこもっているように感じられた。

「お初にお目にかかります。鳥取の円城寺に御厄介になっております志乃と申します。これは娘・いとにございます」

「うーむ」

「もうすぐ十二歳になります」

　何と、いとが尋ねられもしないのに、無二斎を直視しておのが歳を告げた。

「うーむ……」

言葉がなかなか出てこないためなのか、無二斎はちらりと武蔵に視線を送った。武蔵は、その場で一礼し、自ら語り始めた。

「それがしが兵法修行に旅立ったのは、十五年ほど前のことにござる。そして、龍野・圓光寺の道場にて草鞋を脱ぎ申した。それも、圓光寺の御住職・多田祐仙様が、実にお心の広いお方で、礼儀も何も弁えぬそれがしを温かく迎え入れてくださったからでござる」

武蔵は、ここで一息つくかのように間を取ったが、その目は宙を睨んでいる。再び語り出す。

「圓光寺で剣術修行に明け暮れる日々でござった。祐仙様にはご長女がおわされた。こちらの志乃殿にござる。よそからやって参ったそれがしのような者にも、志乃殿は何くれとなく優しくお気遣いをかけてくださったのでござる。さような志乃殿は、いつしかそれがしにとっては、実に大切なお方となったのでござる」

武蔵は相変わらず宙を見据えて語っているが、このとき志乃はほんのりと頬を染め武蔵を見つめていた。志乃も武蔵の昔物語の世界に引き込まれてしまっていて、その心もあの当時へと誘われてしまっているようにさえ見える。

「そして、あの大戦が始まったのでござる。それはそれまでの修行の成果を実戦で発揮できるまたとない機会であり、それがしも勇んで参戦した次第でござった。その戦の折、ここにおられる初音殿と太一と出会い、また黒田家とお近づきになる機会を得たのでござる。これも養父上が、その頃すでに九州・中津の黒田家で兵法師範をなさっていたことと何やら深い縁で結ばれているような気がいたします」

武蔵は、志乃といととを前にして、ここで養父の顔を立てるという心配りを見せたのである。無二斎が思い出すのは、どうしてもあの小憎らしい悪童の弁之助であったのだが、このような気遣いを見せる武蔵に対して、これまでとは心の持ち様を変えねばならないと思い始めているようでもあった。武蔵はさらに続ける。

「九州での戦が終わった後も、しばらくは養父上の側にて剣の修行を続け、龍野に戻ったのは、戦から一年以上も経った後でござった。志乃殿にまたお会いできるとの喜びに胸躍らせて戻った圓光寺には、もはや志乃殿はおられなかったのでござる。何と志乃殿は鳥取の山寺にお嫁に行かれてしまわれており申した。それがしは、大地がぐらりとひっくり返るような衝撃を受けたのでござる。しかも話を聞くと、その元を作ってしまったのは、ほかならぬそれがしでござった。お腹が大きくなられた志乃殿は、その父親の名を決して明かそうとはなさらず、困った御住職・祐仙様が、ゆかりのある鳥取の山寺にお預けになられたのでござった。あの頃、それがしはものの分別もつかぬまだ十代の若造で、いても立ってもおられず、前後の見境なくその鳥取の山寺へと走るように向かったのでござった」

このとき志乃は、宙を見て昔語りをしている武蔵を見ながら小さく頷いていた。やはりあのとき人が訪ねてきたような気配を感じたが、あれは間違いなく武蔵様だったのだと改めて思った。

「鳥取の山寺は、龍野の圓光寺とは比ぶるべくもなく、小さくひっそりと山の奥深くに佇んでおりました。これを見て、志乃殿はかようにに寂しげなるところに嫁がざるを得なかったのかと、志乃殿のお気持ちを慮り、胸が潰れる思いでござった。それがしがそのお寺に着いたのはちょうど朝餉の刻でござった。籠に入れられた赤子のいと殿を中心にして、御住職と志乃殿との仲睦まじく幸せそうなご様子を拝見するにつけ、それがしはいったいここに何をしようとしに来たのか。（もし、おぬしがこの中に入っていかば、それは極悪人の所業ぞ）との声が聞こえてきそうで、（この小さな幸せを壊してはならぬ）との声に従い、そっとその場を立ち去ることしかできなかったのでござった」

（さようなことがあったのか！）

無二斎は、いま初めて聞かされた驚愕の事実に激しく心を揺さぶられるような思いをしていた。無二斎の正面に座し、武蔵の昔語りに聞き入っている志乃の目からは涙が溢れ、その白き頬を伝っていた。改めて武蔵の顔に目を遣ると、もはやあの小面憎い弁之助の顔ではなかった。その目にもうっすらと膜がかかっているように見えた。

（昔のわしだったら、「鬼の目にも涙か」などとほざいて弁之助を激昂させていたであろう）

ここで無二斎は、大きく「ふうー」と息を吐き、武蔵に向かって、口を挟んだ。

「そのほう、志乃殿と娘御をいかがするつもりであるか？」

ここでいきなり事の核心を突く話を持ち出すとは、やはりいかにも無二斎らしかった。

「はい。それがしがいずこかの藩に仕官などいたしておれば、お二人をお引き受けいたすが筋というものにござろう。されど、仕官など叶わぬ浪々の身にあって、この先も兵法修行で諸国を行脚し、いつどこで屍を晒すかもしれぬこの身にござれば、これは如何ともし難きことにござる」

志乃は武蔵の本心は想像がついていた。いまはっきりと武蔵の口からそれが聞けたことで、もう迷いは一切なくなっていた。十年以上もの間、まがりなりにも山寺の住職の妻女として務めてきたのである。まだ若い弟君の祐央殿が、妻を娶られるまでは、円城寺にて暮らしていくつもりである。いとが突然口を開いた。

「あの、その木刀と太刀を触ってみたい」

「これ、いと！　何ということを言うのです。申し訳ございませぬ」

志乃はいとを叱りつけながら、武蔵にしきりと頭を下げている。当然のことながら、武蔵はこれまで何一つとして父親として、わが娘に何かをしてあげたということがなかった。娘の初めての願いに、たまらなく愛おしさを感じた。志乃の背後にいるいとに側に来るよう呼んだ。いとは大胆にも平然と武蔵の側に行き、武蔵から傍らに置かれた木太刀と太刀を受け取ろうとした。

「気をつけて持つのだぞ」

「わあー、重い！」

太刀と木太刀を諸手に抱えて横に倒れ込むような仕草を見せたいとに、武蔵と無二斎は思わず互いの顔を見合わせて破顔した。それはそれぞれ娘・孫のかわいげな姿を見て喜ぶ父親と祖父の顔であった。何とこの刻から、ここ無二斎の屋敷では本物の『家族』のような刻が流れていくことになる。

この『家族』の様子を見ていた初音にとって、それは忍びの務めでは決して得られぬものだった。

（いらぬことをしてみて良かった！）

ともすれば出すぎたまねともいえる自身の行いが、小さな幸せかもしれぬが、人を幸せな気持ちにすることができたのである。このような人としての喜びはかつて味わったことのないものであった。

無二斎のたっての願いで、志乃といとは数日の間、屋敷に逗留することとなった。これは無二斎だけの気持ちからではなく、武蔵の心を汲んだ上でのことだった。かつての偏屈で頑固一徹の無二斎からは考えられないような心配りだといえた。志乃といとの出現が、無二斎の心に大きな変化をもたらしつつあった。

無二斎の屋敷は、元々一人暮らしを想定したものだっただけに、さほど広くはなく幾つも部屋があるわけではない。客間に志乃といとが泊まり、冴のいた女中部屋に初音と従者の太一が泊まることになり、無二斎の部屋に女中の冴が厄介となり、武蔵は道場に寝泊まりすることとなった。

四

こうして数日が経ったある夜のことだった。武蔵はさほど広くはない道場の床の間に接して枕をおき道場の横板からは離れ、道場の真ん中で就寝していた。これはいつものことで、不意の襲撃から身を守るためであった。武蔵は眠っている間であっても、周囲のごくわずかな物音にすぐさま敏感に反応しさっと目を覚ますことができた。畳の部屋だと一間ぐらいの近さに針が一本落ちても容易に目が覚めたし、ここ道場の床ならば、かなり離れていようと一本の針音に気づくことができる。道場の外であっても、土の上を歩く通常の足音であれば容易に目を覚ました。

いま道場の周りに数人の者が現れた。深夜のことで武蔵も眠っていたが、容易く気づいた。そのうちの一人が道場の屋根に上った。寝床から飛び起きた武蔵は、道場の床の間にかけてあった槍を手にした。その者が天井裏に忍び入ったら、そこを槍で突こうというのであろう。武蔵は、庭と天井裏と双方の動きに気を配った。

女中部屋にいた太一と初音も、外の人の気配に気づいていた。初音がこれを無二斎の部屋に知らせに行く。障子の外の廊下に控えて抑えた声で呼びかけた。

「無二斎様、起きていらっしゃいますか?」

しばらく間があって無二斎が答えた。

「何じゃ?」

「賊が忍んで参ったようにございます。おそらくは武蔵様が目当てかと思われます」

「わかった。これ！　冴、起きておるか？　おぬしは客間に参って客人を守ってくれ」

「はい、承知いたしました」

武術に多少の心得のある冴は、さっと起き上がると枕元に置いていた懐剣を帯に差し、障子を開けた。初音と互いに目で頷き合って、二人は数歩の距離にある隣の客間に声を掛け、中へと入った。

太一は客間の北隣に接する女中部屋の小さな北窓から道場のほうを覗いた。月明かりしかない夜でも忍びは十分夜目が利く。女中部屋と道場との間には、幅一間ほどの中庭のような空間がある。右手のほうには玄関から道場へとつながる廊下があって、その先が道場の入り口となっている。入り口側の東庭は薄く砂が撒かれていて、ここも外の道場として使えるようになっている。その奥には井戸があるが、ここからは見えない。この東庭に二人の賊がいた。奥にいる一人は鉄砲を持っている。身なりからしても伊賀者ではないようだ。武士のように見える。太一は、道場の西側も確認しようと、女中部屋の西隣にある厨へと身を移し、そこの西窓や北窓から道場の西側を見た。やはりここにも二人いる。そのうちの奥のほうにいる者が鉄砲を持ち、手前の者は槍を持っている。見覚えがある。あのしつこい柳生の吉塚辰之進であった。ということは鉄砲の二人はいずれも巌流門弟衆なのか。

吉塚の配下の伊賀者の小助は、道場の屋根を穿ち天井裏へと忍んだ。天井裏に比べ道場内は月明かりが窓から入るため明るく感じる。この道場の天井板には随分と多くの節穴が開いていた。その節穴から下の様子がわかる。何と、武蔵は槍を構えて天井を、つまりこちらを睨んでいた。小助は音を立てないよう天井裏に張り巡らされた梁の上に乗って動いた。天井板と梁との間は半尺以上あり、しかも梁には幅があり斜め下から突き入れられない限り足には届くまい。こちらからは幾つもの節穴を通して武蔵の動きが見えるが、暗い天井裏の中は下からは見えまい。音さえ立てねば……と思っていたが、見えないはずのこちらをしっかりと睨んでいる。

武蔵が突いてくると感じた瞬間、小助はすっと上の梁にぶら下がった。何と槍は先ほどまで小助が足を乗せていた梁の上にまで達していた。そのまま梁の上にいたら突き刺されていたところだった。このまま天井裏に留まっていたら危うい。小助は月の光が射し込んでいるおのが穿った穴を目指し、梁にぶら下がりながら移動してやっとのことで屋根の上に出た。

　厨の窓から庭にいる四人の男を見張っていた太一であったが、道場の屋根にもう一人いるのに気づいた。こちらは伊賀者であろう。太一は厨の窓から屋敷の屋根に上がった。道場の屋根と屋敷の屋根との間は一間ほど離れているが、容易に飛び移れる距離である。伊賀者がこちらに気づいた。向かってきた。跳んだ。向こうの屋根からこちらに飛び移るときを狙って手裏剣を打つつもりであったが、向こうは跳ぶ前に手裏剣を打ってきて、それを躱すのがやっとだった。太一は忍び刀を抜き伊賀者に向かっていった。太一は江戸にいる間、落合忠右衛門に剣の稽古をつけてもらっていたこともあって、かなりの腕となっていた。

　小助は忍びとは思えぬほどの太一の力強い斬撃に最初から押されてしまっていた。伊賀者の中にこれほどの剣の腕を持つ者がいたであろうか。しいていえば現場で忍び働きをしない先々代の上忍・服部半蔵（正成）様ぐらいではないか。刀で圧倒されている小助は、これではいずれやられてしまうと悟り、手裏剣などの武器で局面を打開しようと思うのだが、相手の刀を防ぐことで精いっぱいで、なかなかほかの手立てが使えない。そうこうしているうちに右腕を斬りつけられ、屋根から蹴落とされてしまい、もんどりうって屋敷の東庭に落ちた。幸い岩などに身体を打ち付けるといったことはなかったが、腰をしたたかに打ってしまった。ここはもはや気を失って動けなくなった態を装うしかない。幸いにも、甲賀者（太一）はとどめを刺しに庭に下りてくるようなことはなかった。

客間の障子が開き、女（初音）が顔を覗かせた。こちらの様子を窺っている。庭に飛び下りた。近づいてくる。息があるかどうか確かめている。もしとどめを刺そうとしたら、反撃しようと構えていたが、女は縁に跳び上がって去っていく。その動きからすると女は忍びであろう。

小助は、女が去ると自らそのまま客間の縁の下に転がっていった。無二斎が障子を開け、音がした庭を見たが、そこには誰もいなくて特に異常はないようなのでまた部屋に戻った。小助はしばらく縁の下で、斬られた右腕の血止めをし、身体の痛みが消えるまでおとなしくじっとしていた。

初音が女中部屋に戻ると、屋根から廊下に下りて部屋に戻っていた太一が、いまの状況を説明した。道場の周りの四人、特に鉄砲の二人をわれら二人で何とかしたいと話し合った。部屋に置いていた焙烙火矢をそれぞれ持ち出した。

五

武蔵は天井裏にいた忍びが、屋根へと逃れ、そして道場の屋根から屋敷の屋根へと飛び移り、屋敷の屋根の上で敵と争ったのがわかった。おそらく太一が相手をしたのであろう。そのうち道場内にはどこからかかすかに火縄の臭いがしてきた。

武蔵は両刀を腰に差すと、左手には三尺余の木太刀を提げ、道場の東口にある入口へと向かった。東庭には二人いた。奥の鉄砲の者は、数間先にいる。その男が片膝をつき持っていた鉄砲を構えようとした。その瞬間、その男との距離はかなりあったが、武蔵は右手で脇差を抜き、これを鉄砲の男に向かって直打法で打つと同時に、近くの太刀の男に向かっては木太刀を上段に構え、突進し太刀を振り下ろした。宍戸梅軒との戦いで見せた『飛龍剣』である。此度はそれを二人の者に対して同時に用いたのであった。脇差は男の左上腕に深々と刺さり、男は鉄砲を取り落とした。武蔵が木太刀で立ち向かった相手、巌流門下の高橋源九郎は、武蔵が木太刀を振り下ろす寸前にわずかに後ろに飛び退くや、すぐさま踏み込み自らの三尺近くある長剣を振り下ろし、それを横に薙いでの燕返しを見せた。これぞ、巌流師の敗北から高橋が考えた秘策であった。

木太刀の上段からの打ち込みを躱された武蔵は、高橋の燕返しを警戒し、高橋の間境からわずかに身を後ろへと引いて、高橋の刃を交わそうとした。だが、踏み込んで振るった高橋の燕返しの刃は、確かな手ごたえをつかんでいた。身を引いた武蔵の刀の柄を捉えていたのだった。武蔵のとっさの見切りは誤っていたわけではないが、刀の柄の部分が踏み込んだ相手の間境の内にあったのだ。燕返しの斬撃を、腰に差した刀の柄に受けた武蔵は、左片手で木太刀を一閃した。木太刀は燕返しを終え、一瞬止まった源九郎の右手首を確実に捉えた。源九郎は太刀を落とし、打たれた右手首を押さえて頽れた。

東庭の玄関脇で、武蔵の援護に回ろうかと様子を窺っていた太一と初音であったが、左上腕に刺さった脇差を抜いた鉄砲の男が再び鉄砲を構えようとしているのに気づいた。太一と初音は、それぞれ焙烙火矢を取り出した。そして、鉄砲の者に向かって走っていき、焙烙火矢を放とうとしたところを、東の塀の外側にいたもう一人の伊賀者に、逆に焙烙火矢を投げ込まれ、二人の足元でこれが爆発し、二人は倒された。

西庭にいた吉塚たちは、西庭から中庭へと走った。そして、塀の外にいる伊賀者を警戒する武蔵に対して、屋敷と道場とをつなぐ渡り廊下の中庭側から、背中を向けている武蔵に向かって鉄砲を打たせた。太腿に当たった。武蔵はもんどりうって倒れた。

槍の吉塚はこれを絶好の好機と捉え、渡り廊下を乗り越えて武蔵を襲った。武蔵は倒れたままの姿勢で、左手で木太刀を持ち、右手で太刀を抜いた二刀で構える。吉塚が槍で突いてくるところを左の木太刀で抑え込もうとするが、倒れた姿勢だと十分な力が伝わらず槍を抑え込めない。武蔵は、抑え込むのは無理だとして、右の太刀で柄の部分を両断しようとした。だが、吉塚もそれを十分承知で、柄は斬らせまいとして槍を振るってくる。武蔵から離れた吉塚は、

「おい！」

　と中庭と東庭にいる鉄砲の巌流門弟衆に顔を振って、武蔵にとどめを刺すよう促した。二人の巌流門弟が鉄砲を構えようとしたそのとき、二発の銃声が轟いた。鉄砲を構えたまま二人は倒れた。門から一人の伊賀者・嘉助を連れた一色早之進が現れた。それぞれ銃を手にしている。武蔵を追い詰めたと思っていた吉塚は、（どうして一色が？）と呆然となっている。

「一色殿！」

「そこまでになされよ！」

　一色早之進は嘉助とともに、東塀の向こう側に忍んでいた伊賀者の気を失わせた後、切支丹と思われる鉄砲を手にした二人の巌流門弟を撃ち殺したのである。師の氏家孫四郎の指示であった。

「我々柳生一門は、徳川家と柳生のご指示に従わねばならぬ。此度の我々の役目は、切支丹の排除ぞ。これに細川藩も従っておる」

　一色が取った措置と言葉にいかにも悔しそうな吉塚辰之進であったが、その悔しさをぶつけるかのように持っていた槍を力いっぱい地面に突き刺した。

「うぅー、くそ!」

一色早之進は、武蔵と高橋源九郎のほうを振り向き、手当てをするため二人を道場入口のほうへと誘った。一色が武蔵に肩を貸し、嘉助が源九郎を支えた。入り口の前で武蔵は、玄関横の渡り廊下の前で倒れている初音と太一のほうを見遣った。二人は身体をもぞもぞと動かし、何とか起き上がろうとしているところだった。武蔵が二人に声を掛けた。

「怪我はないか?」

二人は身体のあちこちを確かめたが、幸い目立った怪我はなかった。初音がにっこりと微笑んだ。

「大丈夫のようです」

「おぬしたちは打たれ強いの。わしはこのざまじゃ」

武蔵は苦痛に顔をゆがめているのか、苦笑しているのかわからないが、肩を支えられながら道場の中へと入っていった。

「かたじけない」

肩を貸してもらった一色に一言礼を言って腰を下ろした。

武蔵は、太腿を貫通した銃創の手当てを受けつつ、己が折ってしまったかもしれない高橋源九郎の手首を気遣っていた。武蔵の視線に気づいた嘉助は、「ちとひびが入ったやもしれませぬが、骨が砕けたわけではござりませぬので、おそらくつながろうかと存じます」と言った。源九郎と視線を交わした武蔵には、源九郎には恨みなどの感情はまるでないことがわかった。確かに源九郎は、吉塚にそそのかされたこともあり、師の仇を打つのだという気持ちで戦ったが、実際に戦いの中では、それは武芸者同士が、おのが技の限りを尽くして戦うまっとうな勝負であった。戦いに敗れた源九郎ではあったが、負けた悔しさよりもむしろある種のすがすがしさが残った。

源九郎は、師直伝の『燕返し』に自らの工夫を盛り込んで武蔵に対抗したが、ある程度の手ごたえを感じつつも、至らないところ、より手直しすべきところにも気づかされた此度の『負け』であった。源九郎には、この先さらに研鑽を積んでいくべき己の有様を示唆してくれた戦いでもあったのである。

六

同じ頃、小助は客間の縁に上がっていた。道場のほうでは、爆発あり銃声ありでいっとき騒がしかったが、いまは急に静かになっていた。小助は、敵は銃など持ってはいないであろうから味方が勝ったのではないかと思った。そして客間には、女が三人いるだけだとわかっていた。

娘でも攫っていこうというつもりなのか、小助は、そっと客間の障子を開いた。客間の西の奥の隅に三人が固まって座っている。その前には布団が身の楯として積まれていた。懐剣を持った冴が立ち上がると身構えた。小助のほうに向かってきた。小助はこれを躱しながら鳩尾（みぞおち）を打って気絶させた。小助は、ゆっくりと母娘のほうに近づいていった。するとそのとき、突然後ろから斬りつけられた。右手に太刀、左手に十手を持った無二斎だった。小助はこれを危うく躱した。小助と立ち位置を入れ替わった無二斎は、母娘をかばうかのように布団の前に立ちはだかった。

小助は、無二斎に向かって焙烙火矢を投げようとした。そこを無二斎は、左の十手でもって焙烙火矢を防ごうとして十手を放り投げようとした。十手は焙烙火矢に当たってもろともに畳の上に落ち、小さな爆発を起こした。無二斎と小助の双方が、この爆発によって後ろに飛ばされていた。布団の前に無二斎は転がった。左腕に深手を負っていた。志乃が無二斎を助け起こそうとした。

「無二斎様！　腕にお怪我を……。いと、薬袋を」

志乃は、いとに旅の用意として携えてきた薬袋を取ってこさせた。

「はい、母様！　お爺様は大丈夫でしょうか？」

いとの何気なく出た言葉だったかもしれないが、いとから『お爺様』と呼ばれた無二斎は、己の心に突然不思議な感情が湧き起こってくるのを感じた。いとは養子の武蔵の娘にすぎない。だが、血を分けた孫娘に対するかのような愛おしさが込み上げてきた。志乃に怪我の手当てをしてもらいながら、無二斎は首を回していとを見上げた。

そこには怪我一つ負っていないいとがいた。

（良かった）

無二斎は心の底からそう思った。無二斎が笑顔を見せると、いとも「あっ、大丈夫そうね」と無二斎を見て笑った。

無二斎から見て、その笑顔は無二斎への何ものにも勝る贈り物だった。

怪我の手当てを終えた武蔵が、脚を引きずりながら客間前の廊下に現れた。小助は、縁の向こうの東庭に落ちて転がっていた。その小助には、爆発の音に気づいた一色の指示で東庭へと回ってきた嘉助が手当てをする。武蔵が客間の中を見ると、怪我を負った無二斎が志乃といとに介抱されていた。

武蔵は、己を狙ってきた賊の巻き添えを食らってしまったのかと、さすがに無二斎に申し訳ない気持ちを覚えた。だが、そこには、いままで見たこともない養父の姿があった。

（志乃といとに囲まれた無二斎の何と嬉しそうなことか！）

幼少の頃から、憎しみすら抱いていた養父・無二斎の姿は、そこにはなかった。そこには、孫と睦み合って愉しげな様子を見せている一人の年老いた者の姿があった。

これまで、志乃といとの存在は、おのが過ちと愚かさを思い知らせる以外の何ものでもないと思っていた。だが、いまここにある無二斎といととの仲を結びつけているのは己であった。養父にはこれまで何一つとして息子らしいことをしてやったことなどなかったが、いま養父といととの姿を見て、初めて『親孝行』というものをしてあげられたような気さえしてくるのだった。武蔵が脚を引きずって歩く姿に気づいた志乃が、怪我を負った武蔵を心配して駆け寄ってきた。

「武蔵様、お怪我をなされたのでございますか？」

「背後から鉄砲で撃たれたが、玉は太腿の端のほうを抜けていて、たいしたことはない。数日もすれば普通に歩ける」

「えっ、鉄砲で撃たれたのに、数日で歩けるようになるのでございますか？」

志乃が驚いていると、

「たわけ！　そんな容易く治るか！　傷が良くなるまでここにいるがよい」

無二斎の言葉は相変わらずきつそうに聞こえるが、武蔵の無茶ともいえる言葉に、志乃と大笑いしながらもその言葉には、この屋敷にいてほしいとの気持ちが込められ

ていた。志乃は、両手をつき無二斎と武蔵の双方に、

「その間、私にお二人のお世話をさせてください」

と頭を下げていた。志乃は当分の間、無二斎の屋敷に留まる決意をしたようであった。いとはというと、じっと武蔵を見ている。武蔵は、このようにじっと娘と視線を交わすのは初めてのことだった。すると突然、いとが言った。

「父様(とうさま)！　私にも剣術を教えてください」

「これ、いと！　何を言うのですか。それにお怪我をされたばかりなのですよ」

いとを中心に、志乃、無二斎、そして武蔵と笑いの渦に包まれた。

七

こうして武蔵が無二斎の屋敷で怪我の養生をしていると、小倉から松井式部が文を寄越してきた。その文には、此度の剣術試合が藩の切支丹掃討の一環として仕組まれていたものであったこと、それを藩の首席家老たる己がまったく知らずに、武蔵殿を

これに巻き込んでしまったことは、どう詫びても詫び足りぬといったことが書き連ねてあった。そして、もう一つが、徳川と豊臣との戦が近いということで、式部も京に上るとあった。

戦が近いということになれば、武蔵も畿内へ上りたいと思った。そこで、まず初音と太一を畿内へと送って、情報収集に当たらせることにした。

怪我が癒えるまでのいま少しの間、武蔵は無二斎の屋敷で、かりそめの『家族の団欒』の如きものを人生で初めて味わうことになった。そして、それがほんの束の間の泡沫(うたかた)の如きものにすぎないということも十二分に承知していた。何故なら己の人生は、剣の頂を目指して流離(さすら)う旅の如きものであり、いつ何時、いずこで屍を晒すことになるのかわからないからである。剣の頂を目指す道は、穏やかな家族との暮らしなどと決して相容れるものではなかった。

十日ほど経った夜、道場に太一と初音が戻ってきた。屋敷を出ていくときは、太一は初音の従者であったが、戻ってきたときには、二人そろって忍び装束で道場に現れた。

「おっ、二人揃ってか！　太一はもう『小者』ではないのだな」

初音が笑って答えた。

「ええ、いつまでも私の小者では、太一もさぞ不満でしょうから」

「いえ、決してさようなことはございませぬ。ですが、初音様に従者としてお仕えして、初音様のお気質がよくわかり申した」

「ほう！　太一、武家娘・初音様を気に入ったか？」

「いえ、その逆にございます。下の者の扱いがいささか乱暴のように感じられ申した」

「あはははは……。さようか。小者から解放されて良かったのう」

初音は、男たち二人にいじられるほど、わが気質は悪くはないはずだと思いながらも、さっそく本題へと入った。

「それで、徳川方の動きですが、これは真田の十蔵や佐助が探り当てたことにございます。やはり、徳川方は大坂との戦に向けて着々と手を打っているようにございます。あの徳川家康と豊臣秀頼との二条城会見の前あたりから、大坂の秀頼につく可能性のある豊臣恩顧の大名たちに、伊賀者を使って食べ物や飲み物に毒を盛っていた可能性がございます。あの会見の後数か月以内に、豊臣方につく可能性の高かった厄介な大物、浅野長政、加藤清正、真田真幸とほぼ一月ごとに病死してございます。さらに今年になりまして前田利長様も重篤なご病気になられておられますし、福島正則様も御病気とのことにございます」

「うーむ。戦の前に相手の戦力を削ぐというのは、兵法の常套手段ともいえる。今後おそらく、ほかにも病死する者が出てこよう。さすれば、もはや大名で秀頼に味方する者はおそらくおるまい。されど、そのやり方が気に食わぬ」

この言葉に太一は、もしや武蔵が大坂方に与するつもりなのか確かめたいと思った。

「武蔵殿は、戦の負けるほうについても良いとのお考えはおありか?」

「いや、わしは兵法においては負ける試合はしたことはないし、またするつもりも毛頭ない。戦においても同様じゃ」

初音が口を挟む。

「それでは、武蔵様はいずれにお味方をなされたいのでしょうか?」

「うむ。その前に大名を卑劣な手段にて始末をするというようなことをやめさせることができればと思っておる」

初音と太一は頷いた。

「承知いたしました」

仕事を依頼されたと捉えたのであろう。二人はさっと夜の闇の中に消えていった。

武蔵は、やはり二人は紛うことなき忍びの者だと思った。

それから数日後には、武蔵も木付を離れ畿内へと向かった。志乃といとも、大坂へと向かう武蔵の乗る船に同船することになった。その船は幸い、播磨の室津に立ち寄るので、鳥取に帰る前に志乃はいとを伴い、龍野・圓光寺に父・祐仙を訪ねることにしたのだった。

剣に生きる武蔵には、蜉蝣の命の如くほんの短い間であったが、志乃といととに家族のまねごとをしてあげられたことが、心の救いとなっていた。船を降りていく二人を見送りながら、これが二人との今生の別れになるのではないかと思った。

だが、二人が武蔵の視界から消え去るや、もはや武蔵は、二人に心を残すようなことはなかった。いま武蔵の心にあるのは、次の大きな戦のことだけだったのかもしれない。

【主要参考文献】

〈宮本武蔵関連〉

小島英煕『宮本武蔵の真実』（2002、筑摩書房）
久保三千雄『宮本武蔵とは何者だったのか』（1998、新潮社）
久保三千雄『謎解き宮本武蔵』（2003、新潮社）
魚住孝至『宮本武蔵―「兵法の道」を生きる』（2008、岩波書店）
小沢正夫『宮本武蔵―二刀一流の解説―』（1986、吉川弘文館）
大倉隆二『宮本武蔵』（2015、吉川弘文館）
井沢元彦『宮本武蔵最強伝説の真実』（2006、小学館）
加来耕三『「宮本武蔵」という剣客―その史実と虚構―』（2003、日本放送出版協会）
森銑三『宮本武蔵の生涯』（1989、三樹書房）
新宮正春『新考宮本武蔵』（2002、新人物往来社）
岡田一男・加藤寛『宮本武蔵のすべて』（1983、新人物往来社）
吉川英治『随筆宮本武蔵』（2002、講談社）
桜井良樹『宮本武蔵の読まれ方』（2003、吉川弘文館）

朝倉一善『宮本武蔵を歩く―武蔵ゆかりの史跡・名所を旅する』（２００３、平和出版）
蔵田敏明『宮本武蔵を歩く―剣聖の足跡をたどって―』（２００３、山と渓谷社）
宮本武蔵、兵頭二十八（解説）『精解五輪書―宮本武蔵の戦闘マニュアル―』（２００５、新紀元社）
田中普門『図説・宮本武蔵と剣豪たちの剣法』（２０１１、講談社）
宮本武蔵、魚住孝至（校注）『定本五輪書』（２００５、新人物往来社）
魚住孝至『宮本武蔵「五輪書」―わが道を生きる』（２０２１、ＮＨＫ出版）
津本陽『武蔵と五輪書』（２００５、講談社）
桑田忠親『宮本武蔵五輪書入門―敵に勝つ技術　相手を呑み、意表を衝く―』（２００６、日本文芸社）
細谷正充『宮本武蔵の「五輪書」が面白いほどわかる本』（２００５、集英社）
金沢弘・全国水墨画美術協会『宮本武蔵の水墨画―剣禅一如―』（２００２、秀作社出版）
加藤廣『宮本武蔵』（２０１２、新潮社）
砂田弘『宮本武蔵』（２００２、ポプラ社）
野花散人『宮本武蔵』（２００２、角川書店）
笹沢左保『宮本武蔵』（１９９６、文芸春秋）
中西清三『宮本武蔵の最後』（２００２、国書刊行会）

津本陽『宮本武蔵』（2012、文芸春秋）
光瀬龍『宮本武蔵血戦録』（1992、光風社出版）
司馬遼太郎『真説宮本武蔵』（2006、講談社）
吉川英治『宮本武蔵』（2013、新潮社）
田中啓文『文豪宮本武蔵』（2020、実業之日本社）
早乙女貢『剣鬼宮本武蔵』（2002、新人物往来社）
志茂田景樹『外道・宮本武蔵』（1992、有楽出版社）
〈忍者関連〉
山田雄司『忍者学大全』（2023、東京大学出版会）
山田雄司『忍者学講義』（2020、中央公論新社）
山田雄司『忍者学研究』（2022、中央公論新社）
山田雄司『戦国忍びの作法』（2019、G.B.）
山田雄司『忍者の歴史』（2016、KADOKAWA）
山田雄司『忍者の精神』（2019、KADOKAWA）
山田雄司『忍者はすごかった―忍術書81の謎を解く』（2017、幻冬舎）
山北篤『図解忍者』（2015、新紀元社）

山口正之『忍びと忍術―忍者の知られざる世界―』（2015、雄山閣）
川上仁一『忍者の掟』（2016、KADOKAWA）
戸部新十郎『忍者と忍術』（1996、毎日新聞社）
吉丸雄哉『忍者の誕生』（2017、勉誠出版）
吉丸雄哉他『忍者文芸研究読本』（2014、笠間書院）
中島篤巳『忍者の兵法―三大秘伝書を読む―』（2017、KADOKAWA）
中島篤巳『忍者を科学する―秘伝書に記された秘術78』（2016、洋泉社）
甚川浩志『職業は忍者―激動の現代を生き抜く術、日本にあり！―』（2017、新評論）
黒井宏光『正伝忍者塾―忍者に学ぶ心・技・体』（2011、鈴木出版）
筒井功『忍びの者その正体―忍者の民族を追って―』（2021、河出書房新社）
清水昇『戦国忍者は歴史をどう動かしたのか？』（2009、ベストセラーズ）
清水昇『戦国忍者列伝―80人の履歴書』（2008、河出書房新社）
小和田哲男・山田雄司監修『超リアル戦国武士と忍者の戦い図鑑』（2020、G.B.）
渡邊大門『戦国史の俗説を覆す』（2016、柏書房）
伊賀忍者研究会『忍者の教科書―新萬川集海―1』（2014、笠間書院）
長坂益雄『甲賀武士と甲賀・知多大野の佐治一族―』（2005、ブイツーソリューション）

〈柳生関連〉
渡辺誠『真説・柳生一族―新陰流兵法と柳生三代の実像』（2012、洋泉社）
赤羽根龍夫『柳生新陰流を学ぶ―江戸武士の身体操作―』（2007、スキージャーナル）
赤羽根龍夫『徳川将軍と柳生新陰流』（1998、南窓社）
赤羽根龍夫『柳生新陰流―歴史・思想・技・身体』（2017、スキージャーナル）
徳永真一郎『柳生宗矩』（1996、成美堂出版）
山岡荘八『柳生石舟斎―柳生一族―』（1987、講談社）
山岡荘八『柳生宗矩―春の坂道―』（1986、講談社）
〈武将関連〉
渡邊大門『誰も書かなかった黒田官兵衛の謎』（2013、KADOKAWA）
渡邊大門『黒田官兵衛・長政の野望―もう一つの関ヶ原―』（2013、角川学芸出版）
渡邊大門『黒田官兵衛―作られた軍師像―』（2013、講談社）
加来耕三『黒田官兵衛軍師の極意』（2013、小学館）
安藤優一郎『不屈の人　黒田官兵衛』（2013、メディアファクトリー）
諏訪勝則『黒田官兵衛―「天下を狙った軍師の実像―」』（2013、中央公論新社）
小和田哲男『黒田官兵衛―智謀の戦国軍師―』（2013、平凡社）

米原正義『細川幽斎・忠興のすべて』(2000、新人物往来社)
山本博文『江戸城の宮廷政治―熊本藩細川忠興・忠利父子の往復書状』(1993、読売新聞社)
〈徳川家康関連〉
藤井讓治『徳川家康』(2020、吉川弘文館)
本郷和人『徳川家康という人』(2022、河出書房新社)
大石学『家康公伝』(2010、吉川弘文館)
柴裕之『青年家康―松平元康の実像―』(2022、KADOKAWA)
小和田哲男『徳川家康大全』(2016、ロングセラーズ)
小和田哲男『徳川家康の地政学―なぜ、家康は天下人となったのか?』(2022、成美堂出版)
渡邊大門『誤解だらけの徳川家康』(2022、幻冬舎)
日本史資料研究会『家康研究の最前線―ここまでわかった「東照神君」の実像』(2016、洋泉社)
宮崎正弘『徳川家康480年の孤独―日本の近代は江戸幕府がつくった―』(2022、ビジネス社)
煎本増夫『徳川家臣団の事典』(2015、東京堂出版)

〈著者紹介〉

石崎翔輝（いしざき しょうき）

本名、石崎泰雄。佐賀市出身、東京都在住。東京都立大学名誉教授、日本文化大学特別専任教授、早稲田大学大学院了。歴史小説として、邪馬台国の女王・卑弥呼の誕生を背景とした『邪馬台国への道―若き卑弥呼との出逢い―』（2020年、幻冬舎）の著作がある。また法律書として、『「新民法典」の成立―その新たな解釈論―』（2018年、信山社）、『契約不履行の基本構造―民法典の制定とその改正への道―』（2009年、成文堂）ほか多くの著作がある。

宮本武蔵と忍びの者

2023年11月29日　第1刷発行

著　者　　石崎翔輝
発行人　　久保田貴幸

発行元　　株式会社 幻冬舎メディアコンサルティング
〒151-0051　東京都渋谷区千駄ヶ谷4-9-7
電話　03-5411-6440（編集）

発売元　　株式会社 幻冬舎
〒151-0051　東京都渋谷区千駄ヶ谷4-9-7
電話　03-5411-6222（営業）

印刷・製本　中央精版印刷株式会社
装　丁　　弓田和則

検印廃止

Printed in Japan
ISBN 978-4-344-94600-2　C0093
幻冬舎メディアコンサルティングＨＰ
https://www.gentosha-mc.com/